Das Buch

Als im Jahre 610 die Awaren ins Herzogtum Friaul einfallen und die Festung Forojuli belagern, sind Klugheit und Mut gefragt. Die Herzogin Romilda sieht ihre Stadt in tödlicher Umklammerung. Ihr Mann ist gefallen, als er gegen ihren Rat die Awaren angriff und mit seinen Kriegern gnadenlos niedergemetzelt wurde. Nur noch wenige stehen jetzt für die Verteidigung der Stadt zur Verfügung, deren Bewohner von Hunger und immer neuen Angriffen gepeinigt werden. Als Faroald das Kommando übernimmt, scheint sich das Blatt zu wenden. Auch die lange unterdrückte Liebe zu Romilda lebt wieder auf. In allerhöchster Not setzt Romilda dann alles auf eine Karte – sie bietet dem Herrscher der Awaren die Heirat an …

Lange Zeit galt die langobardische Herzogin Romilda als »ruchloses Weib«, Robert Gordians mit großer historischer Sachkenntnis verfasster Roman hingegen zeichnet das Bild einer sehr tapferen und leidenschaftlichen Frau.

Der Autor

Robert Gordian wurde 1938 in Oebisfelde geboren. Nach dem Studium der Journalistik und Geschichte, arbeitete er als Fernsehredakteur und Theaterdramaturg. Neben Hör- und Fernsehspielen, schrieb Gordian auch zahlreiche historische Romane. Im Heyne Verlag erscheint auch *Die Frau des Philosophen* (01/13437).

ROBERT GORDIAN

Die ehrlose Herzogin

Roman

WILHELM HEYNE VERLAG
MÜNCHEN

HEYNE ALLGEMEINE REIHE
Band-Nr. 01/13559

Umwelthinweis:

Dieses Buch wurde auf chlor- und säurefreiem Papier gedruckt.

Taschenbucherstausgabe 03/2003

Der Wilhelm Heyne Verlag ist ein Verlag der
Ullstein Heyne List GmbH & Co.KG
Printed in Denmark 2003
Umschlaggestaltung: Nele Schütz Design, München,
unter Verwendung eines Ausschnitts des Gemäldes MIGNON
von Friedrich Wilhelm von Schadow, 1828
Gesetzt aus der Minion
Satz: KompetenzCenter, Düsseldorf
Druck und Bindung: Nørhaven Paperback A/S, Viborg

ISBN: 3-453-86433-6
http://www.heyne.de

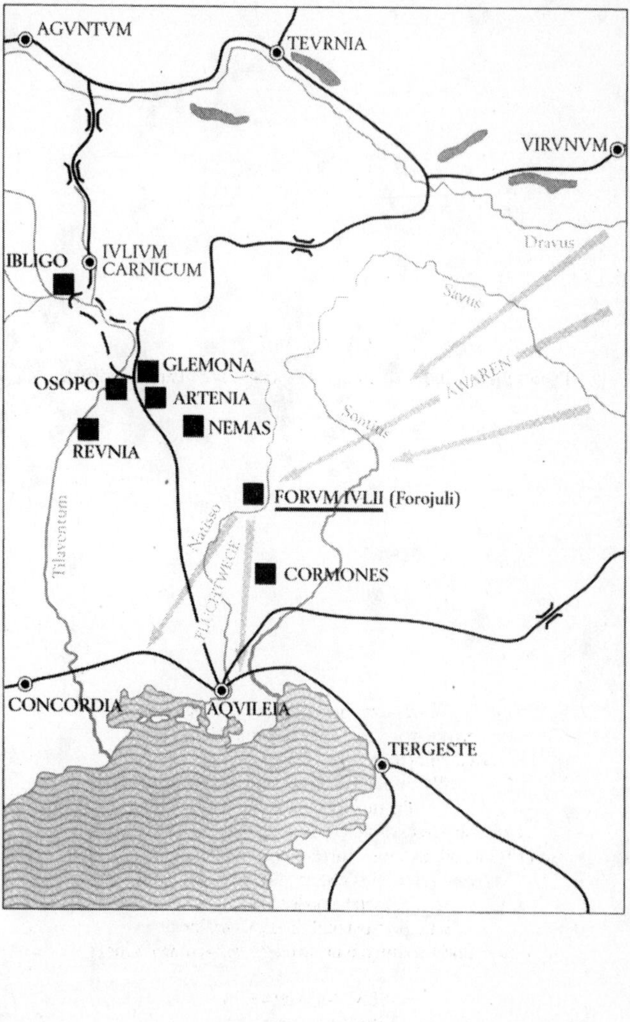
AGVNTVM
TEVRNIA
VIRVNVM
Dravus
IBLIGO
IVLIVM
CARNICUM
Savus
GLEMONA
OSOPO
ARTENIA
AWAREN
Sontius
NEMAS
REVNIA
FORVM IVLII (Forojuli)
Tilaventum
Natisso
CORMONES
FLUCHTWEGE
CONCORDIA
AQVILEIA
TERGESTE

1

»Die Awaren kommen!«

Irgendjemand hatte draußen im Gang diesen Ruf ausgestoßen. Romilda erhob sich, legte die Handarbeit auf den Stuhl und ging rasch zur Tür. Hinauslauschend nahm sie von der Treppe her Männerstimmen und hastige, hallende Schritte wahr. Sie trat in den Gang und dort auf der anderen Seite an eines der hohen Bogenfenster.

Als sie hinunterblickte, erschrak sie. Ein leiser Schrei entfuhr ihr, sie hielt einen Augenblick den Atem an.

Unten im Palasthof stieg gerade der Mann aus dem Sattel, den sie vom Fenster ihres Gemachs aus gesehen hatte. Er war von den Hügeln herabgekommen, hatte sein Pferd heftig angetrieben. Als er schon nahe der Stadtmauer war, hatte sie plötzlich das Empfinden gehabt, dass sie ihn kenne. Es war die Haltung, mit der er zu Pferde saß – sehr gerade, nur wenig vorgebeugt, die Arme stark abgewinkelt –, was eine Erinnerung in ihr wachrief. Dann war er unter der Mauer aus ihrem Blickfeld verschwunden, und sie hätte geglaubt, sich getäuscht zu haben.

Jetzt aber fand sie ihren Eindruck bestätigt.

»Ist das nicht der Herr Faroald?«

Die alte Kammerfrau Pelagia war zu ihr ans Fenster getreten. Auch Appa und Gaila, Romildas älteste Töchter, liefen herbei.

»Der Kommandant von Nemas?«

»Etwa der, dem Vater verboten hat, herzukommen?«

Romilda starrte hinunter und murmelte: »Da muss etwas

passiert sein. Etwas Ungewöhnliches, Schlimmes. Habt ihr nicht auch gehört, was eben gerufen wurde? Dass die Awaren …«

Sie unterbrach sich, weil der Mann, von dem sie kein Auge ließ, den Kopf hob, heraufsah. Gleich darauf aber wankte er und musste sich auf die Schultern zweier Leute von der Palastwache stützen. Ein blutdurchtränkter Fetzen war um seinen rechten Oberschenkel gewickelt.

Etwa vierzig, fünfzig Männer umringten ihn, schrien aufgeregt durcheinander, geleiteten ihn zur Halle.

»Die Awaren kommen!«, gellte es aus ihrer Mitte herauf.

»Der Himmel bewahre uns vor diesen Teufeln!«, stöhnte die alte Kammerfrau. »Das wäre ja ein entsetzliches Unglück! Soll ich hinuntergehen, Herrin, und mich erkundigen?«

Sie wollte davoneilen.

Doch da tauchte am Ende des Ganges ein Jüngling von etwa siebzehn Jahren auf, lief herbei, schwenkte die Arme und rief mit überkippender Stimme: »Mutter! Die Awaren sind eingefallen! Der Kommandant von Nemas hat es gerade gemeldet, mit Mühe ist er ihnen entkommen. Es wird Krieg geben!«

Die beiden Mädchen schrien auf.

Romilda gebot ihnen, in die Frauengemächer zurückzukehren. Ihr langes Übergewand raffend, ergriff sie den Arm ihres Sohnes.

»Wo ist dein Vater, Kako?«

»In der Halle.«

»Gehen wir zu ihm!«

Sie fand den Herzog, ihren Gemahl, im ehemaligen Atrium des römischen Prachtbaus, das jetzt den Langobarden als Festhalle diente. Zwischen den beiden Reihen gedrungener Säulen und den Wänden mit verblichenen Gemälden drängte sich die herzogliche Gefolgschaft. Gisulf, der Zweite seines Namens, kahlköpfig, breit und beleibt, mit mächtigem Bart, stand inmitten des Kreises, den sie um ihn und den Ankömmling gebildet hatten.

»Nein, das ist keine gewöhnliche Grenzverletzung!«, rief er, beide Fäuste schüttelnd. »Das ist mehr, sie wollen uns in die Knie zwingen. Und es ist klar, wer dahintersteckt: der König! Ja, niemand anders als Ago – und seine machtbesessene Betschwester, die Königin Theudelinde! Der Herzog von Friaul ist ihnen zu unabhängig geworden, sie wollen ihn loswerden. Natürlich können sie nicht offen gegen uns vorgehen. Ich habe zu viele Freunde unter den Großen der Langobarden. Sie würden riskieren, dass sich die meisten auf unsere Seite schlagen. So haben sie es schlau angefangen und die Awaren gegen uns aufgehetzt. Diese barbarischen Höllenkrieger sollen uns niederwerfen, während sich Ago zurückhält und wartet, bis alles erledigt ist. Aber er unterschätzt unsere Widerstandskraft. Soll er nur warten! Die Zeit wird ihm lang werden!«

Zustimmung wurde geschrien. Schulter an Schulter standen die Männer, blickten grimmig unter dem blonden und rötlichen Haargewirr, das ihnen, im Nacken gestutzt, tief in die Stirnen und über die Ohren hing. Einige bemerkten Romilda und drängten andere zurück, sodass eine Gasse entstand.

»Tritt näher, Frau!«, rief der Herzog. »Und höre, was uns der König für Gäste schickt! Awarenhaufen mit Sklaveniern als Hilfstruppen! Räuber und Mörder! Die Nachricht überbrachte mir Faroald, den du ja kennst …«

Romilda trat in den Kreis und sah nun den Mann aus der Nähe, der sich bei ihrem Anblick von einer Bank erhob. Es fiel ihm schwer, doch er richtete sich zu seiner alle anderen überragenden Größe auf und machte vor ihr eine Verbeugung.

Wie hager und grau er geworden ist! dachte Romilda und sagte: »Behalte doch Platz! Du bist verwundet?«

»Das ist ohne Bedeutung, Herrin«, erwiderte Faroald, um ein Lächeln bemüht. »Nur ein Pfeilschuss.«

»Noch immer der tollkühne Held!«, bemerkte der Herzog, der die beiden, versteckten Spott in den Augen, beobachtete.

»Er hat einen ihrer Haufen durchquert, als sei es ein Rudel Hunde.«

»Das war keine Heldentat«, sagte der Hüne. »Es war nur verzweifelte Flucht. Mein Jagdgefolge war nicht mehr zu sehen, ich fand mich auf einmal abgeschnitten. Zum Glück bemerkten sie mich zu spät und schickten mir nur ein paar Pfeile nach. So kam ich durch.«

»Und trotz der Verwundung ritt er noch zwanzig Meilen hierher«, fügte der Herzog hinzu. »Sehr lobenswert!«

Und indem er Faroald nötigte, sich wieder zu setzen, fuhr er fort: »Trotzdem wäre es besser gewesen, mein Freund, du hättest dich gleich zu deiner Festung begeben und mir einen Boten geschickt. Ich hoffe, Nemas wird zuverlässig verteidigt. Es ist nicht gut, dass der Kommandant nicht anwesend ist, wenn Belagerung droht.«

»Was heißt das, Herzog?« Faroald blickte unmutig auf. »Du lobst und tadelst mich gleichzeitig? Nennst mich im selben Atemzug tapfer und verantwortungslos?«

»Nicht verantwortungslos. Ich meine nur, etwas Umsicht wäre besser gewesen.«

»Ich dachte, die Größe der Gefahr und der Wunsch, euch zu warnen, würde mich rechtfertigen.«

»Das tut es ja auch. Außerdem bist du durch deine Verletzung entschuldigt.«

»Entschuldigt?«

»Ich lasse sofort den Arzt rufen«, sagte Romilda rasch, als Faroald wieder aufstehen wollte. »Er soll die Wunde untersuchen.«

»Ich habe mich schon um ihn bemüht!«, rief aus dem Hintergrund der weißbärtige Kämmerer Billo. »Aber der Kerl ist stockbetrunken.«

»So werde ich selber …«

»Nicht nötig!«, wehrte Faroald ab. »Ich habe die Pfeilspitze schon entfernt und die Wunde an einer Quelle gereinigt. Unwichtig! Wenn du es wünschst, Herzog, sitze ich nach einem Trunk Wasser wieder im Sattel und reite nach Nemas.«

»Warum so empfindlich?«, entgegnete Gisulf. »Besser wird sein, du ruhst dich hier aus und kurierst dich erst einmal. Damit du bald wieder in den Kampf ziehen kannst. Wir werden jeden Mann brauchen, wenn es zum großen Zusammenstoß kommt.«

Ein hoch aufgeschossener junger Mann schob sich nach vorn, begeistertes Leuchten in den Augen.

»Du gibst mir doch eine Tausendschaft, Vater? Ich hab für den nächsten Krieg dein Versprechen!«

»Wir werden sehen. Gedulde dich, Taso! Das hängt davon ab, wie viele wir aufbieten können. Wir müssen so schnell wie möglich alle verfügbaren Kräfte zusammenziehen. Wenn wir ausrücken ...«

»Solltest du ausrücken, bleibt er hier!«, erklärte Romilda entschieden. »Er ist noch zu jung, völlig unerfahren. Dass er ins Feld zieht, erlaube ich nicht!«

»Misch dich nicht ein, Mutter, das ist nicht deine Sache!« rief Taso.

Romilda beachtete ihn nicht und trat nahe an ihren Gemahl heran, den sie, eine große, stattliche Frau, um halbe Haupteslänge überragte.

»Muss es denn überhaupt zum Kampf kommen? Vielleicht ziehen sie sich wieder zurück, so wie früher!«

»Darauf verlasse dich lieber nicht«, sagte Gisulf. »Der Kampf wird nicht zu vermeiden sein. Deshalb wird alles, was Waffen tragen kann, jetzt hierher befohlen. Dazu die Hilfstruppen, die Romanen, Sarmaten ...«

»Wir sollten uns auch nach einem Verbündeten umsehen!«, riet ein kostbar gekleideter Langobarde, fast kahl, mit schlauen Augen und grämlicher Miene, der ein jüngeres, doch etwas geschrumpftes Ebenbild des Herzogs zu sein schien.

»Einen Verbündeten? Nun, ich weiß, wen du meinst. Den Exarchen in Ravenna. Aber die Kaiserlichen sind mir nicht wohlgesinnt – seit meiner letzten Versöhnung mit dem König. Sie würden zu hohe Bedingungen stellen.«

»Mir scheint, du hast keine andere Wahl«, beharrte Grasulf, der Bruder des Herzogs, in einem Ton, als quäle es ihn, über Selbstverständlichkeiten zu reden. »Willst du allein in den Kampf mit den Wilden? Vielleicht unterliegen und alles verlieren? Würdest du nicht mit ein paar Zugeständnissen an den Kaiser von Ostrom ...«

»Schweig!« Den Herzog ärgerte, dass Grasulf diese Erörterung vor aller Ohren begonnen hatte. »Soll ich mich ihm in die Arme werfen? Damit er mich am Ende erdrückt? Hätte ich mir den König, der immerhin Langobarde ist, vom Leibe gehalten, um Knecht des Kaisers zu werden? Nein! Ich fürchte mich nicht vor den awarischen Horden! Ich werde allein mit ihnen fertig! Was verstehen sie schon von Kriegsführung? Ja, es sind Wilde, sie stürmen drauflos ... ohne Zucht, ohne Ordnung, wie blödes Vieh. Ein einziger langobardischer Krieger wiegt drei Awaren auf! Was sage ich? Fünf! Ja, sogar zehn!«

In der Gefolgschaft ringsum erhob sich abermals Beifall, mit Begeisterung bei den einen, pflichtschuldigst bei den anderen.

Zwei Knaben, zwölf und zehn Jahre alt, hölzerne Kinderschwerter am Gürtel, Bogen und Köcher umgehängt, drängten sich neugierig in den Kreis.

Der Herzog bemerkte sie, zog den jüngeren zu sich heran, hob ihn auf seine Arme und fragte ihn: »Was meinst du, Grimoald? Werden wir siegen?«

»Wir siegen, Vater!«, krähte der Knabe. »Wir jagen sie zurück in die Steppe!«

Der Herzog lachte und rief: »Männer! Das Wort meines jüngsten Sohnes soll unser Schlachtruf sein: Zurück in die Steppe mit ihnen! Wir werden nicht lange zögern, damit sie nicht Zeit finden, weitere Haufen heranzuholen. Ein überraschender Angriff wird sie niederwerfen. Jetzt heißt es: Boten auf den Weg! Sämtliche Edlen von Friaul sind ohne Verzug zu benachrichtigen. In spätestens acht bis zehn Tagen sollen sie mit allem verfügbaren Kriegsvolk zu uns stoßen!«

Die Versammlung löste sich auf. Jeder der Männer war nun bestrebt, zu Wort zu kommen und seine Meinung zu äußern.

Es ging in den Krieg. Endlich, sagten die Jüngeren, höchste Zeit, dass Gelegenheit kommt, sich auf der Walstatt auszuzeichnen, nicht nur bei Übungen auf dem Waffenplatz. Die Älteren warnten vorsichtig, so weit der Respekt vor dem Herzog es zuließ. Nicht unterschätzt werden dürfe der Feind, dieses unbekannte Volk aus dem Osten, das dort, wo es auftrat, fast immer erfolgreich war, selbst gegen die sieggewohnten Franken.

Gisulf befahl seinen Marschalk und den Hauptmann seiner Leibwache zu sich, um mit ihnen die Boten und die schnellsten Pferde auszuwählen.

Bevor sie zu den Ställen hinübergingen, wandte er sich noch einmal der Herzogin zu. Bei ihr, den Arm um sie geschlungen, stand Radoald, der Zwölfjährige. Eifersüchtig auf seinen jüngeren Bruder, den der Vater wie immer bevorzugt hatte, suchte er die Nähe der Mutter.

Ein rascher Blick des Herzogs ging von Radoald zu dem verwundeten Mann auf der Bank, der den Jungen, seit dieser aufgetaucht war, nicht aus den Augen gelassen hatte.

Gisulf lächelte starr, auch etwas spöttisch und verächtlich, als er nun seine Gemahlin ansah und sagte: »Unseren Helden gebe ich in deine Obhut. Kümmere dich um ihn, damit er schnell wieder kampftüchtig wird. Dir mag das am besten gelingen!«

2

Die Halle leerte sich, alles war jetzt draußen geschäftig. Das offene Portal gab den Blick in den Hof frei, wo die Männer in Gruppen beisammenstanden. Kommandos ertönten. Pferde wurden von Knechten herbeigeführt. Einige Jüngere vom Gefolge, die es nicht mehr erwarten konnten, kreuzten schon übermütig die Klingen.

Auch Grimoald stürmte hinaus, und Radoald wollte ihm folgen. Die Herzogin hielt ihn aber zurück.

»Lass mich doch, Mutter!«, bat der Knabe. »Ich möchte dort mitmachen!«

»Begrüße erst diesen tapferen Recken!«, befahl Romilda. »Es ist Herr Faroald aus Nemas.«

»Heil, edler Herr!«, sagte Radoald und verbeugte sich knapp, die Stirn gerunzelt, trotzig und ungeduldig.

Faroald griff nach seiner Hand. Im Blick des Mannes waren gleichzeitig Freude und Schmerz. Seine Stimme zitterte, als er sagte: »Hab Dank, meinJunge! Du übst dich also fleißig im Waffengebrauch. Recht so! Wenn du erwachsen bist, wirst du bedeutende Taten vollbringen.«

»Darf ich jetzt gehen?«, fragte Radoald.

Aber der Mann hielt seine Hand und betrachtete ihn noch immer.

»Er ist ein kluger Junge und fleißig«, bemerkte Romilda, die beim Anblick der beiden Mühe hatte, ihre Bewegtheit zu unterdrücken. »Er kann auch schon etwas lesen und schreiben. Und ganze Gedichte sagt er auswendig her.«

»Bei uns in der Festung brauchen wir tüchtige Burschen

für die Jungmannschaft«, sagte Faroald. »Hättest du Lust, nach Nemas zu kommen?«

»Das wird mein Vater bestimmt nicht erlauben.«

»Vielleicht tut er es doch. Ich würde mich selber um deine Ausbildung kümmern.«

Erfreut über diesen Einfall, strich er dem Jungen über den Kopf.

»Vielleicht später, noch ist er etwas zu jung«, sagte die Herzogin ausweichend. »Man weiß ja auch nicht, was nun wird. Du darfst jetzt gehen, Radoald.«

Der Junge riss seine Hand aus der des Mannes und rannte hinaus.

Eine Magd trat heran und brachte einen Becher Wein, den die Herzogin nun dem Gast zum Willkommen reichte.

Faroald trank mit langen Schlucken, so langsam, als fürchte er, den Becher absetzen und ein Gespräch beginnen zu müssen. Die Arme gekreuzt, an eine Säule gelehnt, sah Romilda ihm zu.

»Der erste Willkommenstrunk nach dreizehn Jahren«, sagte sie lächelnd, als er endlich, den leeren Becher in seinen Händen drehend, zu ihr aufblickte. »So lange haben wir uns nicht gesehen. Ich hörte, deine Frau sei gestorben.«

»Ja, schon vor einiger Zeit«, erwiderte Faroald. »In dem Herbst, als der König zum letzten Mal hier war. Das ist nun wohl bald zehn Jahre her.«

»Und hast du Kinder?«

»Auch sie sind tot. Ein Sohn, der seiner Mutter bei der Geburt das Leben nahm, starb bald nach ihr. Und kurz darauf folgte ihm seine ältere Schwester.«

»Wie einsam muss es um dich gewesen sein. Ich habe inzwischen acht Kinder. Doch drei sind auch mir gestorben.«

»Du bist eine starke Frau. Die meinige war sehr zart und zerbrechlich und nie ganz gesund. Die raue Bergluft da oben, die Kälte … Ja, du bist stark, du hättest es ausgehalten!«

Zum ersten Mal ließ er den Blick auf ihr ruhen. In der Tat

wirkte ihre Gestalt so erhaben und kraftvoll, als sei sie aus unvergänglichem Stein gemeißelt, der Säule gleich, an die sie sich lehnte. Das lange Gewand, mit vier Fibeln geschlossen, ließ breite, runde Schultern, eine prächtige Brust und starke Schenkel erkennen, wie man sie manchmal noch auf römischen Bildwerken, die die Zerstörungswut der Germanen verschont hatte, bei Kaiserinnen und Göttinnen sah. Romildas Gesicht war nicht eigentlich schön, doch gerade durch einige Unregelmäßigkeiten anziehend. Die tiefbraunen Augen, die unter dichten Wimpern leicht schielten, strahlten Wärme und Herzlichkeit aus, die kräftige, ein wenig vorgeschobene Unterlippe ließ auf ein ruhiges, beständiges Wesen schließen. Das reiche dunkelblonde Haar, erst spärlich von grauen Fäden durchzogen, war unter dem Schleier, aus dem sich einige Strähnen hervorstahlen, geflochten und hochgesteckt. Zwei goldene Haarnadeln, eine Kette mit Münzanhängern und ein paar Brakteaten am Gürtel waren ein eher unauffälliger Schmuck für die Herzogin.

Sie lächelte zu der Bemerkung des Mannes, doch nach ein paar Augenblicken des Schweigens sagte sie seufzend: »Wenn ich nur stark genug bin, um zu ertragen, was uns vielleicht jetzt bevorsteht. Wie denkst du darüber? Was ist deine Meinung? Können wir die Awaren vertreiben?«

Faroald wandte sich ab und starrte einen Augenblick auf das zerkratzte, kaum noch erkennbare Fußbodenmosaik.

»Soll ich offen sprechen?«

»Ja. Ich bitte dich.«

»Ich meine, der Herzog, dein Gemahl, macht einen Fehler, wenn er ihnen entgegenzieht. Sollten tatsächlich alle kommen, bietet er dennoch höchstens achttausend Mann auf. Dann sind sie noch immer in dreifacher Überzahl.«

»Aber er glaubt ja …«

»Er glaubt, sie verstünden nichts von Kriegsführung. Sie haben gegen die Byzantiner und Franken gekämpft und manches von ihnen gelernt. Im Übrigen sind sie die geborenen

Krieger und werden mit jeder Lage fertig. Früher waren sie nur im Flachland gefährlich, wo sie die volle Wucht ihres Reiterangriffs entfalten konnten. Jetzt verstehen sie sich schon auf Gebirgskämpfe und, wie man hört, sogar auf Belagerungen. Der Khagan – du weißt wohl, so nennen sie ihren König – führt sie wahrscheinlich selbst an. Er ist noch jung und viel weniger Barbar als die meisten seiner Leute. Und er hat den Ruf eines tüchtigen Feldherrn. Ihn da draußen zu besiegen erscheint mir unmöglich. Er ist ständig auf Kriegszügen unterwegs. Und wann hat Gisulf zum letzten Mal eine Schlacht geschlagen?«

»Aber das würde ja bedeuten …«

»Unsere Leute sinnlos zu opfern. Es war immer der Nachteil unseres langobardischen Stammes, dass wir zu wenig waffenfähige Männer hatten. Nach einer Schlacht gegen die Awaren werden wir dieses Herzogtum nicht mehr behaupten können.«

»Und was soll dann aus uns werden?«

»Flüchtlinge, Sklaven oder – Tote.«

Die Herzogin presste die gefalteten Hände und hielt einen Augenblick den Atem an.

»Verzeih!«, sagte Faroald. »Ich sollte dich wohl nicht so erschrecken.«

Sie fand nur mühsam die Sprache wieder.

»Warum hast du meinem Gemahl nicht gesagt, wie es steht?«

»Kommt mir das zu? Ich bin nur Gefolgsmann. Habe gemeldet, was ich gesehen habe und was ich unterwegs noch erfahren konnte. Flüchtende, die ich überholte, berichteten von brennenden Dörfern, hingemetzelten Bauern, Viehherden, die die Feinde forttrieben. Und von gewaltigen Heerhaufen, die von Osten heranziehen. Was jetzt zu tun ist, entscheidet Gisulf.«

»So schnell wie möglich will er ausrücken.«

»Selbstmord!«

Romilda glitt auf das Ende der Bank, beugte sich vor und ergriff Faroalds Arm.

»So hindere ihn daran! Ich bitte dich!«

»Wie könnte ich das? Ich gelte nicht viel bei ihm ... du weißt, warum. Was geschehen ist, wird er mir ewig nachtragen. Was immer ich sage und tue, wird sein Misstrauen wecken. Du hast es eben gehört: Sogar dass ich herkam, um ihn zu warnen, macht er mir im Grunde zum Vorwurf. Er glaubt, ich suchte nur einen Anlass und sei deinetwegen gekommen.«

»In einer solchen Lage? Wie abwegig!«

Einen Augenblick schwiegen sie. Sie saßen in geziemendem Abstand auf der Bank und vermieden es, einander anzusehen.

»Ganz Unrecht hat er wahrscheinlich nicht«, begann Faroald wieder. »Es wäre noch Zeit gewesen, einen Boten zu schicken. Mit der Wunde hätte ich auch besser den kürzeren Weg nach Nemas genommen. Ich war in Sorge um den Jungen und ... ja, auch um dich. Um wen soll ich mich sonst noch sorgen? Ich musste selber kommen, um ihm die ganze Gefahr ...

»Aber du hast ja nicht gesprochen!«

»Gesprochen habe ich, doch wohl nicht klar genug. Deshalb solltest du mit ihm reden!«

»Ich?« Sie lachte kurz und traurig auf. »Er wird auf mich hören! Und was soll ich raten? Abwarten? Nichts tun? Und dann?«

»Unsere Festungen sind in gutem Zustand, besonders diese – Forojuli. Wochen, Monate könnte er einer Belagerung standhalten. Dann allerdings müsste Hilfe kommen.«

»Und woher? Von den Kaiserlichen? Das hat mein Schwager ja bereits vorgeschlagen. Du hast gehört, was mein Gemahl ...«

»Ich spreche nicht von den Byzantinern. Ich meine unsere Stammesbrüder.«

»Das heißt ...«

»Ja, den König. Und die Herzöge. Langobarden! Nur Langobarden können helfen.«

»Gisulf ist überzeugt, der König selbst habe uns die Awaren auf den Hals gehetzt.«

»Mag es so sein. Ago ist ein Dickschädel und nicht zimperlich, ebenso wie dein Gemahl. Der König verträgt es nun einmal nicht, seine Macht geschmälert zu sehen … durch einen eigensinnigen Herzog, der ihm die Waffenhilfe verweigert, auf eigene Faust Bündnisse schließt und nichts zur Mehrung seines Schatzes beiträgt. Er will ihm eine Lehre erteilen. Wenn der ihn aber … ich meine, wenn er ihn jetzt um Hilfe bäte …«

»Das würde Gisulf niemals tun!«

»Umso schlimmer für ihn … und für uns alle. Einen anderen Ausweg … sehe ich nicht. Rede mit ihm … Versuche es … Du solltest ihm … unbedingt raten … sage ihm … es wäre notwendig … dass er auch …«

Romilda, abgelenkt von ihren Sorgen und Ängsten, nahm erst jetzt wahr, dass Faroald zunehmend Mühe hatte, die Worte zu formen.

Er keuchte, Schweiß rann ihm von der Stirn in den Bart, seine Lippen bebten. Mit beiden Armen stützte er sich auf den Marmor der Bank, als würde er sonst jeden Augenblick umsinken.

»Verzeih mir!«, rief sie. »Oh, wie herzlos von mir! Ich rede mit dir und lasse dich unversorgt, dabei bist du verwundet! Hast du Schmerzen? Es scheint mir auch, du hättest Fieber!«

»Nein, es ist nichts! Der schnelle Ritt … die Anstrengung … Ein wenig Ruhe … und in ein paar Stunden … spätestens morgen …«

Die Herzogin war schon aufgesprungen und winkte zwei Knechte herbei.

»Ich lasse dich in einen Raum tragen, wo du ungestört sein wirst. Du brauchst auch ein Bad. Unter meinen Frauen ist eine, die mehr versteht als der Medicus. Ich schicke sie dir! Und auch ich selber …«

Die beiden Knechte sprangen hinzu und verhinderten gerade noch, dass der Verwundete rücklings von der Bank fiel. Die letzten Worte Romildas hatte er nicht mehr gehört.

3

Forum Julii war der römische Name der Stadt, und lange Zeit hatte auf dem Forum, dem Marktplatz, ein Standbild an ihren Gründer Julius Cäsar erinnert. Im Lauf der Jahrhunderte hatten die Römer die kleine Handelsniederlassung zu einer stolzen Festung ausgebaut, die das Hügelland der Julischen Alpen und damit den östlichen Zugang nach Norditalien beherrschte. Nach dem Zusammenbruch des weströmischen Reiches war sie jahrzehntelang in der Hand der Ostgoten, danach kurzzeitig auch der Byzantiner gewesen. Im Frühjahr 568 dann geriet sie als erster größerer Ort in Italien in den Besitz der Langobarden, die als verspätete Nachhut der großen germanischen Wanderbewegung ihre Siedlungsgebiete an der mittleren Donau verlassen hatten. Bevor er mit seiner Hauptmacht weiterzog, übergab der Erobererkönig Alboin die Civitas Forum Julii, von ihren neuen Herren kurz Forojuli genannt, seinem Neffen Gisulf, damit er von hier aus die alte Provinz Venetia als Herzogtum regierte und das neue, erst noch zu schaffende Reich nach Osten hin sicherte.

Seither waren zweiundvierzig Jahre vergangen, und nun herrschte in Forojuli der Enkel jenes ersten Gisulf. Die Stadt aber hatte sich kaum verändert. Rechteckig angelegt wie üblicherweise ein römisches Castrum, war sie im Süden vom Steilufer des Flusses Natisso gesichert, nach den anderen Richtungen durch hohe Mauern und Türme. Wie früher war das Forum der Mittelpunkt, wo sich die beiden Hauptstraßen, der Decumanus und der Cardo maximus, kreuzten. Eine gewaltige Basilika beherrschte den Platz, die einstige römische Gerichtshalle. Die Kämpfe und Wirren der letzten eineinhalb Jahrhunderte waren nicht spurlos an ihr vorübergegangen, Säulen und Wandschmuck waren beschädigt, die Statuen in den Nischen zerstört, Türen und Treppen herausgerissen. Dennoch blieb sie das Herz der Stadt. Da es die Herzöge vorzogen, in ihrem Palast zu Gericht zu sitzen, war sie Händlern, Bauern, Wucherern, Advokaten, Predigern, Mönchen, Spielleuten und allem Volk überlassen, das auf dem Forum zusammenströmte.

An diesem Apriltag des Jahres 610 war das Gedränge auf dem Wandelgang hinter den Säulen und in den Räumen der Halle so außerordentlich, dass daraus leicht auf die ungewöhnliche Lage zu schließen war, in der Forojuli sich seit einigen Tagen befand. Bald nach dem Überbringer der Unglücksnachricht von dem Awareneinfall waren schon Flüchtlinge eingetroffen. Auf die ersten Gerüchte hin hatten die Bauern in den Bergdörfern eilig Ochsen, Esel und ihre einfachen, auf dicken Scheibenrädern rollenden Karren mit Habseligkeiten beladen und sich zur Festung aufgemacht. Familien, aus mehreren Dutzend Köpfen bestehend, mit Hunden, Ziegen, Schafen und Federvieh drängten zu den Toren herein. Grasulf, der Kommandant der Festung, hatte ihnen anfangs Lagerplätze unter freiem Himmel zugewiesen, auf den Ödflächen längs der Mauer, doch wegen des kühlen, unbeständigen Wetters waren viele ohne Erlaubnis, nachts und heimlich in die Basilika eingedrungen, um sich dort niederzulassen. Man vertrieb sie nicht, drängte sie aber in die Ecken, damit Platz für die Händler blieb. Vor einer Woche erst war ein Kaufmannstreck aus Verona gekommen, wollte weiter auf dem Landweg nach Dalmatien und Illyricum. Dies war nun auf einmal ein risikoreiches Unterfangen, und nur einige Mutige zogen weiter. Die Übrigen waren zur Umkehr entschlossen, blieben aber vorerst, um wenigstens hier noch einen Teil ihrer Waren mit mäßigem Gewinn zu verkaufen. In und vor der Basilika schrien sie ihre auf Tischen und Teppichen ausgebreiteten Waren aus – Kleidungsstücke, Schuhe, Gürtel, Werkzeuge, Waffen, Schmuckgegenstände und anderes.

Für Lärm und Aufregung sorgte aber vor allem die Jungmannschaft des herzoglichen Gefolges, die das Forum an diesem Tag zu ihrem Waffenübungsplatz gemacht hatte. Auf dem Palasthof, wo jetzt Stunde um Stunde das überall aufgebotene Kriegsvolk anrückte, war es zu eng geworden für Reiter und Fechter. Mitten auf dem Platz saß auf einem tänzelnden Rappen Taso, der neunzehnjährige älteste Sohn des Herzogs, rief Kommandos, hetzte die Jungmannen gruppenweise gegen den angenommenen Feind. Dieser bestand aus Köpfen von Rindern und Schweinen, schwankend auf hohen Stangen, grausig und blutig, wie wohl Awarenfratzen aussehen mussten. Die jungen Männer galoppierten heran, warfen auf Befehl ihre Speere und Lanzen, und die Gaffer ringsum schrien auf, wenn sie trafen. Fielen Köpfe, rannten Knechte herbei, steckten sie wieder auf die Stangen. Wer sich besonders auszeichnen wollte, machte kehrt, als wolle er fliehen, und schleuderte seine Lanze kunstvoll rückwärts über die Schulter. Zwei junge Krieger, Subo und Hildigis, taten sich dabei hervor, wetteifernd, angefeuert von ihren Gefährten.

Suba war breit und kräftig, stiernackig, mit strohblondem, über den Augen gerade abgeschnittenem Haar, ein junger langobardischer Edler in Seidentunika, Silberbeschläge am Gürtel. Meist war er auf seinem stämmigen Gaul als Erster heran, warf seine Lanze aus allen Lagen. Fast immer traf er, brüllte dann selber begeistert auf, winkte Beifall spendenden Zuschauern. Um sich durch ungewöhnliche Treffer hervorzutun und günstige Wurfwinkel zu gewinnen, scheute er nicht davor zurück, anderen in die Bahn zu reiten, sie wegzustoßen, Stürze herbeizuführen. Einige beklagten sich laut über ihn, doch Taso schien nichts zu hören. Er lachte auch nur, als Subo den Einzigen, der es mit ihm aufnehmen konnte, durch ein hinterhältiges Manöver, das dessen Pferd erschreckte und hochsteigen ließ, aus dem Sattel warf.

Der andere, Hildigis, sprang auf, fing das Pferd ein, ballte ärgerlich die Faust. Er packte den Rist und wollte sich gerade wieder hinaufschwingen, als in der Nähe sein Name gerufen wurde.

Es war Appa, die achtzehnjährige älteste Herzogstochter, die bei einem der Händlertische stand und ihm winkte.

»Hildigis, komm! Du musst mir helfen!«

Der junge Mann überließ sein Pferd einem anderen und eilte zu ihr.

Er war ein hübscher, schlanker, dunkelhaariger Bursche, trotz seines langobardischen Namens aus einer edlen Romanenfamilie gebürtig. Diese schien allerdings nicht reich zu sein, der leinene Kittel, den er trug, war grob und schon etwas zerschlissen, schmucklos und abgeschabt war auch der lederne Gürtel, in dem ein Sax mit schartiger Klinge steckte.

Taso bemerkte mit offensichtlichem Unmut, dass sich Hildigis seiner Schwester näherte.

»Was gibt es, Appa? Was kann ich tun?«, rief der junge Mann, noch außer Atem.

»Du sollst nur entscheiden, mir fällt es zu schwer. Was meinst du? Steht mir dieses Band?«

Sie ließ sich von einem Händler, der Gürtel, Borten und Binden feilbot, ein blaues Stirnband reichen. Hildigis musste ihr helfen, es zu befestigen. Während er sich zu ihr neigte und ihr Haar berührte, das blond und dicht wie das ihrer Mutter war, sagte sie leise: »Warum lässt du dir das von Subo gefallen? Zahl es ihm heim, er hat es verdient!«

»Ach, er will sich nun einmal hervortun«, sagte Hildigis, nachsichtig lächelnd. »Daran soll man ihn gerade jetzt nicht hindern.«

»Weißt du schon, dass ich ihn heiraten soll?«

»Was sagst du? Den Subo?«

»Ja. Es scheint, als sei es so gut wie beschlossen. Nur weil wir jetzt Krieg haben, wird es aufgeschoben. Wenn aber die Awaren vertrieben sind …«

»Bist du denn nicht mit ihm verwandt?«

»Nicht so, dass Heirat nicht möglich wäre.«

»Das ist sehr traurig«, murmelte er. »Wenn es nun aber so beschlossen ist ...«

»Noch ist es ja nicht bekannt gegeben. Und vielleicht weigere ich mich auch. Gefällt es dir?«

Sie trat lächelnd zurück, damit er die Wirkung des Bandes begutachten konnte.

Auch sonst war Appa ihrer Mutter sehr ähnlich, braunäugig, groß und kräftig entwickelt, doch waren ihre Züge regelmäßiger und etwas strenger.

»Ja, es gefällt mir«, sagte Hildigis, noch immer betroffen von Appas Worten. »Es steht dir wirklich sehr gut.«

»Wir können ja auch noch weitersuchen.«

»Vielleicht will das edle Fräulein etwas Besonderes, etwas Kostbares«, sagte der Händler, ein Kästchen öffnend.

»Sie sind schön«, meinte Appa mit einem Blick auf die mit Goldstickerei verzierten Stirnbänder. »Doch leider zu teuer.«

»Probiere sie nur!« Der Händler, der anscheinend wusste, wen er vor sich hatte, machte eine Verbeugung. »Wähle, mein edles Fräulein, wähle!«

»Lass es bleiben, Schwester!« sagte Taso, der plötzlich neben ihr stand. »Dein Leibsklave wird dir das wohl nicht kaufen können. Er besitzt ja nicht mal ein richtiges Schwert!«

Gelächter erhob sich hinter ihm. Auch Subo und andere waren herangetreten.

Hildigis errötete heftig.

»Was ihn jedoch nicht berechtigt«, fuhr Taso fort, »sich bei einer Waffenübung ohne Befehl eine Ruhepause zu gönnen.«

»Ich war es, die ihn gerufen hat!«, sagte Appa mit scharfer Betonung und sah ihren Bruder fest an. »Weil ich dringend mit ihm zu reden hatte.«

»Was hast du mit dem schon zu reden? Wahrhaftig, Schwester, das passt mir nicht!«

»Wenn du einen Ratgeber suchst, schöne Appa«, mischte sich Subo ein, »solltest du dich an einen Besseren wenden. Ich zum Beispiel sehe mit sicherem Blick, was dich kleidet.«

Er nahm eines der Bänder aus dem Kästchen und warf dem Händler ein Goldstück hin.

»Nun, was sagst du dazu?«, rief Taso. »Er macht dir ein kostbares Geschenk. Bedankst du dich nicht?«

»Ich werde es dir auch gleich selber ...« Subo hob mit breitem Lächeln die Hand und wollte Appa das Stirnband anlegen.

»Lass das, ich will es nicht!«, sagte sie, wobei sie zurückwich und ihm den Rücken wandte. »Gehen wir!«, rief sie der alten Pelagia zu, die gerade mit Gaila, der zweiten Herzogstochter, herankam.

Verblüfft und wütend blickte Taso ihr nach.

»Und was mache ich nun damit?«, sagte Subo und starrte auf sein verschmähtes Geschenk.

»Gib es doch mir!«, rief Gaila. »Ich werde dir ganz bestimmt dankbar sein!«

»Da, nimm es!«

Er warf es ihr zu und war froh, dass sich in diesem Augenblick alle Aufmerksamkeit dem Cardo maximus zuwandte.

Wieder einmal näherte sich dort, wie mehrmals bereits seit dem frühen Morgen, ein Zug von Flüchtlingen. Begleitet vom Geschnauze der Wachmänner, die ihnen einen Lagerplatz zuweisen sollten, schleppten sie sich heran. Es waren überwiegend Alte, Frauen und Kinder, mit Säcken, Körben und ärmlichem Hausrat beladen, an Stricken magere Kühe und Ziegen hinter sich herzerrend.

»Wo sind die Männer?«, ereiferte sich Taso. »Sie drücken sich vor dem Aufgebot, die verdammten Gepiden und Sklavenier!«

»Diese hier scheinen Sarmaten zu sein«, meinte Subo. »Ja, du hast Recht, die Feiglinge haben sich in den Bergen verkrochen. Warten ab, bis wir Langobarden für sie die dreckige Arbeit erledigt haben.«

»Dafür büßen sie, wenn wir gesiegt haben!«

»Vielleicht sind es aber auch schon die ersten Awaren«, scherzte Subo. »Guckt euch mal den dort an, den Hinkefuß! Sieht er nicht wie der Teufel selbst aus?«

»Vielleicht ist es der Khagan!«, schrie einer. »Er befehligt die Vorhut persönlich!«

Die jungen Männer, die Taso und Subo umstanden, brachen in ein tolles Gelächter aus. Auch die Menge ringsum fiel ein. Die Heiterkeit galt einem zerlumpten, von Pockennarben entstellten älteren Mann, der sich plötzlich aus der Gruppe der Ankömmlinge gelöst hatte und, ein steifes Bein nachziehend, über den Platz lief. Ständig die Richtung wechselnd, versuchte er, einen struppigen Hund einzufangen. Aufgeregt rannte dieser zwischen den Stangen umher und kläffte hinauf zu den blutigen Tierköpfen. Der Alte stieß kehlige Laute aus, aber der Hund wollte ihm nicht gehorchen, auch dann nicht, als er vom Boden einen zerbrochenen Lanzenschaft aufhob und drohend als Knüppel schwang.

Das Gelächter schwoll an, und Rufe ertönten.

»Seht mal, dem Khagan läuft sein Krieger davon!«

»Wie traurig! Kann man da tatenlos zusehen?«

»Wer hat Mitleid? Wer hilft ihm?«

Schon flog eine Lanze über den Platz. Bogen wurden gespannt, mehrere Pfeile schnellten von den Sehnen.

Der Hund jaulte auf, brach getroffen zusammen.

»Sieg! Die Vorhut ist schon vernichtet!«

»Die anderen Hunde erwischen wir später!«

»Seht mal, der Khagan ist verzweifelt!«

»Warum jagen wir ihn nicht, Männer?«, schrie Subo.

»Ja!«, stimmte Taso bei. »Setzen wir ihn auf ein Pferd! Schließlich ist er ein König!«

Die ganze Rotte stürmte hinaus auf den Platz.

Der Hinkende kniete bei dem Hund und versuchte, den Pfeil aus dem zuckenden Körper zu ziehen. Nun wurde er hochgerissen und unter Gejohle zu den von Knechten gehaltenen Pferden geschleppt. Er sträubte sich, war aber natürlich zu schwach, um ernsthaften Widerstand zu leisten.

Einer der jungen Kerle lief mit einem Prunkmantel aus Brokat herbei, verfolgt von dem protestierenden Kaufmann, dem er das Kleidungsstück entwendet hatte. Der arme Teufel versank fast darin, als es ihm übergeworfen wurde. Schon hing er keuchend und zitternd auf einem Pferderücken, krallte die Finger in die Mähne.

Die Jungmannen und ihre Knechte bildeteten einen weiten Kreis.

Ein Schlag mit der Gerte, die Hatz begann.

Der kleine, zottige Hengst stürmte los, trug seinen Reiter über das Forum. Geschrei und Schläge trieben ihn von allen Seiten an, sodass er mal hierhin, mal dorthin lief. Der Krüppel im Prunkmantel raste mit angstvoll aufgerissenen Augen umher, rohes Gelächter umtoste ihn. Bald merkte der Gaul, dass der Reiter schwach war, und er versuchte, ihn loszuwerden. Er senkte mit böse funkelnden Augen den Kopf, buckelte, machte Sprünge, stieg hoch. Der Unglückliche wurde geschüttelt, gestoßen, immer wieder beinahe abgeworfen. Verzweifelt hielt er sich oben, mit dem Kopf wackelnd, greuliche Laute ausstoßend.

Eine Alte löste sich aus dem Flüchtlingstreck, stürzte mit Geschrei auf das Pferd zu. Beinahe geriet sie unter die Hufe, wurde gerade noch zurückgerissen. Sonst wollte niemand Hilfe leisten.

Die Menge gaffte – mitleidig und entsetzt die einen, schadenfroh und lüstern die anderen.

»Aufgesessen!«

Als Erster sprang Taso auf sein Pferd, Subo und ein paar andere folgten dem Beispiel. Ihre Lanzen gezückt, umkreisten die jungen Recken die Jammergestalt auf dem ungebärdigen Pferd.

Der Krüppel presste den Kopf an den Hals des Tieres und heulte auf, als die ersten Geschosse geflogen kamen. Laut lachten die jungen Männer, warfen sie sich doch die Lanzen nur zu, vermieden zu treffen. Der Spaß war köstlich, doch immer gefährlicher wurden die Würfe. Schon streifte die erste Eisenspitze den Rücken des Reiters, riss einen Fetzen aus dem kostbaren Mantel. Eine andere ritzte seinen Hals, an dem ein blutiger Streifen erschien.

»Seid ihr von Sinnen? Ihr bringt ihn noch um!«

Hildigis schwang sich auf sein Pferd, sprengte dazwischen. Diesmal war er es, der Subo behinderte, beinahe brachte er ihn zu Fall.

Da plötzlich schlug der kleine Hengst einen Haken und raste, den Kreis der Reiter durchbrechend, davon.

Subo, der sich noch gerade im Sattel hielt, brüllte: »Aufgepasst! Der Khagan entkommt!«

Er riss den Arm hoch, schleuderte mit Wucht seine Lanze. Sie traf den unglückseligen Reiter. Er machte einen seltsamen Luftsprung, und zwischen dem Volk, das auseinander stob, landete er auf den Stufen der Halle.

Die Menge stöhnte auf. Alles drängte sich um den Gestürzten.

Subo saß feixend im Sattel, beschwichtigte die anderen mit Gesten: Ein kleiner Unfall, nur ruhig, der Kerl erholt sich gleich wieder!

Taso gab den Befehl zum Sammeln.

Da schrie eine Frau: »Er ist tot!«

Appa, die sich mit ihrer Schwester und der Kammerfrau auf den Weg zum Palast machen wollte, hatte alles mit angesehen. Sie stand auch noch im Gedränge, als die Verwandten des Krüppels den Leichnam forttrugen. Die meisten schwiegen, nur wenige wagten zu grollen.

Einen Alten hörte sie sagen: »Übermütig sind unsere Herren. Ermorden einfach einen Menschen. Wenn Gott uns nicht alle dafür straft …«

Schon wurden die Leute auseinander getrieben. Taso kehrte mit seinem Gefolge in den Palast zurück.

Als Subo, herausfordernd um sich blickend, vorüberritt, wandte Appa den Kopf, sah zum Himmel auf und sagte mit klarer Stimme, sodass die Umstehenden es vernahmen und aufmerkten:

»Niemals heirate ich dieses Scheusal!«

4

Mitternacht war vorüber, aber Romilda ging nicht schlafen.

Am Nachmittag war ein Diener bei ihr erschienen und hatte gemeldet, dass der Herzog sie zu sehr später nächtlicher Stunde noch aufsuchen werde, um von ihr Abschied zu nehmen. Erschrocken hatte sie gefragt, ob es denn schon so weit sei, ob denn die Streitmacht am nächsten Morgen schon ausrücken werde. Der Diener hatte jedoch nichts Genaues gewusst und nur sagen können, man habe Befehl, die Marschkleidung und die Rüstung des Herrn in tadellosem Zustand zur frühen Morgenstunde bereitzuhalten.

Romilda hatte dann nach Billo, dem Kämmerer, geschickt, ihrem Vertrauten unter den herzoglichen Ratgebern. Dieser war erst nach Stunden erschienen, hatte sich damit entschuldigt, dass ihr hoher Gemahl ihn kaum noch von seiner Seite lasse, und schließlich ihre Befürchtungen bestätigt: Ja, die letzten Vorbereitungen würden getroffen, fünfhundert Mann aus Aquileia, die man noch ungeduldig erwartet habe, seien am Mittag endlich angekommen. Der Herzog wolle nun nicht mehr zögern, damit sein Plan, den Feind nicht erst Boden gewinnen zu lassen, ihn zu verblüffen, zu überrumpeln, frisch ausgeführt werde und nicht an der Schwerfälligkeit des Truppenaufmarsches scheitere. Es sei nun freilich, hatte Billo bekümmert hinzugefügt, kaum das zweite Drittel der befohlenen Kopfstärke erreicht, doch ohnehin gebe es kaum Hoffnung, dass sich noch viele einfinden würden. Man habe sogar ziemlich sichere Auskünfte über einige örtliche Machthaber, die sich gleich nach Empfang der Nachricht von dem Awareneinfall mit ihren Gefolgschaften nach Westen und Süden in eines der königstreuen Herzogtümer abgesetzt hätten.

Seit Stunden wartete Romilda mit wachsender Unruhe. In diesen Tagen der hektischen Kriegsvorbereitung war es ihr nicht ein einziges Mal gelungen, mit Gisulf unter vier Augen zu sprechen. Wenn sie ihn aufsuchte, war er beschäftigt und von einem Schwarm seiner Männer umgeben. Schickte sie eine Zofe, um ihn zu sich zu bitten, versprach er zu kommen, kam aber nicht. So war keine Gelegenheit gewesen, ihm ihre Bedenken und Ängste zu schildern, zu Besonnenheit und Vorsicht zu mahnen, zu warnen, zu flehen. Und nun stand bereits der Abschied bevor. Was würde sie jetzt noch erreichen? War sie im Stande, im letzten Augenblick noch auf seine Entscheidung Einfluss zu nehmen?

Sie konnte sich keine Hoffnung machen, den Herzog mit weiblichen Mitteln zurückzuhalten, ihn mit dem Band ihrer Liebe zu fesseln. Sie hatte sich immerhin vorbereitet: ein Bad, etwas Duftöl, ein zartes Seidengewand. Allerdings wurde dergleichen weder erwartet noch gefordert. Gisulf pflegte sich sonst nicht anzumelden, sondern erschien bei ihr, wenn es ihm gerade einfiel, manchmal tief in der Nacht, zur ungelegensten Zeit. Ohne Umstände nahm er sich dann sein Gattenrecht, blieb aber nur selten bei ihr, verschwand danach wieder. Manchmal beschimpfte und schlug er sie auch, wenn er zu müde und zu betrunken war, um sein Vorhaben auszuführen. Dann sah er seinen männlichen Stolz durch ihre Kälte beleidigt und bezichtigte sie der Verwendung von Zaubermitteln und der Untreue. Das Erstere traf durchaus zu, auch wenn sie es natürlich nicht eingestand. Seit ihrer letzten, sehr schweren Niederkunft, bei der das Kind gestorben, sie selbst aber gerade noch mit dem Leben davongekommen war, hörte sie auf den Rat ihrer Frauen. Besonders die alte Pelagia, ebenfalls Mutter einer zahlreichen Kinderschar, gab ihr nützliche Empfehlungen. Nun lagen in ihrem Bett versteckte Amulette, und sie bediente sich auch natürlicher Mittel, die

die Fruchtbarkeit hemmen sollten. Sie hielt stets Salzwasser, Essig und Olivenöl bereit, benutzte Verschlusskappen aus mit Zedernharz oder Honig getränkter Wolle, nahm Spülungen vor. Gisulf wünschte sich weitere Söhne, doch sie war froh, dass ihre Zurüstungen sich bewährten, seit vier Jahren war sie nicht mehr schwanger geworden. Da seine Bemühungen erfolglos blieben, wurden seine Besuche immer seltener. Gewöhnlich vergnügte er sich mit Kebsen, die ihm bei seinen Gelagen Gesellschaft leisteten. Er zog sie dann gleich in seine Kammer hinter der Trinkhalle. Dort schlief er auch meist, in der sicheren Nähe seiner Getreuen, die vor der Tür auf den Bänken und dem Fußboden lagerten.

Die Nacht war kalt, doch obwohl sie fror, hatte Romilda auch kein Bedürfnis, zu Bett zu gehen. Sie war hellwach und wollte es noch sein, wenn der Herzog kam. Die meiste Zeit saß sie mit angezogenen Beinen, einen Umhang aus Otterfell über den Schultern, in ihrem hohen Armstuhl am Fenster. Hin und wieder erhob sie sich und goss Öl auf das einzige Lämpchen des vielarmigen Candelabrums, das jetzt noch brannte. Oder sie lupfte den schweren Vorhang zum Nebenraum und warf einen Blick auf das Bett, in dem ihre vier Töchter schliefen. Einmal trat sie auch in den Gang hinaus und sah in den Palasthof hinunter. Dort schritten die Wachen auf und ab, und unter den Bogengängen rührte sich noch immer das Kriegsvolk, das dort lagerte. Dumpfe Gespräche und leises Waffenklirren waren vernehmlich.

Wenn es für Gisulf außer der Macht, dem Ruhm und dem raschen Genuss etwas gab, das ihm etwas wert war, so war es das Leben und Wohlergehen der Kinder. Er liebte sie – mit einer Ausnahme –, und dies mochte sich immerhin nutzen lassen. Ihm die Gefahr für die Kinder so grell zu malen, dass er erschrak, hatte Romilda von Anfang an beabsichtigt, und jetzt schien es ihr überhaupt die einzige Möglichkeit zu sein, ihn noch zu bewegen. Für den Fall, dass er sich einsichtig zeigte, wollte sie ihm aus Dankbarkeit sogar ein Versprechen machen. Seinen Vorwurf, durch Zauberei zu verhindern, dass er noch einen Sohn bekam, wollte sie bald entkräften, wenn er nur für die Kinder, die sie schon hatte, Sicherheit bot und von seiner tollkühnen Unternehmung abstand. Es war ihr vollkommen ernst damit, und sie hatte zunächst sogar vorgehabt, sich gleich in dieser Nacht für die Empfängnis bereitzuhalten – trotz des Widerwillens, den sie dabei empfinden würde. Um ihn nicht zu betrügen, hatte sie schon die Amulette entfernt und beschlossen, auch sonst keine sichernden Vorkehrungen für das Beilager zu treffen. Davon war sie jedoch wieder abgekommen. Zu wenig Vertrauen hatte sie zu ihrem Gemahl, als dass sie sich darauf verlassen wollte, was er vielleicht, das Bett im Sinn, rasch und bedenkenlos zusagte. Wenn er bewiesen haben würde, wie wichtig ihm der Schutz seiner Kinder war, konnte sie immer noch, in ein paar Tagen oder auch Wochen, das Ihrige tun.

Endlich kam er, weit nach Mitternacht.

Er trampelte mit kotbedeckten Stiefeln herein und erklärte sogleich, dass er keine Zeit habe und nur wenige Augenblicke bleiben werde. Offensichtlich war er übelster Laune. Während er seinen Mantel und den Wehrgurt mit der Spatha ablegte und auf das Bett warf, polterte er vor sich hin und schimpfte auf verschiedene hochrangige Gefolgsleute, die er als fahrlässig, hasenherzig, unfähig und sogar feindlich gesinnt bezeichnete. Den Kahlkopf gesenkt, mit gesträubtem Bart stapfte er im Schlafgemach auf und ab und stieß Beschuldigungen hervor: gegen seinen Bruder Grasulf, den Marschalk Ruthard, den Kämmerer Billo.

Schließlich ließ er sich ächzend und hustend auf einem Hocker nieder und schien erst jetzt zu bemerken, dass er zu seiner Frau sprach.

»Nun, und wie steht es mit dir? Es fehlte noch, dass auch du mich enttäuschst! Aber ich setze alle Hoffnung in dich, habe Vertrauen zu dir. Was bleibt mir auch anderes übrig?«

Romilda saß reglos in ihrem Armstuhl. Schweigend hatte

sie ihn beobachtet. Dass ihm der Sinn nicht nach ehelicher Umarmung stand, erleichterte sie. Aber die Unruhe überwog.

»Wie sollte ich dich enttäuschen? Was meinst du?«

»Ich bin gekommen, um Abschied zu nehmen«, sagte er düster. »Morgen ziehe ich gegen den Feind. Von dir erwarte ich, dass du mein Haus in Ordnung hältst. Das Gemüt eines Kriegsmannes dürfen nicht Sorgen umwölken. Sein Geist muss klar sein, seine Sinne dürfen sich nur auf eines richten: den Sieg!«

»Du hast keinen Grund, an mir zu zweifeln«, erwiderte sie. »Aber zweifelst du nicht an dir selbst? Ich meine, die einzige Sorge, die ich belasten sollte, ist eine andere. Wie wird es wohl um dein Haus stehen, wenn dieser Krieg verloren wird?«

»Der Fall tritt nicht ein!«

»Aber man muss ihn doch in Betracht ziehen!«

»Ich bin noch immer siegreich heimgekehrt!«

»Man hört, der Feind sei in großer Überzahl ...«

Der Herzog erhob sich schnaufend, trat vor sie hin und blickte ihr mit seinen kleinen, funkelnden Augen scharf ins Gesicht.

»Man hört? Was heißt das? Was hast du gehört? Wer stellt noch immer solche Behauptungen auf und schürt damit Unruhe? Meine Kundschafter sind zurückgekehrt und haben nicht mehr ausgemacht als ein paar tausend Krieger. Dreitausend vielleicht, wenn es hochkommt! Und selbst wenn die Awaren in der Überzahl wären ...«

»Sie sind es!«

»Wozu soll ich es dir erklären, wenn dein Verstand es ja doch nicht fasst! Auf dem Schlachtfeld kommt es nicht auf die Zahl der Köpfe an! Der überlegene Feldherr nimmt es leicht mit einer Übermacht auf. Wir werden die Horden anstürmen lassen, zusammentreiben ...«

»Ich bitte dich, täusche dich nicht!« Sie hob den Kopf und strich mit einer heftigen Geste die aufgelösten, über Stirn und Wangen fallenden Haare zurück. »Man hört auch, der Khagan soll ein vortrefflicher Feldherr sein, der von den Kaiserlichen gelernt hat …«

»Schon wieder ›man hört‹? Von wem, will ich wissen! Wer ist der Kleinmütige, der Feigling, der sich bei Frauen ausjammert und sie beunruhigt? Der Angst verbreitet, indem er das Lob unserer Feinde singt?«

»Es ist doch bekannt, dass die Awaren schon fränkische Könige besiegt haben.«

«Wer ist es? Wer führt in meinem Palast solche Reden? Wer entmutigt die Leute? Wer macht die Weiber verrückt? Ist es mein Bruder Grasulf, der Schwächling? Ist es Billo, der Tattergreis? Oder ist es vielleicht der bedauernswerte Verwundete, der sich so merkwürdig langsam erholt … den immer noch einmal ein Fieberstoß packt, weil ein Kampf bevorsteht? Ist es mein ungehorsamer Gefolgsmann aus Nemas?«

Der Herzog packte seine Frau. Sie machte sich los, raffte den Pelzumhang vor der Brust zusammen, stand auf und ging ein paar Schritte von ihm fort.

»Wie ungerecht redest du über ihn! Er hat sich verwundet zu uns durchgeschlagen!«

»Nun, verwundet!« Gisulf lachte verächtlich auf. »Er hat einen Pfeilschuss ins Bein bekommen. So etwas passiert im Jagdgetümmel. Und selbst wenn es ein feindlicher Pfeil war, genügte das nicht als Vorwand, meinem Verbot zuwiderzuhandeln. Für alle Zeiten war es ihm untersagt, diese Festung noch einmal zu betreten!«

»Er hat im Augenblick der Gefahr …«

»Im Augenblick der Gefahr seinen Posten verlassen! Er fand wohl die Mauern von Forojuli sicherer als die von Nemas! Und vermutlich gab es noch andere Lockungen!«

»Du unterstellst ihm niedere Gründe. Warum? Er hat seine Pflicht getan! Er erkannte die Größe des Unheils, das uns bedroht …«

Der Herzog schnitt ihr mit einer schroffen Geste das Wort ab.

»Darüber wird nach dem Krieg zu richten sein! Wir wollen uns in dieser Abschiedsstunde nicht über einen Unwürdigen streiten. Hast du mir nichts anderes zu sagen, Frau?«

Romilda zögerte keinen Augenblick, trat zu ihm, ergriff seine beiden Hände und drückte sie ungestüm.

»Mein Lieber! Ich flehe dich an, besinne dich! Setze nicht alles aufs Spiel! Das Herzogtum ... dein Leben ... das Leben deiner Männer ... das meinige ... das deiner Kinder! Ja, vor allem das deiner Kinder! Bedenke doch, dass du Söhne und Töchter hast! Sie würden alle umkommen, denn gegen sie würde sich die Wut der Feinde zuerst richten. Warum tust du nicht, was die Vernunft gebietet? Verteidige dich, aber greife nicht an! Die Mauern schützen uns, du hast Zeit! Suche Verbündete zu gewinnen! Versöhne dich mit dem König ...«

»Dem König?« Er stieß sie heftig zurück. »Verflucht, was rätst du mir da? Wer treibt dich, mir solche Ratschläge zu erteilen?«

»Wer?«, rief Romilda. »Warum fragst du nicht, was es ist, das mich treibt? Die Sorge! Die Angst! Die Verzweiflung! Was wird aus uns, aus mir und den Kindern, wenn du fällst, wenn die Unsrigen unterliegen? Weißt du nicht, dass die Awaren niemanden schonen ... alle ermorden, foltern, schänden, versklaven? Selbst wenn der König sie gerufen hat ... das kann er nicht wollen! Er will vielleicht nur deinen stolzen Sinn brechen, damit du den ersten Schritt zur Versöhnung tust! Wenn du Gesandte nach Pavia schickst und ihn bittest ...«

»Genug! Dieser verräterische Gedanke scheint dich nicht loszulassen! Wer hat ihn dir eingegeben? War er es? Du hockst ja, wie ich höre, stundenlang an seinem Lager ... lässt dich von diesem Mann beschwatzen, der mir nur Übles wünschen kann ...«

»Er will unsere Rettung! Wozu aber reden wir schon wieder von ihm? Warum willst du denn nicht verstehen? Es ist meine eigene Überzeugung ... als Langobardin ... Tochter eines verdienstvollen Edlen ... Ich suche doch nur nach einem

Weg, das drohende Unheil abzuwenden … schlafe nicht … denke unentwegt darüber nach … sorge mich um dich, um die Kinder, um alle …«

Sie verstummte.

Der Herzog warf ihr einen kalten Blick zu, nahm den Wehrgurt mit der Spatha vom Bett und schnallte ihn um. Dann legte er sich den Mantel über die Schultern.

»Ich hatte mir unseren Abschied anders vorgestellt«, sagte er, während er die Spange am Halse schloss. »Aber gleichwohl, ich bleibe bei dem, was ich sagte. Trotz allem erwarte ich, dass du mein Haus hütest. Während ich mit meinen Waffen Ehre erwerbe, wirst du mir, dessen bin ich gewiss, keine Schande machen. Was den Kommandanten von Nemas betrifft … ich könnte ihn in seine Festung zurückbringen lassen, der Weg ist noch frei. Doch ich erlaube ihm hier zu bleiben, bis er selbst die Bereitschaft zeigt, zu Pferde zu steigen. Daran siehst du, wie groß mein Vertrauen ist, Frau. Ich lasse dich mit ihm allein … dem Mann, mit dem du unsere Ehe brachst! Ich …«

Ein leiser Aufschrei ließ den Herzog verstummen. Er und Romilda, die sich im schwachen Schein des Öllämpchens gegenüberstanden, wandten die Köpfe.

Im dunklen Hintergrund des Gemachs, an dem Vorhang, der es vom Nebenraum trennte, erblickten sie ihre vier Töchter, reglos, in Bettücher gehüllt.

Es war Appa, die aufgeschrien hatte.

»Wer hat euch erlaubt hereinzukommen?«, sagte der Herzog unwirsch, doch nicht ohne Verlegenheit. »Es ist tiefe Nacht, legt euch wieder zur Ruhe. Unser Gespräch ist zu Ende, ihr werdet von jetzt an ungestört sein. Nun geht! Morgen früh könnt ihr von mir Abschied nehmen!«

Sie wandten sich schon dem Vorhang zu, doch Romilda schrie plötzlich: »Kinder! Werft euch euerm Vater zu Füßen! Bittet ihn um euer Leben! Fleht ihn an, euch nicht im Stich zu lassen! Kniet nieder!«

Die Kleinste, fünf Jahre alt, begann zu weinen, ergriff die Hand ihres ebenso erschrockenen siebenjährigen Schwesterchens, und beide sanken furchtsam zu Boden. Die beiden Älteren zögerten noch, machten aber ebenfalls Anstalten.

Doch der Herzog war rasch bei den Kleinen, hob sie auf und führte sie selbst zurück in ihr Schlafgemach. Auch Appa und Gaila gehorchten seiner gebietenden Geste. Eine Weile blieb er bei ihnen und sprach beruhigend auf sie ein. Dann kam er zurück.

Romilda stand abgewandt, mit tränennassem Gesicht, als er wieder zu ihr trat.

»Warum redest du so vor deinen Töchtern?«, sagte sie leise.

»Ich hatte sie nicht bemerkt.« Auch der Herzog dämpfte die Stimme. »Doch warum sollen sie nicht wissen, was von der Treue dieses Mannes zu halten ist. Und auch von der Standhaftigkeit ihrer Mutter. Nun, ich meine, es ist alles gesagt. Ich habe keine andere Wahl, als dir zu vertrauen. So lange ich abwesend bin, regierst du das Herzogtum. Billo wird dir raten und helfen, Ruthard bleibt ebenfalls zurück und ist verantwortlich für deinen Schutz. Halte dich aber vor allem an Grasulf. Als Kommandant der Festung ist er hier unentbehrlich. Was immer ich über ihn sagte und dachte ... Er ist mein Bruder und dir der Nächste. Er wird dir in allem zur Seite stehen.«

»Und auf mich aufpassen.«

»Denke darüber, wie du willst. Sei aber gewarnt! Ich untersage dir jede eigenmächtige Unternehmung. Lass dich dazu weder verführen noch hinreißen! Verräterei in meinem Rücken, während ich meinen Feinden die Brust biete ... das würde teuer, auch für dich! Hab auf alles ein Auge, kümmere dich um die Flüchtlinge, sorge dafür, dass es keine Unruhen gibt. Wir, deine Söhne und ich, werden inzwischen das Unsrige tun. In einer Woche sind wir zurück!«

Er ging rasch zur Tür und trat auf den Gang hinaus.

»Meine Söhne?«

Sie hatte seine Befehle, Warnungen, Drohungen reglos, gesenkten Blickes angehört. Nun aber schreckte sie auf. Mit raschen Schritten, fast laufend, ihr Kleid dabei raffend, holte sie Gisulf draußen ein.

»Was hast du gesagt? Meine Söhne? Heißt das, du willst Taso und Kako ...?«

Er blieb an einem der Fenster stehen und blickte aufmerksam in den Palasthof hinunter, wo gerade zwei Männer ihre Speere zum Zeichen der Wachablösung gegeneinander schlugen.

Unten brannte ein Feuer, dessen Widerschein auf den Gesichtern des Herzogs und seiner Gemahlin flackerte und das ihre langen, hohen Schatten im Gang an die Wand warf.

»Antworte doch! Du hast die Absicht ... sie sollen ...?«

»Natürlich. Sie rücken mit aus. Taso führt eine Tausendschaft. Kako bleibt in meiner Umgebung.«

»Das erlaube ich nicht!«, stieß Romilda hervor. »Nein, ich erlaube es nicht, sie ziehen nicht mit dir! Ich geb sie nicht her!«

»Was fällt dir ein? Taso ist längst erwachsen, bei Kako fehlt nicht mehr viel daran. Willst du sie unter deinem Rock verstecken? Sie sind Männer, zum Waffenhandwerk berufen. Und froh bin ich, dass sie so jung schon Gelegenheit zur Bewährung erhalten!«

»Ich gebe sie aber nicht her!«

»Frau ...«

»Nicht für diesen Krieg! Für sinnlosen Untergang! Nicht für den Ritt in den sicheren Tod!«

»Genug des Gejammers! Du wirst nicht gefragt, und ich bin dir darüber keine Rechenschaft schuldig. Ich, der Vater, entscheide allein – und ich will es so!«

Mit einem zornigen Aufblitzen seiner Augen wandte er sich ab und schritt den Gang entlang der Treppe zu.

»Und ich, die Mutter, verbiete es!«

Sie blieb an seiner Seite, ergriff seinen Arm. Der Pelz

rutschte ihr von der Schulter und fiel zu Boden, aber sie achtete nicht darauf.

»Elf Kinder hab ich geboren, acht davon leben! Schwer genug war es, sie großzuziehen, doch es gelang. Mit Gottes Hilfe habe ich sie am Leben erhalten! Jetzt werde ich sie nicht den Götzen der Heiden opfern. Wenn es ihren Vater gelüstet, dass sein Kopf dem Khagan auf einem goldenen Teller gebracht wird …«

»Schweig doch!«

Der Herzog blieb stehen, ergriff seine Frau an beiden Schultern, schüttelte sie.

Plötzlich aber ließ er sie los, senkte den kahlen Schädel und sagte mit dumpfer Stimme: »Wie kannst du so etwas Schreckliches denken geschweige denn aussprechen?«

»Verzeih!«, keuchte sie. »Ein Albtraum, der mich verfolgt … nicht nur im Schlaf.«

»Ich weiß selber, es kann mein Ende bedeuten. Wenn ich morgen hinausreite, ist es vielleicht unser letzter Abschied.«

»Du könntest fallen und dennoch siegen!«, sagte sie heftig. »Wer aber wird dir nachfolgen, wenn du deine erwachsenen Söhne mit in den Tod reißt? Wer wird hier regieren und deine Macht bewahren? Wer wird vollenden, was du begonnen hast? Wer wird deinen Ruhm für spätere Generationen wach halten? Glaubst du, dein Bruder wäre im Stande, die Herrschaft der Gausen zu bewahren? Müssten das nicht deine Söhne tun?«

Der Herzog stieß einen Seufzer aus und starrte sie durchdringend an.

Sie schwiegen.

Romilda wagte nicht weiterzusprechen – aus Furcht, wieder etwas zu sagen, was ihn erzürnen könnte.

»Ich will es bedenken«, sagte er schließlich. Und nach einem weiteren Seufzer: »Ja, es ist wert, bedacht zu werden. Jetzt aber ist es Zeit zu ruhen.«

Ein Knecht mit einer Fackel erwartete ihn am Ende des

Ganges und leuchtete ihm die Treppe hinunter. Müde und schwerfällig stieg er hinab.

Romilda spürte erst jetzt, dass sie, nur mit dem dünnen Seidengewand bekleidet, in kalter Zugluft stand. Ein heftiges Zittern befiel sie, ihre Zähne schlugen aufeinander.

Unten im Hof stimmten Männer einen der endlosen Gesänge an, die die Heerfahrten der germanischen Stämme begleiteten.

5

Am Vormittag fand in der kleinen Palastkapelle ein Gottesdienst statt. Bischof Marinus, der die arianische Glaubensrichtung vertrat, flehte den Segen des Herrn auf das christliche Heer des Herzogs Gisulf herab und prophezeite den Ungläubigen, seinen Feinden, neben der unvermeidlichen Niederlage die ewige Verdammnis. Der Herzog und seine Großen waren anwesend, der Enge des Raums wegen jedoch nur die hochrangigsten militärischen Führer. Einzige weibliche Teilnehmer waren die Herzogin, ihre beiden älteren Töchter und Grasulfs Gemahlin Winiperga.

Nach dem Gottesdienst wurden sogleich die letzten Vorbereitungen für den Abmarsch getroffen. Die Männer eilten zu ihren Heerhaufen. Die Frauen und Jungfrauen kehrten zunächst in ihre Wohnungen zurück, wollten später aber noch einmal herauskommen, um den Davonziehenden den Abschiedsgruß zu entbieten.

Romilda und ihre Schwägerin gingen stumm nebeneinander über den Palasthof. Als sie sich trennen wollten, brach Winiperga auf einmal in Tränen aus.

»Ach, wie beneide ich dich!«, schluchzte sie. »Du wirst heute drei Helden verabschieden, die sich mit Ruhm bedecken werden. Wie froh und stolz kannst du doch sein!«

»Glaubst du wirklich, dass ich nur Neid verdiene?«, fragte Romilda und verzog ihr bleiches, übernächtigtes Gesicht zu einem bitteren Lächeln.

»Wie solltest du nicht! Nimm mich dagegen. Mein Gemahl bleibt hier in der Festung zurück, wird an dem großen Sieg keinen Anteil haben. So werde ich ihn nicht bewundern können und auch selbst an seiner Seite keine Ehrungen empfangen. Und zu allem Unglück ist nun auch noch mein Bruder ...«

Winiperga drückte das Tuch ihres Umhangs gegen die überfließenden Augen.

»Was ist mit ihm?«

»Subo ist plötzlich erkrankt! Gestern Abend war er noch voller Tatendurst und Ungeduld. Er konnte es gar nicht erwarten, hinaus in den Krieg zu ziehen. In der Nacht aber wurde er plötzlich von einem schrecklichen Frost gepackt und spie stundenlang reine Galle. Ich wagte mich kaum von seinem Lager. Aber natürlich wollte ich das Gebet für unsere tapferen Krieger nicht versäumen. Ach, ich muss eilen und wieder zu ihm! Was für ein Elend ... an so einem Tag! Warum sind nur immer die anderen glücklich?«

Bekümmert schüttelte Winiperga den Kopf, sodass ihre goldenen Ohrringe mit den tropfenförmigen Smaragden in heftige Schaukelbewegungen gerieten. Raschen Schrittes ging sie davon. Sie war eine schlanke, fast zierliche Frau, die zwar die Blüte der Jugend hinter sich hatte, doch von ihrer Lebhaftigkeit und Spannkraft nichts verloren zu haben schien. Ihr hübsches Gesicht mit großen Augen und kecker Nase hätte mädchenhaft wirken können, würden ihm nicht zwei scharfe Linien zu beiden Seiten des Mundes, welche die Jahre gegraben hatten, eine gewisse Härte und herrische Strenge verliehen haben. Sie war überaus kostbar, nach byzantinischer Mode gekleidet, trug eine Stola mit weiten Ärmeln und ein reich besticktes Übergewand. Ihr Haar, braun und künstlich gelockt, war mit einer Perlenschnur durchflochten. Auch an Hals und Händen trug sie wertvollen Schmuck.

Die Wohnung des Comes civitatis, des Festungskommandanten, befand sich in einem Seitenflügel des Palastes und bestand aus einer Reihe saalartiger Räume, die vor langer Zeit einmal in dem von einem römischen Feldherrn erbauten und nun zur herzoglichen Residenz erhobenen Prachtbau als Speise- und Gästezimmer gedient hatten. Winiperga begab sich gleich in die Frauengemächer, durchschritt eilig drei überladen mit Wandbehängen, Silberspiegeln, Lampadarien und Ziertischen ausgestattete Gemächer und gelangte an eine Bogentür, die ein schwerer Brokatvorhang bedeckte. Ehe sie ihn beiseite schob, verharrte sie kurz und lauschte.

Ein Stöhnen und Röcheln war vernehmbar, unterbrochen von unverständlichen, gestammelten Worten. Winiperga lächelte, gab aber gleich darauf ihrem Gesicht einen ernsten, besorgten Ausdruck. Sie lupfte den Vorhang und warf einen Blick in ihr Schlafgemach.

Quer über der breiten, mit seidenen Tüchern bedeckten Lagerstatt lag fast nackt ihr Halbbruder Subo, den sie hier in der Nacht gebettet hatte. Seine breite, haarlose Brust hob und senkte sich kurzatmig, die Wangen glühten, gerötet waren die fiebrig glänzenden Augen unter dem glatt abgeschnittenen Strohschopf. Der Kranke besudelte Kissen, und ein Bottich mit Erbrochenem strömte üble Gerüche aus. Eine Dienerin hockte neben dem Bett und erhob sich, als Winiperga ihr winkte.

Sie kam heraus und berichtete flüsternd, Herr Subo habe noch etwas »Galle« gespuckt, doch hätten die Krämpfe nachgelassen. Winiperga ordnete an, ihm weiterhin reichlich zu trinken zu geben und den erhitzten Körper zu kühlen.

Auf einmal hörte sie Grasulfs Stimme. Rasch trat sie hinter den Vorhang, beugte sich über den Kranken, setzte ihm einen Becher mit Wasser an die Lippen.

Gleich darauf trat Grasulf ein, gefolgt von Ruthard, dem alten Marschalk, der für die Zeit des Krieges zum Befehlshaber der Palastwache ernannt war.

Die beiden Männer blickten mit einem Ausdruck des Unwillens und des Ekels auf den Röchelnden.

»Überzeuge dich!«, sagte Grasulf. »Mir wollte mein Bruder ja nicht glauben.«

»Es ist also wahr«, brummte Ruthard, ein eisgrauer, finsterer, knorriger Mann. »Der wird nicht ausrücken können.«

»Du siehst ja, dass es ihm schlecht geht«, sagte Winiperga in wehleidigem und zugleich trotzigem Ton. »Zwar tue ich alles, um ihn noch auf die Beine zu bringen …«

»Seltsam … eine so plötzliche Krankheit. Gut, ich melde es dem Herzog. Die Hundertschaft muss also ein anderer führen.«

»Er kann uns hier in der Festung nützlich sein«, sagte Grasulf. »Sobald er aufsteht, bekommt er von mir eine Aufgabe.«

Ruthard erwiderte nichts, sondern wandte den Rücken und ging hinaus. Grasulf sah seine Frau mit einem mürrischen, vorwurfsvollen Blick an.

Der Bruder des Herzogs, von eher schwächlicher Statur, hatte zur feierlichen Verabschiedung des Kriegsaufgebotes ein Panzerhemd angelegt und trug an der Seite ein Langschwert, das ihm bei jedem Schritt an die Wade schlug. Seinen Helm hielt er in der Hand.

»Nun«, sagte er mit seiner klanglosen, schleppenden Stimme, »das wird ja hier in der Festung ein lustiges Treiben. Taso bleibt ebenfalls zurück. Die beiden gemeinsam werden uns sicher viel Freude bereiten.«

»Taso bleibt hier?« Winiperga hob betroffen den Kopf. »Ist das wahr?«

»Es gefällt ihm zwar nicht, er will sich mit Kriegsruhm bedecken, aber sein Vater hat es über Nacht so beschlossen. Auch Kako rückt nicht mit aus.«

Winiperga warf einen Blick nach der Dienerin, gab Grasulf ein Zeichen, ihr zu folgen, und ging voraus in einen anderen Raum, wo sie Besucher zu empfangen pflegte.

»Was ist Romilda doch für eine Heuchlerin!«, zischte sie. »Spielt die vom Kummer gebeugte Heldenmutter, die um das Leben ihrer Söhne bangt. Dabei sorgt sie dafür, dass sie sich drücken!«

»Und wofür hast du gesorgt?«, fragte Grasulf.

Winiperga maß ihn mit einem kühlen Blick und erwiderte: »Nun, wofür denn? Das weißt du sehr gut!«

»Ich habe nach wie vor meine Zweifel, ob dein Bruder hier nützlich sein kann. Jetzt mehr als sonst.«

»Dass Taso zurückbleibt, ändert die Lage nicht sehr!«

»Die beiden sind Freunde.«

»Freunde?« Winiperga stieß ein trockenes Lachen aus. »Zwei junge Wölfe sind sie, die nur auf eines aus sind: die Herrschaft im Rudel. Mein Bruder ist der Ältere, Stärkere, Klügere. Ich kenne ihn gut, er fühlt sich schon lange zurückgesetzt und würde nicht zögern ...«

»Vergiss auch nicht, dass er heiraten will. Warum sollte er sich gegen seinen eifrigsten Fürsprecher wenden?«

»Und wozu brauchte er ihn dann noch? Wenn alles getan ist, kann er sich jede nehmen ... und Appa wird ihm dann kaum noch gut genug sein. Ich habe ihm immer von dieser Verbindung abgeraten. Am Ende wird er auf mich hören, weil er zu mir das meiste Vertrauen hat.«

»Daran zweifle ich nicht«, sagte Grasulf mit einem galligen Lächeln. »Da er sich von dir fast umbringen ließ ...«

»Er wusste ja, dass nichts passieren würde. Etwas Hexendorn, etwas Teufelskraut ... die Mischung ist nicht lebensgefährlich. In zwei, drei Tagen ist er wieder wohlauf.«

»Ich hoffe noch immer, dass du ihn nicht mit verstiegenen Plänen geködert hast.«

»Es war nicht leicht, das gebe ich zu«, sagte sie mit einem Seufzer. »Seine Gesinnung ist untadelig, nichts geht ihm über die Waffenehre. Doch schließlich konnte ich ihm zu der Einsicht verhelfen, dass die Besten den Krieg überleben müssen, wenn wir Langobarden uns an der Macht halten wollen. Vor toten Helden fürchtet sich niemand! Das verstand er, und so konnte ich ihm seine Zustimmung abringen. Nun aber wird es an dir sein, ihm zu beweisen, dass sich sein Opfer gelohnt hat!«

Sie warf ihm einen fordernden Blick zu. Er wich aus und setzte sich umständlich seinen Helm auf.

»Darauf wird er noch etwas warten müssen. Wenn Gisulf siegreich zurückkehrt, kann dieses ›Opfer‹, wie du es nennst, viel teurer werden, als würde er jetzt mit ausrücken. Ich muss wieder auf meinen Posten.«

Er wollte hinausgehen, doch sie versperrte ihm den Weg zur Tür.

»Wenn Gisulf zurückkehren sollte«, sagte sie eisig und legte ihm ihre beringte Hand auf die Brust, »sind hoffentlich Tatsachen geschaffen! Ob er siegreich oder geschlagen ist, dürfte dann ohne Bedeutung sein. Mit größter Wahrscheinlichkeit wird er umkommen. Sollte er aber am Leben bleiben, wird seine Streitmacht in so erbärmlichem Zustand sein, dass er dem neuen Herzog nicht mehr gefährlich werden kann. Haben wir das nicht erst gestern besprochen?«

»Vielleicht«, sagte Grasulf und blickte an seiner Frau vorbei, als sei ihm die Unterredung lästig. »Aber was gestern vernünftig war, kann heute Dummheit sein.«

»Dumm ist der Hund, der den Knochen liegen lässt, der ihm zufällt! Was sollte sich denn seit gestern geändert haben?«

»Wir wissen nicht, was der König vorhat. Vielleicht kommt er Gisulf doch noch zu Hilfe. Man muss vorsichtig sein. Verräterei könnte teuer werden.«

»Teurer werden Kleinmut und Zaghaftigkeit! Der König will Gisulf beseitigen, das hat dein Bruder sofort verstanden. Und er hat auch verstanden, warum. Nur du in deiner unendlichen Schwerfälligkeit begreifst nicht! Kein König duldet in seinem Reich einen zweiten König!«

»Wenn Gisulf durch die Awaren geschwächt ist …«

»… wird er danach, falls er den Kampf überlebt, von Ago seines Amtes enthoben und hingerichtet. Denn er hat sich ja nicht nur, obwohl er nur Herzog ist, wie ein König benommen, er hat auch jedermann wissen lassen, dass er der wahre König *ist*! Hat er nicht auf der Speerversammlung damit geprahlt, er sei ein Gause, Nachkomme großer langobardischer Könige, eines Audoin und eines Alboin? Hat er nicht Ago damit tödlich beleidigt, der nicht so bedeutende Ahnen hat? Muss der König nun, obwohl er vollkommen rechtmäßig an die Macht kam, diese Gausen nicht fürchten – ihren Anspruch, ihre Anmaßung, ihre Absicht, ihn vom Thron zu stoßen?«

»Deshalb will er ja Gisulf eine Lehre erteilen.«

»Verschwinden soll Gisulf! Und mit ihm das alte Königsgeschlecht! Mit ihm auch Grasulf, sein Bruder, und alle anderen, die zur Gausen-Familie gehören! Nicht kümmern wird es den König, dass der schwächliche Grasulf ihm niemals etwas zuleide tun würde. Ausrotten wird er die Sippe. Umkommen werden wir alle. Alle! Es sei denn, dass vorher etwas geschieht!«

Sie drehte sich um, ging von ihm fort und ließ sich auf einer Truhe nieder. Die Arme verschränkt, blieb sie abgewandt von ihm sitzen. Dies war gewöhnlich das Zeichen, dass sie kein Wort mehr reden würde, wenn er nicht einlenkte und ihr Recht gab.

Im ersten Augenblick wollte er fortgehen und die gefährliche, völlig zur Unzeit begonnene Unterredung beenden. Nichts Neues hatte sie ihm gesagt und nur wiederholt, was sie ihm täglich einzuhämmern suchte.

Er war bereits an der Tür, drehte sich dort aber noch einmal um, räusperte sich und sagte: »Wenn man wüßte, ob auf die Byzantiner Verlass ist. Wenn uns der Statthalter Truppen schickte …«

Sie sprang auf und trat sofort wieder zu ihm.

»Das wird er doch tun, wenn du ihn bittest! Aber du musst es als Herzog tun, nicht als Bruder des Herzogs! Welche Gelegenheit für ihn, einen Verbündeten zu gewinnen! Je schneller ein Hilferuf ihn erreicht … von Grasulf, dem Herzog von Friaul …«

Sie hob den Kopf mit den schaukelnden Smaragden und sah ihm bedeutsam in die Augen.

Er bereute, nicht fortgegangen zu sein, und machte eine Abwehrbewegung.

»Dem Herzog? Wie stellst du dir so etwas vor? Das braucht Zeit, und im Augenblick ist es unmöglich. Mein Bruder zieht gegen den Feind ... da sollte ich hinter seinem Rücken die Macht an mich reißen? Ein solcher Verrat würde niemals verziehen ... würde mir anhängen bis an mein Ende! Und selbst wenn meine Gefolgschaft zustimmte ... da ist nun Taso, er bleibt in der Festung ... da sind seine Söhne, nach altem Recht seine Erben ... und da ist Romilda ...«

»Romilda!« Winiperga schürzte verächtlich die Lippen. »Fürchtest du dich etwa vor ihr? Vor dieser Glucke und ihrer Brut? Steht sie in deinen Augen höher als ich, weil mir Kinder versagt geblieben sind?«

»Sie hat immerhin einigen Anhang«, erwiderte Grasulf ausweichend.

»Dass dich das schreckt! Ein Mann an deiner Stelle wüßte schon, was zu tun wäre. Hast du sie erst in den Kerker geworfen, wird sich ihr Anhang schnell mit der neuen Lage abfinden. Aber es scheint, du willst warten, bis sie dir damit zuvorkommt ... vielleicht mit Hilfe ihres früheren Liebhabers, des Vaters eines ihrer Söhne! Wenn wir erst selber hinter Gittern liegen, ist es für deine Reue zu spät!«

»Wir müssen eben besonnen und vorsichtig sein.«

»Gestern warst du bereit zu handeln!«

»Da glaubte ich noch, dass Taso und Kako mit ausrücken würden. Das hätte mir ein gewisses Recht gegeben. Was sollte jetzt mit ihnen geschehen?«

»Wahrhaftig, in den heutigen Männern steckt kein Mark mehr! Wie kraftvoll und rücksichtslos gingen die Fürsten der alten Zeit vor! Was tat König Chlothar, der Franke, damit ihm die Söhne seines Bruders dessen Erbe nicht eines Tages wegschnappten? Er griff eigenhändig zum Messer und schnitt ihnen die Kehlen durch, obwohl sie noch unschuldige Knaben waren. Wen kümmerten Erbrecht und Blutsbande, wenn etwas Größeres auf dem Spiel stand? Heute aber … Meine Kleider und Röcke solltest du anziehen und dein Panzerhemd und den Helm – mir überlassen!«

Grasulf schwieg dazu mit verdrießlicher Miene. Er hielt es nun endgültig für geraten, sich der Fortsetzung dieses Gesprächs zu entziehen. Draußen ertönten Getrommel und Horngeschmetter. Er legte die Hand an den Schwertgriff, drückte den Helm in die Stirn, und ohne ein weiteres Wort ging er mit steifen Schritten hinaus.

»Und ich hatte ihn schon fast so weit!« murmelte Winiperga. »Ach, dass ich ihn brauche, diesen Schwächling und Zauderer …«

6

Die Sonne stand noch nicht im Zenit, als die letzten Haufen des herzoglichen Kriegsvolks die Stadt Forojuli verließen.

Über die lange Brücke des Flusses Natisso, deren mittleren Pfosten ein gewaltiger, aus dem schäumenden Wasser ragender Felsbrocken bildete, marschierten sie zu einer von Baumgruppen umstandenen Wiese, wo eine letzte Heerschau stattfinden sollte. Hier hatten die aufgebotenen Truppen, die innerhalb der Festungsmauern nicht mehr untergebracht werden konnten, vor einigen Tagen ein Lager bezogen, das sie nun abbrachen. Zeltbahnen, Kochgeräte, Säcke und Körbe mit Proviant wurden auf Wagen verladen. Die Schmiede, die Tag und Nacht tätig gewesen waren, beschlugen noch bis zum letzten Augenblick Pferde, löteten Helmstangen aneinander, setzten Schwerter instand. Im vielsprachigen Gewirr des Aufbruchs schrien die Hundertschaftsführer, geschäftig umhersprengend, ihre Kommandos. Reitergruppen jagten in übermütiger Vorfreude auf die beginnende Heerfahrt kreuz und quer über den Platz und das ihn umgebende Hügelgelände. Weiße Wölkchen schwammen am Frühlingshimmel, von dem eine strahlende Sonne das fast fröhlich anmutende Bild des Aufbruchs beschien.

An einem Baum war ein Hirschbalg aufgehängt, und ein kultischer Wettkampf wurde ausgetragen. Im Galopp und verkehrt im Sattel sitzend, stürmten die Langobarden vorüber. Wem es dabei gelang, ein Stück des Balgs abzureißen, um es zu verzehren, der war ein Glücklicher. Wodan, so glaubte er, nahm ihn nun in der Schlacht, die bevorstand, unter seinen besonderen Schutz.

Endlich nahte von der Brücke ein kleiner Trupp in schimmernden Helmen und Panzerhemden, umgeben von Fahnen und Standarten. Trompetengeschmetter empfing ihn. Herzog Gisulf und die vornehmsten Männer seines Gefolges ritten zur Mitte des Platzes. Die Führer der Tausendschaften und Hundertschaften ordneten ihre Haufen zu einem Kreis, der die Herren weiträumig umgab. Auf eine kleine Erhebung, wo bereits Bänke aufgestellt waren, trugen Knechte mehrere Sänften. Diesen entstiegen die Herzogin, ihre vier Töchter und Frauen und Jungfrauen aus den vornehmsten Familien. Die vier Söhne des Herzogs, auch die beiden jüngsten, folgten zu Pferde und hielten in ihrer Nähe am Fuße des Hügels.

Massig auf seinem Fuchshengst thronend, den spitzen Helm mit Rossschweif auf dem kantigen Schädel, schwitzend unter dem Panzer, aber in gehobener Stimmung musterte Herzog Gisulf sein Kriegsvolk. Gleich vor ihm stand die Reiterei, die Kerntruppe, fast nur aus Langobarden bestehend. Helme, Brünnen, Schwerter, Speere, die Beschläge des Zaumzeugs und der Sättel glänzten im Sonnenlicht, die Farben der Schilde und der Schabracken leuchteten, der leichte Aprilwind blähte die Mäntel. Zu beiden Seiten war schwer bewaffnetes Fußvolk aufmarschiert, vorwiegend Romanen, Sklavenier, Gepiden, Sarmaten. Leichte Hilfstruppen, nur mit Lanzen sowie Pfeil und Bogen bewaffnet, viele noch eilig unter den Flüchtlingen ausgehoben, schlossen den Kreis. Zufrieden war Gisulf, dass trotz langer Friedenszeit die Waffenkammern seines Palastes ständig mit neuem Kriegsgerät aufgefüllt worden waren. Das hatte zwar einen großen Teil seiner Einkünfte verschlungen, jetzt aber zeigte sich, wie klug und vorausschauend er gehandelt hatte. Mancher der aufgebotenen Haufen, der erbärmlich ausgerüstet erschienen war, zeigte sich nun als eisenstarrender, Furcht erregender Trutzblock.

Die Tausendschaftsführer ritten heran und meldeten die Bereitschaft zum Abmarsch. Der Herzog stellte ihnen Fragen, lobte, scherzte mit den Herren seiner Umgebung, sättigte sich am Anblick seiner eindrucksvollen, seit langem nicht mehr aufgebotenen Kriegsmacht.

Er war ein leidenschaftlicher, gewandter Redner, und dies war der Augenblick, seine stolzen Empfindungen in Worte zu fassen. Es war ja auch üblich, vor dem Aufbruch das Heer zu ermuntern. Der Herzog warf einem Knecht die Zügel zu, gab einem anderen seinen Helm, dessen Nasen- und Wangenschutz ihn beim Sprechen behindern würden, stützte sich mit einer Hand auf den Sattelbogen und gebot mit der anderen weit ausholend Ruhe.

»Langobarden!«, rief er. »Tapfere Männer! Heute brechen wir zum Kampf auf – gegen den Feind, der dort hinter den Bergen lauert. Es ist ein tückischer und gefährlicher Feind, aber wir werden ihn besiegen. Wir werden die awarischen Horden, diese abscheuliche Höllenbrut, mehr wilden Tieren als Menschen ähnlich, bis auf den letzten Mann vernichten!«

Vielstimmig erhob sich ein markiger Kampfruf. Schwerter wurden hoch in die Luft gestoßen, Lanzen geschwenkt.

Gisulf fuhr fort: »Ich rief euch, Männer, und in Scharen kamt ihr eilig herbei. Nie haben Langobarden gezögert, wenn Sieg und Waffenruhm winkten! Seit einst vor vielen hundert Jahren unsere Urväter ihre heimatliche Insel Skandinavien verließen, um in weniger rauen und kargen Gegenden neues Land zu gewinnen, waren Kampf und Streit unser Element. Überall, wohin wir kamen und wo wir uns niederlassen wollten, mussten wir unser Recht mit der Kraft unserer Arme und der Schärfe unserer Schwerter erzwingen! Das hat uns zu einem starken, gehärteten, unbesiegbaren Volk gemacht!«

Abermals brandete Jubel auf. Gisulf, in Schwung geraten, ballte die Faust und rief:

»Männer! An wie vielen Flüssen haben wir Langobarden unsere Pferde getränkt. An der Elbe, der Weser, der Donau, der Theiß! Mit wie vielen Feinden mussten wir auf unseren langen Wegen die Klingen kreuzen. Mit Wandalen, Sachsen, Bulgaren, Herulern, Gepiden! Wir siegten nicht immer, doch überlebten wir, wurden jedes Mal zäher, jedes Mal stärker! Schließlich zogen wir nach Italien und besiegten sogar die Byzantiner! Wir nahmen Rache an ihnen für unsere gotischen Brüder und entrissen ihnen dieses herrliche Land, das sie ausgesogen und geplündert hatten! Solche Taten wurden von Langobarden, wurden von unseren Vätern vollbracht. Sie trotzten der stärksten Macht der Welt und zwangen sie in die Knie! Sollen wir ihnen nachstehen? Dürfen wir ihrer unwürdig sein? Haben wir nicht die Pflicht, ihrem Beispiel zu folgen – und wenn es uns Blut und Leben kostet?«

»Man kann die Geschichte auch anders erzählen«, bemerkte Ruthard, der neben Billo etwas abseits stand. »Erst halfen die Langobarden den Byzantinern, ihre gotischen Brüder zu vertreiben … und dann vertrieben sie auch die Byzantiner und brachten das herrliche Land noch weiter herunter.«

»Es ist besser, du vergisst deine gotische Herkunft«, sagte der Weißbart nachsichtig lächelnd, »so wie ich meine fränkische vergesse. Wir stehen im Dienst der Langobarden, und die bestimmen nun einmal, was ist und was war.«

»Wer weiß, wie lange noch«, knurrte Ruthard.

»Männer!«

Die Miene des Herzogs nahm jetzt einen tragischen Ausdruck an.

»So wahr es ist, dass unsere Väter Großes geleistet haben, so wahr ist es auch, dass vieles unerreicht blieb und wieder verloren ging, weil die Macht im Langobardenreich in die falschen Hände geriet! Solange das starke Geschlecht der Gausen regierte, die Könige Audoin und Alboin, herrschten Einigkeit und Geschlossenheit. Aber Alboin wurde ermordet, er fiel durch die Rachsucht seiner gepidischen Frau Rosamunde. Die Krone erbeuteten Männer, die unwürdig waren, und lange Zeit gab es überhaupt keinen König. In diesen Wirren waren es nur die Herzöge von Friaul – mein Großvater Gisulf, mein Vater Grasulf und schließlich ich selbst –, die fest und unerschütterlich auf ihrem Posten standen und das ihnen anvertraute Gebiet behaupteten. Warum konnten wir das? Woher diese eherne Standfestigkeit? Weil das Heil der großen Könige, die magische Kraft, die zum Herrschen befähigt, auf uns übergegangen war! Denn wir sind Gausen und königlichen Geblüts – mein Großvater war ein Neffe Alboins! Uns hätte daher auch der langobardische Thron zugestanden, auf dem nun ein Mann aus einem Geschlecht sitzt, das kaum Verdienste hat. Dieser Neider trachtet uns zu verderben, doch weil er nicht wagt, uns selber offen entgegenzutreten, schickt er uns die Awaren. Aber er täuscht sich, bald wird er die Folgen seiner Niedertracht zu spüren bekommen! Der allmächtige Gott, an den wir jetzt glauben und den wir nach der richtigen Lehre des Bischofs Arius anbeten, nicht aber nach der falschen des römischen Papstes, zu der sich die Königin und ihr Anhang bekennen … dieser Gott ist auf unserer Seite! Mit seiner Hilfe werden wir siegen und nicht nur die fremden Eindringlinge aus unserem Herzogtum vertreiben, sondern sie in ihre fernen Steppen zurückjagen. Drum, Langobarden, folgt mir nach! Tapfere Männer, nehmt eure Waffen! Reicher Lohn ist euch allen gewiss, und jeder von euch wird als Herr über viele Knechte gebieten. Unsterblich aber wird euer Heldenruhm sein! Auf in die Schlacht, Männer, vorwärts zum Sieg!«

Trompeten und Hörner setzten ein, Lanzen krachten auf Schilde, Kampfrufe donnerten. Auch die Hilfstruppen ließen sich mitreißen, berauscht von der Aussicht, bald in den Herrenstand aufzusteigen.

Der Herzog setzte den Helm auf, zückte sein Schwert und ritt mit seinem Gefolge dreimal im inneren Kreis an den jubelnden Heerhaufen vorüber.

Schließlich hielt er vor der kleinen Anhöhe und saß ab. Romilda und seine acht Kinder traten zu ihm. Auch die vornehmen Frauen drängten heran, empfingen ihn mit freudigen Zurufen. Winiperga schrie am lautesten.

Mit einer Geste verlangte der Herzog Aufmerksamkeit, um ein Abschiedswort an seine Familie zu richten.

Da plötzlich stürzte Taso vor, beugte ein Knie, ergriff seine Hand und rief: »Vater! Was hab ich getan? Warum strafst du mich? Warum darf ich an deinem Sieg nicht teilhaben? Warum erlaubst du nicht, dass ich mich auszeichne? Ich bitte dich, gib mir die Tausendschaft, die du mir versprochen hast! Ich werde allein mit den Feinden fertig!«

»Das glaube ich dir, mein Sohn«, sagte Gisulf und zog, verärgert über die Störung, die Hand zurück. »Denn auch du bist eine Gause und im Besitz des Heils unserer Vorfahren. Noch manche Gelegenheit wirst du haben, deinen Heldenmut zu beweisen, vielleicht sogar schon in diesem Krieg. Nicht auszuschließen ist, dass der Feind versuchen wird, unser Heer zu umgehen und sich in seinem Rücken der Festungen zu bemächtigen. Deshalb habe ich beschlossen, die Besatzung zu verstärken und diese ehrenvolle Aufgabe dir, deinem Bruder und einem Teil der Jungmannschaft zu übertragen. Ich vertraue euch beiden den Schutz eurer Mutter, eurer Schwestern und eurer jüngeren Brüder an und ziehe nun mit der Gewissheit hinaus, dass ihnen nichts geschehen wird. Kann ich euch einen besseren Beweis meiner Liebe und meines Vertrauens geben?«

Der Herzog wollte seinen ältesten Sohn umarmen, doch Taso, hoch aufgeschossen, bleich, mit roten Flecken auf den Wangen, trat rasch zurück, heftete den brennenden Blick auf seine Mutter und schrie: »Sie ist es, der ich das zu verdanken habe! Sie will nicht einsehen, dass ich kein Kind mehr bin! Warum lässt du dich von einem Weib beschwatzen, Vater? Sie begreift nicht die Schmach, die sie mir antut! Ich habe ein Recht, in der Schlacht zu kämpfen und Ruhm zu erwerben! Vater …«

Taso warf sich auf die Erde und senkte den Kopf so tief, dass die dünnen Haare seines Bartes den Schuh des Herzogs berührten. Höchst ungehalten beugte Gisulf sich nieder, riss ihn hoch und presste ihn in seine Arme.

Für alle, die sich nicht in der Nähe aufhielten, entstand so der Eindruck, der Sohn habe sich durch seinen Kniefall auf besonders ehrerbietige Weise vom Vater verabschiedet.

»Nimm dich zusammen!«, grollte der Herzog. »Deine Mutter hat Recht, du bist noch ein Kind. Ein Mann kennt Pflichten und kann gehorchen. Nun lebe wohl und enttäusche mich nicht!«

Er schob ihn weg, drückte auch Kako an sich, hob Grimoald kurz auf den Arm, strich Radoald flüchtig über den Kopf. Dann küsste er seine vier Töchter.

Romilda trat zu ihm.

»Wenn du zurückkehrst, werde ich dir einen Wunsch erfüllen«, sagte sie. »Du liebst deine Kinder, du hast es verdient. Sicher wird es noch einmal ein Sohn!«

Sie bot ihm den Mund, und er küsste ihre trockenen Lippen.

»Leb wohl, Frau, und bete für mich. Und denke an alles, was ich dir sagte. Vergiss es nicht!«

Die ersten Haufen schwenkten ein und marschierten auf der Straße nach Osten davon.

Am Abend sollte ein Kloster in günstiger Höhenlage erreicht und dort bis zur Rückkehr der vorausgesandten Späher Rast gemacht werden. Dann wollte der Herzog endgültig entscheiden, wann und wo er den Feind zur Schlacht stellen würde.

Die Vorhut der Reiterei kam vorüber. Lachend winkte ein junger dunkelhaariger Kriegsmann, schwang das nagelneue Schwert, das er aus der Waffenkammer erhalten hatte.

»Hildigis!«

Appa winkte zurück, rannte los. Sie verlor ihren Schleier, und einer der blonden Zöpfe löste sich, fiel über die Schulter. Ohne Bedenken wand sie sich zwischen den Reitern hindurch, gelangte atemlos an seine Seite.

»Hildigis!«

»Appa! Was tust du? Das ist gefährlich!«

»Du ziehst mit hinaus? Ich hoffte, du bliebst bei meinen Brüdern zurück!«

»Ich hab mich freiwillig für die Vorhut gemeldet.«

»Warum denn?«

»Da kann man mehr Ehre einlegen.«

»Aber du könntest als Erster fallen!«

»Ich komme zurück! Vielleicht als Hundertschaftsführer oder noch mehr. Vielleicht erhalte ich eine Grafschaft. Und weißt du, was ich dann tue?«

»Was denn?«

»Ich heirate dich! Dann nämlich kann ich es wagen, um deine Hand zu bitten. Wirst du mich wollen?«

»Du fragst noch?«

»Und Subo?«

»Den nehm ich nicht. Nein, niemals!«

Hildigis stieß einen Jauchzer aus, beugte sich nieder und hob Appa mit Schwung vor sich auf das Pferd.

»Jetzt stürme ich bis in den Himmel! Keine hundert Awaren können mich aufhalten!«

»Hast du dich etwa nur für die Vorhut gemeldet, um …? Ich habe Angst um dich, Hildigis!«

»Und ich liebe dich, Appa! Gott will, dass wir beide eine Paar werden. Also muss ich am Leben bleiben, dafür wird er sorgen!«

Tränen stürzten ihr aus den Augen. Von ihren Empfindungen überwältigt, vergaß sie alle Zucht und Sitte, schlang ihre Arme um seinen Hals, küsste ihn glücklich und verzweifelt.

Links und rechts preschten Reiter vorüber und wirbelten Staubwolken auf.

»Nehmen wir Abschied. Ich muss ihnen folgen!«

»Ein Glücksbringer … warte. Er wird dich schützen!«

Hastig nestelte sie von ihrem Gürtel ein Lederbändchen, an dem ein kleiner Goldbrakteat hing. Sie drückte die Lippen auf das Metall mit der Runenschrift und befestigte das Bändchen an Hildigis' Wehrgurt.

Er lenkte sein Pferd an den Rand des Weges.

Noch einmal wollte er sie küssen, aber sie glitt rasch hinab und sprang zur Seite, weil wieder eine Gruppe von Reitern heranstürmte. Hildigis folgte ihnen, und als Appa sich nach ihm umblickte, war er schon weit entfernt.

Durch einen Tränenschleier sah sie nur noch Speere, Lanzen, wehende Haare und Mäntel, Pferdeleiber und Staub. Und unter dem Huftritt bebte die Erde.

7

Trotz der Zaubersprüche und Kräutersalben, mit denen die alte Pelagia Faroalds von einem Pfeilschuss verletztes Bein zu heilen suchte, wollte die Wunde sich nicht schließen. Sie eiterte und schwoll immer mehr auf, Fieber und Schwäche warfen den Verwundeten, der vergebens alle Willenskraft aufbot, stets wieder auf das Lager zurück. So blieb nur die Hoffnung, dem Übel mit einem schmerzhaften Eingriff beizukommen. Wie Pelagia gleich vermutet hatte, war ein Stück Eisen abgebrochen, als der Pfeil auf den Knochen gestoßen war. Da sich der Medicus beim Heer befand und die alte Dienerin ihm allzu langsam und zaghaft zu Werke ging, ergriff Faroald selbst das im Feuer gereinigte Messer und grub keuchend und Unmengen Schweiß vergießend in der Wunde. Endlich, der Ohnmacht nahe, holte er das schmale, scharfkantige Eisen heraus, den dritten Teil einer Pfeilspitze. Er zeigte es später Grasulf, der anerkennen musste, dass es tatsächlich ein Awarenpfeil war, der den Kommandanten von Nemas getroffen hatte. Nur dieses wilde Nomadenvolk verwendete solche gefährlichen, sehr tief eindringenden Geschosse mit dreiflügeliger Spitze.

Faroald erholte sich nun, und einige Tage später machte er die ersten Versuche, zu stehen und zu gehen. Täglich trat Grasulf in seine Kammer, erkundigte sich nach Fortschritten und erinnerte daran, dass Nemas nicht weniger als Forojuli bedroht sei und auf seinen ranghöchsten Verteidiger warte. Diese lästigen, ehrverletzenden Mahnungen ließen den Genesenden, was ja beabsichtigt war, immer ungeduldiger den Augenblick herbeisehnen, da er in den Sattel steigen und die fünfzehn römischen Meilen nach der benachbarten Festung zurücklegen konnte. Ein erster Versuch, es trotz Pelagias dringender Warnung zu wagen, scheiterte allerdings bereits auf der Treppe des alten Römerturms am Palasthof, in dessen oberem Stockwerk er untergebracht war. Er stürzte die letzten Stufen hinab und musste das Vorhaben aufgeben. Knechte trugen ihn in seine Kammer zurück.

Noch am selben Tag besuchte ihn Romilda. Seit der Herzog vor fast einer Woche die Festung verlassen hatte, war sie nur zweimal zu ihm heraufgestiegen, jedes Mal in Begleitung Pelagias. Beim ersten Mal hatte sie ihn nur bei halbem Bewusstsein angetroffen, es war unmittelbar nach der blutigen Operation gewesen. Beim zweiten Mal war Grasulf hinzugekommen, und sie hatte sich mit förmlichen Genesungswünschen rasch wieder zurückgezogen. Nun, beim dritten Mal, kam sie allein.

Sie begann mit Vorwürfen, seines Leichtsinns wegen. Schalt ihn, verantwortungslos zu handeln, wenn er, noch nicht wiederhergestellt, sich Gefahren aussetze, einem Sturz von der Treppe oder vom Pferd oder vielleicht gar von einem Steilhang. Ganz Herzogin und Landesmutter, wies sie ihn darauf hin, dass jetzt Kämpfer mit gesunden Gliedern gebraucht würden und dass man niemandem erlauben könne, sich durch Fahrlässigkeit zum Krüppel zu machen oder gar umzubringen. Es habe auch ein Gefolgsmann kein Recht, sich ohne Abmeldung beim Gefolgsherrn, den sie in diesem Fall vertrete, zu entfernen und an einen anderen Ort zu begeben. Sie müsse daher, falls er nicht einsichtig sei und sein Verhalten bereue, vor seine Tür eine Wache stellen.

Faroald lag schweigend auf dem Bett und beobachtete Romilda, wie sie, mit ihrem langen Gewand über den Boden fegend, in dem niedrigen, von mehreren roh gezimmerten Pfeilern geteilten Gemach auf und ab schritt. Er bemerkte sogleich, dass ihr Unmut gespielt war, dass sich darunter Besorgnis und Unsicherheit verbargen.

Schließlich setzte sie sich auf einen Hocker neben dem Krankenlager.

»Gibt es schon neue Nachrichten?«, fragte er.

»Nein, keine«, erwiderte sie seufzend. »Die letzte Botschaft von meinem Gemahl kam vorgestern. Das Heer ist weitergezogen, nach Osten. Dort haben sie in einer Talsenke das Hauptlager der Awaren entdeckt. Der Bote berichtete, dass sie es angreifen wollten. Inzwischen müsste die Entscheidung gefallen sein.«

»Es dauert wohl ein paar Tage, bis uns die Botschaft erreicht.«

»Und wenn nun in diesem Augenblick schon alles verloren ist?« Angsterfüllt sah sie ihn an. »Du glaubst doch auch nicht an seinen Sieg. Hast doch von Anfang an nicht daran geglaubt!«

Er richtete sich ein wenig auf, stützte sich auf einen Ellbogen.

»Ja, das ist wahr. Aber ich hatte natürlich nicht so viel Einblick, um die Lage genau zu beurteilen ... war ja nur auf die Vorhut des Feindes gestoßen. Jetzt glaube ich, dass der Herzog das Richtige tut. Dass er den Kampf gewinnen wird.«

»Ach, wenn du Recht hättest und mich nicht nur beruhigen wolltest! Seltsam ist, dass immer noch Flüchtlinge kommen. Das heißt doch, sie fühlen sich auch im Rücken unseres Heeres nicht sicher.«

»So verhält sich nun einmal das Volk in Kriegszeiten. Es flüchtet an einen befestigten Ort.«

»Aber wie sollen wir nur alle unterbringen!«, sagte die Herzogin und nestelte unruhig an der Fibel, mit der ihr Untergewand am Halse zugesteckt war. »Die Basilika ist bereits überfüllt. Die meisten liegen mit Sack und Pack in den Straßen. Wohin sollen sie auch? Die Bürger lassen sie nicht in die Häuser, weil sie Diebereien und Krankheiten fürchten. Immer wieder kommt es zu Handgreiflichkeiten. Und stündlich stehen Neue am Tor ...«

Romilda erhob sich, strich eine Haarsträhne unter den Schleier.

»Ich muss wieder hinunter. Wer weiß, was dort inzwischen passiert ist. Wenn ich zu heftig war, verzeih mir. Ich hoffe, du hältst dich nun an meine Weisungen.«

»Bleibe doch noch einen Augenblick!«

Sie zögerte, stand bereits an der Luke.

»Ich glaube, das wäre nicht gut. Sicher beobachtet man uns. Ich hätte Pelagia wieder mitbringen sollen. Aber sie war nicht zu finden, und weil ich rasch nach dir sehen wollte …«

»Ich bitte dich, setz dich noch einmal zu mir.«

Sie warf einen Blick zur Treppe, schloss die Bodenklappe, kam langsam zurück.

Abermals ließ sie sich auf dem Hocker nieder, lächelte ein wenig befangen. Die braunen, leicht schielenden Augen unter den dichten Wimpern blickten jetzt traurig und sanft.

Eine Weile schwiegen sie und sahen sich an.

»Wie schmal du geworden bist«, sagte Romilda schließlich. »Deine Stirn hat tiefe Falten, deine Wangen sind eingefallen.«

»Auch du siehst sorgenvoll aus«, erwiderte er. »Bist aber noch immer so schön wie damals.«

Sie lachte auf, errötete etwas.

»Ach, ich bin eine alte Frau! Wenn meine Mutter sich nicht geirrt hat, bin ich schon sechsunddreißig Jahre alt. Für die meisten Frauen ein hohes Alter. Es ist ein Wunder, dass ich so viele Kinder geboren habe und immer noch lebe. Vielleicht müssen erst die Awaren kommen, um …« Sie unterbrach sich und fuhr dann mit einem traurigen Lächeln fort: »Auf jeden Fall bringen sie plötzlich Aufregung in unser Dasein … hier in der Einsamkeit, wo die Zeit wie ein Dieb vorüberschleicht und alles mit sich nimmt, was wertvoll ist: Jugend, Glück, Liebe …«

»Das sind bittere Worte.«

»Auch was Fröhlichkeit ist, hab ich fast vergessen.«

Wieder schwiegen sie und sahen sich an.

»Früher hast du oft gesungen«, sagte Faroald dann lächelnd. »Wenn wir unten im Hof bei den Waffenübungen waren, hörten wir dich. Deine helle, klare Stimme.«

»Gesungen hab ich schon lange nicht mehr.«

»Die meisten Frauen singen immer dasselbe. Zwei, drei Lieder kennen sie, nicht mehr. Du kanntest viele.«

»Mein Vater liebte Prunk und Geselligkeit. Zu uns kamen ständig Sänger und Musikanten. Von ihnen lernte ich alles.

Und wenn sie fortgingen, blickte ich ihnen sehnsüchtig nach. Wie gerne wäre ich mitgezogen, um andere Menschen und große Städte zu sehen ... Verona, Pavia oder Mailand. Doch der mächtige Herzog Gisulf hielt um mich an, und so kam ich nach Forojuli. Viele der Lieder, die ich kannte, sang ich hier noch. Aber ich lernte kaum neue. Sänger verirren sich ja nur selten hierher.«

»Trotzdem war es nicht langweilig ... damals. Manchmal wurden auch Feste gefeiert.«

»Ich drängte Gisulf, und er gab nach, obwohl er selber keinen Spaß daran hatte. Es missfiel ihm, wenn er mich auf der Wiese tanzen sah ... eine Frau, die schon Kinder hatte. Auch die Spiele, die wir erfanden, missbilligte er.«

»Damit hatte er wohl nicht ganz Unrecht«, wagte Faroald einzuwenden, wobei er sich aufsetzte und Romilda vergnügt in die Augen sah.

Sie wich nicht aus und sagte ebenfalls heiter: »Ja, wenigstens in dem einen Fall, als ich beim Fangenspiel in den Fluss fiel.«

»Die Strömung riss dich gleich mit, und du konntest nicht schwimmen.«

»Zum Glück gab es einen beherzten jungen Gefolgsmann, der mir nachsprang und mich rettete.«

»Er tat seine Pflicht.«

»Und gab mir noch einmal, ein letztes Mal, Hoffnung.«

»Aber enttäuschte dich dann.«

»Dafür konnte er nichts.«

»Irgend jemand muss es verraten haben.«

Ihre eben noch lachende Miene verdüsterte sich.

»Grasulf war es«, sagte sie. »Ja, ich weiß es jetzt. Und ich hätte es mir auch gleich denken können. Er verfolgte mich damals auf Schritt und Tritt ... hoffte, irgendwann würde ich nachgeben. Eines Abends schlich er uns nach. Und dann verriet er uns seinem Bruder. Gisulf hat es mir später gesagt, als er im Zorn wieder einmal darauf zurückkam und es mir vorwarf.«

»Trotzdem hat dein Gemahl eine edle Gesinnung gezeigt.«

»Ja, er hätte uns töten können«, sagte Romilda und senkte den Blick auf ihre gefalteten Hände. »Aber er wollte keinen Lärm und kein Aufsehen, nur ein wenig seine Macht spielen lassen. Er erkannte Radoald als seinen Sohn an, und so war anscheinend nichts geschehen. Dich verbannte er nach Nemas, und ich habe niemals wieder ein Fest gefeiert. Es gab nur noch langweilige Gelage, bei denen unmäßig getrunken und endlos mit Kriegsabenteuern geprahlt wurde. Spiele und Tänze wurden abgeschafft, und so konnte ich nicht mehr in Gefahr geraten. Und nie wieder gab es einen Retter.«

Sie schwieg. Als sie aufblickte, waren ihre Augen mit Tränen gefüllt.

Faroald beugte sich vor und wollte nach ihrer Hand greifen.

Doch im selben Augenblick wurde die Bodenklappe geöffnet, und das grobe Gesicht einer Magd erschien.

»Ach, hier oben ist die Frau Herzogin!«, rief sie. »Ahnte ich's doch!«

Sie verzog ihren Mund zu einem Grinsen.

»Was gibt es, Traxa, was willst du?«, fragte Romilda verwirrt, stand auf und trocknete rasch, halb abgewandt, mit ihrem Ärmel die Tränen.

»Die jungen Herren Taso und Kako gehen mit Schwertern aufeinander los!«

»Was sagst du? Wo denn?«

»Unten im Hof. Ich dachte, das sollte ich der Frau Herzogin melden.«

Romilda hatte sie schon beiseite geschoben und stieg eilig die steile Treppe hinunter.

Sie kam zu spät, um noch einzugreifen.

In einer Ecke des Hofes, unter dem Bogengang, lehnte Kako, rotblond, sommersprossig, ein bisschen dicklich, an der Wand und presste die Hand auf den linken Oberarm. Ein Skramasax lag zu seinen Füßen. Im Halbkreis umstanden ihn zwei Dutzend bewaffnete junge Männer, Subo darunter, der einige Aufgeregte, Empörte zu beschwichtigen suchte. Taso, einen Helm mit Wangenschutz hoch in die Stirn geschoben, lehnte an einem Pfeiler und steckte seelenruhig sein Schwert in die Scheide.

Die jungen Männer wichen zur Seite, als sie die Herzogin kommen sahen.

»Was fällt euch ein? Warum schlagt ihr euch?«

Sie trat zu Kako und sah, dass der Ärmel seines Kittels durchschnitten war und darunter eine längliche Wunde klaffte. Zornig wandte sie sich an Taso:

»Was hat dir dein Bruder getan, dass du ihn angreifst und verwundest?«

»Der Weichling hat eine Lehre verdient«, erwiderte Taso, wobei er sie frech, mit einem spöttischen Lächeln ansah. »In Zukunft wird er sich hüten, das Maul aufzureißen.«

»Dieser hinterhältige Schuft!«, stöhnte Kako. »Ich hatte mich schon ergeben, trotzdem schlug er noch einmal zu.«

»Habt ihr nichts Besseres zu tun, als übereinander herzufallen?« Erzürnt sah Romilda von einem zum anderen. »Euer Vater kämpft draußen gegen den Feind, und ihr schlagt euch aus Langeweile! Warum lungert ihr überhaupt hier herum? Warum helft ihr nicht bei den Schanzarbeiten? Habt ihr keinen Befehl bekommen?«

»Solche Befehle schätzen wir nicht«, erwiderte Taso herausfordernd langsam. »Krieger sind wir, keine Sklaven. Man soll uns Arbeit geben, die unserer würdig ist.«

»Was für Unsinn du redest! Seid ihr euch etwa zu schade

dazu? Haltet ihr es für nützlicher, euch zu streiten und zu schlagen, statt etwas für unsere Verteidigung zu tun?«

»Wozu müssen wir uns denn hier drinnen verteidigen, da wir doch draußen siegen? Und dass ich beim Siegen nicht dabei bin, ist deine Schuld, Mutter. Du wolltest ja nicht, dass ich gegen den Feind ziehe. Das wäre die Arbeit gewesen, die mir gefallen hätte!«

»Ach, schweig!«

Kakos Verletzung erwies sich zum Glück als ungefährlich. Die Herzogin rief ein paar Mägde herbei, die mit frisch gebleichter Wäsche und einem Bottich mit Brunnenwasser vorüberkamen, und machte sich selber daran, die Wunde zu säubern und zu verbinden. Taso und den anderen befahl sie, sich gleich bei Grasulf, dem Kommandanten der Festung, zu melden und jede Weisung, die er erteile, widerspruchslos zu befolgen.

»Und wenn wir es nicht tun?«

Taso kreuzte die langen Beine, drückte den Helm in die Stirn und machte keine Anstalten, sich von der Stelle zu rühren.

»Du wirst gehorchen!«, sagte die Herzogin scharf. »Und sollte ich noch einmal hören, dass ihr mit Schwertern aufeinander losgeht, lasse ich euch auf der Stelle einsperren!«

»Ich soll also schweigen, wenn mich mein Bruder vor aller Ohren beleidigt.«

»Ich habe dir nichts getan!«, schrie Kako.

»Du hast behauptet, du wärest der bessere Herzog, wenn unser Vater nicht wiederkommt. Diese Anmaßung musste bestraft werden!«

»Es ist die Wahrheit! Du hast doch nur ein großes Maul und bist hinterhältig und feige! Und hast gar nicht genug Verstand, um Herzog zu sein!«

Taso löste sich von dem Pfeiler und wollte sich abermals auf seinen Bruder stürzen, aber Romilda trat energisch dazwischen.

»Genug! Sonst landet ihr gleich im Verlies! Schämt ihr euch nicht, mit euerm Gerede euern Vater schon unter die Erde zu bringen? Betet lieber, damit er gesund zurückkommt!«

Taso wollte etwas erwidern, doch Subo fasste ihn unter den Arm, zog ihn fort.

Die anderen jungen Männer trollten sich ebenfalls. Romilda wollte Kako zurückhalten, aber um nicht als Weichling zu gelten, schloss er sich an.

Als sie sich zwanzig, dreißig Schritte entfernt hatten, blieb Taso mitten auf dem Palasthof stehen, blickte hochmütig um sich und sagte: »Damit es sich alle merken, wiederhole ich es: Von meinen drei Brüdern wird keiner Herzog! Ich bin der Älteste, und ich erbe die Würde allein. Gibt es noch jemanden, der etwas dagegen hat?«

Er warf einen höhnischen Blick auf Kako, der es jetzt vorzog, finster zu schweigen.

Plötzlich krähte eine Knabenstimme: »Ja, ich! Ich habe etwas dagegen!«

»Ich auch!«, fiel sogleich eine Zweite ein.

Es waren Radoald und Grimoald, die gemeinsam über den Palasthof streunten. Die beiden waren vom Spiel erhitzt, ihre Kittel starrten vor Schmutz, das Haar hing ihnen wirr auf die Schultern. In ihren Gürteln steckten die Kinderschwerter, und jeder trug in der Hand einen Knüppel. Die kecken Proteste ernteten ringsum Gelächter.

»Glaubt ihr etwa, ihr Rotznasen, dass ihr gefragt werdet?«, rief Taso, halb ärgerlich, halb belustigt.

Die beiden Jungen tauschten einen Blick, und mit zwei Sprüngen war Radoald im Rücken seines ältesten Bruders. Nun schwang er den Knüppel, der Taso so heftig in die Kniekehlen fuhr, dass die dünnen Beine den Dienst versagten. Sie knickten ein, und der hoch gewachsene junge Mann, des Angriffs nicht gewärtig, fiel mit einem Schmerzensschrei auf das Hofplaster.

»*Ich* werde Herzog!« rief Radoald.

Und da sprang auch schon Grimoald vor und ließ seinen Knüppel auf Tasos Helm sausen. Er schlug ihn dem Bruder bis an das Kinn herab, sodass nur noch der spärliche Bart hervorsah.

»Und ich werde König!«, schrie Grimoald.

Ehe sich Taso aufrappeln konnte, waren die beiden Jungen auf und davon.

8

In der Nacht zogen von Nordosten über die Julischen Alpen Wolken heran, und es begann zu regnen. Zugleich kam heftiger Wind auf, der in kürzester Zeit zum Sturm anschwoll und heulend die Schauer durch die Straßen peitschte. Bäume wurden entwurzelt, Dächer abgedeckt. Einem der Türme des Nordtors riss es das oberste Stockwerk fort. Durch einen Erdrutsch am Steilufer des Natisso brach auch ein Teil eines gerade erneuerten Mauerstücks ein und stürzte unter Getöse ins Flussbett hinab.

Da viele Flüchtlinge ungeschützt im Freien lagerten, herrschte auf den Straßen und Plätzen Forojulis bald die größte Verwirrung. Aufgeschrecktes Vieh durchbrach die behelfsmäßig errichteten Zäune und Verschläge und irrte umher. Zelte fielen zusammen, Planwagen wurden umgeworfen, Matratzen und Hausgerät fortgeschwemmt. In der Finsternis, im prasselnden Regen hasteten Männer und Frauen durcheinander, erschöpfte Greise wankten an Häuserwänden entlang, nackte Kinder schrien nach ihren Müttern.

Auch Blut floß in dieser Nacht. Als ganze Familien auf dem Forum in die schon hoffnungslos überfüllte Basilika eindringen wollten, wurden sie von denen, die drinnen waren, gewaltsam daran gehindert. Bei dem Gewühl brach eine Säule und tötete mehrere Menschen. In den Straßen und Gassen schlugen Obdachsuchende mit Äxten auf die verriegelten Türen ein und wurden, wenn sie sie niederlegten, in den Häusern mit Messern, Speeren, Schaufeln, Nadeln und Spindeln empfangen. Nicht wenige wurden im Dunkeln niedergetrampelt, von abgerissenen Ziegeln getroffen, unter stürzenden Bäumen begraben.

Ein grauer Morgen zog herauf, der Sturm ließ nach, aber noch immer regnete es vom tief verhangenen Himmel. Das Ausmaß des Unglücks wurde nun sichtbar. Auf den Straßen türmten sich Trümmer. Durchnässte, zitternde Gestalten suchten nach ihren Kindern, ihren Tieren, ihren Habseligkeiten.

Eine Gruppe mutiger alter Männer zog vor das Tor des Herzogspalastes, schlug Alarm, forderte Einlass. Die Wache trieb sie zunächst zurück, doch die Alten kamen wieder, durch aufgebrachte Weiber verstärkt. Einige wurden schließlich eingelassen und trugen nun, plötzlich schüchtern und demütig, dem Kämmerer Billo ihre Bitte vor: Unterkunft für die Menschen, Platz für das Vieh, Nahrung für alle, Hilfe für die Verletzten. Billo versprach, etwas zu tun, und begab sich zum Kommandanten der Festung.

Grasulf hatte sich gerade erhoben und hörte ihn mit verdrießlicher Miene an. Während er kaltes Huhn verzehrte und dazu Brot in einen Krug Milch tunkte, legte er langsam kauend dar, dass es nicht möglich sein werde, für alle Flüchtlinge in der Stadt ein Obdach zu finden.

»Es war überhaupt ein Fehler, sie hereinzulassen! Sind sie denn unmittelbar bedroht? Keineswegs. Wir hätten ihnen Lagerplätze vor den Stadttoren zuweisen sollen. Dort hätten sie in Ruhe das Ende des Krieges abwarten können.«

»Das würden sie wohl kaum getan haben«, widersprach Billo. »Auch dein Bruder, der Herzog, war der Meinung, dass die Leute in ihrer schrecklichen Angst dann weitergeflohen wären. Und die Folge? Sie hätten sich in fremden Gebieten niedergelassen, um dort vielleicht sesshaft zu werden. Oder wären von Sklavenfängern verschleppt worden. Wir sind nur ein kleines Herzogtum, wir brauchen die Menschen. Können uns nicht erlauben, so viele auf einmal zu verlieren. Es sind arbeitende Hände!«

»Aber auch gefräßige Mäuler!« Ebenso übellaunig wie ihr

Gemahl, nicht ausgeschlafen wegen des nächtlichen Sturmgeheuls, mischte sich Winiperga ein. »Warum macht ihr mit ihnen so viele Umstände? Die paar hundert Leute …«

»Schon weit über tausend.«

»Umso schlimmer! Was zögert ihr noch? Die meisten sind Unfreie. Öffnet die Tore und treibt sie wieder hinaus!«

»Das gäbe Aufruhr«, brummte Grasulf. »So etwas fehlte uns gerade noch.«

»Aufruhr? Den gibt es nur, wenn sie drinnen bleiben. Und wenn täglich Neue dazukommen. Noch haben wir Zeit, sie wieder loszuwerden. Setze zwei Hundertschaften ein, und in ein paar Stunden ist alles erledigt.«

»Wir werden sie wohl auch so wieder los.«

»Und wenn nicht? Wenn die Lage unsicher bleibt? Oder wenn sie sich noch verschlechtert? Wenn es gar zu einer Belagerung kommt? Da würden die vielen Esser uns nützen!«

Plötzlich erhob sich draußen Lärm, und eine der Zofen Winipergas stürzte herein.

»Herrin!«, schrie sie. »Das Volk dringt in den Palast ein! Komm heraus und sieh, was die Leute anrichten!«

Winiperga warf einen Mantel über und lief, von Grasulf und Billo gefolgt, hinaus in den Regen.

Was sie sah, verschlug ihr die Sprache.

Auf dem Säulengang, der ihren großen, prächtigen Garten begrenzte, näherte sich eine lange Kolonne von Elendsgestalten. Die meisten waren halb nackt, feuchte Lumpen klebten an ihren Körpern. Einige schoben Karren, fast alle waren mit den armseligen Gegenständen beladen, die sie aus Wasser und Schlamm gerettet hatten. Mit ihnen kamen die wieder eingefangenen Tiere, und Kühe, Schafe und Ziegen streunten bereits durch die kunstvolle Anlage, warfen die hohen, kostbaren Vasen um, zupften an den Blättern seltener Pflanzen. Ein Hund sprang auf die Treppe und kläffte die Hausherrin wütend an.

Winiperga schrie auf. Einer Ohnmacht nahe, lehnte sie sich an die Schulter der Zofe.

»Da ist auch die Frau Herzogin!«, sagte das Mädchen.

»Ja, und das scheint ihr Werk zu sein!«, knurrte Grasulf.

Romilda, in einen weiten, zum Schutz vor dem Regen auch über den Kopf gezogenen Umhang gehüllt, war am anderen Ende des Säulengangs in Begleitung des Marschalks Ruthard erschienen und ging den Ankömmlingen entgegen. In der Tat hatte sie den Befehl erteilt, den Obdachlosen das Tor des Palastes zu öffnen.

Vom Fenster aus waren ihr unten im Hof die Bittsteller aufgefallen, die frierend, in einer Wandnische aneinander gedrängt, Billos Rückkehr erwarteten. Da hatte sie eine Magd hinuntergeschickt und die fünf alten Männer zu sich heraufkommen lassen. Wie fast alle in dieser Nacht hatte sie kaum geschlafen und auch schon erste Berichte über die Vorgänge in der Stadt und den durch das Unwetter angerichteten Schaden gehört. Nun erfuhr sie von den Bittstellern, denen sie warme Decken und Wein bringen ließ und durch ihre freundliche Aufmerksamkeit alle Scheu nahm, viele neue schreckliche Einzelheiten. Sie sandte nach Ruthard, um sich mit ihm zu beraten, doch ihr Entschluss stand schon fest, als er bei ihr eintrat.

Sie wollte die Mannschaftsquartiere der herzoglichen Gefolgschaft, die jetzt größtenteils unbewohnt waren, weil sich die Männer beim Heer befanden, den Flüchtlingen zur Verfügung stellen. Es handelte sich um mehrere lang gestreckte, schmucklose Ziegelhäuser, von denen jedes sechzig bis achtzig Menschen beherbergen konnte. Sie waren gruppiert um den Waffenübungsplatz, den einstigen Wirtschaftshof der römischen Stadtvilla, aus welcher nach zahlreichen Umbauten und Erweiterungen der jetzige Herzogspalast entstanden war.

Der alte Marschalk machte Einwände.

»Überlege dir, Herrin, was du tust! Fremdstämmiges, unbekanntes Volk hier hinter den Mauern des Palastes … Ich halte das für nicht ungefährlich.«

»Es sind vorwiegend Alte, Frauen und Kinder.«

»Die Häuser sind auch nicht ganz leer. Noch liegt dort ein Teil der Gefolgschaften.«

»So quartiere die Männer um. In den Festsaal zum Beispiel. Der ist doch jetzt ungenutzt.«

»Wenn dein Gemahl zurückkehrt, hoffentlich siegreich, brauchen wir gleich für die Truppen Unterkunft.«

»Auf die erste Nachricht vom Siege werden die Flüchtlinge sich auf den Heimweg machen.«

Schließlich gab Ruthard seinen Widerstand auf, und den Bittstellern wurde befohlen, alle Obdachlosen am hinteren Tor des Palastes zu sammeln. Die Herzogin selber ging hinunter, um die Leute zu empfangen und einzuweisen.

Sie sah Grasulf und Winiperga auf der Treppe und ahnte den Unmut ihrer Verwandten. Es war allerdings nicht zu vermeiden, dass sich die neuen Gäste in der Nähe des von den beiden bewohnten Seitenflügels niederließen. Nur eine niedrige Mauer mit offenem Durchgang trennte den Übungsplatz mit den Gefolgschaftshäusern von Winipergas gehegtem Garten. Man konnte freilich den Durchgang versperren, damit künftig die Tiere von dort fern gehalten wurden, aber dazu war jetzt keine Zeit.

Romilda empfing ihren Schwager, als er nun auf sie zu trat, mit der Entschlossenheit, seinen Protest zurückzuweisen.

»Ich wundere mich«, sagte Grasulf nach der Begrüßung, »dass du eine so wichtige Maßnahme ohne meine Zustimmung triffst. Was hier geschieht, kann ich nicht billigen.«

»Du wirst es billigen müssen«, erwiderte die Herzogin kühl. »Jede Entscheidung, die ich treffe, ist eine Entscheidung deines Bruders. Er hat mich zur Hüterin seines Hauses bestellt.«

»Und dir dabei ausdrücklich aufgetragen, mich in allen wichtigen Angelegenheiten zu Rate zu ziehen.«

»Gewiss, soweit sie die Festung betreffen, denn du bist ja ihr Kommandant. Was aber innerhalb des Palastes geschieht, berate ich mit dem Mann, der die Palastwache anführt. Er trug mir seine Bedenken vor, doch ich konnte zufrieden stellend antworten. Darauf stimmte er meiner Maßnahme zu.«

»Vollkommen und mit Überzeugung!«, bestätigte Ruthard, der den andern nicht leiden konnte, mit einem grimmigen Lächeln.

»Was hier vorgeht, betrifft mich persönlich«, beharrte Grasulf. »Ich kann nicht dulden, dass dieses Volk hier Quartier nimmt. Deshalb verlange ich …«

»Wenn du woanders Unterkünfte bereitstellen kannst«, sagte Romilda, »werde ich deinen Wunsch berücksichtigen. Ich fürchte aber, das wird nicht möglich sein. Deshalb solltest du dich jetzt deinen Pflichten widmen. Von dem, was mir über das Unwetter berichtet wurde, geht dich einiges an. Ein Turm des Nordtors ist fortgerissen, im Süden ein Stück der Mauer beschädigt. Ich hoffe, die Schäden sind bald behoben!«

Damit ließ sie ihn stehen und setzte sich an die Spitze der wartenden Flüchtlingskolonne, um die Leute in ihre Unterkünfte zu führen.

»Er hat sich kläglich von ihr abweisen lassen!«, sagte Winiperga entrüstet zu ihrer Zofe, als sie in ihre Gemächer zurückkehrte. »Sie gibt sich selbstherrlich, nutzt es aus, dass ihr Mann im Krieg ist. Wer weiß, was sie uns Unglücklichen noch alles zumuten wird!«

»Ja, die Frau Herzogin versteht es, die Abwesenheit des Herrn Herzogs zu nutzen«, sagte die Zofe mit spitzem Lächeln. »Gestern saß sie sehr lange am Bett jenes Herrn, der im Turmzimmer liegt. Die beiden waren allein und haben zärtliche Worte gewechselt.«

Winiperga machte große Augen.

»Ist das wahr? Woher weißt du das?«

»Von Traxa. Sie hatte die beiden zuerst belauscht. Und als sie sich dann bemerkbar machte, fuhren sie auseinander, und die Frau Herzogin musste sich Tränen trocknen.«

»Ah! Und hat das Mädchen verstanden, was sie sagten?«

»Das nicht. Doch es klang wie Liebesgeflüster.«

»Diese Traxa ist doch eine Neue. Kennst du sie gut?«

»Ja, wir schlafen im selben Bett. Seit kurzem besorgt sie die Wäsche für die Frau Herzogin und ihre Töchter.«

Winiperga dachte einen Augenblick nach.

Mit einem Schlüssel, der ihr vom Gürtel hing, schloss sie ein Kästchen auf und entnahm ihm einen silbernen Triëns.

»Den dürft ihr euch teilen«, sagte sie lächelnd. »Und ich hoffe, dass Traxa von nun an die Ohren spitzt!«

9

Romilda kniete vor dem Altar der Palastkapelle.

Sie war nicht übermäßig fromm, doch kannte sie ihre Pflichten und war immer sorgsam bemüht gewesen, die höhere Macht nicht durch Nachlässigkeit zu erzürnen. In diesen Tagen der Angst und Unsicherheit war sie hier öfter als sonst, verweilte vor dem Altar, sprach kurze Gebete.

Besonders vertraut war sie nicht mit Gott. Sie hatte auch lange schon aufgegeben, sich über sein wahres Wesen Gedanken zu machen. Ihre Mutter, eine Romanin aus senatorischem Adelsgeschlecht, hatte sie eifrig in die Kirche geführt, und ein Priester namens Benedictus war nicht müde geworden, ihr Geschichten vom Herrn im Himmel und seinem zur Erde gesandten Sohn zu erzählen. Ihr langobardischer Vater dagegen, in der alten Heimat Pannonien, dem Donauland, geboren und aufgewachsen, hatte das alles für Unsinn erklärt und behauptet, der einzige wahre Gott sei Wodan, und die christlichen Klugschwätzer hätten ihm nur einen anderen Namen gegeben, so wie sie aus seiner Gemahlin Frea eine Maria und aus beider Sohn, dem lichtvollen, aber unglückseligen Balder, den Jesus Christus gemacht hätten. Was es mit diesem auf sich hatte, war ihr erst recht ein Rätsel, und wenn sie den Bischof Marinus und den Pater Sebastianus aus dem nahe gelegenen Kloster gegeneinander eifern hörte, wurde sie keineswegs klüger. Der eine behauptete, dass Jesus, so wie es ein Presbyter namens Arius gelehrt hatte, kein richtiger Gott sei, denn es gebe im christlichen Himmel nicht mehrere Götter. Der andere hielt dagegen die Meinung des Papstes in Rom, er sei sowohl wahrer Mensch als auch wahrer Gott und gehöre zur heiligen Dreifaltigkeit, welche untrennbar sei. Warum nun aber der göttliche Vater seinen Sohn dem schimpflichen Opfertod preisgab und darin noch für die Menschen ein großes Glück liegen sollte, war mehr als seltsam, und Romilda hatte es nie begriffen. Konnte ein Vater denn so handeln? War da nicht eher noch ihr Gemahl zu verstehen, der seine Söhne dem Heldentod preisgeben wollte?

Der Altar, vor dem sie kniete und dessen Bildschmuck sie so viele Male betrachtet hatte, war ebenfalls wenig geeignet, sie über den Gott, zu dem sie betete, aufzuklären. Der Künstler langobardischer Herkunft, der mit Geschick das Schnitzmesser führte, hatte auf seiner vorderen Seite Gott (oder war es Jesus?) dargestellt, rundäugig, langhaarig, mit einem birnenförmigen, bartlosen Kindergesicht. Ihm schwebten von beiden Seiten Engel zu, was ihn als Herrn der Christenheit auswies. In den Ecken aber hockten ein Wolf und ein Rabe. Waren das vielleicht Geri und Hugin, Wodans Lieblinge und Begleiter? Und waren die Flechtmuster, die sie umgaben, nicht die alten langobardischen Zauberornamente zur Abwehr des Bösen? Ähnelten nicht auch die schlanken Säulen des Ziboriums, das den Altar überdeckte, mit ihren als bärtige Köpfe gestalteten Kapitellen germanischen Pfahlgöttern?

Romilda fragte jedoch nicht mehr, sie hatte sich daran gewöhnt, diesem zweigesichtigen Gott, der doch der Eine und Einzige sein sollte, ihre Bitten und Wünsche vorzutragen. Sie sprach ihn nur mit »Mein hoher himmlischer Herr« an, was eine Anrede war, die ihm ja auf jeden Fall zukam. Wenn sie die Kerze angezündet hatte, hob sie die Arme zur Gebetshaltung und trug in ruhiger, klarer Sprache ihr Anliegen vor. Nie geriet sie in Eifer und Wallung oder gar in Verzückung. Eher schon waren ihre Gebete trocken und karg, und in ihrer Stimme schwang manchmal ein leiser Zweifel mit, ob sie von dem, an den sie sich wandte, dem Herrn eines unendlich fernen

Reiches, dem Paradiese oder Walhall, überhaupt wahrgenommen wurde. Und wenn sie sich nach dem »Amen« erhob, warf sie dem rundäugigen Gott auf dem Altar manchmal einen letzten skeptischen Blick zu.

Sie bat auch an diesem Abend um den Sieg im Kampf gegen die Ungläubigen, um die Gesundheit ihrer acht Kinder, um etwas Beistand für sich selbst, damit sie den Aufgaben gerecht werde, die ihr so plötzlich zugefallen waren. Inständig flehte sie, Gott möge die Stadt Forojuli in nächster Zeit mit Unwettern wie dem der letzten Nacht verschonen. Sie gelobte weiterhin alles zu tun, was in ihren Kräften stand, um das Elend der Menschen zu mildern, bat aber den Herrn des Himmels, Krankheiten und vor allem Seuchen abzuwenden.

Mit einem kurzen Bekenntnis treuen Glaubens schloss sie. Dann erhob sie sich, nickte dem Priester zu, der den Altardienst versah, verließ die Kapelle und wollte über den Hof in das Hauptgebäude des Palastes zurückkehren.

Dabei fiel ihr Blick auf den ehemaligen römischen Wachturm auf der anderen Seite des Hofes. Im ersten Stockwerk gewahrte sie einen Schatten. Sie blieb stehen und sah hinauf. Faroald ging wohl auf und ab, übte und kräftigte sein gesundes Bein. An diesem Tage hatte sie ihn nicht aufgesucht, einerseits weil die Unterbringung und Versorgung der Flüchtlinge sie völlig in Anspruch genommen hatten, andererseits weil eine unbestimmte Furcht vor der Fortsetzung des Gesprächs, das eine so plötzliche Unterbrechung, jedoch keinen Abschluss gefunden hatte, ihr Vorsicht gebot. Sie wurde sich jetzt bewusst, dass sie zwar einige Male für Faroalds Heil, aber niemals für seine schnelle Genesung gebetet hatte.

Plötzlich erschrak sie. Sie hatte auch diesmal etwas vergessen.

Sie kehrte zurück in die Kapelle, trat vor den Altar, kniete nieder. Bat den Himmlischen um Verzeihung, weil sie sich nochmals an ihn wende – mit einem Wunsch, der so selbstverständlich sei, dass sie ihn zu erwähnen vergaß.

»Schütze das Leben meines Gemahls! Lass ihn gesund zu mir zurückkehren! Amen.«

Sie vermied einen zweiten Blick zum Turm hinauf und kehrte zurück in ihre Gemächer.

Im Schlafraum fand sie Appa und Gaila, beide im Hemd, vor dem großen ovalen Kupferspiegel.

Alle Lämpchen des Candelabrums waren angezündet, und Gaila, mager und klein, stand auf den Zehenspitzen, drehte den Kopf und richtete auf ihrem dünnen, rotblonden Haar das Band mit Goldstickerei, das ihr Subo geschenkt hatte.

Appa stand mit gekreuzten Armen dabei, den Mund zu einem verächtlichen Lächeln verzogen. Die beiden bemerkten die Mutter nicht, die durch die angelehnte Tür hereintrat.

»Du willst dieses Band wirklich tragen?«, fragte Appa empört. »Das Geschenk eines Mörders?«

»Warum denn nicht?«, sagte Gaila trotzig. »Ich lasse mir das nicht mehr von dir ausreden. Er soll sehen, dass ich ihn mag. Und du lügst, wenn du sagst, er sei ein Mörder!«

»Er hat einen armen alten Mann völlig grundlos getötet. Nachdem er vorher mit ihm seinen rohen Spaß getrieben hatte.«

»Das waren die anderen!«, widersprach Gaila heftig. »Er hat nur mitgemacht, um sich nicht auszuschließen. Und er wollte den alten Mann auch nicht töten. Schuld war dein angebeteter Hildigis. Hätte er Subo nicht behindert, wäre das Unglück nicht geschehen.«

»Ja, verteidige nur den Feigling!«

»Was sagst du? Feigling?«

»Einen, der Wehrlose umbringt, sich aber furchtsam verkriecht und den Kranken spielt, wenn es gegen gefährliche Feinde geht!«

»Du bist boshaft und niederträchtig!«

»Und du bist verlogen!«

»Du Biest!«

Gaila drehte sich um und hob die Hand gegen ihre Schwester. Ehe sie aber zuschlagen konnte, versetzte ihr Appa, die größer und stärker war, einen Stoß. Die Jüngere glitt aus und fiel hin.

»So mäßigt euch doch!« Romilda trat näher und half Gaila beim Aufstehen. »Genügt es nicht, dass eure Brüder sich streiten und Wunden beibringen? Müsst denn auch ihr euch zanken und schlagen? Und denkt ihr nicht an eure kleinen Schwestern, die nebenan schlafen?«

»Diese Verleumderin!«, zischte Gaila. »Kein Recht hat sie, mir etwas vorzuwerfen! Eine, die sich wie eine Dirne benimmt! Die zu diesem Hildigis aufs Pferd steigt und ihn vor aller Augen küsst!«

»Und warum sollte ich das nicht tun?«, gab Appa mit blitzenden Augen zurück. »Er ist mein Bräutigam und in den Krieg gezogen. Da hat er wohl einen Abschiedskuss verdient!«

»Nein, das gehörte sich wirklich nicht«, sagte Romilda. »Und wie könntest du mit diesem jungen Mann verlobt sein? Deine Eltern wissen nichts davon und die Seinigen, glaube ich, auch nicht.«

»Die sind ja nicht mal Langobarden!«, warf Gaila abfällig ein.

»Trotzdem werde ich ihn heiraten!«, sagte Appa entschieden.

»Und du glaubst, dass dein Vater zustimmen wird?«, fragte Romilda.

»Den Subo nehme ich jedenfalls nicht!«

»Der ist auch viel zu schade für dich!«, rief Gaila.

»Oh, ich überlasse dir gern dieses Prachtstück!«, erwiderte Appa. »Ich will ihn nicht, eher töte ich mich! Eher springe ich von der Festungsmauer!«

»Ich bitte dich, sei vernünftig!«, sagte die Herzogin. »Die Sache wurde ja nur erwogen. Subo stammt aus einer sehr alten, verdienten Familie, die zu den ersten hier angesiedelten Faren gehörte. Deshalb hatten dein Vater und dein Onkel den

Einfall, euch zu verbinden. Das ist aber keinesweges ausgemacht. So war es nicht recht von dir, dich öffentlich bloßzustellen. Ich hoffe, dein Vater hat nichts bemerkt. Es hätte ihm beim Abschied noch Kummer bereitet.«

»Darüber mach dir nur keine Gedanken!« Appa sah ihre Mutter ruhig und zugleich vorwurfsvoll an. »Mir scheint, nicht ich bin es, die meinem Vater Kummer bereitete. Nicht meinetwegen zog er mit Sorgen belastet hinaus!«

»Es wird Zeit, dass ihr euch zur Ruhe legt!«, sagte Romilda, den Blick ihrer Ältesten ausweichend. »Auch ich bin sehr müde. Lasst mich allein!«

»Wenn ich heirate«, fuhr Appa anzüglich fort, »dann nur einen Mann, den ich liebe und dem ich die Treue zu halten entschlossen bin. Damit ich mich später nicht erniedrigen muss ... zu Betrügereien und Heimlichkeiten!«

»Lasst mich allein!«, wiederholte die Herzogin heftig.

10

Lange konnte Romilda nicht einschlafen.

Obwohl sie infolge des Unwetters auch in der Nacht zuvor kaum ein Auge zugetan hatte und den Tag über bis zur Erschöpfung tätig gewesen war, wälzte sie sich und stöhnte unter dem Ansturm ihrer Gedanken.

Sie hatte Appas Vorwurf erwartet. Seit ihre Töchter Zeuginnen des nächtlichen Abschiedsgesprächs mit ihrem Gemahl geworden waren, hatte sich die Älteste von ihr zurückgezogen und ging ihr, wann immer es möglich war, aus dem Weg. Das war umso schmerzlicher für die Herzogin, als sie gerade zu Appa, der Tochter, die ihr nicht nur äußerlich ähnlich war, stets ein sehr inniges Verhältnis gehabt hatte. Romilda hatte anfangs gedacht, Appa schäme sich ihres eigenen Verhaltens, ihres unziemlichen und von vielen bemerkten Abschieds von dem jungen Hildigis. Jetzt aber fand sie bestätigt, was sie inzwischen schon vermutet hatte: dass ihre Tochter im Gegenteil stolz darauf war, sich so frei zu dem Mann bekannt zu haben, den sie begehrte. Dass sie damit bekundete, anderen Plänen mit ihr widerstehen zu wollen. Nicht wie ihre Mutter wollte sie sein, die in ihren Augen immer nur Schwäche gezeigt hatte. An diesem Abend sprach sie es aus: Sich in eine Ehe zwingen zu lassen und hinterher weiter zu »erniedrigen«, indem man sich heimlich und durch Betrug verschaffte, was man begehrte, war für Appa eine doppelte Demütigung.

Das strenge Urteil ihrer Tochter schmerzte Romilda, und sie empfand es als ungerecht. Mit gerade erst fünfzehn war sie verheiratet worden – an den einunddreißigjährigen Herzog. Wie hätte sie sich, fast noch ein Kind, dagegen wehren sollen? Ihr Vater befahl, und sie gehorchte. Nach der Hochzeit gehorchte sie Gisulf, der sie hierher nach Forojuli in seinen Palast brachte. Vorher war es für sie zu früh gewesen, sich zu verlieben, jetzt war es auf einmal schon zu spät. Sie wurde gleich schwanger, gebar ihr Erstes – es starb nach drei Wochen. Ein Jahr später wurde Taso geboren. In kurzem Abstand folgten Appa und Kako, dann bald darauf Gaila. Sie hatte mit einundzwanzig Jahren vier Kinder.

Ein Wunder war es, dass sie sich doch noch verliebte, und ein zweites, dass sie zu diesem Zeitpunkt nicht gerade wieder schwanger war.

Es geschah bei einem Frühlingsfest. Schon vorher war ihr Faroald aufgefallen, der damals seit kurzer Zeit zur Gefolgschaft gehörte. Manchmal hatten sie einen flüchtigen Blick getauscht, und vom Fenster ihres Gemachs hatte sie den Hünen bei den Waffenübungen im Palasthof beobachtet. Beim Fest zu Ehren der Göttin Ostara, kurz nach dem Frühlingsvollmond, ergab es sich, dass sie im Reigen auf der Wiese vor dem Stadttor an seine Seite geriet. Sie lachten sich zu bei den Hüpfern und Sprüngen, drehten sich, liefen zusammen im Kreise. Als es dunkel wurde, stiegen sie in einem Schwarm junger Leute auf einen der Hügel vor der Stadt und zündeten Feuerräder an, mit Stroh umflochtene Wagenräder, die sie als rollende Sonnen, Künder der neuen, lichtvollen Jahreszeit, ins Tal schickten. Übermütig rannten sie hinterher und umtanzten das hoch zum Himmel lodernde Frühlingsfeuer. Dieses brannte herunter, und nun fassten die Paare sich bei den Händen und sprangen über die Glut mit den zuckenden Flämmchen, das sollte Glück und Segen für die Zukunft bringen. Die junge Herzogin stand plötzlich allein, sie hatte niemanden zum Springen. Ihr Gemahl, bei Spielen und Tänzen fast immer nur gelangweilter Zuschauer, war schon betrunken in den Palast gebracht worden. Da aber war wieder

Faroald an ihrer Seite. Und ohne sich zu bedenken, fasste sie seine Hand und flog mit ihm über das Glücksfeuer.

Romilda lächelte in die Dunkelheit, als sie sich jetzt daran erinnerte. Sie beruhigte sich ein wenig, streckte den Körper unter dem Bettuch. Sie hatte sich die Bilder jenes Festes so oft ins Gedächtnis gerufen, dass sie noch immer deutlich umrissen waren, als wäre all das gestern gewesen.

Am nächsten Tag wurde dem Donar, dem Schützer von Haus, Hof, Saaten und Fluren, ein Ziegenbock geopfert. Der Kopf mit dem Fell und den Beinen steckte auf einem Kultpfahl, die Langobarden umkreisten ihn unter Gesängen, mit stampfenden Schritten. Wütend erschien der Bischof Marinus, wetterte gegen den heidnischen Unfug, drohte mit Hölle und Verdammnis, rüttelte an dem Pfahl, riss ihn um. Da warf sich einer den Ziegenbalg über den Kopf, und die ausgelassene Gesellschaft folgte ihm und zog lachend und singend am Ufer des Natisso entlang. Bald löste sie sich in Grüppchen auf, die allerlei Spiel und Schabernack trieben. Und diesmal war es kein Zufall mehr, dass sich Romilda und Faroald kaum aus den Augen verloren. Nur zu gern ließ sie sich von ihm verfolgen und fangen. Atemlos und erhitzt genoss sie es dann, wenn er sie einen Augenblick lang an seine Brust zog, die Hände Besitz ergreifend auf ihrem Rücken, die blauen Augen begehrlich und nahe. Doch jedes Mal gab er sie gleich wieder frei, als erschrecke er über seine Kühnheit, und sie floh erneut vor ihm her.

Auf einem schmalen Pfad, der hinunter zu einer tiefen, fischreichen Stelle des Flusses führte, geschah es dann.

Sie glitt aus und stürzte ins Wasser. Die Frühlingsflut, die in jenem Jahr stark war, riss sie gleich mit. Ehe sie schreien konnte, war ihr Kopf umspült, sie gurgelte, schnappte nach Luft. Verzweifelt wehrte sie sich gegen Wellen und Schaum und wurde dennoch mit hoher Geschwindigkeit fortgetrieben. Endlos erschien ihr dieser Kampf, und schon war ihr, als würden ihr gleich die Sinne schwinden, als sich ein Arm um sie legte und eine Hand ihren Kopf über Wasser hob. Faroald hatte sie schwimmend eingeholt und brachte sie sicher ans Ufer.

Plötzlich waren sie nun allein. Von den Gefährten war nichts mehr zu sehen, sogar die Mauern und Türme der Stadt waren hinter einem Wäldchen verschwunden. Es war ein warmer, blütenduftender Frühlingstag. Faroald legte Romilda ins Gras, kniete neben ihr nieder. Für eine kurze Weile wurde ihr schwarz vor Augen, sie war erschöpft, auch der Schreck und die Angst wirkten nach. Als sie zu sich kam, sah sie ihn in derselben Haltung verharren, doch hatte er die beiden Fibeln gelöst, die ihr nasses Gewand auf der Brust zusammenhielten, sodass sie freier atmen konnte. Sein Lächeln, verlegen und erleichtert, bat um Verzeihung für die Vertraulichkeit, die sie bereitwillig gewährte, indem sie sich aufrichtete und ohne Scham alle Kleider abstreifte. In diesem Augenblick hatte sie völlig vergessen, dass sie die Herzogin von Friaul und die Mutter von vier Kindern war. Es schien ihr, als habe sie eine göttliche Macht nach überstandener Todesgefahr in ein neues, ganz anderes Leben versetzt. Und dies begann mit dem Wunder, an das sie in jenem früheren Leben schon lange nicht mehr geglaubt hatte.

Romilda lauschte auf die Geräusche der Nacht, die nur sehr gedämpft durch die drei Marmorplatten drangen, welche, sparsam durchbrochen, die drei Fenster ihres Schlafgemachs verschlossen. Ab und zu schrie in der Nähe ein Kauz, irgendwo schlug ein Hund an. Die Regenwolken waren vollständig abgezogen, klares Mondlicht schimmerte durch den Marmor. Die Kränze, Sterne, Rosetten und Palmblätter der Musterung warfen zierliche Schatten auf die Wand gegenüber.

Sie versuchte zu schlafen, schloss die Augen. Noch einmal fand sie sich in dem kleinen Hain am Ufer des Flusses, und es kam ihr ein seltsamer Gedanke. Wenn sie nun nicht in das frühere Leben zurückgekehrt wäre, sondern das neue entschlossen fortgesetzt hätte …

War nicht zu ahnen, was kommen würde? Ein paar flüchtige, verstohlene Liebesstündchen, mal draußen im Wald, mal im Palastgarten, dann Grasulfs Verrat, die Schläge und strafenden Reden ihres Gemahls, der monatelange Zimmerarrest, Angst und Sorge um den Geliebten, die Entdeckung der Schwangerschaft, neue Demütigungen und Drohungen, schließlich die lange Zeit der Entsagung, nur durch die Freude an den Kindern erträglich.

Wenn sie nun aber damals …

Sie sah sich und Faroald im Gras liegen, nackt, eng umschlungen, liebesgesättigt.

Die Sonne warf lange Baumschatten über die Lichtung. Der Fluss rauschte leise.

»Wir müssen zurückkehren«, sagte Faroald, ihr Gesicht liebkosend und mit ihren Haaren spielend.

»Warten wir noch ein wenig«, flüsterte sie. »Lass es erst dunkel werden.«

»Vielleicht suchen sie schon nach dir.«

»Das glaube ich nicht. Im Trubel des Festes werden sie nichts bemerkt haben. Wir erscheinen natürlich nicht gemeinsam. Wenn ich gefragt werde, sage ich, ich hätte mich bei dem Spiel verirrt.«

»Was täte ich alles, um dich nicht wieder herzugeben.«

Lange und selbstvergessen küssten sie sich.

Auf einmal raschelt es hinter ihnen. Erschrocken fahren sie herum.

Zwischen Blüten und Blättern, die ihn wie ein Kranz umgeben, zeigt sich ein Pferdekopf im Gebüsch. Und gleich darauf tritt der prächtige Schimmel heraus, nähert sich ihnen, bleibt wartend stehen.

Er trägt kostbares Geschirr, golden glänzen die Schnallen und Beschläge des Zaumzeugs. Am Sattel befestigt sind Wehrgehänge und Schild, Helm und Panzerhemd.

»Ein Streitross!«, ruft Faroald. »Das schickt uns der Himmel!«

Sie springen auf und fahren in ihre Kleider. Der Schimmel schnaubt freudig, als Faroald sich, behelmt und bewaffnet, auf seinen Rücken schwingt, als er Romilda zu sich heraufhebt.

»Aber was tun wir denn jetzt? Wohin wenden wir uns?«

»Wir reiten zum Herzogspalast, zu deinem Gemahl! Ich forderte ihn zum Kampf heraus! Du wirst der Preis sein!«

»Und wenn du nicht siegst? Das wäre dein Tod!«

»Lieber sterben als ohne dich weiterleben!«

Im Galopp fliegt das edle Pferd dahin, stürmt durch das Wäldchen, am Ufer des Flusses entlang. Die Festwiese liegt verlassen, von den Gefährten ist nichts mehr zu sehen.

Sie erreichen die Brücke. Das Tor ist verschlossen.

»Zum Herzog!«

»Den trefft ihr hier nicht mehr an!«, ruft der Wächter. »Er führt seine Streitmacht gegen die Feinde.«

»Wie? Es ist Krieg?«

»Noch heute treffen sie sich auf der Walstatt!«

Faroald reißt das Pferd herum, und nun geht es in rasendem Tempo den Bergen entgegen. Rasch endet die sanfte Hügellandschaft, Felsen türmen sich, Abgründe gähnen. Der eben noch klare Himmel verdüstert sich, Wolkenungetüme jagen dahin. Schon hört man Kriegsgeschrei, Hörner, Waffenlärm.

Der Schimmel kennt keine Hindernisse, trägt sie auf eine steile Anhöhe.

Rauch steigt herauf, behindert die Sicht. Doch zwischen den Schwaden erkennt man im Tal das Kampfgetümmel.

»Ich muss dort hinunter!«, schreit Faroald. »Die Unsrigen brauchen mich!«

Sie wirft die Arme um seinen Hals.

»Willst du mich denn hier allein lassen?«

»Es muss sein! Ich bin dem Herzog zur Gefolgschaft verpflichtet!«

»Lass uns fliehen!«

»Unmöglich! Warte hier!«

»Ich fürchte mich so!«

»Sei zuversichtlich! Dieser Krieg wird ja unser Glück begründen! Von mir allein hängt jetzt der Sieg ab. Ich rette deinen Gemahl vor dem Untergang. Dafür verlange ich, dass er dich freigibt!«

»Bleib doch!«

»Nein, lass mich!«

»Es ist zu spät!«

Ein ungeheures Getöse erhebt sich, und plötzlich erscheinen über ihnen zwei riesige schwarze Raben. Der Flügelschlag löst Sturmböen aus, die sie fast umwerfen.

»Hugin und Munin!«, schreit Romilda. »Wodans Begleiter! Dort sind auch Geri und Freki!«

Aus der bizarren Wolkenmasse formen sich spitze Schnauzen und Zähne, graue, geschmeidige, vorwärts hastende Wolfsleiber.

»Und da ist er selbst!«

Deutlich sieht sie den wallenden Bart, das düstere Einauge unter dem tief herabgezogenen breiten Hut. Allvater Wodan, der Schlachtenlenker, eingehüllt in seinen himmelverdunkelnden, flatternden schwarzen Mantel, rast dort vorüber, sein wildes Gefolge hinter sich herziehend.

»Wahrhaftig!«, ruft Faroald. »Er ist es! Er holt die letzten Helden hinauf nach Walhall!«

Da kommen die kriegerischen Jungfrauen, ihr langes Haar weht unter den Helmen hervor. Sie bringen mit sich die Gefallenen, die sie auf der Walstatt gekürt haben. Blutig und bleich sind diese Männer, die Einherier, die Toten, aber stolz reiten sie hinüber ins Jenseits, wo sie ewiger Kampf und ewige Freuden erwarten.

»Sieh doch, wie viele es sind! Es sind Hunderte, Tausende!«

Romilda starrt zum Himmel hinauf und versucht, die Entschwindenden zu erkennen.

»Beneidenswert sind sie!«, schreit Faroald. »Diese Glücklichen sind dem Strohtod entronnen! Ich muss ihnen nach!«

»Warum denn? Es ist noch zu früh für dich! Bleib!«

Schon ist das Totenheer vorüber. Im Wirbel der Wolken verschwinden die Letzten. Der Rauch verflüchtigt sich und gibt den Blick frei auf das liebliche Tal, wo keine Spur des Kampfes zurückbleibt. Ein Schäfer hütet dort seine Herde. Ein paar Kinder spielen am Hang.

Romilda, allein, lehnt zitternd an einem Felsen. Ihr Herz klopft heftig, sie atmet tief. Plötzlich ist sie in helles Licht getaucht. Die Wolken zerreißen, ziehen ab. Engel schweben von allen Seiten herbei, und hoch am Himmel, in ihrer Mitte, erscheint der bartlose Gott mit den runden Augen. Aber sie erkennt ihn nur flüchtig, das Licht wird stärker, ist schließlich so grell, dass seine Züge darin verschwinden. Geblendet kneift sie die Augen zusammen und hört gleichzeitig eine Stimme sagen:

»Verzeih, Herrin! Aber ich muss dich wecken …«

Die alte Pelagia stand am Bett, einen dreiarmigen Kerzenleuchter in der Hand.

»Was gibt es? Warum? Es ist ja noch Nacht!«

»Gerade erst Mitternacht vorüber. Aber da sind Männer gekommen …«

»Männer?«

»Vom Gefolge deines Gemahls. Sie bringen Botschaft.«

»Wie?«

»Schlimme Botschaft.«

Sie eilte die Treppe hinab, in die Halle. Im Hemd, einen Mantel über der Schulter, die Haare gelöst. Pelagia leuchtete ihr, konnte aber kaum folgen. Auf den letzten Stufen verharrte Romilda, um sich zu fassen und Haltung zu geben. So wurde unten zunächst nur ihr Schatten bemerkt – vergrößert, verzerrt auf die Wand des Treppenaufgangs geworfen. Viele erschraken, als gebe es – Folge dessen, was sie gerade gehört hatten – nichts mehr von ihr als dieses Schattenbild. Sie waren erleichtert, als die lebendige Herzogin gleich darauf eintrat.

Weit über hundert Männer drängten sich in der Mitte der Halle, die meisten fast unbekleidet, in Decken gehüllt, aus dem Schlaf gerissen. Sie umringten zwei junge Krieger, beide verdreckt und in Lumpen, Köpfe und Glieder mit blutdurchtränkten Verbänden umwickelt.

Ruthard löste sich aus dem Haufen und trat Romilda entgegen. Der alte Marschalk, sonst nie verlegen, wich ihrem Blick aus, stammelte etwas, suchte nach Worten.

»Herrin …«

»Ich ahne es. Du musst mich nicht schonen.«

»Alles ist noch nicht klar, aber Hoffnung gibt es nicht mehr. Nach dem, was die beiden Männer dort … Ratchis! Astulf! Berichtet der Frau Herzogin, was ihr uns gerade … Tretet vor! Sagt ihr alles!«

Er winkte den beiden Verwundeten mit einer Kopfbewegung. Sie näherten sich mit schleppenden Schritten.

Totenstille herrschte im Raum.

»So sprecht doch!«, flehte Romilda.

»Am Fluss war's, dem Savus«, begann der eine. »Wir sahen schon das Awarenlager. Es war noch sehr früh, sie schienen zu schlafen. Da hieß es: Wir stürmen. Wir überfallen sie! Der Befehl kam, wir rückten vor, niemand hinderte uns. Erst als wir das Lager fast erreicht hatten, plötzlich …«

Dem jungen Krieger versagte die Stimme. Mühsam hielt er sich aufrecht. Einige traten hinzu und stützten ihn.

»Wasser!«, rief jemand.

»Weiter! Berichte du es, Ratchis!«, drängte der Marschalk.

»Auf einmal hörten wir ihr Geschrei«, fuhr der andere fort. »Und dann sahen wir, wie sie flohen. Hunderte … Tausende … eine gewaltige Staubwolke. Ihnen nach! hieß es. Wir hinterher. Es gibt in der Niederung ein Gedränge … Berittene, Fußvolk … Aber wo sind die Awaren? Verschwunden. Wir sammeln uns … versuchen, die Ordnung wiederherzustellen … Links und rechts Hügel … ein trüber Morgen … die Sicht ist nicht gut …«

»Da tauchen sie oben auf den Hügeln auf«, nahm der Erste, der inzwischen getrunken hatte, wieder das Wort. »Wie sind sie dorthin gekommen? Wir wissen es nicht. Zurück! wird befohlen. Rettet euch! Zu spät.

Auf einmal ist es stockdunkel. Ein Pfeilregen … noch einer … und ein dritter. Wir sind in der Falle! Wohin? Rings um uns stürzen Männer und Pferde zu Boden. Schreie, Verwirrung … Wir trampeln uns gegenseitig nieder. Und da kommen auch schon die Awaren herab … sprengen mitten in unsere Haufen hinein … hauen mit ihren Säbeln dazwischen. Wir wehren uns mit Lanzen und Schwertern … Einer nach dem andern sinkt um …«

»Wie lange dauerte der Kampf?«, fragte Unulf, ein Anführer der Palastwache.

»Gegen Mittag, als die Sonne durchkam«, sagte wieder der Ratchis genannte, »war alles entschieden. Die Walstatt … ein blutiges Feld … Haufen von nackten Leibern, geplündert … Hier und da wurde noch gekämpft, kleine Gruppen versuchten zu fliehen … zum Wald, in die Berge. Auch wir beide hatten Glück, konnten uns retten …«

Der Mann verstummte.

Im trüben Licht der wenigen Fackeln und Kerzen waren die Blicke aller Versammelten auf die Herzogin gerichtet. Jeder hätte jetzt an die Heimkehrer Fragen gehabt, doch jeder wusste auch, dass er warten musste. Noch hatte sie nicht alles erfahren.

Sie brauchte Zeit, um sich zu fassen. Reglos hatte sie zugehört.

Sie bewegte die Lippen und brachte schließlich die Frage hervor: »Und so ist … keine Hoffnung mehr?«

»Es ist alles verloren«, sagte der Marschalk. »Die meisten sind tot. Wie es scheint, konnten sich nur sehr wenige retten. Und nun das Schlimmste für dich, Herrin. Auch Herzog Gisulf, dein Gemahl …«

»Auch er ist …?«

»Berichte der Frau Herzogin, Astulf. Erzähle, was du gesehen hast.«

»Ich sah, wie ein Trupp der Awaren«, sagte der junge Krieger, »den Herrn Herzog von seinen Begleitern abdrängte. Er wehrte sich kraftvoll, teilte Hiebe aus, verwundete einige. Aber was konnte er gegen die Übermacht ausrichten! Wir wollten ihm beispringen, doch es gelang uns nicht, zu ihm durchzukommen.«

Als schäme er sich dieser Unterlassung, senkte Astulf den Kopf und schwieg.

»Und weiter? Was hast du noch gesehen?«, drängte der Marschalk.

»Darauf rissen sie ihn aus dem Sattel und schlugen so lange auf ihn ein … bis er umsank. Und einer von ihnen, diesen Hunden, band ihn dann an sein Pferd … und schleifte ihn mit sich fort ins Lager.«

Der junge Krieger blickte auf und fügte noch wie zum Trost hinzu: »Davon wird aber der Herzog nichts mehr gespürt haben.«

Romilda schwieg mit wächsener Miene. Die dichten Wimpern bedeckten ihre halb geschlossenen Augen.

Sie dachte nur: So also geht es nach Walhall …

»Und als ihr ihn fallen saht«, sagte Ruthard, »habt ihr den Kampf verloren gegeben.«

»Er war von Anfang an verloren«, erwiderte Ratchis. »Wir hätten sie nicht herausfordern dürfen. Es war nur ein blutiges Gemetzel. Keinen Augenblick hatten wir Aussicht zu siegen.«

»Und wann, glaubt ihr, werden sie hier sein?«

»Die Ersten sind schon in der Nähe. Ihre Hauptmacht wird nicht auf sich warten lassen. Der Weg ist frei. Es gibt ja niemanden mehr, der sie aufhalten kann.«

11

Seit dem Morgengrauen trafen in langen Abständen weitere Grüppchen Überlebender ein, insgesamt jedoch nicht mehr als drei Dutzend. Fast alle waren verwundet und in erbärmlichem Zustand, viele hatten sich unterwegs noch awarischer Verfolger erwehren müssen. Alle Berichte bestätigten, was man schon in der Nacht erfahren hatte: dass die langobardische Streitmacht eine vernichtende Niederlage erlitten hatte, dass ein geordneter Rückzug nicht möglich gewesen war und dass die Zahl der Davongekommenen kaum ausreichen würde, um mit ihnen noch eine Hundertschaft aufzustellen.

Gleichzeitig mit den versprengten Resten des Aufgebots kam der größte und zugleich letzte Treck von Flüchtlingen. Es waren solche, die im Vertrauen auf den Sieg in ihren Dörfern, auf ihren Gütern ausgeharrt hatten. Nicht wenige Hochgestellte waren darunter – Richter, Dorfvorsteher und »Gastalden« genannte Verwalter von Krongütern –, vorwiegend ältere Männer, denn die jüngeren Amtsinhaber hatten sich fast alle beim Heer befunden. Viele von ihnen, die unvernünftig und in Verkennung der Lage noch einen schwerfälligen Tross mit sich schleppten, kamen allerdings nicht mehr durch. Sie fielen mit dem Besitz, den sie retten wollten, schwärmenden awarischen Reitertrupps in die Hände, die dem flüchtenden Kriegsvolk auf den Fersen waren.

In den schmalen, verwinkelten Gassen der Stadt herrschte ein wildes Gedränge. An den Toren sammelten sich Frauen, Mädchen, Jünglinge, Alte und Kinder, um nach Heimkehrern Ausschau zu halten. Die wenigen wurden sofort umringt und bestürmt. Man schrie ihnen Namen zu, wollte Auskünfte über Väter, Söhne, Brüder, Enkel. Glückliche Angehörige nahmen sie in die Mitte und führten sie weg. Die neuen Flüchtlinge wurden dagegen mit Unmut empfangen, war doch jetzt sicher, dass es zu einer Belagerung kommen und dass jeder, der noch eintraf und blieb, die Zeit verkürzte, die man durchhalten würde. Steine hagelten von den Dächern auf die Ankömmlinge herab, man spannte ihnen die Esel und Maultiere aus, beraubte sie auf offener Straße. Nur die Vornehmen unter ihnen, die sich von Leibwächtern schützen ließen, blieben unbehelligt, und ihre Goldsolidi verschafften ihnen und ihrem Anhang Quartier.

Von den Einwohnern Forojulis hatten bisher nur wenige die Stadt verlassen. Jede Flucht war unvermeidlich mit schweren Verlusten verbunden. Draußen lauerten Räuberbanden, drinnen die Armen und Obdachlosen, die sich dessen, was man zurückließ, sogleich bemächtigten. Kaum jemand hatte für möglich gehalten, Herzog Gisulf, der mehr als zwanzig Jahre lang kraftvoll regiert hatte und der voller Siegeszuversicht ausgezogen war, könnte mit seiner Streitmacht so schrecklich und vollständig untergehen. Wer mit einer Niederlage im Felde gerechnet hatte, war dennoch sicher gewesen, der Herzog würde sich retten und dann energisch die Festung verteidigen. Nur einige Familien, durchweg Romanen von senatorischem Adel, hatten sich bisher in die südlicheren Gebiete des Herzogtums begeben, zu Verwandten nach Aquileia oder Concordia.

Nun aber packte viele panische Angst. Während die einen zum östlichen und südlichen Tor hereinkamen, zogen die anderen durch das westliche hinaus. Auch jetzt waren es fast nur begüterte Einheimische, welche – zum Schutz gegen die Wegelagerer in Kolonnen – aus der Stadt flohen, zu Pferde und in bequemen, geräumigen, hoch beladenen Reisewagen. Noch schnell verkauften sie einigen Neuankömmlingen ihre Häuser und die zurückgelassene Habe. Die Ärmeren blieben, für sie war die Ungewissheit drinnen wie draußen die gleiche. Nicht wenige Männer im wehrfähigen Alter, die als Verteidiger nützlich sein konnten, wurden gehindert fortzugehen und einige sogar von den Torwachen abgefangen.

Kein Langobarde verließ Forojuli. Nach dem Heldentod des Herzogs und seiner Getreuen wagte niemand, sich feigherzig abzusetzen. Bei vielen von ihnen wirkte auch noch, was ihnen Gisulf immer eingeschärft hatte: dass sie als seine Gefolgschaft sowohl den Königlichen als auch den Kaiserlichen verhasst seien. Man konnte nicht wissen, ob nicht schon morgen die einen oder die anderen in das geschwächte Herzogtum eindringen und mit ihnen, wo man sie aufgriff, abrechnen würden. So war auch für sie die Festung sicherer.

Den ganzen Tag über gab es auf der östlichen Mauer ein hektisches Kommen und Gehen. Grasulf ließ die Treppen bewachen, damit nicht zu viele die Knechte behinderten, die noch in aller Eile an dieser am meisten gefährdeten Seite Zinnen und Kragsteine ausbessern mussten. Bei strahlendem Sonnenschein war die Sicht ausgezeichnet. Wer hinaufstieg, hatte den weiten Blick über das Hügelland vor der Stadt, den von Norden herabströmenden Natisso, die drei Meilen entfernte steile, einsame Anhöhe mit dem Kloster und dem Marienheiligtum, schließlich am Horizont die Gipfel der Julischen Alpen. Von hier sah man die Versprengten und Flüchtenden auf den steinigen Wegen herabkommen und auch von Zeit zu Zeit, weit entfernt noch, meist nur kurz auftauchend und gleich wieder hinter Baumgruppen oder Felsen verschwindend, kleine Trupps flinker Reiter, kaum als solche zu erkennen, weil sie mit den Tieren verwachsen zu sein schienen. Das waren die ersten awarischen Krieger, die man seit langem hier sah.

»Von weitem könnte man sie für Bergziegen halten«, sagte Subo, der neben Taso an einer der Zinnen lehnte. »Es sieht aus, als seien sie die geborenen Kletterer. Dabei mussten sie sich erst an die Berge gewöhnen.«

»Die Pest über sie!«, stieß Taso hervor. »Warum sind sie nicht in ihrer verfluchten Steppe geblieben?«

Die Schultern gekrümmt, die Ellbogen auf die Zinne gestützt, starrte er hasserfüllt zu den Hügeln hinüber.

Subo nahm den Deckel von einer hölzernen Kanne und trank einen Schluck Wein.

»Als Steppenkriegern ist ihnen die Ebene natürlich am liebsten«, fuhrt er fort, nachdem er sich mit dem Ärmel den Mund gewischt hatte. »Dort sind sie unschlagbar, und deshalb durfte dein Vater sie dort nicht angreifen. Bei ihrer Schnelligkeit führen sie jede Bewegung aus, bevor sich der Gegner darauf einstellen kann. Eine Schlachtordnung kennen sie nicht ... aber wozu brauchen sie die! Was kümmern sie die Regeln der Kriegführung! Sie greifen an, weichen aus, kommen plötzlich von der Seite, von hinten. Und wenn man ein Schlachtfeld wählt, wo sie für diese Manöver Platz haben, ist das ein Fehler. Noch dazu, wenn man in der Minderzahl ist. Weißt du, was ich anstelle deines Vaters getan hätte? Ich hätte sie ein bisschen gereizt und mich dann gleich wieder zurückgezogen. Hätte an schmalen Pässen gelauert und einen Hinterhalt gelegt. Statt dessen, scheint es, ging er selbst in eine Falle. Dabei verfiel er dem Irrtum ...«

»Hör auf!«, unterbrach ihn Taso heftig. »Fehler! Falle! Irrtum! Ich erlaube dir nicht, ihn zu beschuldigen – jetzt, da er tot ist! Du hast kein Recht, so zu reden! Kein Recht!«

»Ich meine ja nur ...«

»Wie kannst du es wagen, ihn zu tadeln!«

»Ich denke doch nur darüber nach, wie es vielleicht gelungen wäre ...«

»Er ist ein Held, den man einmal im selben Atemzug mit Arminius, Theoderich und Chlodwig nennen wird! Und natürlich mit Alboin, unserem Vorfahren! Mit den größten, die jemals gelebt und gekämpft haben!«

»Wer zweifelt daran ...«

»Er stellte sich unerschrocken der Übermacht!«, eiferte Taso.

»Er fürchtete nicht den Tod, er wollte nur eines – Ruhm! Und was ist ruhmvoller, als einen überlegenen Feind anzugreifen! Er hätte ihn auch niedergerungen, wäre er nicht allein gewesen. Hätte er Helden an seiner Seite gehabt, die ihm ebenbürtig gewesen wären! Warum erlaubte er nicht, dass ich mit in die Schlacht zog? Wie hätte ich unter den Feinden gewütet! Ich hätte sie hingemäht wie Grashalme! Ich wäre in ihrem Blut gewatet! Niemals wäre er gefallen, wenn mein Schwert ihn geschützt hätte! Niemals …«

Taso versagte die Stimme, und er konnte die Tränen nicht mehr zurückhalten. Ungehemmt flossen sie über die blassen, von rötlichen Flecken und Pickeln übersäten Wangen, sickerten in den dünnen Bart.

Subo warf ihm einen spöttischen Seitenblick zu. Er nahm noch einen Schluck aus der Kanne, legte Taso die Hand auf die Schulter und sagte: »Wahrhaftig, dann wäre es nicht geschehen! Der einzige Fehler deines Vaters war, dass er dich zwang, hier zurückzubleiben. Andererseits war es eine weise Entscheidung. Was sollte jetzt werden? Immerhin leben nun seine Söhne …«

Er redete weiter auf Taso ein und beruhigte ihn allmählich. Der Verlust seines Vaters, den er bewundert und gefürchtet hatte und der wie ein himmelan ragender Baum der Mittelpunkt seiner Welt gewesen war, hatte Taso schwerer getroffen, als seine gewöhnlich zur Schau getragene Selbstsicherheit vermuten ließ. Zuerst hatte er sich auf seinem Lager zusammengerollt und geheult wie ein Kind. Dann war er, das Schwert in der Hand, wie irrsinnig durch den Palast gestürmt und hatte geschrien, er werde den Vater rächen. Beim Anblick seiner weinenden Schwestern war er abermals so heftig von Jammer gepackt worden, dass sich sogar die beiden Kleineren um ihn bemühen und ihm Trost zusprechen mussten. Schließlich hatte er sich an Subo gehalten und war ihm den ganzen Tag nicht von der Seite gewichen, mal wilde, prahlerische Reden führend, mal kläglich schluchzend, mal düster schweigend.

Schon Stunden verbrachten sie nun auf der Mauer. Der bullige Subo, dem der Gedanke die Seele wärmte, sich dem Awarengemetzel glücklich entzogen zu haben, war im Gegensatz zu seinem Freund Taso in einer eher heiteren Stimmung. Er trank, erörterte bedächtig die Lage, genoss den Wirrwarr ringsum als Kurzweil.

Während er Taso besänftigend zusprach, blickte er um sich, und plötzlich entdeckte er auf der Treppe, die in der Nähe zur Mauerplattform heraufführte, seine Schwester Winiperga. Zum Zeichen der Trauer hatte sie sich in einen einfachen wollenen Umhang gehüllt und auch das Haar unter einem Tuch verborgen. Sie stieg herauf, sah sich um und kam sogleich näher.

Ihrem Bruder warf sie einen bedeutsamen Blick zu, doch wandte sie sich erst einmal an Taso, der sich bei ihrem Anblick verstohlen die Augen wischte. Sie umarmte ihn voll überschwänglichen Mitgefühls und presste sich auch ein paar Tränen ab. Dann bat sie Taso, für eine kurze Weile auf die Gesellschaft ihres Bruders zu verzichten. Dieser habe nun wohl einen Vetter verloren, und dringend sei daher zu besprechen, was für dessen Familie zu tun sei.

Sie zog Subo auf der Mauerplattform ein Stück weiter, nötigte einen Wächter, seinen Posten zwischen den Zinnen zu verlassen, und ließ sich dort selber nieder.

Subo blieb breitbeinig vor ihr stehen, trank einen Schluck aus der Kanne und sagte lachend: »Wahrhaftig, Schwester, ich habe noch gar nicht daran gedacht, dass ich einen Vetter betrauern muss.«

»Es ist ein Sohn des Bruders deiner Mutter. Er befand sich im Aufgebot.«

»Und was soll ich mit seiner Familie? Hat er denn Kinder? Ein paar hübsche Güter wären mir lieber. Um die werde ich mich gern kümmern, wenn ich sie erbe.«

»Wir werden ja sehen«, sagte sie ungeduldig. »Noch ist nicht sicher, ob er gefallen ist. Ich suchte doch nur einen Vorwand, um dich von dem dort loszumachen ...« Sie warf einen Blick zu Taso hinüber. »Es gibt Wichtigeres zu besprechen. Komm etwas näher und beuge dich zu mir.«

»Nun, Schwester?«

Winiperga versicherte sich, dass die Nächsten auf der Mauerplattform, zwei Bewaffnete von Ruthards Palastschutz, außer Hörweite standen, und sagte, trotzdem ein wenig die Stimme dämpfend: »Es ist alles auf gutem Wege! Jetzt kommt es nur noch auf eines an: so rasch und entschlossen wie möglich zu handeln! Gisulf ist tot, das Heer geschlagen, es herrschen Verwirrung und Ratlosigkeit. Das müssen wir unverzüglich nutzen!«

Subo zwinkerte, verzog grinsend den Mund.

»Ich bewundere dich aufrichtig, Schwester! Dein Ehrgeiz ist eine stolze Säule. Ringsum fällt alles in Trümmer ... sie aber steht!«

»Was redest du da! In Trümmer! Uns wird nichts geschehen!«

»In zwei Tagen sind die Awaren hier.«

»Und in zwei Wochen die Byzantiner.«

»Die Kaiserlichen?«

»Eine dringende Botschaft ist schon unterwegs nach Ravenna. Ich selber habe sie aufgesetzt, im Namen meines Gemahls natürlich. Drogdulf bringt sie dem Statthalter, unser schnellster und zuverlässigster Bote. Er will es in höchstens drei Tagen schaffen. Der Statthalter hat ja immer Mannschaften in Bereitschaft. Er wird sie unverzüglich in Marsch setzen. Und bis sie hier sind, halten wir durch!«

»Und was steht in eurer Botschaft?«

»Dass niemand anders als König Ago den Tod unseres Herzogs und unser Unglück herbeigeführt hat. Dass der neue Herzog deshalb entschlossen sei, endgültig von ihm abzufallen und sich dem Kaiser zu verbinden. Voraussetzung dazu sei allerdings die Bereitschaft Ravennas, uns bei der Vertreibung der Awaren, der Helfershelfer des Königs, beizustehen. Wenn dies getan sei, werde der neue Herzog sogleich mit dem Kaiser ein Bündnis schließen.«

»Der neue Herzog … dein Gemahl?«

»Wer sonst?«

»Und wie will er diese Würde erlangen?«

»Heute Abend gibt es eine Gefolgschaftsversammlung. Grasulf hat sie schon einberufen.«

»Davon weiß ich noch nichts.«

»So erfährst du es nun. Auf dieser Versammlung wird er die Männer überzeugen, dass ein Bündnis mit dem Kaiser unsere einzige Rettung sein wird. Darauf wird einer der Versammelten aufstehen und erklären, ein neuer Herzog werde gebraucht … ein zuverlässiger, erfahrener Mann, der dem Kaiser Vertrauen einflößen könne. Der ihm die Sicherheit biete, dass wir die Bündnispflichten erfüllen werden. Der zugleich als nächster Verwandter des früheren Herzogs über das Heil der Gausen-Familie verfügt.«

»Meinst du das Heil, das diese Familie gerade verlassen hat?«, spöttelte Subo.

»Es hat nur ein Mitglied dieser Familie verlassen und ist auf ein anderes übergegangen!«, fuhr Winiperga unbeirrt fort. »Herzog Grasulf, wirst du den Männern erklären, werde klügeren Gebrauch davon machen, als es sein Bruder tat. Es werde ihn nicht zu Übermut und Kriegsabenteuern verleiten.«

Subos Spötterlächeln erstarb.

»Ich werde erklären, Schwester …? Ich?«

»Du schlägst ihn vor!«, sagte sie entschieden. »Du bist jetzt hier einer der Männer, auf die es ankommt! Die durch ihre Herkunft und ihre ausgezeichneten Anlagen zu Führern bestimmt sind. Zwar bist du sehr jung, doch von denen, die noch am Leben sind, bist du der Beste. Die Leute wissen das, und sie werden dir folgen. Du forderst sie auf, ihren Willen durch Zuruf kundzumachen, wenn sie sich deinem Vorschlag anschließen. Sie werden nicht zögern und es bereitwillig tun. Und so wird Grasulf noch heute Herzog.«

»Und du wirst Herzogin. Die Säule wäre dann endlich angemessen verziert.«

Zum ersten Mal lächelte Winiperga.

»Auf diesen Tag hab ich lange gewartet. Du, mein Bruder, sorgst nun dafür, dass ich ihn erlebe. Das versprichst du mir doch!«

»Nicht wenig verlangst du da von mir«, sagte Subo zurückhaltend.

»Du hättest ja davon auch deinen Vorteil.«

»Und welchen?«

»Deine Schwester, die dich liebt, Herzogin … Du selber mächtig und angesehen … hinter dem Herzog der Zweite …«

»Mein Schwager schätzt mich nicht sehr, das weißt du wohl.«

»Er wird dir zu Dank verpflichtet sein.«

»Umso schlimmer. Ich kenne Grasulf, er ist nachtragend. Verzeiht nichts, am wenigsten Wohltaten. Und er hält mich für einen losen Vogel, dem man die Flügel stutzen muss.«

»Damit hat er ja leider nicht ganz Unrecht.«

Subo öffnete die Kanne und trank.

»Ich habe aber die Absicht, Schwester«, sagte er dann, »in dem Käfig, in dem wir jetzt sitzen, noch recht lustig umherzuflattern. Denn trotz deiner Zuversicht kann es geschehen, dass uns die Wilden da draußen tüchtig rupfen. Ich hätte sogar die größte Lust, noch schnell eine fröhliche Vogelhochzeit zu halten!«

»Jetzt Hochzeit?«, fragte Winiperga unwirsch.

»Man muss sich beeilen, bevor die Awaren über unsere Jungfrauen herfallen.«

»Das wird nicht geschehen.«

»Wenn aber doch? Da möchte ich ihnen gern zuvorkommen. Zumindest in einem besonderen Fall.«

»Ist es immer noch Appa?«

»Welche sonst? Ich will sie haben – und ich bekomme sie!

Woran du erkennst, dass ich im Grunde beständig bin. Meine Neigung ist ausdauernd.«

»Du solltest Appa eher verachten! Auf empörende Weise hat sie sich bloßgestellt … mit einem Romanen!«

»Nun, man kann hoffen, dass dieser Romane jetzt irgendwo hinter den Bergen modert. Was Appas Leidenschaft für ihn vielleicht abkühlen und auf einen anderen lenken wird, der sich in besserem Zustand befindet. Wenn aber nicht, so braucht dieser andere Fürsprache. Oder vielleicht sogar ein Machtwort.«

»Du willst einen Handel?«

»Ihr Vater ist tot. Sie steht ab jetzt unter einem Muntwalt. Das könnte ihr ältester Bruder sein, der mein Freund ist und mir nichts abschlagen würde. Wenn aber Grasulf Herzog wird, ihr Onkel, dann versteht sich, dass er es sein wird, der die Munt übernimmt. Und er könnte sie schon in wenigen Tagen an mich übergeben, indem er mich zu ihrem Ehemann macht. Bedenke unsere hohen Verluste! Es ist meine Pflicht als langobardischer Edler, schnellstens für wehrhaften Nachwuchs zu sorgen!«

Winiperga schwieg einen Augenblick. Sie wartete ab, bis sich ein paar Lanzenträger, die auf der Plattform vorübergingen, entfernt hatten, und sagte dann: »Wenn das deine Bedingung ist, wird sie erfüllt. Obgleich ich eine solche Verbindung nicht gutheiße und davor warne. Vor Romilda und ihren Kindern müssen wir uns jetzt eher in Acht nehmen. Besonders vor dem da …«

Sie erhob sich und blickte zu Taso hinüber, bei dem jetzt ein paar junge Männer aus seinem Gefolge standen.

»Du hältst ihn wirklich für deinen Freund?«, fuhr sie fort. »Täusche dich nicht, er wird uns Ungelegenheiten machen. Wird sich auf ein Erbrecht berufen, das es in Wirklichkeit niemals gegeben hat. Auch seine Mutter wird ihre Entmachtung nicht ohne Widerstand hinnehmen. Noch spielt sie die tief gebeugte, untröstliche Witwe, verkriecht sich in ihren

Gemächern. Aber ich kenne ihre Verlogenheit! In Wirklichkeit empfängt sie bereits, wie mir meine Späher berichteten. Ruthard und Billo waren schon bei ihr. Und vielleicht wird sie auch noch einen andern empfangen … oder aufsuchen. Glaubst du, dass diese Schamlose jetzt, nach Gisulfs Tod, noch etwas zurückhält? Wer weiß, was sie vorhat! Wir müssen wachsam sein! Und wir müssen ihnen zuvorkommen! Kann ich mich also auf dich verlassen? Wirst du in der Versammlung vortreten? Wirst du sprechen? Wirst du handeln?«

Subo legte ihr lächelnd den Arm um die Schultern.

»Gewiss, ich bin zu allem bereit. Wenn mir der Lohn winkt, den ich begehre …«

»Reichen Lohn hast du schon im voraus erhalten.«

»Wie?«

»Hab ich dir nicht das Leben gerettet?«

»Das hast du vermutlich.«

»So weißt du also, wie ich dich liebe.«

»O ja, du bist mir Vater und Mutter.«

»Viel mehr. Und das solltest du nicht vergessen. Die Versammlung wird im Palasthof stattfinden, bei Anbruch der Dunkelheit. So können wir Frauen als Zuhörerinnen anwesend sein. Enttäusche mich nicht!«

Sie warf einen kurzen Blick, den ersten und einzigen, zurück zu den Hügeln, von denen die Flüchtlinge herabkrochen, und war schon im nächsten Augenblick an der Treppe.

Mit beiden Händen den weiten Umhang raffend, eilte sie leichtfüßig hinab.

12

Später am Nachmittag, als sich an den Toren und unter den Mauern kaum noch etwas ereignete, zogen Taso, Subo und ihr Anhang in eine Schenke. Sie wurde von Sichar, einem Franken, der früher Priester war, in einer Seitengasse des Forums betrieben. Hier kehrten die jungen Herren, die meisten nicht älter als siebzehn Jahre, seit einigen Monaten zu ihren Gefolgschaftstreffen ein. Bei Sichar konnten sie nach Herzenslust trinken, lärmen und raufen, was im Palastquartier unter den strengen Augen der Wächter verboten war. Es handelte sich durchweg um Sprösslinge vornehmer Langobarden, die am herzoglichen Hofe das Waffenhandwerk erlernten und ein wenig in Wissenschaften unterwiesen wurden. Unter Tasos Führung bildeten sie den Kern der Jungmannschaft, deren größter Teil allerdings aus Söhnen von Gemeinfreien, romanischen Adeligen, Freigelassenen oder gar Halbfreien bestand. Sie alle waren hinaus in die Schlacht gezogen, nur den etwa zwei Dutzend langobardischen Edlen hatte der Herzog erlaubt, mit seinen Söhnen Taso und Kako in der Festung zu bleiben. Subo, der mit seinen einundzwanzig Jahren eigentlich schon nicht mehr zu ihnen gehörte und bereits zum Hundertschaftsführer in der herzoglichen Gefolgschaft aufgerückt war, hielt es immer noch in dieser Gesellschaft, wo er als Tasos Freund und als einer der Vornehmsten etwas galt und das große Wort führte. Er war es vor allem, der in dem Haufen bestimmte.

Da diese jungen Männer prall mit Münzen gefüllte Beutel am Gürtel trugen, waren sie Sichar willkommene Gäste. Er machte sogar gute Miene, wenn sie im Übermut Krüge zerbrachen oder Tische und Bänke zerkleinerten, wurde er doch immer entschädigt. Auch an diesem Tag setzte der kleine quirlige Rotbart gleich allerlei niederes Volk vor die Tür, um Platz für Tasos und Subos Haufen zu machen. Kaum war ihm am Morgen die Unglücksnachricht zu Ohren gekommen, hatte er die Preise für seinen Wein und seine Pasteten verdoppelt, und er wusste, dass Gästen wie diesen die Teuerung nichts ausmachen würde. Außerdem war in solchen Zeiten, da ständig hungriges Diebsvolk sein Haus umschlich, die Anwesenheit der wehrhaften Jünglinge ein nicht zu verachtender Schutz.

Solange sie auf der Mauer gestanden hatten, im Blick die Flüchtenden und – in der Ferne bereits – deren furchtbare Verfolger, war den jungen Männern recht unbehaglich zumute gewesen. Nun aber, als Wirkung des Weins und der Geborgenheit in der Tischrunde, löste sich die Beklemmung, und die aufgestauten Gefühle brachen sich lautstark und ungestüm Bahn. Nicht nur Taso hatte seinen Vater verloren, auch für nicht wenige seiner Gefährten gab es keine Hoffnung mehr, Väter, Onkel und Brüder wieder zu sehen. Die wildesten Racheschwüre wurden ausgestoßen, durcheinanderschreiend machten sie Vorschläge für den Empfang, den sie den Awaren bereiten wollten. Den größten Beifall erhielt Taso selbst, der aufsprang und mit überkippender Stimme zur Bildung einer »Schar der Rächer« aufrief, einem verschworenen Kampfbund tollkühner, todesmutiger Jünglinge. Unter Jubelrufen wurden Schwerter gezückt, meldeten sich die Freiwilligen. Und plötzlich schrie einer:

»Heil, Taso, unserm neuen Herzog!«

»Heil, Taso, Herzog von Friaul!«, fielen gleich mehrere ein, und Taso wurde gepackt und auf Schultern gehoben.

Als habe er nur darauf gewartet, dass endlich dieser befreiende Ruf ertönte, schrie er:

»Ich danke euch, Männer! Habt Vertrauen zu mir! Ich werde meinem Vater ein würdiger Nachfolger sein! Der Krieg ist noch nicht zu Ende, noch ist nicht alles verloren! Schließt euch mir an, ich führe euch! Der Heldentod unserer Väter war nicht umsonst! Bald werden die Feinde zittern, die Schar der Rächer wird keine Gnade kennen!«

»Heil, Herzog Taso! Heil!«

Nur zwei von der Tischrunde hielten sich abseits. Kako stand auf und lief hinaus. Subo trank Taso lächelnd zu, beteiligte sich jedoch nicht an der Kundgebung, die ihm wenig behagte. Zwar war es ohne Bedeutung, dass Taso in einer Schenke von dazu nicht berechtigten Jungmannen zum Herzog ausgerufen wurde. Doch war sein Anspruch damit geltend gemacht, und er würde am Abend erneuert werden. Schon befürchtete Subo, dass nun auch Taso ihn auffordern könnte, ihm diesen Dienst in der Versammlung zu leisten. Da aber traf eine Nachricht ein, die ihm aus der Verlegenheit half.

Ein Mann trat in die Schenke und verkündete, dass sich dem Südtor wieder Rückkehrer näherten. Ein »Höherer« sei diesmal dabei, von weitem schon am Helmbusch erkennbar. Sofort rief Subo:

»Worauf warten wir, Freunde? Nehmen wir sie in Empfang! Sie bringen vielleicht wichtige Nachrichten!«

Gleich darauf waren alle draußen und schritten über das Forum und auf dem Decumanus dem Südtor zu. Mit ihrem frisch gestärkten Selbstvertrauen gaben sie sich frech und verwegen. Sie rempelten jeden an, der nicht rechtzeitig auswich, ließen die flachen Klingen auf Rücken sausen, warfen Bauernkarren und Tische von Händlern um. Einige riefen: »Platz dem Herzog!« oder »Grüße den Herzog, du Tölpel!« Etwas gekrümmt, die Hand am Schwertgriff, ging Taso in der Mitte des Haufens, winkte und versuchte, huldvoll zu lächeln.

Am Tor gerieten sie in ein Gedränge. Besorgt, verzweifelt und hoffnungsvoll warteten hier noch immer die Angehörigen, Frauen zumeist, auf heimkehrende Krieger. Es war bereits dämmrig, und noch konnte man in dem Grüppchen, das sich näherte, keine Gesichter erkennen. Von Zeit zu Zeit liefen einige hinaus auf die Flussbrücke, wurden aber von den Wächtern zurückgetrieben, die das Tor bereits halb geschlossen hatten und nur noch auf die Ankömmlinge warteten. Auf dem Turm standen unter denen, die gespannt nach ihnen ausspähten, Grasulf und Ruthard.

Subo hatte sich von dem lärmenden Haufen ein wenig abgesetzt und schob sich langsam durch die Reihen der Wartenden. Plötzlich entdeckte er Appa. In einen Mantel gehüllt, sehr blass, die Augen starr auf das Tor gerichtet, stand sie reglos an einer Hauswand. Sie schien allein zu sein, keine der Zofen oder Mägde des Palastes war bei ihr. Subo trat auf sie zu, und mit seinem breitesten Lächeln verbeugte er sich.

»So spät noch allein hier draußen, schöne Appa? Das ist gefährlich, es treibt sich jetzt viel Gesindel herum. Wenn du erlaubst, begleite ich dich zum Palast.«

Appa erschrak bei der unvermuteten Anrede, warf Subo einen kalten Blick zu und sagte: »Bemühe dich nicht. Ich finde allein hin.«

»Es macht mir nichts aus. Wir haben denselben Weg. Ich muss zur Gefolgschaftsversammlung.«

»Und ich sage nochmals: Ich gehe allein!«

Sie blickte wieder an ihm vorbei zum Tor hin.

Subo blieb unbeirrt stehen, schob einen Daumen in den Gürtel und fragte: »Bist du hier nur aus Neugier? Oder solltest du auf jemanden warten?«

»Das geht dich nichts an!«, stieß sie zwischen den Zähnen hervor.

Er seufzte.

»Auch mich hat die Unruhe hergetrieben. Ein Vetter ist es. Aber ich muss nun wohl sagen: Er war es. Denn es besteht kaum Hoffnung, dass er zurückkehrt. Er war reich, doch dass ich nun seine Güter erbe, tröstet mich nicht. Was kümmert mich jetzt noch Besitz! Man kann ja von heute auf morgen alles verlieren. Der einzige Gewinn, der noch lohnt, ist ein liebendes Herz.«

»Ich bitte dich, Subo, lass mich in Ruhe!«

»Warum? Du lässt mich ja auch nicht in Ruhe.«

»Ich ließe dich nicht …?«

»Du versetzt mich in Unruhe!« Er trat noch näher und sagte leise: »Du erscheinst mir des Nachts im Traum und bringst mich dann jedes Mal so in Hitze, dass ich morgens in Schweiß gebadet bin. Du forderst mich unentwegt heraus, aber du bietest mir keine Genugtuung. Meinst du nicht auch, du solltest das tun, nicht als Traumgestalt, sondern wirklich …«

»Lass mich! Solche Reden will ich nicht hören!«

Sie wollte ein Stück von ihm fortgehen. Aber er packte ihre Hand, hielt sie fest. Appa suchte vergebens loszukommen.

»Was fällt dir ein? Ich werde schreien!«

»Schreien? Weil dich ein Langobarde zur Ehe begehrt? Weil er dich bittet, seine Gemahlin zu werden? Weil er bereit ist, dich zu beschützen, damit du nicht schreien musst, wenn die Awaren dich …«

In diesem Augenblick gab es neue Unruhe. Von denen, die dem Tor am nächsten standen und die Rückkehrer nun erkannten, wurden Namen gerufen.

»Es ist Siguald!«

»Der mit dem Helm ist Warnehar, der Gastalde!«

»Dahinter kommt Griffo!«

»Welcher Griffo? Der kurze oder der lange?«

»Der kurze!«

»Oh, ihr Götter, mein Mann!«

»Seht doch – Sabellicus!«

»Theodora, dein Bruder!«

»Und der dort ganz hinten? Ist das nicht Lopichis?«

»Nein, es ist Hildigis!«

»Du irrst dich, der ist es nicht!«

»Doch, ich erkenne ihn! Hildigis ist es, der Sohn des Catianus!«

»Hildigis!«

Appa riss sich so heftig los, dass sie ausrutschte und zu Boden stürzte. Sie raffte sich auf und drängte sich durch die Menge nach vorn. Einige erkannten sie und wollten ihr Platz machen. Doch nun wurden die Torflügel, die schon halb geschlossen waren, noch einmal aufgestoßen, und alles flutete zurück, um eine Gasse zu bilden. Zwischen den Wartenden eingezwängt, stand Appa auf Zehenspitzen und konnte kaum atmen.

»Sie kommen!«

Noch einmal ging ein Ruck durch die Menge, als drei Krieger fast gleichzeitig durch das Tor ritten. Bleich und krumm saß auf dem ersten der müden Klepper der Mann mit dem Helmbusch, der Gastalde. Mit einer Hand hielt er den Zügel, die andere hing in einer Schlinge, umwickelt mit schwärzlichen, von geronnenem Blut starrenden Lumpen.

Grasulf und Ruthard stiegen vom Turm herab und traten den Rückkehrern entgegen.

»Seid ihr die Letzten?«, rief Grasulf. »Wie viele kommen noch?«

»Wir sind die Letzten«, tönte es dumpf aus dem Mund des Gastalden.

»Und die Awaren?«, fragte Ruthard.

»Nehmen sich Zeit. Brennen erst noch ein paar Dörfer nieder.«

Ein kleiner, stämmiger Hengst trug zwei Männer. Der eine, mit Kopfverband, saß noch aufrecht. Der andere, im blutdurchtränkten Kittel, ohne Gürtel und Waffen, lehnte zusammengesunken an seinem Rücken.

»Haistulf!«, schrie eine alte Frau, die neben ihm herhinkte und seine Hand hielt. »Haistulf …«

Der Schwer verwundete öffnete mühsam die Augen.

»Ich sterbe, Mutter …«

Die Alte öffnete ihren zahnlosen Mund und heulte: »Ihr

Schurken! Ihr Mörder! Zum Fraß habt ihr sie ihnen vorgeworfen, den Ungeheuern!«

Eine vornehm gekleidete Dame mit Glasperlenkette und Ohrringen drängte sich zwischen die Reiter. Zunehmend hoffnungslos irrte ihr Blick von einem zum anderen. Dann wankte sie weinend beiseite.

Ein Krüppel in Lumpen riss ihr die Kette vom Hals und schrie:

»Die brauchst du nicht mehr! Wem willst du damit noch gefallen?«

Griffo, der kurze, war abgesessen, seine junge Frau hing ihm am Halse.

»Komm gleich mit!«, schluchzte sie. »Sie haben uns unser Haus weggenommen!«

»Wer hat das gewagt?«

»Gesindel. Flüchtlinge. Sind einfach eingedrungen, haben mich und die Kinder hinausgetrieben.«

»Die bringe ich um!«

Als Letzter der sechzehn Reiter kam Hildigis.

Es war nicht verwunderlich, dass einige selbst noch aus kurzer Entfernung gezweifelt hatten, ob er es wirklich war. Die linke Hälfte seines Gesichts war eine einzige Wunde. Ein Schwerthieb hatte die Wange aufgeschlitzt, vom Augenwinkel bis hinunter zum Kinn. Auch an der Schulter war er verletzt, sein grober Kittel war hier zerrissen und blutig. Der hübsche, heitere, kühne Bursche war in dieser schmutzbedeckten, gebeugten Gestalt kaum wiederzuerkennen.

Er ritt durch das Tor und warf einen kurzen, düsteren Blick auf die Wartenden. Dann, während das Pferd den anderen folgte, senkte er das Kinn bis zur Brust, als wolle er niemanden sehen und möglichst auch von niemandem bemerkt werden.

Doch schon wurde wieder sein Name gerufen. Ein schmaler, mit einer knöchellangen Tunika bekleideter Graukopf, sein Vater Catianus, lief ihm entgegen und ergriff seine Hand.

Auch einige Jünglinge aus Tasos Gefolge, die ihn als Helden feiern wollten, umringten ihn jubelnd. Fast ärgerlich wehrte er sie ab, gab schroffe Antworten auf ihre Fragen. Er überließ es dem Alten, das Pferd am Zaum zu führen, glitt aus dem Sattel, ging hinterher. Offensichtlich war, dass er den Schutz der Menge suchte.

»Hildigis!«

Da stand Appa vor ihm, atemlos, aufgelöst. Mit den Ellbogen hatte sie sich zu ihm durchgekämpft. Sie streckte ihm die Hände entgegen, berührte ihn an der Brust, an den Armen, als wolle sie sich überzeugen, dass er es wirklich und dass er lebendig war.

»Hildigis!«, stammelte sie. »Ich war so zuversichtlich … so sicher. Ich wusste, du würdest am Leben bleiben. Ich habe nächtelang für dich gebetet, ich …«

Sie erschrak und verstummte. Er blickte sie finster und abweisend an. Seine Augen lagen in tiefen Höhlen, die schreckliche Wunde brannte in seinem Gesicht.

»Du irrst dich, Appa, ich bin es nicht«, sagte er, schwerfällig die Zunge bewegend. »Ein anderer ist zurückgekommen.«

»Hildigis …«

Sie ertrug den Anblick nicht mehr, wandte sich schaudernd ab, brach in Tränen aus.

Hinter ihnen fiel krachend das Tor zu, ein schwerer Balken wurde vorgelegt. Die Menge folgte den Rückkehrern und verlief sich in den Straßen und Gassen.

Catianus war mit dem Pferd schon ein Stück voraus, wartete nun, sah sich um.

Appa spürte auf einmal, wie sich Hildigis' Hand in die ihrige legte. Sie wollte freudig den Druck erwidern, doch da zog er sie schon wieder zurück. Als sie die Faust schloss, war darin etwas Hartes, Rundes, Metallisches.

Mit den taumelnden Schritten eines Mannes, der tage- und nächtelang nicht aus dem Sattel gekommen war, folgte Hildigis seinem Vater.

Appa schlug den Weg zum Palast ein. Dabei hielt sie die Faust geschlossen, sie brauchte nicht nachzusehen. Sie wusste, dass es der Brakteat war, der kleine goldene Glücksbringer, den sie ihm beim Abschied geschenkt hatte.

13

Die Gefolgschaftsversammlung der Langobarden begann mit Verspätung.

Viele der Teilnehmer trafen erst ein, als die Sonne längst untergegangen war, oder mussten sogar herbeigeholt werden. Vor allem Grasulfs Leute, die Veteranen, die die Festungsbesatzung bildeten, zeigten sich säumig. Wer nicht Wachdienst auf den Türmen und Mauern hatte, kümmerte sich um sein Haus, sein Eigentum und seine Familie, beschäftigte sich mit Zurüstungen für die Belagerung. Die Knechte, die ausgeschickt wurden, trafen die Männer an, wie sie Eisenplatten an ihre Türen nagelten oder Haustiere schlachteten und das Fleisch, gesalzen und in Tonnen und Kisten verstaut, vergruben. Nur der kleinere Teil der Veteranentruppe kam von außerhalb und hatte sein Quartier im Palast, die meisten waren in der Residenzstadt des Herzogtums fest ansässig. Da aber gerade diese viel zu verlieren hatten, wollte Grasulf – und wollte vor allem Winiperga – auf keinen von ihnen verzichten.

Bevor die Versammlung im Palasthof eröffnet wurde, war die Stimmung schon gereizt und einer vernünftigen Beratung der Lage nicht günstig. Als Erste waren Ruthards Palastwächter zur Stelle, etwa vierzig hoch gewachsene Kerle im besten Mannesalter, der kleinere Teil der früheren Mannschaft, deren größerer mit ausgerückt war. Die Männer waren verärgert über die Veteranen, die sie so lange warten ließen, und empfingen jeden der Verspäteten mit Beleidigungen und Spott. Verloren sei man mit solchen Verteidigern, riefen sie, und brüllenden Beifall fand der Vorschlag, auch aus diesen Alten gleich Salzfleisch zu machen, dann könnten sie immerhin zur Ernährung der Belagerten beitragen. Um die Gemüter zu beruhigen, ließ Grasulf reichlich Wein ausschenken, doch war gerade dies eine falsche Maßnahme. Einige Hitzköpfe betranken sich und fingen tätlichen Streit an. Auch die Jungmannen, die schon bei Sichar gezecht hatten, mischten sich ein, mal für die eine, mal für die andere Seite Partei nehmend. Grasulf, Ruthard und Billo mussten unentwegt schlichtend eingreifen. Währenddessen löste sich Winiperga immer wieder aus der Gruppe der vornehmen Frauen, die sich abseits unter einem Bogengang aufhielten, huschte zwischen den Männern umher, gab Ratschläge, stieß Warnungen aus, machte Versprechungen.

Die Herzogin hielt sich fern, obwohl die Versammlung ihr in dieser außergewöhnlichen Lage Teilnahme und Stimme kaum hätte versagen können. Der Trauer um ihren Gemahl war es nicht angemessen, sich schon am ersten Tag in einer lärmenden Versammlung zu zeigen. Sie beauftragte Ruthard und Billo, in ihrem Namen zu sprechen, und ließ verbreiten, dass sie alle Ansichten und Haltungen der beiden unterstützen werde. Auch dies schuf beträchtliche Unruhe, weil viele sich fragten, ob Romilda damit ihr Misstrauen gegen den Kommandanten und Ranghöchsten in der Festung, ihren Schwager Grasulf, bekunden wollte. Männer mit ausgeprägtem Langobardenstolz fanden dagegen befremdlich, dass es ausgerechnet ein Gote und ein Franke waren, die jetzt die Auszeichnung eines solchen Vertrauens genossen.

Schließlich kamen Knechte mit Fackeln und bildeten einen Kreis, in dessen Mitte sich jeder begeben sollte, der etwas zu sagen hatte. Dahinter stellten sich die Männer auf, streng voneinander geschieden und Abstand haltend die einzelnen Gruppen: die Veteranen – die Palastwache – die übrigen langobardischen Edlen und Gemeinfreien, vorwiegend Flüchtlinge, zwei Dutzend Rückkehrer aus dem Kriege. Auch Taso mit seinem Haufen fand sich am Kreis ein, obwohl die Mehrzahl der Jungmannen, da noch nicht volljährig, keine Stimme besaß. Subo hatte sich unauffällig von ihnen abgesetzt und stand bei einigen Palastwächtern, die seine Zechkumpane waren.

Mit der Absicht, die Männer einzustimmen und Bereitschaft zu wecken für das, was von ihnen erwartet wurde, führte Grasulf zunächst einige Rückkehrer in den Kreis. Der Anblick der schwer Gezeichneten hatte tatsächlich sogleich die erwünschte Wirkung. Ringsum verstummte alles, und selbst die rauhesten, wüstesten, abgestumpftesten Kerle blickten bekümmert. Grasulf forderte die Verwundeten auf, vom Verlauf des Kriegszugs und der Schlacht zu berichten. Dies taten sie, anfangs zögernd und unbeholfen, dann aber, von der frischen Erinnerung aufgewühlt, mit bewegenden Worten.

Nach ihnen hob Grasulf zu seiner Rede an.

Es klang seltsam gezwungen und wenig überzeugend, dass er den gefallenen Bruder als zornigen Helden pries, der die Ungläubigen trotz der Niederlage das Fürchten gelehrt habe. Er beklagte, dass man dem Leichnam nicht die gebührende Ehre erweisen könne, ja, nicht einmal Zeit habe, in Trauer zu verharren und sich ehrfurchtsvoll der Gefallenen zu erinnern.

»Denn unser ganzes Sinnen und Trachten«, rief er, »muss jetzt darauf gerichtet sein, unserm Feind den letzten Triumph zu verwehren! Hier vor den Mauern dieser christlichen Festung müssen wir der Gefolgschaft des Teufels Einhalt gebieten! So ehren wir unsere Gefallenen, und so handeln wir in ihrem Heldengeist! Leider mangelt es uns an Kräften«, fuhr er fort, wobei er seinen trüben Blick über die kaum fünfhundert versammelten Männer gleiten ließ, »und ich halte nicht viel davon, dass wir uns immer wieder selber belügen. Wenn auch der einzelne langobardische Kämpfer jedem anderen überlegen ist, so nützt das doch gar nichts im Angesicht einer dreifachen, fünffachen oder gar zehnfachen feindlichen Übermacht. Gerade haben wir ja erfahren, in welchen Abgrund ein solcher Selbstbetrug führen kann. Eine Weile schützen uns zwar die Festungsmauern, die wir auch tapfer verteidigen werden, doch dann ... Also rate ich zur Vernunft und schlage euch vor, dass wir uns nach einem starken Verbündeten umsehen!«

»Recht hat er!«, kam es aus dem Kreis der Veteranen. »Schluss mit dem Übermut! Jetzt heißt es, umsichtig zu handeln! Sprich weiter!«

»Wer aber könnte dieser Verbündete sein?«, fragte Grasulf. »Die Franken? Sie sitzen jenseits der Alpen und sind vollauf mit ihren inneren Zwistigkeiten beschäftigt. Der König in Pavia? Er ist, woran hier wohl niemand zweifelt, der Anstifter dieses Krieges und Verbündeter der Awaren. Er wartet auf unsere Unterwerfung. So bleibt schließlich unter unseren mächtigen Nachbarn nur einer – der Kaiser! Erinnert ihr euch, dass ich gleich, als uns die Nachricht von dem Angriff erreicht hatte, meinem Bruder empfahl, den Blick nach Ravenna zu richten?«

»Ach, werden wir jetzt etwa kaisertreu?«, rief einer von der Palastwache. »Dann übt euch schon mal im Kniefall, Männer!«

»Dummes Geschwätz!«, fuhr Grasulf ihn an. »Ein Bündnis bedeutet ja nicht Unterwerfung. Wir bieten gegenseitigen Vorteil. Die Byzantiner kommen uns gegen die Awaren zu Hilfe, und wir gewähren ihnen dafür ein paar Vergünstigungen. Zum Beispiel? Nun, wir versperren ihnen nicht länger den Landweg, sondern lassen die Kaufmannszüge nach Konstantinopel über die alte Verbindungsstraße ... Wie? Gewiss, das käme auch uns zugute. Wir hätten beträchtliche Zolleinnahmen, auch unser eigener Handel würde dann aufblühen ... Ihre Truppen? Die ziehen sich selbstverständlich zurück, sobald die Awaren abgewehrt sind und ... So hört doch, lasst euch in Ruhe erklären ... Ich beweise euch, dass ein solches Bündnis ...«

Die Versammlung wurde ungeduldig. Grasulf fand nicht die Worte, die diese Männer, rohes Kriegsvolk in ihrer Mehrzahl, zu Beifall oder gar zu Begeisterung rührten. Seine Umständlichkeit ermüdete. Seine klanglose Stimme konnte nicht fesseln. Wenig Eindruck machte auch seine schmächtige, trotz allen Gepränges der Kleidung und Waffen eher unkriegerische Gestalt.

Das Gegrummel und die Zwischenrufe kamen zuerst von den Männern der Palastwache, doch bald regte sich auch bei anderen Unmut. Einem geschmeidigen Redner wäre das aufgefallen, er hätte sich nun der Stimmung angepasst, seine Darlegungen verkürzt oder sogar in der Richtung verändert, alles in zündende Parolen gepresst. Doch dazu war Grasulf nicht im Stande. Ohne die Stimme zu heben, fuhr er fort, alle Vorzüge eines Bündnisses mit den Byzantinern breit auszuführen. Als er nun auch erklärte, dass der Kaiser beunruhigt sei und besorgt, sein Exarchat, der letzte byzantinische Stützpunkt in Italien, könne nach einem Verschwinden des langobardischen Herzogtums die Awaren zu unmittelbaren Nachbarn bekommen, rief einer dazwischen:

»Machst du dir jetzt Gedanken, Grasulf, wie du dem Kaiser seine Sorgen vertreibst?«

Der Fragende stand in den Reihen der Palastwächter. Von dort und auch von anderer Stelle war zorniges Lachen zu hören. Nur Grasulfs Leute stimmten nicht ein.

»Lasst ihn doch ausreden!«, tönte es aus ihrer Mitte. »Gebraucht lieber euern Verstand, statt zu schreien!«

»Das raten uns nun diese alten Dummköpfe!«

»Eines ist sicher!«, rief einer der Veteranen. »Allein werden wir mit den Awaren nicht fertig. Ohne die Hilfe der Byzantiner sind wir verloren.«

»Ja, wie die Lämmer, die den Wolf fürchten und den Geier zur Hilfe rufen!«

Wieder erhob sich Gelächter.

»Männer!«, rief Grasulf. »Es ist nicht Sitte, dem Redner ins Wort zu fallen! Wer etwas zu sagen hat, möge nach mir in den Kreis treten! Lasst mich euch aber noch erklären …«

Die Unruhe blieb. Winiperga, die bis jetzt mit starrer Anspannung die Reden in der Versammlung verfolgt hatte, trat unter dem Bogengang hervor. Sie erhob sich auf Zehenspitzen und suchte durch heftige Zeichen die Aufmerksamkeit ihres Bruders zu gewinnen. Doch nur sein breiter Rücken und sein Stiernacken waren ihr zugewandt. Subo unterhielt sich, als ginge ihn Grasulfs Rede nichts an, scheinbar angeregt mit einem Mann der Palastwache.

»Undankbarer!«, zischte sie zwischen den Zähnen. »Warum hilfst du ihm nicht? Warum greifst du nicht ein? Merkst du denn nicht, was vor sich geht?«

Erneut musste Grasulf sich wütender Zwischenrufe erwehren. Auch die in die Festung geflüchteten Edelfreien, von denen er Beistand erhofft hatte, äußerten Unmut. Als er, hartnäckig gegen die wachsende Missstimmung anredend, den Anmarsch eines byzantinischen Heeres zum Entsatz der Festung in Aussicht stellte, meldete sich aus dieser Gruppe ein grollender Bass:

»Und wie willst du sie dann wieder loswerden? Glaubst du, die ziehen wieder ab, wenn sie erst sehen, dass wir bloß noch ein paar hundert Mann sind? Wer könnte so einfältig sein und das glauben!«

»Mit Freuden nehmen sie eure Einladung an!«, krähte ein Greis. »Unsere Väter haben ihr Blut vergossen, um sie von hier zu vertreiben ... Wir aber bitten sie zurückzukehren!«

»Das fehlte uns noch – byzantinische Knechtschaft!«, riefen mehrere. »Sollen wir unser Land wieder loswerden? Der Preis ist zu hoch! So weit darf es nicht kommen! Niemals!«

Ein paar Veteranen, die vorher von Grasulf und Winiperga Anweisungen bekommen hatten, hielten dagegen.

»Euch ist wohl lieber, dass euch die Würmer verspeisen?«

»Besser Freund der Byzantiner als tot!«

»Natürlich tun sie es nicht umsonst! Aber sie werden sich mit Geschenken begnügen ...«

Einer der Rückkehrer stieß plötzlich ein wildes Hohnlachen aus.

»Ihr Wahnsinnigen! Wozu streitet ihr euch? Verloren sind wir ja so oder so! Mit oder ohne die Kaiserlichen! Die Awaren sind böses Ungeziefer – und sie kommen in Massen! Zehntausende sind es! Hunderttausend! Sie kriechen über unsere Mauern wie Spinnen! Sie beißen uns tot! Sie zermalmen uns! Sie quetschen uns den letzten Blutstropfen aus dem Leibe!«

Er wies auf seinen mit eitrigem Grind bedeckten Armstumpf und stieß wieder sein irres Lachen aus.

Zwei Männer von der Palastwache packten ihn, führten ihn unsanft weg.

»Langobarden!«, rief Ruthard, indem er neben Grasulf in den Kreis trat. »Bewahrt doch die Ruhe! Der Mann hat Schweres erlebt und darüber seinen Verstand verloren. Die Festung ist sicher. Wir werden einer Belagerung standhalten!«

»Wie lange?«, rief einer der Veteranen.

Nun schrie alles durcheinander.

»Arichis hat Recht, auch wenn er verrückt ist! Wer uns helfen will, kommt zu spät!«

»In ein paar Wochen krepieren wir ohnehin an Hunger!«

»Euch alte Fresser werfen wir über die Mauer, dann halten wir durch!«

»Dazu kommt ihr nicht mehr! Euch Großmäuler machen wir stumm!«

»Männer!«, schrie eine gellende Stimme. »Hört auf uns Frauen, wir können nicht schweigen! Wollt ihr uns alle durch eure Uneinigkeit ins Verderben stürzen? Warum tut ihr nicht, was jetzt notwenig ist? Warum wählt ihr nicht erst den neuen Herzog? Den Mann, der dem ruhmreichen Gisulf am nächsten stand! Bestimmt euern Führer! Nur das ist jetzt wichtig!«

Das war Winiperga. Sie hatte es nicht mehr ausgehalten und sich zwischen zwei Fackelträgern bis an den Rand des Kreises gedrängt.

Einen Augenblick herrschte verblüfftes Schweigen. Es war gegen allen Brauch, dass eine Frau in der Gefolgschaftsversammlung das Wort ergriff. Doch ehe darüber Empörung aufkommen konnte, lenkte ein weiterer Zwischenruf die Aufmerksamkeit auf die Reihen der Jungmannen.

»Wir haben ja schon einen neuen Herzog! Es ist Herzog Taso!«

»Heil, Herzog Taso!«, grölten ein paar betrunkene Jünglinge.

Niemand fiel ein.

Winiperga stieß einen spitzen Empörungsschrei aus – das war es nicht, was sie auslösen wollte. Ihr funkelnder Zornesblick traf Subo, der erheitert, die Weinkanne in der Hand zu dem trunken lächelnden, seinen Anhängern winkenden Taso hinblickte.

Grasulf, immer noch in der Mitte des Kreises, war völlig verstummt, nestelte an seinem Wehrgurt, blickte abschätzig in die Runde.

»Langobarden!«, rief Ruthard und schlug mit der Faust in die Luft. »Was ist in euch gefahren, dass ihr hier durcheinanderbölkt wie die Hammel? Dass ihr aufeinander einhackt wie Kampfhähne? Sind wir hier noch in einer Gefolgschaftsversammlung verständiger Männer? Du, Frau Winiperga, bist nicht berechtigt, das Wort zu ergreifen! Auch die Jungmannen sollen schweigen, ihre Meinung hat hier kein Gewicht! Der edle Grasulf ist in den Kreis getreten und hat seinen Standpunkt dargelegt. Ich vermute, dass er alles, was er uns mitteilen wollte, gesagt hat.«

Winiperga, die immer noch vorn stand, warf Grasulf einen brennenden Blick zu. Der aber trat beiseite, und mit einer schroffen Kopfbewegung gab er Ruthard zu verstehen, er möge mit der Leitung der Versammlung, da er sie nun einmal an sich gerissen habe, fortfahren.

Der alte Marschalk reckte das Kinn mit dem grauen Bart und fragte laut: »Wer will dem edlen Grasulf antworten? Wer von euch, Männer, begehrt das Wort?«

»Ich möchte sprechen!«

Der Mann, der die Größten um fast eine Haupteslänge überragte, kam von hinten und forderte die vor ihm Stehenden ungeduldig auf, Platz zu machen. Er stützte sich auf einen Stock, zog ein Bein nach. Nicht alle kannten ihn. Einige hatten ihn nur ein einziges Mal, bei seiner Ankunft, gesehen. Die meisten Veteranen jedoch erinnerten sich, vor langer Zeit mit ihm im Gefolgschaftsquartier gelegen zu haben.

Er begab sich in die Mitte des Kreises und sagte noch einmal:

»Ich möchte sprechen.«

»Das Wort hat Faroald, Kommandant von Nemas!«, verkündete Ruthard.

Faroald legte, etwas vorgebeugt, beide Hände auf den Stock, warf einen scharfen Blick in die Runde und rief: »Männer! Ich wundere mich schon über die Langmut, mit der ihr euch Vorschläge anhörtet, die nichts taugen! Dem edlen Grasulf bezeuge ich meine Hochachtung, aber wie kann er annehmen, dass uns ein Bund mit den Byzantinern aus unserer misslichen Lage befreien würde! Einige sprachen es hier bereits an: Sie würden nicht wieder abziehen, und uns fehlte die Kraft, sie zu vertreiben. Noch schlimmer: Wenn wir ihnen Friaul überlassen, beschwören wir einen Krieg herauf, der ganz Italien erfassen wird. Einen Krieg, der für die Langobarden so enden kann, wie er vor einem halben Jahrhundert für unser germanisches Brudervolk, die Goten, endete. Mit der Vertreibung! Mit der Vernichtung!«

Bei Faroalds Eintritt in den Kreis hatte sich Grasulf, die Arme gekreuzt, mit deutlichem Unwillen abgewandt. Jetzt fuhr er heftig herum und rief: »Was soll das heißen? Willst du damit vielleicht sagen, ich hätte den Untergang der Langobarden im Sinn? Das ist eine niederträchtige Verleumdung!«

Auch Grasulfs Anhang protestierte, aber Ruthard stellte die Ruhe wieder her, indem er drohte, die Schreier von der Versammlung auszuschließen.

»Fahre fort!«

»Niemals fiele mir ein«, sagte Faroald, an Grasulf gewandt, »dir eine solche Absicht zu unterstellen. Ich meine aber, dass du die möglichen Folgen deines Vorschlags nicht gründlich bedacht hast. Denn, Männer, vergessen wir eines nicht: Das Herzogtum Friaul ist Teil des langobardischen Königreichs. Das war es von Anfang an, und das muss es bleiben! König Alboin, der unser Volk nach Italien führte, gab es sogleich in die Hand der stärksten Geschlechterverbände, denn er erkannte, dieses Herzogtum war für das mächtige Reich, das er gründen wollte, der Eckpfeiler. Und deshalb wiederhole ich euch: Wenn dieser Eckpfeiler wegbricht, könnte das ganze Haus einstürzen!«

»Das erzähle mal König Ago!«, schrie einer der Veteranen. »Er selber hat ja den Eckpfeiler angesägt, indem er uns die Awaren schickte!«

»Du hast Recht, und das war ein schwerer Fehler!«, erwiderte Faroald. »Dafür werden wir eines Tages Rechenschaft fordern. Aber beachtet auch dies, Langobarden: der König musste schon vorher im Zweifel sein, ob sein Haus noch sicher auf diesem Pfeiler ruhte. Ihr alle wisst, dass Herzog Gisulf nach Unabhängigkeit strebte. Das durfte der König auf Dauer nicht zulassen, wenn er das Reich nicht in Gefahr bringen wollte!«

»Hört euch das an, Männer!«, schrie plötzlich Taso und sprang in den Kreis. »Er schwärzt das Andenken meines Vaters! Er rechtfertigt die Gemeinheit des Königs!«

»Ich rechtfertige seine Absicht!«, rief Faroald. »Nicht das Mittel, das er anwandte! Vielleicht versteht ihr mich, wenn ich es anders ausdrücke. Wir sollten endlich einsehen, dass ein Auge ohne Kopf und ein Arm ohne Rumpf nichts wert sind. Wir gehören zu unseren Stammesbrüdern, zu unserm Volk – das ist der Kopf, das ist der Rumpf! Andererseits muss der König einsehen, dass er, um seine Grenze zu sichern, den starken Arm und das scharfe Auge braucht – er kann nicht wollen, dass sie zerstört werden, sonst wird er selber mit seinem Reich zum hilflosen Krüppel. Das, Langobarden, ist die

Lage. Und daraus ergibt sich für uns der Ausweg. Verlangen wir Beistand vom König, er ist ihn uns schuldig! Und geben wir künftig auch ihm, was wir ihm schulden!«

Weder Befehle noch Bitten noch Drohungen konnten nun die Erregung dämmen. Von allen Seiten erhoben sich Stimmen, die meisten empört und protestierend, nicht wenige aber auch mit Beifall. Schreiend und mit wildem Gefuchtel versuchte jeder, der dazu eine Meinung hatte – und das waren fast alle –, sich Aufmerksamkeit zu verschaffen.

Die vornehmen Flüchtlinge, die das meiste verloren hatten, schlossen sich Faroald an, dazu auch einige Veteranen. Unter den Männern der Palastwache hielten dagegen viele noch treu zu ihrem toten Gefolgsherrn, wenngleich ihr Kommandant Ruthard – ebenso wie der Kämmerer Billo – kein Hehl daraus machte, dass er dem letzten Redner beistimmte. Grasulfs Getreue verteidigten den Plan des Comes. Taso und seine Jungmannen, immer mutiger werdend in dem Tumult, erregten sich über »Verräterei« und schwadronierten von Aufopferung und Heldenpflicht. Schließlich gab es, angeführt von einigen Rückkehrern, auch eine Gruppe, die rundheraus vorschlug, die Festung aufzugeben. Noch sei es möglich, alle in Sicherheit zu bringen. Wenn man so viel an Vieh und tragbaren Gütern zurückließe, dass man damit die Beutegier der Awaren befriedigte, würden diese bald wieder abziehen, und man könnte heimkehren.

Winiperga hatte es trotz der Rüge des Marschalks nicht für nötig gehalten, sich zu den anderen Frauen zurückzuziehen. Noch fand sie sich nicht damit ab, dass ihr ehrgeiziges Unternehmen gescheitert war. Sie ging ungeniert unter den Männern umher, drängte und hetzte. Vergebens allerdings war ihr Versuch, ihren Bruder noch zum Handeln zu nötigen. Subo erklärte ihr unumwunden, er könne jetzt nichts mehr tun, nachdem Grasulf selber alles verdorben habe. Da sie dem nicht widersprechen konnte, zog sie ihren Gemahl auf die Seite und forderte ihn zornsprühend auf, sein Versagen wieder gutzumachen, indem er diesem »Ehebrecher und Pflichtvergessenen« vor aller Ohren eine gebührende Antwort erteile. Sollte er dies nicht tun, drohte sie, werde sie wider allen Brauch noch einmal selber das Wort ergreifen.

Grasulf seufzte verdrießlich und fügte sich. Als es Ruthard endlich gelang, die Versammlung ein wenig zu beruhigen, trat er noch einmal in den Kreis. Mit einem unguten Lächeln wartete er, bis die meisten verstummt waren.

»Ich habe Verständnis für eure Empörung, Leute«, sagte er mit seiner klanglosen, schleppenden Stimme. »Der Mann, der gerade zu euch sprach, war gar nicht berechtigt, das Wort zu ergreifen. Ich frage mich, was er hier noch zu suchen hat! Da er wieder auf seinen Beinen steht, ist er ja wohl von seiner Verwundung genesen. Vielleicht dringen bereits in dieser Stunde die Ungläubigen in die Festung ein, die er verteidigen sollte und die er verlassen hat. Auf die Ratschläge eines solchen Mannes verzichten wir!«

Das war alles, was Grasulf vorbrachte, und er erhielt dafür auch nur dünnen Beifall. Faroald antwortete ihm laut, er werde am nächsten Morgen nach Nemas zurückkehren, sofern er dazu die Erlaubnis erhalte. Da riefen einige, besser täte er, in Forojuli zu bleiben, wo Männer mit klarem Verstand und vernünftigem Urteil jetzt rar seien.

Eine Weile noch zog die Versammlung sich hin, und ein paarmal kam es zu heftiger Rede und Gegenrede. Aber es sprachen nur noch Männer von untergeordnetem Rang. Die Aufmerksamkeit ließ immer mehr nach. Am Ende ging man auseinander, ohne dass eine Meinung sich durchgesetzt hatte oder gar ein Beschluss gefasst worden war.

Viele verließen danach den Palast und kehrten in den Schenken der Stadt ein, um dort zu trinken und weiterzustreiten. Die »Schar der Rächer« traf sich wieder bei Sichar. Subo kam etwas später, nachdem er im Seitenflügel des Palastes noch einer heftigen Auseinandersetzung zwischen seiner Schwester und ihrem Gemahl beigewohnt hatte, bei der auch er nicht ganz ungeschoren davongekommen war. Es hatte ihm aber durchaus nicht die Laune verdorben, und kaum war sein Becher gefüllt, rief er dem »Herzog Taso«, seinem Freund, ein fröhliches Heil zu.

Es war nun klar, dass seine Hoffnung, die vaterlose Appa inmitten der allgemeinen Verwirrung und Unruhe schnell ins Brautbett zu bekommen, vor allem auf ihrem ältesten Bruder ruhte.

Gegen Mitternacht lud er ihn sich sogar auf die wuchtigen Schultern und schleppte den völlig Betrunkenen über das Forum und durch die Gassen.

Die Jünglinge folgten torkelnd, grölend und waffenrasselnd.

»Heil, Herzog Taso!«

»Ihr Feinde, zittert!«

»Fürchtet euch vor der Schar der Rächer!«

Zur gleichen Zeit bemerkten die Wachen am Osttor einen Reitertrupp, der plötzlich in kurzer Entfernung auftauchte und im nächsten Augenblick wieder verschwunden war. Trotz der Finsternis bewegte er sich mit erstaunlicher Sicherheit und Geschwindigkeit längs des Flussufers. Wären nicht Hufgetrappel und seltsame, zischende menschliche Laute zu hören gewesen, würden die Wachen geschworen haben, sie hätten Geister gesehen.

Ein Pfeil, den sie den Reitern nachsandten, landete mit einem klatschenden Geräusch im aufspritzenden Wasser.

14

Am nächsten Morgen erschien die Herzogin Romilda wieder in der Öffentlichkeit. Die gefährliche Lage und die Aufgabe, die ihr übertragen war, ließen nicht zu, dass sie sich längere Zeit zurückzog und nur ihrer Trauer hingab.

In aller Frühe schon wohnte sie einem Gottesdienst in der Palastkapelle bei, den Bischof Marinus zum Gedenken und für das Seelenheil Herzog Gisulfs und aller Gefallenen hielt. Danach stieg sie in Begleitung Ruthards auf die Mauer und beobachtete einen Zug von Mönchen, der vom Klosterhügel herabkam, Kreuze, Fahnen, heilige Gegenstände und Kirchengerät mit sich führend. Offensichtlich wollten also die Brüder, die eine Flucht zunächst abgelehnt hatten, doch noch in der Festung Schutz suchen. Von neuen Bewegungen des Feindes konnte man an diesem Morgen nichts ausmachen.

Kaum war Romilda in den Palast zurückgekehrt, ließ sich der Kämmerer Billo bei ihr melden. Sie empfing ihn gleich, und erregt teilte er ihr mit, es gebe ein Vorkommnis, das unter den Flüchtlingen die größte Unruhe hervorgerufen habe.

»Es geht um fünf Säcke mit Gerstenmehl und ein Fass Öl, Herrin.«

»Ist das alles?«

»Vor allem aber geht es um ein erschlagenes Kind.«

»Ein erschlagenes Kind?«, fuhr Romilda auf.

»Oder auch einen kleinen Strolch, der nur seine gerechte Strafe empfing. So jedenfalls wird es Herr Widin darstellen.«

»Widin? Was hat er getan? Eine Strafe wofür?«

»Für die Säcke und für das Öl. Sie wurden gestohlen. Heute Nacht aus einem der Vorratshäuser.«

»Und der Junge?«

»Gehörte zu den Dieben.«

»Und Widin hat ihn ...?«

»Nicht eigenhändig. Das musste natürlich ein Knecht besorgen.«

»Aber wie ging denn das zu? So rede doch!«

»Ein Vorratshaus war in der Nacht nicht bewacht worden. Das meldete mir heute morgen ein Aufseher. Die Diebe hatten leichte Mühe gehabt. Ich war empört und wollte eine Erklärung von Ruthard. Innerhalb der Palastmauern ist er ja für alle Wachen verantwortlich. Es hieß aber, Ruthard sei mit dir am Osttor. Da lief mir der Unterführer über den Weg, und ich sagte ihm alles. Gott verzeihe mir, dass ich nicht lieber geschwiegen habe!«

»Und weiter? Man spürte die Diebe auf?«

»Widin hatte gleich einen Verdacht. Und tatsächlich ... In einem der Häuser am Übungsplatz, wo jetzt die Flüchtlinge untergebracht sind, fand er ein paar Weiber beim Fladenbacken. Ein kurzes Verhör brachte alles zutage. Und schnell kam auch heraus, wer die Diebe waren: zwei Männer und ihre Söhne, noch Knaben. Drei wurden auf der Stelle gefasst, darunter die Kinder. Und Widin ordnete an, alle gleich zu bestrafen: den Mann mit fünfzig, die Jungen mit dreißig Hieben.«

»Mit dreißig Hieben? Die Kinder?«

»Für den Einbruch in Vorratshäuser wurde strengste Bestrafung befohlen. Noch vom Herrn Herzog.«

»Aber doch nicht ...«

»Ich konnte es nicht verhindern, Herrin. Als ich dazukam, war es zu spät. Einer der Jungen, elf Jahre alt, war hinterher nicht mehr aufgestanden. Ein Kind von Unfreien, von Sklaveniern.«

»Was für eine abscheuliche Untat!«

»Das hab ich dem Widin auch gesagt. Ich hab ihm gesagt, er sei ein herzloser Rohling. Er aber berief sich auf seine Befehle. Nun gut … die Vorräte sind schon jetzt äußerst knapp, und wir werden sie tüchtig strecken müssen, wenn es zu einer Belagerung kommt. Und Diebstähle muss man natürlich ahnden. Aber war es denn überhaupt Diebstahl? Das Vorratshaus war ja nicht einmal bewacht! Da müsste man doch erst herausfinden, wer für solchen Leichtsinn verantwortlich ist. Angeblich waren es Leute des Comes, sie also müsste man zur Rechenschaft ziehen. Statt dessen bestraft man diese Hungerleider, die man wohl eher freisprechen müsste, weil sie doch nur die Gelegenheit nutzten. Und man bringt dabei noch ein Kind um!«

Die Herzogin ließ Grasulf und Ruthard rufen, und kurz darauf erschienen die beiden. Sogleich überhäuften sie einander mit Vorwürfen und wiesen sich gegenseitig die Schuld zu.

»Ich verstehe nicht, was mich das angehen soll«, sagte Grasulf. »Wurde mir nicht erst kürzlich bedeutet, dass alles, was innerhalb der Palastmauern geschieht, nicht meine Angelegenheit sei? Und wurde ich nicht zurechtgewiesen, als ich davor warnte, dieses Volk hier hereinzuholen?«

»Das steht jetzt nicht mehr zur Rede!«, erwiderte Ruthard. »Ich habe Leute von dir erhalten, die ihren Wachdienst vernachlässigt haben. Statt ihre Posten einzunehmen, haben sie irgendwo gezecht und geschlafen.«

»Das hast du zu verantworten! Sie unterstanden ja deinem Kommando!«

»Du hast mir absichtlich die alten Säufer geschickt! Wir hatten ausgemacht, nur gute Leute auszutauschen. Von mir hast du dafür die Besten bekommen, junge Männer mit scharfen Augen, zur Verstärkung deiner halb blinden Veteranen auf den Wachtürmen. Hätte ich sie behalten, wäre das Unglück nicht geschehn!«

»Das Unglück wäre nicht geschehen, wenn du nicht zuließest, dass deine Untergebenen sich nach Herzenslust austoben! Die Greuel kommen auf deine Rechnung, nicht meine!«

»Ich verlange, dass du deine Leute maßregelst!«

»Und ich verlange, dass du den Widin maßregelst!«

»Verpflichte dich vor der Frau Herzogin, dass sich so etwas nicht wiederholt!«

»Fällt mir nicht ein! Ich habe mir und meinen Leuten nichts vorzuwerfen …«

Romilda schwieg dazu. Mit bitterem Unbehagen hörte sie, wie die beiden Männer, die ranghöchsten Verteidiger der Festung und des Palastes, bald jede Rücksicht vergaßen und einander unverhohlen Grobheiten sagten. Billos Versuche zu vermitteln scheiterten an starrer Rechthaberei. Die Herzogin achtete schließlich nicht mehr auf das Gezänk. Sie saß auf ihrem Armstuhl, den Nacken gebeugt, die Hände im Schoß, und dachte an den toten Knaben, der vielleicht nichts weiter getan hatte, als draußen, frierend und mit knurrendem Magen, auf Wächter Acht zu geben, während die Erwachsenen in das Vorratshaus einstiegen. Gewiss ist auch seine Mutter hier, dachte sie, ich muss sie aufsuchen und irgend etwas tun, um ihr den Schmerz zu lindern. Was aber? Was kann man einer Mutter anbieten … als Ersatz für ihr ermordetes Kind? Plötzlich war draußen im Gang ein schwerer, unregelmäßiger Schritt zu hören. Gleich darauf stand Faroald, im Mantel, das Schwert an der Seite, in der offenen Tür des Empfangssaals. Er grüßte Romilda mit einem ernsten Neigen des Kopfes und sah dann zu den drei Männern hin, die bei seinem Anblick verstummt waren.

»Verzeiht, ich will eure Beratung nicht stören. Ich komme nur, um Abschied zu nehmen.«

»Du willst aufbrechen?«, fragte die Herzogin, heftig den Kopf hebend und außerstande, ihre Betroffenheit zu verbergen.

»Ich erbitte dazu die Erlaubnis.«

»Tritt ein.«

Das Bein nachziehend, aber nicht mehr der Hilfe des Stockes bedürftig, folgte Faroald der Aufforderung. Neben den drei anderen Männern wirkte er riesig, nur Billo reichte ihm bis an die Schulter.

»Wenn dich das Stehen ermüdet, nimm Platz!«, sagte Romilda, auf eine Bank deutend.

»Nicht nötig, Herrin«, erwiderte er, »ich werde schon draußen erwartet, mein Pferd ist gesattelt. Und ich habe auch keine Zeit zu verlieren. Bitte gewähre mir den Abschied, da mein Gefolgsherr es nicht mehr tun kann.«

»Du willst wirklich jetzt noch nach Nemas zurück?«

»Dort ist mein Platz. Wir müssen das Unglück abwenden, wo es noch möglich ist. Jeder gehört jetzt auf seinen Posten.«

»Dem stimme ich zu!«, sagte Grasulf, der seine Befriedigung nicht verhehlen konnte.

»So handeln wir im Sinne deines Gemahls«, fuhr Faroald fort, ohne den Einwurf zu beachten. »So erfüllen wir sein Vermächtnis. Sein Beispiel gibt uns die Kraft, sein hoher Sinn verpflichtet, ihm nachzueifern. Ich bin sicher, dass uns noch gelingen wird, was ihm trotz seiner Tapferkeit nicht mehr vergönnt war: die Feinde abzuwehren und zu vertreiben.«

»Ich danke dir für diese rühmenden Worte«, erwiderte die Herzogin förmlich. »Sie trösten mich in meinem Schmerz und geben mir Hoffnung.«

»Ich wollte, er hätte so rühmende Worte auch gestern in der Gefolgschaftsversammlung gesprochen«, mischte sich Grasulf abermals ein. »Statt dessen suchte er den Ruhm meines Bruders, deines Gemahls, zu schmälern, indem er ihm übertriebenen Ehrgeiz und Machtgier vorwarf und zur Aussöhnung mit seinem Gegner, dem König, aufrief.«

»Das Letztere tat ich mit Überzeugung«, sagte Faroald ruhig und warf einen kurzen Blick auf den kümmerlich neben ihm stehenden Grasulf. »Denn der Gegenstand der Beratung, den du selber benanntest, war nicht das Verdienst des Toten, sondern die Rettung der Lebenden. In diesem Punkt waren wir unterschiedlicher Meinung, und ich hoffe, dass sich die bessere durchsetzen wird. Wenn wir die Toten rühmen und ehren, so verpflichtet uns das nicht, ihre Irrtümer zu wiederholen. Doch das war es nicht, was ich der Witwe meines Gefolgsherrn zum Abschied sagen wollte. Ich habe den Herzog immer bewundert, und wenn mancher vielleicht auch glaubt, ich hätte dazu keinen Grund gehabt, sage ich dennoch: Er war ein edel denkender Mensch, er kannte Großmut und Selbstüberwindung. Deshalb werde ich sein Andenken hochhalten.«

»Ich danke dir nochmals.«

Romilda erhob sich, griff in die Falten ihres weiten dunklen Gewandes, schritt einige Male auf und ab, trat ans Fenster, sah hinaus. Mit unsteter Hand befestigte sie eine Haarnadel, die zugleich ihren Schleier hielt und die sich gelöst hatte. Sie überlegte dabei, ob es anging, die drei anderen Männer zu entlassen, damit sie mit Faroald allein sprechen konnte. Sie verwarf den Gedanken, es war nicht möglich.

Als endlich die Stille lastend wurde, drehte sie sich um und sagte mit einer schroffen Geste: »Nun, wenn du glaubst, du könntest es schaffen, so sollten wir dich wohl nicht aufhalten.« Doch schon im nächsten Augenblick tat ihr dies Leid. Sie trat vor ihn hin und fügte hinzu: »Aber bist du denn auch so weit genesen, dass du dir die Anstrengung zumuten kannst?«

»Das bin ich«, erwiderte er. »Ich werde ja auch unterwegs nicht allein sein. Zwei Knechte begleiten mich. Notfalls könnten sie mir beistehen.«

»Du weißt aber nicht, ob der Weg noch frei ist! Man hat heute Nacht die Awaren bereits in unmittelbarer Nähe der Stadt gesehen.«

»Das wird nur ein Spähtrupp gewesen sein. Zwischen Forojuli und Nemas dürften sie sich noch nicht festgesetzt haben. Außerdem werden wir uns auf unbekannten, versteckten Pfaden bewegen.«

Sie sah ihn immer noch an und dachte dabei: Wie soll ich mich ihm verständlich machen? Warum hilft er mir nicht ein wenig? Warum fällt mir kein Grund ein, ihn zurückzuhalten, ohne mich vor den anderen bloßzustellen?

»Man kann jetzt überall nützlich sein – hier wie dort!«, sagte sie schließlich, indem sie sich abwandte.

Faroald, der ihren Blick wohl verstanden hatte, zögerte kurz, bevor er erwiderte: »In Nemas werde ich gebraucht, Herrin. Hier bin ich eher überflüssig und lästig. Der edle Grasulf hatte vollkommen Recht, als er mich gestern in der Versammlung vor aller Ohren an meine Pflichten erinnerte. Die mir anvertraute Festung ist ohne Kommandanten. Obwohl sie zuverlässige Männer bewachen, fehle ich dort vielleicht im entscheidenden Augenblick. Wenn du also erlaubst, mich jetzt zu verabschieden und diese Herren nicht länger an der Fortsetzung ihrer Beratung zu hindern …«

»Nein! Nein!«

Sie nahm wieder auf ihrem Stuhl Platz, zupfte an ihrem Rock, klopfte unruhig auf die Armlehnen. »Wie kannst du annehmen, dass du hier nicht gebraucht würdest? Darüber muss ich nachdenken, mich beraten lassen. Gedulde dich also!«

»Geduld ist etwas für friedliche Zeiten. Jetzt ist Eile vonnöten.«

»Es wäre doch auch sehr unwahrscheinlich, dass die Awaren Nemas angreifen. Ein eher unbedeutendes Bergnest.«

»Und warum sollten sie das nicht tun?«, fragte Grasulf. »Vielleicht haben ihnen schon Späher gemeldet, dass der Kommandant nicht anwesend ist. Das könnte sie doch ermuntern! Warum nicht auch eine kleine Festung nehmen, wenn die Eroberung leicht gemacht wird!«

»Dem stimme ich zu«, sagte Faroald. »Wiederhole aber:

Leicht würde es ihnen nicht werden, auch nicht in meiner Abwesenheit.«

»Ich teile die Meinung der Frau Herzogin«, knurrte Ruthard, den jede von Grasulf geäußerte Ansicht zum Widerspruch reizte. »Warum sollten sie dort ihre Kräfte vergeuden. Wenn Forojuli genommen wird, bekommen sie ja Nemas dazu.«

»O ja, das ist wahr!«, rief Romilda gleich lebhaft. »Alles wird nur davon abhängen, ob wir in Forojuli standhalten. Deshalb meine ich, dass ein Mann, der uns raten könnte, der sich auf die Verteidigung einer Festung versteht, jetzt hier in der Residenzstadt viel nötiger wäre. Brauchen wir denn nicht jeden? Und ist einer nicht umso wertvoller, je mehr Kenntnisse und Erfahrung er hat?«

»Die Frage bejahe ich«, sagte Ruthard. »Guter Rat wird uns nötig sein, wenn es ernst wird.«

»Ich wollte, es gäbe jemanden«, fügte Billo seufzend hinzu, »der dafür sorgte, dass diese Zwietracht aufhört. Sonst werden dem Vorfall von heute Nacht noch weitere folgen, die schlimmer und gefährlicher sein werden.«

»Was bedeutet das?«, fragte Grasulf ungehalten. »Daran, was heute Nacht passiert ist, trage ich keine Schuld – dabei bleibe ich. Wollt ihr ihm etwa hier Befehlsgewalt geben? Dazu müsstet ihr schon meine Zustimmung einholen. Noch immer bin ich der Kommandant dieser Festung!«

»Wozu ereiferst du dich?«, rief Romilda, der der Gedanke, einen Ausweg gefunden zu haben, plötzlich die Röte in die Wangen trieb. »Dass du nicht ohne Fehler bist, haben wir oft genug erfahren müssen. Dennoch will niemand dir das Kommando entziehen. Du solltest jedoch einen Ratgeber, der im Notfalle auch befehlen könnte, nicht abweisen.«

»Ich habe wohl schon zu verstehen gegeben«, erwiderte Grasulf, »was ich von seinen Ratschlägen halte.«

»Und ich habe einen Entschluss gefasst!«

Romilda erhob sich, und indem sie ruhig von einem zum

anderen blickte, erklärte sie: »Hiermit ernenne ich Faroald zum Vicarius für die Stadt Forojuli und also zum Stellvertreter des Comes, des Kommandanten der Festung. Er wird dir von jetzt an, Schwager, zur Seite stehen!«

Die Miene des Grasulf versteinerte sich. Einen Augenblick brauchte er, um sich zu fassen.

»Zur Seite stehen?«, höhnte er. »Mit welcher Befugnis?«

»Mit der Befugnis, dir nach Kräften zu helfen, den schrecklichen Ansturm, der uns bevorsteht, abzuwehren.«

»Ich verzichte! An einem solchen Helfer besteht kein Bedarf! Im Übrigen wüßte ich nicht, wer auf seine Ratschläge und Befehle hören sollte. Meine Männer schulden nur mir Gehorsam. Er aber hat hier keine Gefolgschaft – mag er sehen, wo er sie herbekommt!«

»Ist das alles, was du zu sagen hast?«

»Alles!«

Er machte eine knappe Verbeugung. Ohne von ihr entlassen zu sein, ging er mit steifen Schritten hinaus.

»Er ist gekränkt, wird es aber verwinden«, sagte die Herzogin nach kurzem Schweigen. »Ich konnte darauf keine Rücksicht nehmen.«

»Bedenke, Herrin«, meinte Faroald, »ob es nicht aber voreilig war ...«

»Ich habe entschieden«, fiel sie ihm gleich ins Wort, »wie es dem Auftrag entspricht, den mein Gemahl mir beim Abschied erteilt hat: sein Haus zu hüten und sein Land zu regieren. Mit Gottes Hilfe tue ich, was ich vermag und was ich für richtig halte!«

Sie wies Ruthard und Billo an, sogleich dafür Sorge zu tragen, dass die Ernennung Faroalds zum Stellvertreter des Kommandanten überall im Palast und in der Festung bekannt gegeben wurde. Die beiden alten Würdenträger zeigten offen ihre Genugtuung über die Niederlage des Grasulf. Es war mehr die Machtbeschränkung für den Unbeliebten, weniger die Erhebung des Mannes aus Nemas, von dem sie bisher wenig wussten, die ihren Beifall fand. Bereitwillig eilten sie davon, um die Neuigkeit zu verkünden.

Im ersten Augenblick wollte ihnen Faroald folgen.

Doch er fing einen vorwurfsvollen Blick und sah, wie die Herzogin sich offensichtlich erschöpft gegen einen der Pfeiler lehnte, die die Decke des Raumes trugen.

Er trat zu ihr, berührte ihren Arm.

»Was hast du, Romilda?«

»Oh, ich bin nur ein wenig müde. Warum hast du mir nicht geholfen?«

»Weil du einen Fehler gemacht hast.«

»Du meinst – einen Fehler, indem ich dich nicht von hier fortließ?«

»Die Zwietracht, von der Billo gesprochen hat, wird sich jetzt noch vertiefen. Die Zustände in der Festung werden sich vielleicht noch verschlimmern. Es wird Streit um die richtigen Maßnahmen geben. Und ich werde mich dabei kaum behaupten können. Grasulf nannte den Grund dafür: Mir fehlt die Gefolgschaft. Seine Abneigung gegen mich, die verschiedene Ursachen haben mag, wird jeder Annäherung entgegen sein. Warum hast du das alles nicht bedacht?«

»Warum?« Sie sah ihn an, und plötzlich füllten sich ihre Augen mit Tränen. »Vielleicht bin ich schon nicht mehr im Stande zu denken! Weil ich nur noch in Angst und Sorge lebe! Weil ich mich nur noch frage: Wer schützt uns? Was rettet uns vor dem Verderben? Gott? Unser Heil? Die paar übrig gebliebenen Männer? Ihre sturen, aufeinander eifersüchtigen Anführer? Der Zufall? Das Glück? Ein gütiger Dämon? Ich habe auch gar nicht an die Festung gedacht. Nur an mich denke ich … an mich und die Kinder!«

Sie machte ein paar wankende Schritte und ließ sich in ihren Armstuhl sinken.

»Ich glaube nicht, dass du damit die Wahrheit sagst«, widersprach er. »Du bist vielleicht nur ein wenig verwirrt … nach allem, was dir zuletzt widerfahren ist.«

»Und doch ist es so! Weißt du, wie ich den gestrigen Tag und die halbe Nacht verbracht habe? Alle Welt glaubte, in Trauer um meinen Gemahl … weinend, klagend, für sein Seelenheil betend. Soll ich dir sagen, was ich in Wirklichkeit tat? Meine Truhen hab ich durchwühlt, nach alten, einfachen Kleidungsstücken gesucht. Habe mich vor dem Spiegel verkleidet … als Bäuerin, Pilgerin, Kaufmannsfrau. Auch die Kinder wollte ich verkleiden, suchte für sie Sachen heraus. Warum? Weil ich fliehen wollte … nur fort von hier! Vielleicht zu Verwandten, vielleicht in ein Kloster. Ich hoffte, auf einem alten Karren, gezogen von einem Maultier, würden wir unerkannt durch das Tor und hinausgelangen … auch unterwegs nicht behelligt werden … eine arme Witwe, eine der vielen im Lande, mit ihren Kindern. Sogar die Brauen schwärzte ich mir, strich mir Asche auf Stirn und Wangen, band mir das Tuch nach Art der Landfrauen. Ich machte mich unkenntlich … vor dem Spiegel! Am Ende aber gab ich es auf, weil ich … mir wurde plötzlich bewusst …«

»Dir wurde bewusst, dass du eine Verantwortung trägst! Die Herzogin durfte nicht einfach davonlaufen und ihre Stadt und ihr Volk im Stich lassen. Du fasstest Mut, du wolltest Widerstand leisten!«

»O nein, das war es nicht!«, sagte sie, traurig auflachend. »Ich bin keine Heldin. Nie werde ich mit Helm und Brünne, den Speer in der Faust, an der Wehr stehen.«

»Das erwartet ja niemand …«

»Willst du den Grund wissen? Wieder nur Angst! Und wenn sie uns unterwegs doch erkennen? Fragte ich mich. Flüchtlinge, die alles verloren haben … Mütter, die um ihre Söhne … Frauen, die um ihre Männer trauern! Die das alles erleiden, nur weil sich ein Herzog in seinem Wahn über den König stellte und sich für unbesiegbar hielt! Müssen sie diesen Gisulf nicht hassen? Werden sie seine Witwe und seine Kinder, sollten sie ihrer habhaft werden, nicht massakrieren, nicht tot schlagen? Das fragte ich mich – und so beschloss ich zu bleiben. Da hast du mein ganzes Heldentum!«

Sie atmete tief und richtete sich auf.

»Es gibt auch noch einen anderen Grund«, fuhr sie fort. »Taso wäre mir nicht gefolgt. Appa wohl auch nicht. Bei Kako war ich nicht sicher. So hätte ich nur fünf Kinder mitnehmen können.«

»Vier«, berichtigte Faroald.

»Warum nur vier?«

»Radoald wäre mit mir nach Nemas gegangen.«

»Was sagst du? Das hätte ich nicht erlaubt!«

»Du wärst nicht gefragt worden.«

»Nicht gefragt? Du wolltest ihn doch nicht etwa entführen?«

»Etwas anderes wäre mir wohl nicht übrig geblieben. Freiwillig wäre er nicht mitgekommen. Er weiß ja nicht, dass er mein Sohn ist.«

»Aber wie ... Jeder kennt ihn doch hier als den Sohn des Herzogs! Wie könntest du mit ihm das Tor passieren?«

»Das tut er allein. Man findet ihn täglich bei den Schanzknechten, draußen in der Nähe des Osttors. Dort hilft er mit seinem jüngeren Bruder. Niemand hätte verhindern können, wenn ich ihn heute im Vorbeireiten ...«

»Oh, schweig!«, sagte sie. »Ich mag das nicht hören. Schon deshalb musste ich dich also zurückhalten ... obwohl ich nichts davon ahnte. Es war wohl eine göttliche Eingebung. Ja!«, sagte sie, erhob sich und drückte ihm plötzlich bewegt und mit Wärme die Hand. »Es ist uns bestimmt, unsere Kinder zu retten! Aber der Ort dazu ist hier, es ist diese Festung. Wir haben kein Recht, sie hinauszuschleppen ... ins Abenteuer, ins Ungewisse! Hier müssen wir ihr Leben verteidigen! Das ist unsere gemeinsame Aufgabe! Wir müssen ...«

Sie verstummte auf einmal, als fiele ihr etwas ein. Sie wandte sich ab, und er sah, dass sie wie unter einem Schauer zusammenfuhr.

»Beruhige dich doch«, sagte er. »Auch wenn ich Schwierigkeiten befürchte, werde ich tun, was in meinen Kräften steht. Du hast Recht, wir müssen vor allem die Kinder retten.«

»Heute morgen«, sagte sie leise, »hat die Palastwache einen Jungen ermordet. Er war nicht so alt wie Radoald … und etwas älter als Grimoald …«

15

Am nächsten Vormittag tauchte erstmals ein größerer Schwarm der Awaren in unmittelbarer Nähe der Festung auf.

Bis fast auf Pfeilschussweite kamen die etwa zweihundert Reiter heran, folgten in weitem Bogen dem Lauf des Flusses und verschwanden dann wieder. Den Beobachtern auf der Mauer schienen alle einander ähnlich zu sehen: bräunliches, rundes Gesicht mit platter Nase und schmalen Augen, schwarzes, am Hinterkopf zu Zöpfen geflochtenes Haar, langer Mantel, Gürtel mit Waffenriemen, Säbel, Bogen und Köcher. Auf den Köpfen trugen die fremden Krieger Filzkappen mit nach oben gebogenen Rändern. Und deutlich sah man, dass ihre Füße in ovalen Fußstützen steckten, welche an Riemen von den Sätteln herabhingen. Diese Steigbügel, bisher unbekannt, wurden nur von den Awaren benutzt und galten als deren Erfindung. Viele sahen in ihnen eine der Ursachen für die erstaunliche Kampftüchtigkeit der sonst für barbarisch und rückständig gehaltenen Steppennomaden.

Unter den Männern, die auf der Mauer standen und dem feindlichen Trupp mit Blicken voller Zorn und Schmerz folgten, waren nicht wenige Flüchtlinge aus den Gebieten des Herzogtums, die die Awaren schon besetzt hielten. Soweit es sich um Langobarden handelte, waren es dieselben, Edle und Gemeinfreie, die Faroald auf der Versammlung Beifall gespendet hatten. Es lag nun nahe, dass der neu ernannte Vicarius aus diesen Männern den Kern der Gefolgschaft bildete, die er brauchte, um nicht machtlos zu sein. Unerwartet gelang dies vollkommen. Unter den Älteren kannte ihn mancher von gemeinsamen Kriegs- und Jagderlebnissen, und es waren auch einige darunter, die seinerzeit die Entscheidung des Herzogs, einen so ausgezeichneten Kriegsmann für immer von seinem Hof zu entfernen, öffentlich bedauert und heimlich sogar getadelt hatten. Es genügte ein kräftiger Handschlag anstelle des Schwurs, um für die Dauer des Awarenkrieges das neue Gefolgschaftsverhältnis zu bestätigen. Die etwa drei Dutzend Männer führten Faroald auch Verwandte und Knechte zu, sodass er bald einen recht stattlichen Haufen befehligte.

An dessen Spitze erschien er bei Ruthard, der als oberster Palastwächter auch den Schlüssel zum Waffensaal verwahrte. Er brauchte Schwerter, Dolche, Kampfbeile, Speere, Lanzen, Bogen und pfeilegefüllte Köcher für seine Leute, und der alte Marschalk verteilte alles bereitwillig. Zwar herrschte Mangel an Männern, bei weitem jedoch nicht an Waffen. Man hätte damit nicht nur das eine, sondern ein zweites und sogar noch ein drittes Heer ausrüsten können.

Faroald wandte sich auch an die Rückkehrer aus der Awarenschlacht, ließ unter ihnen aussprengen, dass der neue Vicarius Freiwillige für seine Gefolgschaft suche. Fast alle, die noch kampftüchtig waren, meldeten sich, darunter mehrere von denen, die als Letzte, am schlimmsten zugerichtete Gruppe gekommen waren. Für Warnehar, den Gastalden, war Faroalds Haltung zum König maßgebend, dessen Gut er verwaltet hatte und auf das er zurückkehren wollte. Dem kurzen Griffo ging es mehr um sein eigenes Haus, aus dem er die eingedrungenen Flüchtlinge nicht vertrieben hatte, um noch schlimmere Gäste zu bekommen. Einer allerdings kam nur, um nachzuholen, was ihm in der verlorenen Schlacht nicht gelungen war: Bevor ihn selber der Tod ereilte, was er für unvermeidlich hielt, wollte er noch so viele Awaren wie möglich zur Hölle schicken.

Faroald blickte verständnisvoll in das bleiche Gesicht des jungen Mannes, auf die kaum verheilte Wunde, die ihm die

Wange spaltete, auf den bewegungsunfähigen, in einer Schlinge hochgebundenen rechten Arm.

»Dich haben sie übel zugerichtet. Und ich begreife deine Wut. Wie ist dein Name?«

»Hildigis, Sohn des Catianus.«

»Was kann ich aber mit dir anfangen, Hildigis? Du solltest dich erst erholen und …«

»Das wird nicht mehr geschehen, Vicarius. Niemals erhole ich mich von dem, was ich erlebt habe. Stelle mich an den gefährlichsten Platz. Ich will dort standhalten, bis ich falle!«

»Du kannst ja nicht einmal einen Bogen spannen.«

»Aber ein Ziel treffen kann ich!« Hildigis hob, den Schmerz verbeißend, mit der linken Hand eine Lanze. »Bestimme eines! Den Baum? Den Pfeiler? Die Säule dort?«

»Ich glaube dir, dass du treffen wirst«, sagte Faroald, dem der todesmutige Bursche gefiel. »Also will ich dir deinen Wunsch erfüllen. Ich stelle dich an den gefährlichsten Platz … den an meiner Seite. Du wirst mein Schildträger sein.«

»Mir wäre ein Platz auf der Mauer lieber. Den würde ich zu verteidigen wissen!«

»So lange, bis du fällst. Nichts leichter als das. Bei mir musst du kämpfen und überleben. Ein toter Schildträger wäre mir nutzlos!«

Hildigis wich nun kaum noch von Faroalds Seite. Zwar brauchte er ihm nicht den Rundschild zu tragen – nur zur Erinnerung an seine vornehmste Pflicht in ferner Vergangenheit hieß der engste Vertraute des Gefolgsherrn noch Schildträger. Doch er begleitete ihn ständig, beriet ihn und führte in seinem Namen Aufträge aus. Da Hildigis in Forojuli geboren war und sein ganzes Leben hier verbracht hatte, kannte er jeden Winkel der Stadt und konnte den neuen Vicarius, der dreizehn Jahre woanders gelebt hatte, bei seinem ersten Rundgang sachkundig führen. Dabei machte er ihn auf verschiedene schwache Punkte der Mauer und der Befestigung aufmerksam.

»Nun seht euch die beiden Krüppel an«, spottete Grasulf, der auf einem der Türme beim Brettspiel saß und sie beobachtete, wie sie draußen vor dem Festungsgraben, der eine hinkend, der andere entstellt und mit steifem Arm, auf und ab gingen. »Das letzte Aufgebot der Frau Herzogin zu unserer Rettung!«

Die Turmwächter lachten.

Als aber der neue Vicarius kurze Zeit später mit seinem inzwischen auf neunzig Mann angewachsenen Haufen erschien, sah sich Grasulf genötigt, herabzusteigen und mit seinem Stellvertreter zu reden. Faroald machte ihm bündig den Vorschlag, es solle ein jeder von ihnen die alleinige Befehlsgewalt über einen Teil der Festung und für einen bestimmten Abschnitt der Mauer übernehmen. Er selber verlangte für sich die besonders gefährdete Ost- und Südseite, wo noch dringende Arbeiten auszuführen seien. Grasulf stellte sich zunächst taub und sprach von der Unteilbarkeit der Befehlsgewalt, lenkte dann aber erstaunlich schnell ein. Gegen Faroalds Zusage, ihm weiterhin als oberster Autorität zu gehorchen und notfalls auch überall seinen Weisungen nachzukommen, stimmte er zu. Zum Streit kam es nur, als der Vicarius die Zerstörung der Brücke über den Natisso forderte. Grasulf widersetzte sich unter dem Vorwand, dass diese für Ausfälle gebraucht werde. Trotz des Hinweises auf eine kleine, hinter Gebüsch versteckte Pforte im Norden, die dazu besser geeignet sei, blieb er unnachgiebig. Obwohl das Südtor und die Brücke in Faroalds Befehlsbereich lagen, beanspruchte er selbst die Kontrolle über beide und nahm sie sich kraft seines Amtes.

Grasulf hatte allerdings wenig Hoffnung, dass ein Entsatzheer der Byzantiner tatsächlich von Süden her anrücken und die Brücke dann (das war der wahre Grund für seine Weigerung, sie zu zerstören) sowohl für eine rasche Vereinigung aller Kräfte als vielleicht auch für einen schnellen Massenrückzug benötigt würde. Es war Winiperga, die auf die Hilfe aus

Ravenna weiterhin unerschütterlich setzte, und er wollte den ehelichen Frieden, der ohnehin erheblich gestört war, nicht weiter belasten. Er hoffte nun sogar auf ein Lob seiner Gemahlin. Er hatte dem Faroald sein Begehren, überall dort den Kopf hinzuhalten, wo der Ansturm des Feindes zuerst erwartet wurde, zwar gern – wenn auch nach angemessenem Zögern – erfüllt, jedoch den wichtigsten Punkt nicht aus der Hand gegeben. So schonte er die ihm ergebenen Kräfte und blieb vollständig Herr der Lage.

Aber er täuschte sich. Winiperga ließ nur ein bitteres, höhnisches Lachen hören.

»Herr der Lage glaubst du zu sein? Was bist du doch für ein kläglicher Tor, der sich entmachten lässt – Schritt für Schritt! Zuerst verhindert er in der Gefolgschaftsversammlung deine Erhebung zum Herzog, dann lässt er sich von seiner Geliebten, der trauernden Witwe, zu deinem Stellvertreter ernennen, und jetzt besetzt er auch noch die halbe Stadt und die empfindlichsten Punkte der Befestigung. Kann man so einfältig sein, um nicht zu merken, was dahinter steckt?«

»Ich kann dabei keinen Plan entdecken«, erwiderte Grasulf ärgerlich. »Es wollen hier viele die Byzantiner nicht haben, und deshalb trauen sie mir nicht recht. Hätte ich nicht auf dich gehört, wären die Leute zu mir gekommen, statt sich ihm anzuschließen. Ich hätte mich nicht so eindeutig festlegen und lieber noch etwas abwarten sollen.«

»Immer noch abwarten? Gott steh uns bei! Er wartet ab – seine Gegner handeln. Keinen Plan, sagst du? Oh, wie kann man so blind sein, wo doch nun alles klar zutage liegt. Hast du wirklich noch nicht begriffen? Sie besetzen die schwachen Punkte, um die Awaren hereinzulassen!«

»Was unterstellst du da? Das ist ungeheuerlich!«

»Keinen Plan? Immer deutlicher sehe ich, was sie wollen! Jetzt gewinne ich endgültig Klarheit! Diese Verräter liefern uns aus, und wenn die Wilden gebrandschatzt und geplündert haben, kommt der König und nimmt die Stadt in Besitz.

Du aber, ein Gause, und alle, die Widerstand leisten, werden ermordet!«

»Genug, genug!« sagte Grasulf verdrießlich. »Was eine Frau sich alles ausdenken kann …«

»Eine Frau? Meinst du mich?« Sie lachte schrill auf. »In der Tat – es war eine Frau. Es war sie!«

»Romilda?«

»Wer sonst? Die ganze Verschwörung geht ja von ihr aus!«

»Welche Verschwörung?«

»Gegen Gisulf! Gegen dich! Gegen uns alle! Sie hat sich mit ihrem Geliebten zusammengetan, um uns zu verderben: erst ihren Gemahl und sein Heer, dann seine Familie und die ganze Stadt Forojuli!«

»Irrwitzige Einbildung!«

»Keinen Plan? Von Anfang an hat sie planvoll gehandelt. Darüber besteht jetzt kein Zweifel mehr. Sie wollte nur eines: ihren Geliebten wiederhaben und ihren verhassten Ehemann loswerden. Sie konnte Gisulf ermorden, doch waren die Folgen für sie nicht absehbar. Also tat sie sich mit einem zusammen, der deinen Bruder ebenfalls hasste und loswerden wollte – und der die Macht dazu hatte: dem König! Welche Gelegenheit für ihn! Was für ein Angebot! Faroald, mit dem sie schon lange geheime Verbindung hält, überbringt es ihm. Danach geht er zu den Awaren als Unterhändler. Er stellt ihnen reiche Beute in Aussicht – da zögern sie nicht und sind bereit. Nun lässt er sich mit einem Pfeil verwunden, damit es auch echt wirkt, und erscheint hier als Unglücksbote. Gisulf wird völlig getäuscht. Romilda hetzt ihn natürlich noch auf, obwohl sie nach außen so tut, als wolle sie ihn zurückhalten. Kurz darauf hat sie ihr Ziel erreicht: Er zieht in die Schlacht und wird getötet! Als sie die Nachricht erhält, versteckt sie sich … um ihre Freude nicht offen zu zeigen. Ihr Geliebter dagegen, so lange angeblich vom Fieber geschüttelt, wird plötzlich gesund, wirbt vor den Gefolgschaften für ein Bündnis mit Ago, spaltet die Meinung, verhindert deine Erhebung zum Herzog. Und gleich verschafft sie ihm auch die Stellung, in der er dich zu Fall bringen wird. Wahrscheinlich war das die Bedingung des Königs: Alle Gausen müssen ausgetilgt werden! Nachdem sie dich gestern Morgen unter dem Vorwand eines Abschiedsbesuchs mit ihrem Komplott überrascht hatten, blieben sie noch lange unter vier Augen beisammen. Traxa, die Wäschemagd, hat sie durch einen Türspalt beobachtet. Sie sprachen leise miteinander, seufzten, drückten sich empfindsam die Hände. Mit einem Wort: Sie waren glücklich!«

»Eine Weibergeschichte!«, sagte Grasulf mit einer unwirschen Geste. »Das ist alles, was euer Verstand fasst. Das Weib will den Mann und setzt dafür Könige, ganze Heere, die halbe Welt in Bewegung. Will sie vielleicht auch ihre Söhne opfern – wenn sie den König herbeiruft zur Vernichtung der Gausen? Wozu hätte sie ihnen dann aber den Tod in der Schlacht erspart?«

»Vielleicht liefert sie sie dem König aus – gegen die Garantie ihres Lebens. Vielleicht enden sie im Kloster oder sonst wo in Gefangenschaft. Wäre denn das etwas Neues? Bei den Franken schmachten auch Söhne und Töchter von Königen in Klöstern und Kerkern, wenn sie im Wege sind. Und einen braucht sie ja nicht auszuliefern – ihren Dritten. Der ist ja kein Gause, der ist eine Hurenbrut. Den wollen sie eines Tages zum Herzog machen. Zuvor aber werden sie heiraten und unter dem Schutz des Königs selber regieren!«

»Frau, deine Einbildungskraft …«

»Begreifst du noch immer nicht, du Tropf? Ja, es ist eine Weibergeschichte! Die Geschichte einer gerissenen Heuchlerin, die alles ihren Begierden opfert!«

»Du hast Romilda immer gehasst.«

»Und warum sollte ich nicht? Ja, ich hasse sie! Die läufige Hündin! Die geile Stute! Diese ewig trächtige Kuh! Diese Schamlose mit dem aufgetriebenen Bauch, den sie immer so stolz und verächtlich an mir vorbeitrug, als wollte sie sagen:

Du trockener Ast, du nutzloser Besen! Wie oft hat sie mich gedemütigt! Wie oft hab ich ihretwegen geweint! Du freilich warst mal in sie verliebt. Ich weiß von Gisulf, dass du ihr nachstiegst, in der Trunkenheit hat er es mir erzählt. Auch dass du sie und Faroald ausgespäht und ihm die ganze Geschichte verraten hast. Alles weiß ich. Aber hüte dich – sie weiß es auch! Die beiden wissen genau, wer sie damals verriet. Wer sie für dreizehn Jahre trennte! Wer sie um dreizehn Jahre ihres Vergnügens brachte! Wie sollten sie also nicht auf Rache sinnen!«

Zum ersten Mal in diesem Gespräch zeigte sich Grasulf von einem der Argumente Winipergas beeindruckt. Er erhob sich von seinem Klappstuhl und trat an die niedrige Mauer der Dachterrasse seines Hauses. Winiperga hatte hier oben, wo die prächtige Sicht bis zu den fernen blauen Gipfeln reichte, einen Beobachtungsposten bezogen.

»Wenn sie das wirklich vorhätten«, sagte Grasulf, wobei er sich mit einer fahrigen Geste über den Kahlkopf und das spärliche Nackenhaar strich, »müssten sie Gottes Strafe fürchten. Ja, Gottes Strafe!«

»Ach, du Narr! Was kümmern sich die beiden um Gott! Was geht es sie an, dass unser Gott keinen zweiten neben sich duldet, auch nicht seinen Sohn Jesus Christus. Sie verraten uns an die Bajuwarin und ihren römischen Papst. Überall in der Stadt wird der katholische Irrglaube schon gepredigt!«

»Das sollte verboten werden!«, meinte Grasulf, der religiöse Grundsätze hatte. »Ich habe auch schon davon gehört.«

»Es sind die Mönche von dem Berge dort drüben. Sebastianus und seine Bande! Ganz sicher hat sie das ›hohe Paar‹ herbeigerufen, damit sie noch mehr Angst und Unruhe schüren und die Widerstandskraft in der Festung schwächen. Was hätten sie in ihrem Kloster zu fürchten? Die Awaren, die mit der frommen Königin Theudelinde verbündet sind, würden ihnen ja wohl nichts antun. Diese Verfluchten! Sie wettern gegen uns arianische Christen und behaupten, nur unser falscher Glaube sei schuld, dass wir ins Unglück geraten sind. Und nur, wer den rechten noch schnell annehme, werde gerettet!«

»Man sollte sie zum Schweigen bringen!«

»Das wäre immerhin ein Anfang«, bemerkte Winiperga bissig. »Wahrhaftig, du hättest es bitter nötig, unseren Gott auf deine Seite zu ziehen. Die Byzantiner würden es dir nicht übel nehmen, sie haben ja mit dem Papst nichts im Sinn. Noch aber sind sie nicht da, so heißt es, die Stellung zu behaupten. Es würde ein erstes Zeichen sein, dass du nicht aufgibst. Indem du den Hetzern das Maul stopfst, scharst du die wahren Christen um dich, Bischof Marinus an der Spitze. Mit ihnen stehst du gegen die Römischen, die mit den Heiden verbündet sind – und gegen das ruchlose Paar, das dich mit seiner Rache bedroht und uns alle vernichten will …«

Winiperga redete ohne Unterlass weiter. Sie glaubte nun, auf dem rechten Wege zu sein. Längst hatte sie die Erfahrung gemacht, dass es höchst aufwendiger Überzeugung bedurfte, um ihren kalten, leidenschaftslosen Gemahl in eine von ihr gewünschte Richtung zu stoßen. Gewöhnt, einer Mauer von Misstrauen, Unlust und Vorsicht gegenüberzustehen, achtete sie sehr aufmerksam auf die kleinsten Risse, die ihre Reden verursachten, und machte sich dann mit Geduld daran, daraus Breschen zu schlagen. Zwei solche Risse bemerkte sie diesmal. Hatte die Verschwörungsgeschichte Grasulf ganz unberührt gelassen, leuchtete ihm anscheinend der Gedanke einer persönlichen Rache ein, die Romilda und Faroald an ihm nehmen konnten. Ebenso offensichtlich erregte das Treiben der Mönche seinen Unwillen. Winiperga mühte sich zungenfertig, das Fünkchen Angst und Empörung, das sie aus diesem Stein geschlagen hatte, in ein wütendes Feuer zu verwandeln, und schließlich schien es, dass sie Erfolg hatte.

Grasulf legte den Wehrgurt an und verkündete: »Ich befördere diese Kutten zum Teufel!«

»Und wirst du auch die Verschwörung aufdecken?«

»Darauf verlass dich!«

Sie seufzte erschöpft, als sie ihm nachsah. Die Smaragdtropfen an ihren Ohren schaukelten traurig. Tief furchten die strengen Linien seitlich des Mundes ihr hübsches Gesicht.

Warum bin ich als Frau auf dieser Welt?, dachte sie. Warum kann ich meinen Willen nicht selber in Taten umsetzen? Warum brauche ich dazu immer diese schwachen, wankelmütigen, treulosen Männer? Was für ein ungerechtes, elendes Schicksal …

16

Auf das Forum, vor die Basilika, schleppten die Mönche einen hölzernen Bottich. In Krügen und Kannen holten sie vom nächsten Brunnen Wasser herbei, mit dem sie ihn zu drei Vierteln füllten. Kreuze und Fahnen in Händen, umstanden sie ihn, als sich der Pater Sebastianus, ihr Prior, von den Stufen der Halle an die zusammenlaufende Menge wandte.

»Besinnt euch!«, rief er, »bevor es zu spät ist! Es liegt nur im Wollen des dreifaltigen Gottes, ob ihr gerettet oder gerichtet werdet! Denn warum hat er euch die Awaren gesandt, diese grausamsten aller Höllenkrieger? Um alle jene unter euch zu züchtigen, die dem Irrglauben des verfluchten Arius anhängen! So nämlich steht es in den heiligen Büchern geschrieben: Zu richten und zu strafen ist nicht Sache der Menschen, sondern Gottes. Und der Schrecken des Herrn kommt über alle, die den rechten Glauben nicht haben. Wehe ihnen, spricht der Herr, dass sie über mich Lügen lehren! Ich will die Heiden gegen sie sammeln und will Feuer in ihre Mauern schicken, das ihre Häuser zerstört. Und ihre Städte sollen zu Steinhaufen werden, und Nesseln und Dornen sollen dort wachsen. Über sie selbst aber soll durch die Hand ihrer Feinde mein Racheschwert kommen und sie vernichten!«

Die Faust des Paters fuhr durch die Luft, als schwinge er selber das Racheschwert. Aus dem Gewirr seines schwarzen Bartes und des struppigen Haupthaars schossen die Augen Zornesblitze in alle Richtungen.

Ringsum erhob sich ein Jammern und Stöhnen. Verzweifelte Rufe wurden laut.

»Aber was sollen wir tun?«

»Wir sind unschuldig, wollten Gott nicht beleidigen!«

»Die Priester waren es, die uns irreführten!«

»Gibt es denn keine Rettung?«

»Es gibt eine!«, schrie Sebastianus. »Denn der dreifaltige Gott ist auch gütig! So wie er jene straft, die ihn leugnen, belohnt er alle, die ihn anbeten! Er kann die zum Hieb erhobene Geißel zurückhalten, wenn die, die er züchtigen will, das Haupt beugen und sich zu ihm bekennen!«

»Kann er auch das Awarenheer aufhalten?«

»Alles vermag der dreifaltige Gott! Er kann Berge versetzen und Heere vernichten. Er strafte das heidnische Römische Reich mit den Lavamassen des Vesuvs, und er belohnte das christlich gewordene Römische Reich, indem er Kaiser Konstantin in einer fast aussichtslosen Lage den Sieg über seine Feinde schenkte. Auch dem Frankenkönig Chlodwig, der sich rechtgläubig taufen ließ, verhalf er zu einem großen Reich und zu ewigem Ruhm. Wer aber der Irrlehre des in der Hölle schmorenden Arius anhängt, geht ruhmlos unter wie Herzog Gisulf und wird für alle Zeiten verdammt sein. Für euch ist es noch nicht zu spät! Noch ist nicht alles verloren! Kehrt um! Entflieht dem Pfuhl des Irrglaubens! Morgen um diese Zeit, spricht der Herr, will ich sie alle erschlagen lassen! Und er schlug mit der Schärfe des Schwertes alle Seelen, die drinnen waren, und ließ nur die überleben, die rechtzeitig abgeschworen hatten. Deshalb zögert nicht! Rettet euch! Schwört ab dem Arius und seinem Irrglauben, dieser Giftpflanze, die die Welt verpestet! Bekennt euch zum Herrn, dem dreifaltigen Gott!«

Die meisten der Zuschauer wussten bereits, was nun folgen würde. Auf mehreren Plätzen der Stadt hatten die Mönche es schon zelebriert.

Während der Pater weiterdonnerte, drängten aus der Menge die Ersten heran, warfen die Kleider ab, stiegen einer nach dem anderen – Alte und Junge, Männer und Weiber – nackt in den mit Wasser gefüllten Bottich. Eine kräftige Mönchshand packte jeden im Nacken und tauchte ihn unter, worauf er prustend und rechtgläubig wieder auftauchte, getauft im Namen des Vaters und des Sohnes und des Heiligen Geistes. Auch diesmal lief der Bischof Marinus mit seinen Priestern herbei, protestierte und höhnte, die »Römischen« würden nicht einmal die eigene päpstliche Vorschrift kennen, welche die Wiedertaufe verbiete. Doch Sebastianus schrie unbeeindruckt dagegen, jede Häretikertaufe sei für ihn ungültig, weil die Teufelszungen ewig Verdammter keine Taufformel sprechen könnten. Die kleine Gruppe der Arianer wurde zurückgedrängt und niedergebrüllt. Mönche und Neubekehrte kreisten sie ein und stießen sie in eine Seitengasse. Verängstigt hob der schmale, zarte Bischof die Arme zum Himmel und rief seinen Gott um Beistand.

Er selbst war am meisten überrascht, als noch während seines Gebetes vom Herzogspalast her tatsächlich ein Trupp heranmarschierte, der Hilfe verhieß. Unter der Führung des Kommandanten Grasulf persönlich nahten drei Dutzend mit Speeren bewaffnete Männer, allesamt Veteranen, die zur Festungsbesatzung gehörten.

Das Forum war voller Menschen. Trotz der angespannten Lage boten noch Händler ihre Waren feil. An den Seiten standen die Karren der Flüchtlinge, waren Zelte und Buden errichtet. Vor der Basilika drängte sich alles um die Mönche und ihr hölzernes Taufbecken. Die schallende Stimme des Paters übertönte den Marktlärm.

Grasulf zögerte, als er den Platz betrat. Längst war er nicht mehr so entschlossen wie beim Abschied von seiner Gemahlin. Er befahl Halt und blickte misstrauisch zu den Mönchen hinüber, die sein Erscheinen wohl bemerkten, sich aber in ihrem Tun nicht stören ließen. Er schätzte ihre Zahl auf knapp dreißig, es waren größtenteils junge, kräftige Männer. Zwar erwartete er nicht, dass sie Widerstand leisteten, aber sie hatten die Menge aufgehetzt, es konnte Unruhe geben. Grasulf verzog sein Kummergesicht und spie aus. Warum hatte er Winiperga wieder mal nachgegeben und sich auf so etwas eingelassen?

Aber zum Rückzug war es zu spät. Schon stürzte Bischof Marinus herbei, klagte und flehte, verlangte energisches Handeln. Und auf der anderen Seite des Forums waren Taso und Subo aufgetaucht, beide dem Kommandanten gründlich zuwider, grinsend und wartend, was er tun würde.

So gab er Befehl zum Vormarsch, und die Truppe rückte in Zweierreihen hinaus auf den Platz, die Speere im Anschlag. Die Menge wich schreiend zur Seite, und die Gasse, die so entstand, führte geradewegs auf die Treppe zu. Hier stand Pater Sebastianus, beide Arme abwehrend vorgestreckt, und rief ein donnerndes:

»Im Namen des Herrn – zurück!«

Doch die drei Dutzend Veteranen waren nicht aufzuhalten. Zwei Tage zuvor erst, auf der Gefolgschaftsversammlung, waren sie als nutzlos und entbehrlich verspottet worden – jetzt galt es zu zeigen, was sie wert waren. Mit heiserem Brüllen fuhren die grauhaarigen Krieger in den Mönchshaufen. Speere, umgedreht, stießen in Bäuche und Rücken, flache Klingen sausten auf Köpfe und Schultern nieder. Äxte zerschmetterten das hölzerne Taufbecken.

Der Befehl war, so viele Mönche wie möglich zu fassen und in Gewahrsam zu führen. Doch Grasulf traute seinen Augen nicht, als er auf einmal seine Leute in ein Scharmützel verwickelt sah. Auf ihre Köpfe krachten Kreuze und Fahnenstangen. Die starken Fäuste der jungen Mönche fuhren in ihre faltigen Münder, schlugen ihnen die letzten Zähne ein. Und unter den Kutten kam plötzlich sehr unfrommes Werkzeug zum Vorschein: Schwerter, Knüppel und Beile.

Die Jungmannen schrien vor Vergnügen und drängten heran, um besser zu sehen.

»Seht doch, die Kutten verstehen ihr Werk!«, rief Taso. »Jetzt werden auch die Veteranen bekehrt!«

»Wenn ihnen das noch die Mühe wert ist!«, lachte Subo. »Ich glaube, die werden gleich zur Hölle befördert!«

Tatsächlich war nicht mehr daran zu denken, auch nur einen der Mönche zu ergreifen und abzuführen. Die wehrhaften Brüder, die sonst ihr einsames Bergkloster gegen Raubgesindel und wilde Tiere verteidigten, schlugen erbarmungslos um sich. Auch etliche frisch Getaufte bewiesen ihre Rechtgläubigkeit mit Latten und Stöcken. Der Pater, flammende Worte speiend, ließ auf die Köpfe der Häretiker ein bronzenes Kruzifix niedersausen. Bald sank das erste Dutzend des Grasulfschen Trupps in den Staub, blutüberströmt, mit zerschlagenen Knochen.

Bevor das Zweite folgen konnte, erschien ein Reitertrupp auf dem Forum, an seiner Spitze Faroald. Er sprengte mitten hinein ins Getümmel.

Die Kämpfenden stoben auseinander.

»Raufbolde!«, rief er. »Was ist in euch gefahren? Wollt ihr euch gegenseitig umbringen, damit die Awaren keine Mühe mehr haben? Wer hat befohlen, die Mönche anzugreifen? Welcher Wahnsinnige ist das gewesen?«

»Herr Grasulf war es!«, riefen die Veteranen trotzig. »Die Kutten sind Schädlinge, gefährden den Widerstand!«

»Wo ist Herr Grasulf?«

Der Kommandant war verschwunden.

Angesichts dieser erneuten Niederlage hatte er sich verstohlen zurückgezogen und blieb für den Rest des Tages unauffindbar.

17

Faroald kehrte in den Palast zu einer Beratung zurück, die er des Zwischenfalls wegen verlassen hatte.

Ein Jude saß im Empfangssaal der Herzogin, über ein Pergament gebeugt, mit der Rohrfeder kratzend. Als Schreiber hatte er schon Gisulf gedient, gelegentlich auch als Advokat. Jetzt war seine Aufgabe keine leichte: Er sollte eine Botschaft verfassen, die ein Hilferuf an den König war, jedoch nicht an diesen gerichtet, sondern an die drei Herzöge von Verona, Brescia und Trient. Faroald hatte vorgeschlagen, gleich nach Pavia zu König Ago zu senden. Aber Romilda wollte auf keinen Fall etwas tun, was ihr gefallener Gatte nie und nimmer gebilligt – ja, als Verrat empfunden hätte. Indem sie sich an die drei benachbarten Herzöge wandte, die sämtlich königstreu waren, setzte sie zwar ein Versöhnungszeichen, bat aber nur um langobardische Waffenhilfe, ohne dafür gleich einen zu hohen Preis anzubieten: die Unterwerfung unter den Willen dessen, der wohl für alles die Verantwortung trug – den König. Auch Ruthard und Billo stimmten zu, während Grasulf nicht gefragt worden war. Die Herren befanden sich ebenfalls noch bei der Herzogin, als der Vicarius zurückkam. Der Zusammenstoß auf dem Forum beherrschte nun das Gespräch, und so gab es nur noch halbe Aufmerksamkeit für das Schreiben, welches der Jude endlich fertig stellte und vorlas. Er wurde entlassen und brachte es später in dreifacher Ausfertigung, damit es gesiegelt und unterzeichnet wurde. Romilda setzte sich an den Tisch und schrieb ihren Namen mit großen, länglichen, zittrigen Lettern. Sie schrieb »HRUOM-

HILDA«, so wie sie einst gelernt hatte, ihren aus »hruom« (Ruhm) und »hiltia« (Kampf) zusammengesetzten Namen zu buchstabieren. Es war über zwanzig Jahre her, dass sie zum letzten Mal, noch unter dem Dach ihres Vaters und unter Anleitung eines Hauslehrers, die Feder geführt hatte.

Die drei Eilboten an die langobardischen Herzöge sollten die Letzten sein, die über die Brücke des Natisso sprengten. Ruthard teilte Faroalds Zorn auf Grasulf, dessen sinnloser Angriff auf die Mönche zahlreiche Verletzte gefordert hatte, die nun für die Verteidigung ausfielen. Man war sich einig, dass für die Abwehr der Feinde ohne Bedeutung war, nach welcher Lehre und welchem Ritus gebetet wurde, dass es hingegen gerade noch fehlte, neue Zwistigkeiten zu schüren. So beschloss der Marschalk, sich mit der Palastwache Faroalds Befehl zu unterstellen. Dadurch verlor die Veteranentruppe des Kommandanten, nun auch noch zusätzlich geschwächt, ihr zahlenmäßiges Übergewicht. Einige ihrer Unterführer, die für ein einheitliches Kommando eintraten, gehorchten freiwillig dem Vicarius. Dessen erste Maßnahme nach so viel Zuwachs an Autorität war die sofortige Zerstörung der Brücke über den Natisso, die Grasulf bisher verhindert hatte. Faroald hielt es für unverantwortlich, dem Feind diesen breiten, bequemen Zugang bis an eines der Tore zu überlassen. Noch in den Nachmittagsstunden begannen Hunderte Knechte und Freiwillige, die alte Römerbrücke abzutragen. Ein Teil der Balken und Bohlen wurde gleich weiterverwendet zur Ausbesserung von Schäden an der Plattform des Mauerumgangs. Mit Ausnahme des natürlichen Felsbrockens in der Mitte wurden auch die steinernen Pfeiler soweit beschädigt, dass es dem Feind nicht möglich sein würde, die Brücke behelfsmäßig wieder aufzubauen.

Zur gleichen Zeit wurden an mehreren Stellen der Mauer Steinschleudern und Pfeilgeschütze in Stellung gebracht. Da man auf einen Verteidigungskampf nicht eingestellt war, fehlte es freilich an Munition, und alle Waffenschmiede der Stadt waren von nun an damit beschäftigt, Pfeilgeschosse herzustellen. Die Steine für die Wurfmaschinen lieferte der Natisso. Den ganzen Tag schon suchten Knechte nach Rollsteinen, die seine Wasser von den Bergen herabgespült hatten und die so gerundet und geschliffen waren, dass sie gut in die Kellen der Schleuderarme passten. Auf Leitern, an den Felsen des Steilufers gelehnt, brachten die Männer sie herauf. Oben übernahmen Frauen die Körbe, trugen sie hinter die Mauer, schichteten dort die ovalen und runden Steine zu Pyramiden auf.

Doch nicht nur Unfreie waren hier tätig. Als Ehre und selbstverständliche Pflicht sahen es viele Bürger an mitzuhelfen. Edelgeborene Langobarden schwangen beim Abbau der Brücke Hämmer und Äxte, Frauen aus der romanischen Oberschicht Forojulis waren sich nicht zu schade, Steine zu schleppen.

Die Herzogsfamilie machte dabei keine Ausnahme. Radoald und Grimoald waren unter den Eifrigsten, welche sich, bis zu den Knien im Wasser, am Ufer des Flusses nach Rollsteinen bückten. Auch Appa und Gaila hatten sich eingefunden, trugen einträchtig mit den Mägden die Körbe hinter die Mauer. Die Ältere allerdings hatte noch einen besonderen Grund, sich hier nützlich zu machen. Sie wollte von Hildigis bemerkt werden, der sich meist in der Nähe des Vicarius aufhielt. Er sah sie auch und nickte ihr zu, aber dann wartete sie vergebens darauf, dass er ein Gespräch mit ihr suchte. Gaila beobachtete ihre Schwester und machte spöttische Bemerkungen.

Schließlich erschien auch die Herzogin. An der Hand ihre beiden kleinen Töchter, begleitet von der alten Pelagia und von Männern der Palastwache, stand sie eine Weile abseits und schaute auf das lebhafte Treiben. Dann aber überließ sie die Kinder der Zofe und stieg ohne Bedenken die hohe, steile Leiter im Wachturm hinauf, von dessen oberem Stockwerk Faroald herabgegrüßt hatte. Er geleitete sie an die Brüstung, und während sie den Blick über das Gewimmel auf der halb abgetragenen Brücke und am Flussufer gleiten ließ, hörte sie seinen Erläuterungen zu.

Obwohl sehr blass, war sie jetzt ruhiger, gefasst und schon beinahe zuversichtlich. Die emsige Tätigkeit ringsum, die doch nichts weiter als die hastige Vorbereitung zum Abwehrkampf war, gab ihr auf eigentümliche Weise Sicherheit. Faroalds feste, ein wenig heisere Stimme schien ihr vertraut, als hätte sie sie ihr Leben lang täglich vernommen, und sie folgte mit gelassener Aufmerksamkeit den eckigen und bestimmten Gesten, welche ihr diesen und jenen Punkt wiesen. Sie lachte sogar, als er sie auf zwei Knechte aufmerksam machte, die eine der abgerissenen Bohlen zu Wasser gelassen hatten und sich, an sie geklammert, mit der raschen Strömung halsbrecherisch davontreiben ließen. Plötzlich hatte sie das starke Bedürfnis, Faroalds Arm zu ergreifen, sich an ihn zu lehnen. Noch rechtzeitig beherrschte sie sich. Sie war die Witwe Herzog Gisulfs, und außer Faroald befanden sich auf dem Turm noch fünf Wächter.

Etwas später stieg Hildigis herauf.

Noch außer Atem von der Anstrengung, mit nur einem gesunden Arm die steile Leiter zu erklimmen, verbeugte er sich gegen die Herzogin und machte Faroald seine Meldung.

»Die meisten wollen nicht kommen, Vicarius.«

»Sie weigern sich?«

»Ja.«

»Begründung?«

»Sie seien Krieger, keine Knechte.«

»Wer sagte das?«

»Taso, Subo …«

»Wo sind sie jetzt?«

»In der Schenke des Sichar.«

»Ich hatte sie aufgefordert«, wandte sich Faroald an die Herzogin, »hierher zu kommen und uns zu helfen.«

»Und ist das alles, was dir Taso geantwortet hat?«, fragte Romilda den jungen Mann.

Hildigis senkte den Blick und erwiderte nach kurzem Zögern: »Er sagte: ›Ein Herzog hat es nicht nötig, dem Befehl eines Vicarius Folge zu leisten. Wenn es zum Kampf kommt, greife ich ein. Dann wird meine Schar der Rächer Taten vollbringen, gegen die eure Maßnahmen Spielereien sind.‹«

Als er den Kopf hob und die betroffene Miene der Herzogin sah, fügte er rasch hinzu: »Aber das meinte er nicht so, man muss es nicht ernst nehmen. Sie haben zu viel getrunken, da reden sie eben Unsinn. Ich kenne sie. Es sind brave Burschen. Im Augenblick wären sie auch nicht brauchbar, ich meine ... sie würden vielleicht noch ins Wasser stürzen ...«

»Du sagst, die meisten sind nicht gekommen?«, fragte Faroald. »Und der Rest?«

»Wartet unten. Drei Mann. Darunter auch Kako.«

Romilda nahm diese letzte Nachricht mit etwas Erleichterung auf. Sie kannte Hildigis gut. Appa hatte ihr von seiner Heimkehr erzählt und viel Rühmens von seiner Tapferkeit und seinem Edelmut gemacht. Es schmerzte die Herzogin, dass ihre Söhne solche Tugenden nicht besitzen sollten, dass sie, viel weniger hart geprüft, schon versagten. Auch Faroald gegenüber, dessen Miene auf einmal verschlossen war, empfand sie ein großes Unbehagen. Immerhin war Kako gekommen und bereit, hier seine Pflicht zu tun.

»Mit Taso muss man ein wenig Geduld haben«, sagte sie in dem Bestreben, ihren Ältesten zu entschuldigen. »Der Tod seines Vaters hat ihn besonders schwer getroffen. Er leidet furchtbar. Und so trinkt er und schmiedet Pläne. Ist es nicht ganz natürlich, dass er den Vater rächen will? Es wäre doch geradezu seiner unwürdig, wenn das jetzt nicht sein heißester Wunsch wäre. Am liebsten würde er sich dem feindlichen Herrscher selber zum Kampf stellen! Er ist leidenschaftlich und rasch entflammbar. Aber er wird vernünftig werden, sobald es mit den Awaren ernst wird. Dann wird er seinen Platz einnehmen und ohne Murren die Befehle ausführen, die ihm erteilt werden.«

»Obwohl er sich bereits Herzog nennt?«, fragte Faroald mit einem ironischen Lächeln.

»Aber das ist im Augenblick doch ohne Bedeutung! Die Gefolgschaft wird ihn ja wählen … spätestens wenn alles vorbei ist. So lange nimmt er den Titel nur an, um seinen Vater und seine Ahnen zu ehren. Er erwartet nicht, dass man ihn schon als Herzog behandelt.«

Darauf erwiderte Faroald nichts. Er entließ seinen Schildträger mit neuen Befehlen.

Als sich der junge Mann abwenden wollte, sagte die Herzogin: »Was dir geschehen ist, Hildigis, tut mir Leid. Ich hoffe, deine Genesung macht Fortschritte. Für deine vorbildliche Tapferkeit wirst du eine Belohnung erhalten.«

Und wie um Verzeihung bittend fügte sie mit einem Lächeln hinzu: »Wenn auch nicht die, die du dir vielleicht wünschst.«

18

Ein schönes Vorbild, das sie verspotten und auf die Straße werfen! Dachte Hildigis, während er mühsam und unter Schmerzen die Leiter hinabkletterte.

Mit Hohnlachen hatten sie ihn bei Sichar empfangen, als er den Befehl überbrachte. Gedroht hatte Taso, er werde ihn prügeln lassen, wenn er sich ihm, dem Herzog, nicht mit der gebührenden Achtung nähere. Trunken grölend hatten sie ihn umringt und versucht, ihm eine Kanne Wein einzuflößen. Und Subo hatte seine Hände in Schweineblut getaucht, das in einer Schüssel vom Schlachten herumstand, damit sein Gesicht bestrichen und geschrien, so könne er es mit dem schönsten Bräutigam von Forojuli wohl aufnehmen. Hildigis hatte schon mit der Linken den Schwertgriff gefasst, aber Kako war noch dazwischengetreten. Er hatte jedoch nicht verhindern können, dass mehrere den Verwundeten packten und unter Gelächter auf die Gasse stießen.

Es dämmerte bereits, als Hildigis über den kleinen Vorplatz des Südtors ging und den Weg zum herzoglichen Palast einschlug, wo er vom Marschalk Ruthard Verstärkungen für die Nachtwache auf der Festungsmauer anfordern sollte. Auch heute wimmelte es hier von Menschen, doch waren alle geschäftig, niemand schien auf ihn zu achten. Er dachte daran, dass ihm zwei Abende zuvor, an dieser Stelle, Appa entgegengetreten war. Es war der unglücklichste Augenblick gewesen, als er, von feindlichen Waffen blutig gezeichnet, mit einem Trupp Geschlagener in seine Heimatstadt zurückgekehrt war. Zu tief hatte er die Schande empfunden, als dass die Begrüßung durch das geliebte Mädchen ihn hätte erfreuen und aufrichten können. Er hatte sich unwürdig gefühlt und nur den einzigen Wunsch gehabt, sich im Haus seines Vaters zu verkriechen. Jetzt tat ihm Leid, sie so schroff zurückgewiesen zu haben. Er hätte ihr auch nicht so stumm und undankbar den Brakteaten zurückgeben dürfen. Vielleicht war es ja gerade dessen schützende Kraft gewesen, die ihm sein elendes Leben erhalten hatte. Trotzdem, recht getan war es, sie nicht noch einmal vor aller Welt bloßzustellen, indem er ihre Zuneigung und ihr Mitleid ausnutzte. Denn Hoffnung gab es ja nun nicht mehr, die Frau Herzogin hatte es gerade noch einmal gesagt. Es gab auch keine Zukunft für ihn, eine andere Belohnung war nicht mehr nötig. Der Kampf, der bevorstand, würde sein letzter sein …

Hildigis hörte erst im letzten Augenblick den kurzen, raschen Schritt, der ihm folgte. Er drehte sich um und erschrak. Es war Appa. Das Gesicht des großen, kräftigen Mädchens war gerötet, sie atmete heftig.

Einen Augenblick sahen sie sich an, ohne Worte zu finden.

»Hildigis!«, sagte sie schließlich leise. »Ich muss dir etwas sagen. Es ist wichtig!«

Sie blickten sich gleichzeitig nach dem Tor um, wo im Dämmerlicht immer noch Knechte das Holz von der Brücke hereintrugen. Nur zehn Schritte entfernt brannte mitten auf der Gasse ein kleines Feuer, um das ein paar Flüchtlinge hockten. Ein Kessel, in dem etwas kochte, hing über der Flamme.

»Appa, verzeih mir!«, sagte Hildigis. »Ich habe dich schwer gekränkt. Das war Unrecht von mir, doch …«

»Nein! Ich habe dich gut verstanden. Aber höre doch! Ich …« Sie zögerte einen Augenblick, ehe sie hastig fortfuhr: »Ich erwarte dich morgen im Palastgarten, hinter dem kleinen Pinienhain, bei der Tempelruine. Du weißt, wo das ist?«

»Ja. Aber …«

Mit einer Kopfbewegung schnitt sie den Einwand ab.

»Es gibt zwischen uns etwas zu besprechen, das keinen Aufschub duldet!«

»Und was?«

»Unsere Hochzeit!«

»Unsere …?«

»Ja! Wir heiraten! Ich habe alles bedacht. Wir können nicht warten, es ist Krieg. Was wird geschehen? Wir könnten umkommen. Sollen wir sterben, ohne uns richtig geliebt zu haben? Also bleibt uns nichts übrig, als schnell zu heiraten. Sonst würde es Sünde sein, begreifst du? Vielleicht stehen wir bald vor Gottes Gericht, dann haben wir aber kein Unrecht getan.«

»Appa! Aber das … das ist unmöglich! Deine Mutter, die Herzogin … dein Bruder Taso … Wie könnten wir ohne …«

»Ohne Erlaubnis? Wir heiraten heimlich! Wir werden trotzdem die Bräuche achten. Nicht alle … was kommt es auf Morgengabe und Mitgift an! Aber Zeugen müssen wir haben. Überlege schon einmal, wem du vertrauen kannst … ich tue es auch! Und dann …«

»Appa! Wie könntest du mich, einen Krüppel … einen Geschlagenen … einen Unwürdigen …«

»Unwürdigen? Was redest du da? Einen Helden! Aber auch das ist nicht wichtig. Ich liebe dich. Und du liebst mich auch. Oder solltest du …«

»Nein! Ich … Natürlich … Wie kannst du fragen? Jedoch …«

»Wir werden alles gründlich besprechen! Vielleicht täuschen wir auch eine Entführung vor, darüber muss ich noch einmal nachdenken. Morgen bei Anbruch der Nacht – im Garten am Tempel! Sei pünktlich! Ich werde es auch sein. Doch jetzt …«

Sie küsste ihn heftig auf den Mund und lief davon.

Er sah sie zwischen den Feuern verschwinden, die man nun auch in der Nähe des Tores entzündet hatte, damit sie den Arbeitenden leuchteten.

Es würde eine schwarze Nacht werden, dicke Wolken bedeckten den Himmel.

Erschrocken, verwirrt, doch auch von Freude durchzuckt, die er nicht unterdrücken konnte, ging Hildigis weiter.

Erst jetzt trat hinter dem Sockel einer nicht mehr vorhandenen Statue, wo sie sich niedergekauert hatte, eine schmale Gestalt hervor. Sie hatte gelauscht, aber nur noch die letzten Worte ihrer Schwester verstanden.

»Morgen bei Einbruch der Nacht, im Garten am Tempel!«, murmelte Gaila.

19

Am nächsten Morgen waren sie da.

Als hätten sich Tausende Krieger in der Nacht unter einem schwarzen Tuch versteckt, das eine unsichtbare Riesenhand beim ersten Schimmer des Frühlichts wegriss, tummelte sich das Awarenheer plötzlich rings um die Festung. Seine Annäherung war nicht bemerkt worden, es musste mit erstaunlicher Schnelligkeit auf mehreren Wegen und aus verschiedenen Richtungen von den Bergen herabgekommen sein. Obwohl die Wachen auf den Türmen und auf der Mauer strenge Anweisung hatten, keine Wahrnehmung, die ein Nahen des Feindes bedeuten konnte, zu unterschätzen, und obwohl sie mit Luchsaugen in die Nacht gestarrt hatten, waren sie völlig überrascht worden, als die Reitertrupps in der Morgendämmerung auftauchten, nur noch wenige hundert Schritte entfernt. Fast gleichzeitig wurde an verschiedenen Punkten Alarm geschlagen. Und kurz darauf eilten auch schon die ersten Verteidiger aus den Quartieren herbei, um auf den Türmen und auf der Mauer ihre Posten einzunehmen.

Faroald hatte im Untergeschoss des Wachturms an der zerstörten Natisso-Brücke auf einer Pritsche genächtigt, gemeinsam mit den Männern der Wachablösung. Erst weit nach Mitternacht, als die Arbeit beendet war, hatte er sich niedergelegt, übermüdet und ohne sich auszukleiden, zu einem kurzen, unruhigen Schlaf. Bei dem Ruf »Feind in Sicht!« und dem Alarmgetrommel der Lanzen und Schwerter, die auf Schildbuckel krachten, sprang er auf und erklomm sogleich die Leiter. An die Brustwehr tretend, sah er schon einige hundert awarische Reiter, und unentwegt quollen aus den Schatten der Hügellandschaft weiter feindliche Massen hervor, verteilten sich im Gelände. Die große Festwiese, wo vor zwei Wochen noch das glänzende, siegessichere langobardische Heer zum Ausmarsch angetreten war, füllte sich nun mit seinen Vernichtern. Sorglos kamen die Ersten so nahe, dass sie durch Pfeilschüsse zu erreichen waren. Einer der Wächter spannte auch gleich den Bogen, doch der Vicarius schrie ihn an, ob er bei Verstand sei. Keineswegs sinnvoll war es, die Feindseligkeiten sofort und auch noch selbst zu eröffnen.

Ein trüber Morgen zog herauf, nur allmählich lockerte sich die Wolkendecke. Faroald verließ seinen Posten nicht, weil er sicher war, die Hauptmacht des Feindes hier unter seinen Augen zu haben. Er sandte Männer mit Befehlen aus und ließ sich die Meldungen, die gebracht wurden, gleich von unten, von der Straße heraufrufen. Im Westen und Norden waren, wie zu erwarten, vorerst nur geringe feindliche Kräfte verteilt. Doch der Ring um die Festung war bereits in der dritten Stunde geschlossen, niemand und nichts gelangte mehr hinein und hinaus.

Mit den Männern der Turmwache teilte der Vicarius ein karges Frühstück: Brot, Käse, einen Schluck Milch. Schließlich befahl er dann aber doch, sein Pferd vorzuführen. Er wollte zunächst einen Umritt entlang der Festungsmauer machen und feststellen, ob alle mit Ruthard und den Unterbefehlshabern vereinbarten Maßnahmen für den nun eingetretenen Fall getroffen waren. Danach beabsichtigte er, sich bei der Herzogin melden zu lassen, ihr einen Lagebericht zu geben. Er überlegte kurz, welche Richtung er zunächst einschlagen sollte. Der östliche Mauerabschnitt war stärker gefährdet, ein Angriff war dort am ehesten zu erwarten. Er entschied sich jedoch zunächst für eine kurze Inspektion des westlichen und nördlichen Teils. Dort hatte Grasulf die Befehlsgewalt, von dem er an diesem Morgen noch nichts gehört hatte. Nur von den drei Unterführern der Veteranentruppe, die sich dem einheitlichen Kommando unterstellt hatten, waren ihm Meldungen gesandt worden.

Noch immer war Faroald durch seine Verwundung behindert, und zwei Knechte mussten ihm in den Sattel helfen. Er ritt an der nur etwa mannshohen Mauer entlang, die die Südseite mit dem Steilufer des Natisso zusätzlich sicherte. Männer seiner neuen Gefolgschaft, die mit Bogen und Lanzen an den Zinnen standen, grüßten ihn, und er antwortete mit ermunternden Zurufen. Nicht wenigen stand die Angst ins Gesicht geschrieben.

Er erreichte gerade den Wachturm an der Südwestecke, als er plötzlich hinter sich Hufschlag hörte. Schon war der Reiter an seiner Seite. Er erkannte einen der Männer des Cleph, der die östliche Torwache kommandierte.

»Vicarius!«, rief der Mann. »Schnell, zum Osttor! Eine Abordnung der Awaren!«

»Wie? Ist sie schon da?«

»Sie ist nicht mehr weit. Jemand hat Taso und seine Leute benachrichtigt. Aber es ist wohl besser, wenn du ...«

Faroald hatte bereits sein Pferd gewendet. Staub wirbelte auf, und die Männer, die sich hinter der Mauer drängten, sprangen zur Seite. Der Vicarius kehrte zum Südtür zurück, bog in den Decumanus ein, preschte über das Forum und hielt sich, um den Weg abzukürzen, gleich längs der Mauer des Herzogspalasts. Doch kam er hier schwer voran. Die Gasse war voll gestopft mit Leuten, die auf dem Boden lagerten, mit Karren und Vieh. Faroald saß fluchend ab, übergab dem Mann von der Wache das Pferd und eilte zu Fuß weiter. Erschrocken wichen Menschen und Tiere zurück vor dem Hünen in Helm und Brünne, der hinkend, barsche Worte ausstoßend, Durchlass begehrte. Hinter der Gasse öffnete sich der kleine, von Eichen bestandene Vorplatz des Palastes. Nun waren es auch nur noch wenige Schritte bis zum Osttor.

Faroald bemerkte gleich, dass es im Obergeschoss des Turms ein Gedränge gab. Es würde Zeit kosten, sich dort Platz zu verschaffen. Einige Jungmannen standen unten am Eingang und versuchten noch hinaufzukommen. Als sie den Vicarius heraneilen sahen, wichen sie widerwillig zur Seite.

»Zurück, da kommt unser Retter!«

»Wozu beeilt er sich so? Herzog Taso ist doch schon auf dem Posten!«

»Ja, der wird den Awaren die gebührende Antwort geben!«

Faroald drang drinnen bis zur Leiter vor, auf der aber schon mehrere Jungmannen standen. Um keine Zeit zu verlieren, machte er kehrt und schritt draußen an der Mauer entlang bis zur nächsten Treppe. Hier stieß er ein paar Knechte beiseite, die gerade Speere und Lanzen hinauftragen wollten, und stieg zur Plattform hinauf. An den Zinnen, wo die Verteidiger standen, wurde ihm Platz gemacht. Er kam gerade noch rechtzeitig.

Vier Männer, drei vorn und einer etwas zurückhängend, ritten soeben auf das Tor zu, machten kurz vor dem Graben Halt. Der in der Mitte, mit Pallasch, Bogen und hoher Schaffellmütze, unter der ein mit farbigen Bändern durchflochtener Zopf hervorsah, schien ein ranghoher Aware zu sein. Links und rechts von ihm hielten zwei blonde Sklavenier, einer mit einer Art Feldzeichen, an dem verschiedenfarbige Rossschwänze hingen, der andere mit einem Friedenszweig. Der Vierte, hinter ihnen, war Langobarde, Faroald kannte ihn. Sein Name war Pemmo, er hatte als Skuldahisk, als stellvertretender Richter, in mehreren Bergsiedlungen an der Grenze gewirkt. Offenbar war er den Feinden in die Hände gefallen.

Der Aware richtete sich stolz im Sattel auf, blickte zum Turm empor und rief mit hoher, dünner Stimme etwas Unverständliches hinauf, eine lange fremdartige Wortfolge, ohne Pause, scheinbar ohne Atem zu holen. Als er endlich verstummte, drehte er sich ruckartig um und gab dem hinter ihm haltenden Langobarden mit einer herrischen Geste ein Zeichen.

Wie Faroald gleich vermutet hatte, musste der schon bejahrte Pemmo, der sich im friedlichen Grenzverkehr anscheinend diese seltsame Sprache angeeignet hatte, der Abordnung als Dolmetscher dienen.

»Es spricht zu euch, Männer von Forojuli«, rief er auf lateinisch hinauf, »der Vertreter des großen Khagan! Ich habe den Auftrag, euch so getreu wie möglich seine Worte zu übersetzen – ohne Rücksicht darauf, was ich selber denke und fühle. Der große Khagan, sagt er, lässt euch wissen, dass er den Herzog der Langobarden besiegt und getötet hat. Der große Khagan, sagt er, ist hier erschienen, um die Stadt des Besiegten in Besitz zu nehmen, denn er betrachtet sie nun als sein Eigentum. Öffnet also, so fordert er, dem großen Khagan und seinen Kriegern die Tore! Werft euch dem großen Khagan zu Füßen! Tut ihr es nicht und leistet ihr Widerstand, sagt er, werdet ihr allesamt zugrunde gehen! Was lebt, soll durch Feuer und Schwert vernichtet werden, und es soll in der Stadt kein Stein auf dem anderen bleiben! Wenn ihr alles verstanden habt, gebt Antwort!«

Faroald stand auf der Mauerplattform so weit entfernt, dass ihn die Abordnung kaum wahrnehmen konnte. So machte er noch rasch ein paar Schritte zum Turm hin. Als er jedoch, über eine Zinne gebeugt, antworten wollte, vernahm er von dort oben, aus der Mitte der sich Drängenden, eine helle, jugendliche, sich im wütenden Eifer überschlagende Stimme – die Stimme Tasos. »Ihr wollt eine Antwort?«, rief der Sohn Herzog Gisulfs in langobardischer Sprache. »Hier habt ihr sie: Verschwindet! Zieht ab! Trollt euch in eure Steppe, ihr Hunde! Euer Khagan irrt, wenn er glaubt, dass diese Stadt ihm gehört! Hier regiert Herzog Taso, und der wird euch niemals die Tore öffnen! Auf eine Belagerung könnt ihr verzichten – wir halten notfalls jahrelang durch! Aber euch wird es übel ergehen, wenn ihr nicht macht, dass ihr fortkommt! Hier stehen gegen euch Rächer bereit, die keine Gnade kennen werden! Die euch dorthin jagen werden, wo ihr längst hingehört, ihr dreckigen Teufel – zur Hölle!« Zustimmendes Geschrei ertönte vom Turm.

Unten übersetzte Pemmo dem Vertreter des Khagans die Antwort. Er tat es anscheinend unvollständig, unterdrückte die schlimmsten Beleidigungen. Einer der beiden Sklavenier, der wohl ebenfalls beider Sprachen ausreichend mächtig war, drohte ihm mit der Faust und ergänzte, was seiner Meinung nach fehlte.

Das Gesicht des Awaren indessen zeigte kaum eine Regung. Doch seine Haltung drückte so etwas wie Genugtuung aus. Wieder schrie er etwas herauf, diesmal nur wenige Worte.

»Die Langobarden sind dumm und leichtfertig!«, übersetzte Pemmo. »Der große Khagan wird sie vernichten!«

Gelächter ertönte vom Turm.

Faroald beugte sich weit vor, schwenkte einen Arm und rief: »Pemmo! Hörst du mich, Pemmo?«

Doch seine Stimme konnte sich nicht durchsetzen. Im selben Augenblick schrie Taso vom Turm:

»Über solche Drohungen lachen wir nur! Blickt nach oben! Seht ihr den Adler dort? Unerreichbar ist er für euch! So unerreichbar wie die Eroberung der Stadt!«

Der Langobarde übersetzte. Der Aware saß dabei reglos und stumm und wie angewachsen im Sattel. Hob nicht einmal den Kopf, um nach dem Vogel Ausschau zu halten, der in beträchtlicher Höhe kreiste.

Plötzlich aber riss er von seiner Schulter den Bogen, zog einen Pfeil aus dem am Sattel hängenden Köcher. Legte an, ließ das Geschoss von der Sehne schnellen.

Auf dem Turm verstummte das Lachen.

Der Adler, die Schwingen gebreitet, begann zu taumeln, torkelte, legte sich auf die Seite, flatterte, überschlug sich. Fiel dann herab wie ein Stein.

Keine hundert Schritte von der Mauer entfernt kam er mit einem dumpfen Laut auf und lag leblos im Grase.

Der Aware hatte den Bogen schon wieder geschultert. Brüsk riss er sein Pferd herum und sprengte davon.

Die beiden Sklavenier machten ebenfalls kehrt und folgten, wobei der eine im Vorbeireiten den erlegten Vogel aufhob.

Der alte Langobarde zögerte einen Augenblick, ehe auch er sein Pferd wendete.

Faroald brüllte: »Pemmo! Warte! Erkläre ihnen, dass wir verhandeln werden …«

Pemmo wandte den Kopf nach dem Rufer, doch da schrie vom Turm herab eine andere Jünglingsstimme:

»Awarenknecht! Mach dich lieber davon! Oder sollen wir dir das Fell durchlöchern?«

Fast gleichzeitig ertönte ein scharfer Pfiff aus der Mitte eines Haufens der Feinde, der in der Nähe hielt und alles beobachtet hatte.

Diese Drohungen von beiden Seiten ließen es Pemmo geraten sein, nicht weiter auf die ihm wohl bekannte Stimme von der Mauer zu hören.

Er drückte die Schenkel in die Flanken des Pferdes und folgte den anderen.

20

Nur eine kurze Betroffenheit hatte der Meisterschuss des Awaren bei den Jungmannen ausgelöst. Als sie den Turm verließen, waren sie schon wieder in Siegerlaune. Subo, in dieser Morgenstunde bereits mit Weinkanne, brachte ein Heil auf den »Herzog« aus, in das alle grölend einstimmten. Taso setzte sich an die Spitze des Zuges. Bleich, übernächtigt, mit einer Hand sein Schwert, mit der anderen eine Lanze schüttelnd, dankte er für die Huldigungen.

Sie schlugen den Weg zur Schenke des Sichar ein. Doch weit kamen sie nicht. Schon auf dem Vorplatz des Palastes, von der Mauer her, trat ihnen Faroald entgegen. Seine finstere, zornige Miene ließ das übermütige Lachen des Taso gefrieren, das Gegröle seiner Gefährten verstummen.

Faroald hieß den Haufen stehen, fuhr barsch gegen einige los, die nicht gleich gehorchten. Die vornehmen Herrchen, reich gekleidet, mit prächtigen Waffen versehen, aber vom Zechen und Wachen ausgelaugt, wagten sich an dem gewaltigen Mann nicht vorbei, grinsten nur trotzig. Faroald trat zu Taso, packte ihn heftig am Arm und herrschte ihn an:

»Wie kannst du es wagen, Jüngling, gegenüber dem Feind eine solche Sprache zu führen? Wer gibt dir das Recht dazu? Wer hat dir den Auftrag erteilt, in unser aller Namen zu sprechen? Nun? Antworte!«

Taso blieb zunächst stumm. Seine Lippen, die Schultern die Hände zitterten. Einen Augenblick lang schien es sogar, als würde er gleich vor Empörung weinen. Dann aber riss er sich los und schrie:

»Das Recht? Den Auftrag? Ich bin sein Sohn! Der Sohn Herzog Gisulfs! Du kennst mich wohl nicht, Gefolgsmann? Ich bin der Herzog von Friaul! Herzog Taso!«

»Du bist ein Großmaul, das keinen Verstand hat! Ein Herzog würde mit Verantwortung handeln. Würde den Feind nicht auf törichte Weise beschimpfen und reizen! Du nennst dich Herzog, Milchbart? Wer hat dich gewählt? Wer hat dich ernannt?«

»Ich bin Gisulfs ältester Sohn, ich erbe die Würde!«

»Die ist nicht vererbbar, sie wird verliehen. Von der Gefolgschaft oder vom König!«

»Mein Vater erbte sie ...«

»O nein! Das war ein Mann, der sie sich verdiente. Wie dein Großvater, wie dein Urgroßvater. Und mit Taten, nicht mit Saufen und Maulwetzen!«

»Es scheint dir wohl nicht zu passen, dass ich die Mörder meines Vaters Hunde und Teufel genannt habe!«

»Mir passt nicht, dass sich ein unreifer Dümmling in Dinge mischt, die ihn nichts angehen – und damit Folgen heraufbeschwört, die er sich nicht einmal vorstellen kann! Nicht deine Sache ist es, auf die Forderungen des Feindes zu antworten! Niemand hat dich dazu ermächtigt!«

»Dich aber auch nicht, Mann!«, ließ sich Subo vernehmen, wobei er sich, breit und gewichtig, an Tasos Seite schob. »Kommandant dieser Festung ist immer noch Grasulf. Der aber kann jetzt nicht hier sein, er ist verhindert und hat deshalb uns, seine nächsten Verwandten, seinen Neffen und mich, seinen Schwager, mit der Wahrnehmung seiner Pflichten beauftragt. Du tust also Unrecht, wenn du uns dafür beschimpfst!«

»Ich tue Unrecht, Bursche«, erwiderte Faroald mit einem verächtlichen Blick auf die Weinkanne in der Hand von Subo, »wenn ich noch länger hier stehe und mit euch rede. Wahrhaftig, dazu ist jetzt nicht Zeit. Und nun merkt euch: Solange dort draußen der Feind steht, gilt hier in der Festung mein

Befehl! Unulf!«, rief er einen Unterführer der Palastwache an, der gerade einen Trupp seiner Leute vorüberführte. »Nimm diesen verwahrlosten Haufen von Grünlingen und teile sie erfahrenen Kriegern als Helfer zu! Was dich betrifft«, wandte er sich wieder an Taso, »so wirst du dich gleich zu deiner Mutter begeben. Ich werde mich dort ebenfalls einfinden. Dann werden wir sehen, wozu wir dich brauchen können!«

Gerade wurde Faroalds Pferd gebracht. Er wandte sich ab, um aufzusitzen.

Da stieß Taso ein kurzes höhnisches Lachen aus und rief:

»Wo triffst du dich denn mit meiner Mutter? Im Schlafgemach? Aber da würde ich doch nur stören!«

Für einen Augenblick erstarrten die Mienen ringsum. Nicht einmal Subo und andere Spaßvögel wagten, den ungeheuerlichen Scherz zu belachen. Der Unulf gerufene Palastwächter war inzwischen herangekommen, stand abwartend, blickte auf Faroalds Rücken. Der schien jetzt eine hölzerne Wand zu sein, breit und gerade waren die Schultern, in schweren Falten fiel der Mantel herab.

Einen Augenblick mochte Taso selber erschrecken, doch war es heraus und nicht mehr zurückzunehmen. Er wandte sich den Gefährten zu und gab ihnen mit der Lanze ein Zeichen.

»Weiter! Vorwärts, Männer! Mir nach!«

Da aber fuhr Faroald herum und schlug ihm hart ins Gesicht, mit dem Handrücken.

Taso strauchelte rückwärts, wurde aufgefangen. Stand wankend, keuchte. Hob die Faust mit der Lanze. Stieß aufheulend zu.

Doch der Vicarius wich zur Seite, fasste die Lanze, riss sie ihm weg. Taso ließ nicht gleich los, stolperte vorwärts. Verlor im Fallen auch das Schwert. Stürzte und wälzte sich auf dem Boden.

Die anderen drängten heran. Subo beugte sich nieder, half dem Benommenen auf.

Der Vicarius warf die Lanze fort und wandte sich abermals seinem Pferd zu.

Plötzlich rief einer:

»Da kommt die Herzogin!«

Die Gruppe nahte vom Tor des Palastes. Vorn ging Romilda, mit beiden Händen das weite, dunkle Überkleid raffend, fast laufend. Ruthard bemühte sich, Schritt zu halten. Ein paar Leibwächter folgten.

Auf dem Vorplatz heraustretend, mit der Absicht, die Mauer zu ersteigen und auf das Awarenheer einen Blick aus der Nähe zu werfen, hatte die Herzogin noch alles gesehen. Herankommend rief sie: »Was bedeutet das? Taso! Bist du verletzt? Was ist denn geschehen? So sprich doch zu deiner Mutter! Rede!«

Schon war sie bei ihm, zog ihn an sich, legte die Hände auf seine Wangen.

Er warf heftig den Kopf zurück, machte sich los. Hasserfüllt, wütend, verlegen stammelte er nur:

»Das bereut er noch! Das vergesse ich nicht! Mein Wort darauf: Das wird er bereuen …«

»Was hast dir mein Sohn getan? Warum schlägst du ihn?«, schrie die Herzogin Faroald an.

»Das mag er dir selber erklären, wenn er den Mut dazu hat!«, erwiderte er mit einem eisigen Blick, die Hand schon auf der Kruppe des Pferdes. »Und wenn ich dir noch einen Rat geben darf: Verbiete dem Bürschlein, den Herzog zu spielen und andere schlimme Possen zu treiben! Denn das da draußen ist blutiger Ernst!« Er ließ sich in den Sattel helfen, ergriff die Zügel. »Ich fürchte aber, es ist nicht mehr gutzumachen, was er schon angerichtet hat. Wir müssen nun jederzeit mit dem Angriff rechnen. Unulf! Was stehst du hier noch herum? Vielleicht stellen sie draußen schon die Sturmleitern an! Führe die Helden auf ihre Posten!«

Er ritt davon.

»Soll ich die wirklich auf die Mauer stellen?«, fragte Unulf den alten Marschalk, abschätzig auf den kläglichen Haufen deutend.

»Wenn es der Kommandant befohlen hat, kannst du sie auch auf die Zinnen stellen – zum Abschießen!«, war die grimmige Antwort.

Unulf, ein zottelbärtiger, untersetzter Glatzkopf, begann zu schnauzen und trieb die Jünglinge, die keinen Widerstand wagten, zu seinen wartenden Leuten hinüber.

Nur Taso und Subo blieben zurück. Die Herzogin wandte sich erneut ihrem Sohn zu.

»Aber was hast du denn Schlimmes getan? Was soll sich nicht mehr gutmachen lassen? Was meint er damit? Ich will ...«

Sie verstummte entsetzt, ergriff Tasos Hand.

Ein Brandpfeil kam über die Mauer geflogen, flach zischte er über die Köpfe hinweg. Keine fünfzehn Schritte entfernt traf er einen Karren mit Pferdefutter, der augenblicklich in Flammen aufging.

Ein Zweiter folgte, ein Dritter, ein Vierter.

Diese landeten im Sand und verglühten. Rauchschwaden zogen über den Platz.

Ringsum geriet alles in Hast und Aufregung. Ruthard schrie nach Knechten mit Löschwasser. Unulf befahl seinem Trupp, an der Mauer in Deckung zu gehen. Ein aufgescheuchtes Pferd galoppierte über den Platz. Die Leibwächter der Herzogin stürzten zu dem brennenden Karren und stießen ihn fort, damit die Flammen nicht eine Hauswand erfassten.

Taso und Subo eilten davon.

Romilda war plötzlich allein. Sie machte zuerst ein paar ziellose Schritte, doch dann fiel ihr Blick auf die Treppe, die zur Mauerplattform führte. Ohne Besinnen eilte sie hin, stieg hinauf.

Oben richteten sich die Schützen, die hinter den Zinnen gekauert hatten, bereits wieder auf.

»Es ist vorbei«, hörte sie einen sagen. »Das waren nur ein paar Probeschüsse.«

Die Männer bemerkten die Herzogin, machten ihr Platz.

Sie trat näher und blickte lange hinunter auf das feindliche Heer. Doch sie war aufgeregt und verwirrt und nahm nicht mehr wahr, als würde sie vor einem Sandhügel stehen, auf dem Hunderte, Tausende Ameisen durcheinanderwimmelten.

Nur ein purpurner Fleck inmitten der grünenden Landschaft, wie ein übergroßer Blutstropfen, fremdartig und bedrohlich, erregte ihre Aufmerksamkeit.

Einem der Männer in ihrer Umgebung fiel auf, dass sie unentwegt dorthin starrte.

»Nun wissen wir, wo das Verderben lauert«, sagte er gallig.

»Was ist das?«

»Das Zelt des Khagans, Frau Herzogin.«

21

Erst um die Mittagszeit kam Grasulf, der Comes der Festung Forojuli, wieder zum Vorschein.

Am Vortag, während sich seine Leute noch mit den Mönchen auf dem Forum herumschlugen, hatte er sich in das Haus eines treuen Gefolgsmannes namen Wulfoald begeben, um dort den Ausgang der Sache abzuwarten. Zu diesem Zeitpunkt bereute er längst, den Angriff auf die andersgläubigen Gottesmänner so überhastet befohlen zu haben. Als er dann hörte, wie viele Verletzte und sogar Schwerverletzte es unter den Veteranen gegeben hatte, erschrak er heftig und hielt es für das Klügste, das Haus des Wulfoald vorerst nicht zu verlassen. Er begriff, dass seine Autorität mit dieser Niederlage verspielt war, und er fürchtete, seine Gegner könnten das nutzen. So nahm ein Plan rasch Gestalt an, den er bisher nicht ernsthaft erwogen hatte. Von Wulfoald herbeigerufen, kamen noch ein paar Getreue ins Haus, und die ganze Nacht lang wurde beraten. Als Knechte dann in der Frühe die Nachricht brachten, die Awaren stünden schon vor den Mauern, fanden die Männer sich in ihrem gerade gefassten Beschluss bestätigt.

Nach einigen Stunden Schlafs trafen sie abermals zusammen, besprachen alles noch einmal gründlich, und wie in der Nacht trank Grasulf einige Becher mehr, als er gewöhnt war. Darauf begab er sich an den Mauerabschnitt, der ihm unmittelbar unterstellt war, täuschte Pflichteifer vor, erteilte Kommandos. Und schließlich machte er sich in den Palast auf, in seine Wohnung im Seitenflügel.

Winiperga empfing ihn mit einem Gewitter von Vorwürfen.

»Ah, sieh einmal an, mein teurer Gemahl! Wurde ja Zeit, dass er sich wieder blicken lässt! Wo hat sich der Held so lange verkrochen? Kein Auge habe ich in der Nacht zugetan! In aller Frühe Lärm und Geschrei: die Feinde sind da! Beinahe hätte mich ein Brandpfeil getroffen, als ich mich auf das Dach hinauswagte! Ich zittere jetzt noch. Mein Herz schlägt rasend. Du aber kümmerst dich nicht um mich, lässt mich allein in meiner Not! Warum sagst du denn nichts? Was soll nun werden? Welche Leiden stehen uns jetzt bevor? Hast du etwas unternommen? Oder werden wir alle zugrunde gehen? Was tust du denn da? Was suchst du?«

Unterdessen war Grasulf, den Wortschwall mit gelassener Miene ertragend, im Wohngemach hinter einen Pfeiler getreten.

Dort stand eine breite, mit Eisen beschlagene Truhe. Er zog einen Schlüssel aus dem Lederbeutel am Gürtel, drehte ihn, klappte den Deckel auf. Da fanden sich Waffen, Gewänder und Männerschmuck. Und unter allem verborgen war eine einfache, schmale Bronzeschatulle. Diese hob er heraus, verschloss die Truhe wieder.

Winiperga, die Augen vom Wachen gerötet, stand neben dem Pfeiler. Sie starrte Grasulf böse an und wartete auf die Erklärung, was es mit der Schatulle, die sie nicht kannte, auf sich habe.

Ursprünglich wollte er ihr keine Auskunft geben. So war es vereinbart mit den Männern: Die Frauen sollten es erst später erfahren, kurz vorher, im letzten Augenblick. Denn die Schwatzhaftigkeit der Weiber, so sagten sie sich, könnte am Ende noch alles verderben.

Aber Grasulf hatte an diesem Morgen mehr Wein getrunken, als er vertrug, und so widerstand er nicht der Versuchung, seine Gemahlin zu verblüffen und über seine ewige Anklägerin einen Triumph zu erringen.

»Warum zeterst und klagst du?«, sagte er mit einem schiefen, ironischen Lächeln. »Was jammerst du über Leiden und Untergang? Sei guten Mutes, vertraue mir. Hier in der Schatulle befindet sich der unschätzbare Hort, der unsere Rettung bedeutet!«

»Was für ein Hort?«, gab sie schroff zurück. »Was kann das schon sein? Und wenn dieses Kästchen voll edelster Steine wäre, so würden die Wilden da draußen sich damit gewiss nicht zufrieden geben.«

»Ein Schlüssel ist drin. Und ein Stück Pergament. Beides bedeutet unsere Rettung.«

»Ein Schlüssel? Wozu?«

»Zu einer Geheimtür. In einer der Nischen des alten keltischen Grabgewölbes neben dem Südtor, hinter Haufen von Gebeinen versteckt. Die Skizze auf dem Pergament bezeichnet die Nische und die Führung des Stollens, der dort beginnt. Er läuft unter der Mauer im Westen hindurch zu einer Felsengrotte im dichten Wald. Von dort erreicht man auf versteckten Pfaden die Straße nach Aquileia. Nun, wie findest du das?«

»Das ist ja unglaublich. Sagst du die Wahrheit?«

»Warum sollte ich dich betrügen? Betrügst du dich selber doch schon genug! Erwartest Hilfe vom Kaiser – vergebens. Würdest gern Herzogin sein – über Tote und Trümmer. Hier drinnen aber ist unsere Hoffnung!«

»Woher hast du diese Schatulle?«

»Gisulf gab sie mir.«

»Dein Bruder?«

»Bevor er abrückte, mit dem Heer. Zu nutzen im Falle der Gefahr. Bei hoffnungsloser Bedrängnis durch die Belagerer. Wenn nur noch Aussicht auf Tod und Vernichtung besteht. Zur Rettung seiner Familie und der Edelsten und Getreuesten.«

Winiperga, die mit starrem Blick zugehört hatte, trat jetzt heftig zwei Schritte vor. Ihre Hand fuhr zitternd nach der Schatulle, berührte sie.

»Er gab sie tatsächlich dir – nicht Romilda?«
»Sonst hielte ich sie wohl nicht in Händen.«
»Also traute er ihr nicht!«
»Das ist zu vermuten.«
»Und es beweist, wie Recht ich hatte.«
»Wenn du Recht hattest, musst du mir dankbar sein.«
»Ich danke Gott, dass er Gisulf vor seinem Tode so viel Klarheit und Weisheit schenkte. Und was hast du jetzt mit der Schatulle vor? Warum lässt du sie nicht hier in der Truhe? Willst du denn etwa schon heute …?«
»Das nicht. Doch will ich Schlüssel und Skizze in Sicherheit bringen. Vielleicht weiß Romilda, dass ich beides besitze. Sie könnte veranlassen, dass dieses Haus durchsucht wird.«
»Manchmal hast du mehr Verstand, als man bei dir erwartet«, sagte sie mit widerwilliger Anerkennung. »Und wohin wirst du die Schatulle jetzt bringen?«
»Ins Haus des Wulfoald. Dort werde ich in nächster Zeit auch Quartier nehmen. Du hast mir erklärt, in welcher Gefahr ich schwebe. Bei ihm bin ich sicher, unter zuverlässigen Männern. Ich hoffe, du hast nichts dagegen einzuwenden.«
»Aber wirst du mich auch nicht vergessen, wenn der Zeitpunkt gekommen ist?«
»Natürlich nicht. Das schwöre ich dir. Halte dich nur bereit, du wirst Nachricht bekommen. Dann sind wir in Kürze bei meinen Verwandten in Aquileia.«
»So bin ich beruhigt. Du hast mir einen Stein von der Seele gewälzt.«
»Ein seltenes Lob aus deinem Munde.«
»Es ist ja verdient.«
Das Lächeln, das sie ihm schenkte, ließ seine Trunkenheit plötzlich verfliegen, und er bedauerte, zu mitteilsam gewesen zu sein.

22

Kaum hatte Grasulf den Rücken gewandt, schickte Winiperga nach Subo.

Lange musste sie auf ihn warten.

Zunächst wurde der Bote, ein Knecht ihres Haushalts, ein paarmal aufgehalten. Man befahl ihn zum Löschen, als wieder Brandpfeile niedergingen und einige von Flüchtlingen errichtete Holzbuden in der Nähe des Forums in Flammen setzten. Dann drückte ihm jemand eine Silbermünze in die Hand, damit er half, einem vom Schlag getroffenen Greis ein Grab zu schaufeln. In der Schenke des Sichar, wo er Subo nicht vorfand, wurde er das Geld dann wieder los – an eine Lustdirne, die sein Mitleid rührte, tränenreich klagend, halb wahnsinnig schon aus Furcht vor dem grausamen Sklavinnenschicksal, das ihr nach dem Fall der Stadt blühen würde.

Er traf den Gesuchten endlich in einem Römerbad, zwei Straßen weiter.

Während er sich von Mägden mit Öl und Bürste behandeln ließ, stritt Subo mit Taso, der ihn zu einem nächtlichen Überfall auf das Awarenlager überreden wollte. Subo zweifelte, dass Taso ein solches Unternehmen ausführen könne. Dem Faroald gegenüber habe er sich nicht gerade heldisch benommen, habe sich schlagen lassen, ohne zurückzuschlagen, und sich widerspruchslos von seiner Gefolgschaft getrennt. Über seine Mutter lästere er zwar, doch habe er Angst vor ihr, und nicht einmal gegen seine Schwester Appa, deren Muntwalt er ja nun sei, könne er seinen Willen durchsetzen. Habe er sich nicht gerade erst eine glatte Abfuhr geholt, als er ihr den Befehl gab, die Frau seines Freundes zu werden?

»Sie wird sich noch fügen!«, versicherte Taso. »Das nächste Mal zwinge ich sie! Verlass dich darauf!«

»Das nächste Mal?«, höhnte Subo. »Wann soll das sein? Wenn wir alle im Himmel sind? Oder vielleicht in der Hölle? Wahrhaftig, ich bin ein Dummkopf, ich hätte deinen Versprechungen nicht glauben sollen. Hab den Zeitpunkt verpasst, mich abzusetzen. Nur Appas wegen habe ich immer noch ausgeharrt, ich wollte sie mitnehmen, wollte sie retten. Doch jetzt sitzen wir in der Falle. Jetzt ist es schon gleich, was noch geschieht. Vielleicht fressen wir morgen schon Erde!«

»Ich spreche noch einmal mit ihr, du bekommst sie! Aber du musst mir schwören, heute nacht mit hinauszugehen! Wir bringen ihnen mit unseren Überfällen so schwere Verluste bei, dass sie die Belagerung aufgeben werden.«

»Dazu müsstest du deine ›Rächer‹ erst wieder zusammenholen. Im Augenblick stehen sie unter einem andern Befehl!«

»Mach dir darüber keine Gedanken. Sie sind alle begierig darauf, sich mit Ruhm zu bedecken. Wir zeigen es dem Faroald, diesem Anmaßer! Wir werden so unter den Feinden wüten …«

»Was will meine Schwester denn von mir?«, fragte Subo den wartenden Knecht, wobei er sich mit gelangweilter Miene von Taso abwandte.

Der Mann bedauerte, darüber keine Auskunft geben zu können. Es sei aber Herr Grasulf zuvor bei der Herrin gewesen.

»Sieh an!«, lachte Subo. »Er ist wieder da – mein Schwager, der wackere Glaubensstreiter! Hat er seinen Rausch ausgeschlafen? Noch so ein Held aus der Sippe der Gausen, mit der es bergab geht …«

Er hatte es nicht eilig, Frau Winiperga aufzusuchen, ihre Vorwürfe anzuhören, ihre Forderungen abzuwehren. Wer mochte wissen, was sie sich jetzt wieder ausgedacht hatte!

Vom Bad ging Subo erst einmal an die Mauer, stieg im Nordosten, wo die Jungmannen eingesetzt waren, zur Plattform hinauf. Hier an der Ecke stand ein Skorpion, eine kleine Wurfmaschine, und mithilfe der Bedienungsmannschaft, die sich ihm nicht zu widersetzen wagte, schoß er mehrere Pfeile nach einem Gebüsch, hinter dem awarische Brandgeschosse aufgestiegen waren. Er verfehlte sein Ziel und war es bald überdrüssig. Der Anblick des feindlichen Lagers, das mittlerweile aus Hunderten Zelten bestand, zwischen denen es wimmelte und wuselte, verursachte ihm Übelkeit. Er war schon wieder ziemlich betrunken, und nur in diesem Zustand ertrug er die Aussicht, dass es wohl bald zum Kampf und vielleicht zum Sterben kommen werde. Mächtig verdross ihn das, weil er doch eigentlich noch zu jung dazu war und weil er nicht wenigstens vorher noch das begehrte Vergnügen gehabt haben sollte.

Winiperga erwartete ihn mit Ungeduld. Da es für sie nun wieder Hoffnung gab, hatte sie sich vor dem Spiegel ein wenig zurechtmachen lassen. Die Nase war gepudert, die Augen waren mit Wimpernschwärze und zartblauem Lidstrich behandelt. Bleiweiß und Purpur bedeckten die tiefen Falten am Mund. Auch die Löckchen waren nun frisch gebrannt, und eine Schnur mit funkelnden Steinen war hineingeflochten. Ein seidenes Kleid mit Blumenmuster umwehte leicht die biegsame, schlanke Gestalt.

»Wahrhaftig, Schwester, man könnte glauben, du wolltest zu einem Fest gehen!«, entfuhr es Subo, als er eintrat. »Habe ich etwa den Sieg verpasst?«

»Das sähe dir ähnlich!«, lachte sie. »Aber falls du den Abzug der Belagerer meinst, so ist damit gewiss nicht zu rechnen. Dennoch besteht für uns Grund zur Freude. Komm …«

Sie nahm seine Hand und führte ihn in eines der verschwiegenen, mit schweren brokatenen Wandbehängen, Teppichen, Elfenbeintischchen und allerlei kostbarem Zierrat ausgestatteten Frauengemächer. Anmutig ließ sie sich auf einer Polsterbank nieder, zog ihn an ihre Seite. Das Möbelstück ächzte und knarrte unter seinem Gewicht.

»Es ist Rettung in Aussicht, doch nicht für alle!«, begann sie geheimnisvoll. »Die Feinde dürsten nach unserm Blut, und die Verschwörer hier drinnen werden schon dafür sorgen, dass sie sich gütlich tun. Aber wir, auf die sie es ganz besonders abgesehen haben, werden entkommen!«

»Wie?«, sagte Subo. »Du sprichst von Verschwörern? Wer sollte das sein?«

»Davon später. Nur so viel: Es ist höchste Gefahr! Vielleicht wüten und toben die Wilden schon in dieser Nacht hier im Palast. Wir beide aber … wir werden fort sein!«

»Fort sein? Die Festung verlassen? Wie denn?«

»Du hast eine Schwester, die dich liebt. Und die über dich wie ein Schutzengel wacht. Habe ich dich nicht erst kürzlich vor dem sicheren Tod bewahrt? Dem Schlachtentod?«

»Ich weiß, du verstehst dich auf Tränke und Sprüche. Aber in diesem Fall …«

»Auch in diesem Fall kenne ich das Mittel!« Sie sah ihn groß und bedeutungsvoll an, wandte sich dann jedoch ab und seufzte.

»Zuletzt hast du mich aber enttäuscht, du warst undankbar.«

»Du wolltest Herzogin werden«, seufzte Subo. »Doch in der Gefolgschaftsversammlung war nichts zu machen.«

»Nicht nur das meine ich.«

»Und was meinst du?«

»Du weißt es«, erwiderte sie mit einem feinen, empfindsamen Lächeln. »Aber was würde ich dir nicht verzeihen!«

»Ich wollte Appa …«

»Sprich nicht von ihr! Sondern sage mir geradeheraus: Bist du bereit, mit mir zu fliehen?«

»Nun, wenn ich wüßte …«

»Bist du bereit?«

»Gewiss …«

»Ich habe schon alles bedacht! Wir beide werden ein neues, ein herrliches Leben beginnen! Ja, du hast Recht, wir werden wie Vögel sein! Doch werden wir nicht im Käfig flattern, sondern davonziehen und uns irgendwo in der Ferne ein Nest bauen!«

Sie ergriff erneut seine Hand.

»Wir beide?«, fragte er verdutzt. »Und Grasulf?«

»Was brauche ich den noch, wozu ist er noch gut?«, sagte sie mit harter Betonung. »Unser Vater zwang mich, ihn zu heiraten. Was für ein Dasein – an seiner Seite! Wäre er wenigstens die Treppe gewesen, um darauf nach oben zu schreiten! Doch was immer er anfing, verdarb er – was immer ich wollte, war ihm zuwider. Gestern, auf dem Forum, gab er die letzte Probe seiner Unfähigkeit. Längst könnte er Herzog sein, und wir stünden hier sicher und stark im Schutze des kaiserlichen Heeres. Jetzt freilich ist alles zu spät, und wenn die Byzantiner noch kommen sollten, wird es nichts mehr für sie zu tun geben. Doch soll er für alles büßen, das hat er verdient! Es wäre ungerecht, wenn er davonkäme! Sollen sie an ihm ihre Rache kühlen! Wir aber …«

»Du sprachst von Verschwörern …«

»Romilda und ihr Geliebter! Wer sonst? Sie haben ihn doch schon entmachtet, führen sich ungeniert als Herrscherpaar auf!«

»So hat also Taso richtig vermutet.«

»Und er wurde dafür vor aller Augen geschlagen, und seine Mutter hat es gesehen, ein bisschen empört getan, doch nichts unternommen. Die beiden betreiben die Sache des Königs und sind heimlich mit den Awaren verbündet!«

»Zum Teufel, das würde erklären, warum dieser Faroald so wütend wurde, als Taso die Feinde abblitzen ließ!«

»Verräterei! Sie fürchten, es könne ernsthaften Widerstand geben. Ihr erstes Opfer war der Herzog. Nun kommen die anderen Gausen dran – Taso, Kako und natürlich mein Gatte. Der König wünscht sie ja zu beseitigen oder wenigstens ungefährlich zu machen. Mit Grasulf hat das Verräterpaar darüber hinaus noch eine persönliche Rechnung. Und alle, die zu ihm gehören – ich, du …«

»Ich? Was hätte ich denn verbrochen?«

»Nichts! Doch wer fragt schon danach. Du bist mein Halbbruder und damit schuldig! Oh, wäre es nur nach mir gegangen … hätte ich nur die Macht erlangt – dieses Weib läge längst im Kerker, wenn nicht im Grabe! Es kam anders, doch über mich – über uns – soll sie nicht triumphieren! Und wenn wir erst in Sicherheit sind, werde ich später vielleicht noch einen Weg finden, ihr zu vergelten, was sie mir …«

Subo wurde nun ungeduldig. Er schnaufte, knetete seine Hände, senkte den Kopf zwischen die mächtigen Schultern und starrte Winiperga durchdringend an.

»Was ist nun, Schwester? Wie sollten wir hier herauskommen? Verdammt, so rede doch endlich!«

Sie rückte näher und schmiegte sich an ihn.

»Subo, mein Teurer«, sagte sie sanft, »ich mag es nicht, wenn du in diesem Ton mit mir sprichst. Ich liebe dich zärtlich, und ich verdiene wohl, dass du meine Gefühle erwiderst.«

»Ich liebe dich ja auch, Winiperga!«, sagte er seufzend.

»Ist das wahr?« Sie hob die blaugetuschten Lider und sah groß und beglückt zu ihm auf. »Nun, ich wusste es ja, und ich baue darauf unsere Zukunft. Höre also, was ich dir vorschlagen will! Wir gehen gemeinsam nach Ravenna, von dort zu Schiff nach Konstantinopel. Oh, wie sehne ich mich danach, in dieser Stadt der tausend Wunder zu leben! Den Kaiser zu sehen, die Großen der Welt, die prächtigen Bauten, die Zirkusspiele … Wir treten dort als edles, von unseren Feinden in Pavia verfolgtes Paar auf. Nicht als Bruder und Schwester – als Ehepaar! Dort kennt uns ja niemand, wir brauchen auf niemanden Rücksicht zu nehmen. Und nichts wird uns hindern, ganz zu vergessen, dass wir einen gemeinsamen Vater hatten. Kannst du dir vorstellen, dass wir so leben … wie Mann und

Frau? Dass wir uns auch so lieben? Ich habe mir das so oft erträumt! Und du … Hast du mich nicht schon immer begehrt? Manchmal hast du mich seltsam angesehen, und wenn du mir nahe kamst, spürte ich …«

Sie drängte sich an ihn, züngelte, schnäbelte. Er saß breit und massig, rührte sich nicht, ließ sie gewähren. Längst ahnte er, was ihre überschwängliche Schwesterliebe bedeutete. Es störte ihn nicht, er war nicht sittenstreng. Geduldig wartete er darauf, dass sie weitersprach.

Erst als sie auf seine Knie glitt und Anstalten machte, seine Gürtelschnalle zu lösen, schob er sie mit seiner breiten Hand zurück auf das Polster.

»Nun sprich endlich! Dazu ist später noch Zeit!«

Mit der Verheißung, die diese Worte enthielten, gab sie sich zufrieden, und eifrig erzählte sie nun, was sie von Grasulf erfahren hatte. Subo staunte nicht wenig. Wohlbekannt war ihm das keltische Grabgewölbe. Er hatte schon Gefangene dorthin geführt, es wurde – wie von den Römern, so manchmal auch von den Langobarden – als Kerker benutzt. Im Augenblick stand es aber leer.

»Ich hoffe«, sagte sie, »du kannst dir dort immer noch Zutritt verschaffen.«

»Nichts leichter als das«, erwiderte er. »Und von dort führt tatsächlich ein Stollen nach draußen?«

»Zu einer Grotte, mitten im Wald. Das Kästchen verwahrt er in einem Ledersack, den Schlüssel dazu in einem Beutel, der auch anderes enthält und den er am Gürtel trägt. Nun liegt es an dir, beides an dich zu bringen! Natürlich darf es niemand bemerken. Er verbirgt sich jetzt im Hause des Wulfoald, und ich denke, es sollte dir nicht schwer fallen, ihn unter diesem Dach aufzuspüren.«

»Ganz und gar nicht!«, versicherte Subo. »Wulfoalds Söhne sind meine Freunde.«

»Dann sieh zu, dass sie dich heute noch einladen. Trinke mit ihm! Er verträgt nicht viel, wird bald umsinken. Wenn du

Kästchen und Schlüssel hast, komm gleich her! Ich warte dann schon mit dem Gepäck. Es wird fast nur aus meinem Geschmeide bestehen … fürstlich werden wir davon leben! Zwei Zofen begleiten mich und ein Diener, der Stumme. Sobald wir draußen in Sicherheit sind und die Straße erreicht haben, kaufen wir Pferde und einen Reisewagen und mieten Knechte zu unserm Schutz. Morgen Abend schon sind wir in Aquileia. Und in drei Tagen in Ravenna. Und dann werden wir für immer vereint sein!«

»Wenn aber Grasulf uns folgt? Er kennt doch den Plan!«

»Das werden wir zu verhindern wissen. Auch das habe ich bedacht, mein Geliebter …«

Subos rundes Gesicht glühte auf. Er zitterte vor Behagen. Gerettet! Nun hielt ihn nichts mehr, er musste fort. Winiperga hängte sich noch einmal an ihn, küsste ihn gierig. Er ertrug es, machte sich aber gleich los. Stapfte waffenrasselnd hinaus, riss dabei eine kostbare Vase um.

»Aber zu niemandem ein Wort!«, rief sie und blickte ihm lächelnd, hoch atmend nach.

23

»Warte doch, Subo!«

»Verzeih, bin in Eile!«

Subo stürmte über den Palasthof, als Taso ihn anrief und aus dem Schatten des Bogenganges trat. Dem Strohschopf kam die Begegnung ungelegen, er blieb nicht einmal stehen.

»Ich muss mich beeilen!«, wiederholte er. »Ein dringender Auftrag meines Schwagers, des Comes!«

»Und ich habe eine dringende Nachricht für dich!«, sagte Taso und schloss sich ihm an.

»Was ist es denn?«, fragte Subo gleichgültig.

»Sie erwartet dich nachher, bei Anbruch der Dunkelheit, im Palastgarten.«

»Wer erwartet mich?«

»Sie!«

»Wer – sie?«

»Nun, Appa! Wer sonst?«

Subo blieb stehen und starrte Taso ungläubig an.

»Appa erwartet mich im Palastgarten?«

Taso zupfte an seinem dünnen Bart und lächelte ein bisschen verlegen.

»Eigentlich wird sie nicht dich erwarten, doch sie wird dort sein. Hinter dem Pinienhain, an der Tempelruine. Wenn du dich dort ebenfalls einfindest, seid ihr vollkommen ungestört. Vorausgesetzt ...«

»Vorausgesetzt?«

»... der andere, mit dem sie sich treffen will, kommt nicht.«

»Der andere?«

»Hildigis. Sie hat ihn hinbestellt, dieses leichtfertige Geschöpf. Nicht schwer zu erraten, was sie vorhaben. Ich könnte ihr den Spaß verderben. Doch ich dachte an dich und hatte den Einfall, du … Wenn du vielleicht an seiner Stelle …«

»An seiner Stelle? Du meinst …?«

»Ich meine, wenn es dann einmal geschehen ist …«

»Du willst damit sagen … O ja, ich verstehe! Nach einem tüchtigen Lanzenstich, der ins Ziel trifft …«

»… wird ihr nichts anderes übrig bleiben, als künftig in alles einzuwilligen.«

»Ha, vortrefflich!«, rief Subo. »Das wäre ja eine höchst wunderbare und unerwartete Wendung! Und ausgerechnet in einem Augenblick, in dem ich schon fast entschlossen war aufzugeben und ganz andere Pläne hatte! Aber ist es auch wahr, was du sagst? Woher weißt du es denn? Doch nicht von ihr selbst?«

»Von Gaila. Sie hat Appa und Hildigis belauscht, als sie die Verabredung trafen. Du weißt ja, die Ärmste ist in dich verliebt und auf ihre Schwester eifersüchtig. Sie hat mich selber gedrängt, es dir zu sagen, damit du erkennst, dass Appa verdorben ist. Und sie hofft natürlich, du würdest dich dann um sie bewerben. Ich schäme mich für meine Schwestern!«, fügte Taso entrüstet hinzu. »Unser Vater ist tot, und die Feinde stehen vor unseren Mauern – sie aber denken nur an ihre Lust und ans Heiraten!«

»Weiber haben nun einmal nichts anderes im Sinn«, bemerkte Subo im Brustton der Überzeugung. »Uns dagegen beschäftigt jetzt Wichtigeres. Doch werden wir uns ja die Awaren vom Halse schaffen, und so müssen wir auch die Zukunft im Auge behalten. Ich bin sicher, dass Appa später bereuen würde, sich diesem Krüppel hingegeben zu haben. Das langobardische Recht ist unerbittlich. Sie wäre entehrt, und kein Edler würde sie dann noch haben wollen. Und auch du, unser künftiger Herzog, würdest durch eine solche Schande gewaltig an Ansehen verlieren. Damit dies alles nicht geschieht, bin ich bereit, deinen Vorschlag anzunehmen!«

»Du gehst also hin und triffst dich mit ihr!«, sagte Taso erfreut. »Aber lass dich nicht von ihr zurückweisen! Sie ist stark, sie kann beißen und kratzen. Ich selber habe mit ihren Zähnen und Nägeln schon meine Erfahrungen machen müssen!«

»Auch ich habe meine Erfahrungen, Freund«, erwiderte Subo und lachte selbstgefällig. »Sei unbesorgt. Wir beide sind schon so gut wie verschwägert. Nur eine Schwierigkeit gibt es noch. Dieser Hildigis …«

»Der wird nicht stören. Ein Befehl oder eine wichtige Nachricht ruft ihn in die entgegengesetzte Ecke der Festung.«

»Und wer soll der Überbringer sein?«

»Mein Bruder Kako. Dem wird er vertrauen.«

»Aber vertraut Kako dir? Und vor allem: gehorcht er dir?«

»Gewiss. Ich bin ja nun wieder sein Anführer. Du weißt noch nicht, dass ich mich Faroald, an dem ich mich später blutig rächen werde, inzwischen zum Schein unterstellt habe. Erfreut übertrug er mir gleich den Befehl über die ganze Nordostecke der Festungsmauer. Natürlich wollte er damit meiner Mutter gefallen. Sie gebärdete sich auch ganz beglückt, umarmte mich, lobte ihn. Widerlich war es, ich komme gerade von ihnen. Aber jetzt bin ich wieder bei unserem Haufen, kann jederzeit eigene Unternehmungen anordnen. Sogar das geheime Ausfalltor habe ich unter meiner Kontrolle. Nun, bist du immer noch mit mir unzufrieden?«

»Keineswegs. Das war klug gehandelt.«

»Und wirst du dabei sein, wenn es losgeht? Vielleicht heute Nacht schon?«

»Wenn es heute Nacht losgeht – bestimmt!«

Subo lachte laut auf, und Taso stimmte bereitwillig ein, obgleich das Gelächter ihm etwas unangebracht erschien.

Mittlerweile hatten sie den Palasthof verlassen und die Festungsmauer erreicht. Auf der Plattform gingen sie weiter.

Im Lager des Feindes war es ruhig, zwischen den Zelten

flammten die Feuer auf. Jägertrupps kehrten aus der Umgebung zurück, mit Beute beladen.

An der Nordostecke wurden Taso und Subo von ihren Gefährten, die schon die neue Stellung bezogen hatten, freudig begrüßt. Hier trennten sich beide mit einem Handschlag und einverständlichem Augenzwinkern.

Taso stieg auf den Wachturm.

Subo, der sich als Grasulfs Mann sah und hier keine Aufgabe hatte, suchte die Söhne des Wulfoald. Es traf sich, dass einer der beiden bald abgelöst werden sollte, und Subo verabredete sich mit ihm für den Abend im Haus seines Vaters.

Die Sonne stand bereits tief, und die Mauer warf einen breiten Schatten.

Subo stieg hinab und schlug gewohnheitsmäßig den Weg zum Forum ein. Bei Sichar trank er noch einen Becher und kam mit einem Kaufmann ins Gespräch, der sich wortreich über seine Dummheit und Unentschlossenheit beklagte – als Ursachen dafür, dass er nun in dem belagerten Forojuli festsaß. Beiläufig fragte ihn Subo über den Zustand der Straße nach Aquileia aus.

Dann schlenderte er zum Palast zurück.

24

Es gab drei Arten, Festungen zu erobern: durch Hunger, durch Durst und durch offenen Kampf. Die beiden Ersteren wurden angewandt, wenn die Belagerer keine Möglichkeit sahen, eine von starken Mauern umgebene, gut verteidigte Stadt oder Burg zu erstürmen. Das konnte sich Wochen, Monate oder gar Jahre hinziehen. So ergab sich zum Beispiel Pavia, als es vier Jahrzehnte zuvor von den Langobarden belagert wurde, erst am Ende des dritten Jahres, nachdem alle Vorräte restlos aufgebraucht waren.

Die Verteidiger von Forojuli waren allerdings überzeugt, dass es weder der Wesensart noch der Gewohnheit der vor ihren Toren liegenden Feinde entspräche, Geduld für eine lange Belagerung aufzubringen. Sie rechneten ziemlich fest damit, dass die Awaren anrennen und die Entscheidung, wie sie es immer taten, im Kampf suchen würden.

Wie ein Sturmwind war dieses Steppenvolk aus dem Inneren Asiens über das östliche Europa gekommen. Erst ein halbes Jahrhundert war es her, dass es an der unteren Donau erschienen war und den byzantinischen Kaiser Justinian gezwungen hatte, Frieden und Bündnis teuer zu erkaufen. Dann war es ausgeschwärmt bis zur Weichsel, Oder und Elbe, hatte raubend und brennend, Tod und Schrecken verbreitend, Völker und Länder unter seine Herrschaft gebracht. Die Awaren lebten im Sattel und im Zelt, Städte und Dörfer zerstörten sie nur, errichteten aber niemals eigene. Sie tauchten auf und verschwanden wieder, blutige Spuren hinter sich herziehend. Irgendwo zwischen Donau und Theiß hatte ihr

Reich einen Mittelpunkt, wurde ein Heiligtum vermutet, wo sie ihren Göttern huldigten. Hier häuften sie ihre Kriegsbeute auf, weideten sie ihre vieltausendköpfigen Herden, trieben sie massenweise Menschen aus den eroberten Gebieten zusammen, um sie durch Sklavenhändler an Herren in aller Welt zu verkaufen.

Ihr Reichtum war allem Anschein nach märchenhaft, eine Gelegenheit, Beute zu machen, wiesen sie niemals zurück. Schon einmal hatten sie mit einem Langobardenkönig – mit Alboin, dem Eroberer Italiens – ein überaus einträgliches Bündnis geschlossen, als dieser mit ihrem tödlichen Flankenschutz das Reich der Gepiden zerstörte. Herzog Gisulf hatte deshalb zweifellos richtig vermutet, dass König Ago sich dessen erinnert und sich gleichfalls dieser »Geißel Gottes« bedient hatte. Das herzogliche Heer war vernichtet, es war den räuberischen Horden auch bereits manches friaulische Dorf, manches Gut in die Hände gefallen. Jetzt aber standen sie vor der Stadt, die das höchste Ziel ihres Begehrens war. Und zweifellos würden sie nicht warten, bis ihnen Hunger und Durst die Tore öffneten.

»Und darüber können wir auch noch froh sein!«, sagte Billo, der Kämmerer, als im Kriegsrat bei der Herzogin, am Nachmittag, über diese Frage gesprochen wurde. »Wenn die Awaren nämlich wüssten, wie lange wir durchhalten können, würden sie sich vielleicht doch gedulden. An Wasser mangelt es nicht, die Brunnen versorgen uns ausreichend. Auch die Zisternen sind noch gefüllt, es hat ja in letzter Zeit tüchtig geregnet. Ganz anders aber sieht es mit Lebensmitteln und Viehfutter aus. Dass die Verfluchten auch gerade in dieser Jahreszeit kommen, wo alle Vorräte zu Ende gehen! Und woher sollte man in der kurzen Zeit noch etwas beschaffen! Am besten sind wir noch mit Hirse versorgt, die hält sich ja nun einmal am längsten, verdirbt nicht so leicht. Einen kleinen Topf Hirse für jede Familie können wir noch täglich bereitstellen. Aber schlecht steht es mit Hafer und Gerste, noch schlechter mit Bohnen, Erbsen und Zwiebeln. Zum Glück haben wir noch einige Dutzend Tonnen mit Salz. Weil wir nicht alle Tiere mehr füttern können, müssen wir schlachten, haben schon damit angefangen. Ach, und überall wird gestohlen … am meisten von denen, die für die Verteilung verantwortlich sind! Das ist das Gut, woran es am meisten mangelt: Pflichtbewusstsein und Ehrlichkeit!«

»Und wie lange glaubst du nun, Billo, könnten wir noch widerstehen«, fragte die Herzogin, »wenn die Awaren es doch darauf ankommen ließen, uns auszuhungern?«

Der alte Kämmerer wiegte den Kopf, strich sich den schlohweißen Bart.

»Drei Wochen. Vielleicht auch vier, wenn es hochkommt …«

»Nicht länger?«

»Im Palast könnten wir uns noch Monate halten. Auch viele Bürger sind gut versorgt. Aber die Flüchtlinge, die vielen Armen! Ja, wenn man die überflüssigen Esser … alle, die für die Verteidigung nutzlos sind, zu den Toren hinausjagte, wie es Frau Winiperga vorschlug …«

»Das wird niemals geschehen!«, rief Romilda.

»Dann können wir also nur hoffen, dass die da draußen sich mit dem Angriff beeilen«, warf Ruthard ein, mit einem grimmigen Lächeln. »Auf unsere Mauern ist Verlass, doch bei der Abwehr werden viele umkommen. Umso besser für die, die übrig bleiben. Die haben dann noch eine Weile zu essen!«

»Mit dem baldigen Angriff müssen wir rechnen«, sagte Faroald, »aber er lässt sich vielleicht auch abwenden. Unbedingt müssen wir es versuchen! Auch auf unsere Mauern wäre ja nur Verlass, wenn sie als Reiterhorden gegen uns anstürmten. Mögen sie Barbaren sein … sie haben längst gelernt, wie man Städte belagert. Mit ihren Brandpfeilen haben sie uns schon begrüßt. Bald werden sie mit Steinschleudern und mit Rammböcken kommen. Sie verstehen auch, Angriffstürme zu bauen. Natürlich machen sie das nicht selbst, dazu haben sie Fachleute, Kriegsgefangene zumeist, Byzantiner und Franken. Und auch wenn sie stürmen, werden sie nicht ihre eigenen Stammesangehörigen vorschicken. Das ist ihr größter Vorteil uns gegenüber: Verluste unter den Kämpfern tun ihnen nicht weh. Von denen, die ihr da draußen seht, ist nur jeder fünfte ein Aware. Die meisten sind Sklavenier, Sarmaten, Gepiden, Hunnen und weiß-der-Teufel-was. Die müssen als Erste in den Kampf, die jagen sie die Sturmleitern hoch. Was macht es, wenn ein paar hundert oder tausend von ihnen umkommen!«

»Das ist wahr«, bestätigte einer der Anführer der Veteranenmannschaft, der anstelle von Grasulf zum Kriegsrat erschienen war. »Vorhin versuchte ein Trupp, sich bei uns, auf der westlichen Seite, der Mauer zu nähern. War nicht sehr stark, zählte höchstens zwei Dutzend. Rückte unter einem Schutzdach bis an den Festungsgraben heran. Wollte wohl nur erkunden, wie tief er war und ob es gelingen könnte, ihn zuzuschütten oder darunter hindurch zu graben. Trotz des Schutzdachs erwischten wir zwei mit Pfeilschüssen. Da zogen sie sich rasch zurück und ließen die beiden Toten liegen. Schöne Awaren! Zwei Jüngelchen ... spitznasig, rothaarig, milchhäutig.«

»Und habt ihr sie geborgen, bestattet?«, fragte die Herzogin.

»Das Herrin, haben wir lieber bleiben lassen. Wie der Vicarius schon sagte: Wir müssen vorsichtiger sein und unnötige Verluste vermeiden. Inzwischen kümmern sich die Geier um sie.«

»Sprechen wir nun davon, was als Nächstes geschehen muss!«, nahm Faroald wieder das Wort. »Wofür immer sie sich entscheiden, ob sie uns angreifen oder aushungern ... ihre Vorteile liegen auf der Hand. Ich wiederhole deshalb: Wir müssen verhandeln! Das Unmögliche muss versucht werden: Sie zum Abziehen zu bewegen. Das wird eine äußerst schwierige Aufgabe, nachdem heute Morgen ihre Abordnung unter Schmähungen fortgeschickt wurde. Das gilt es nun wieder gutzumachen!«

»Ich habe meinem Sohn ins Gewissen geredet«, sagte Romilda, dem Blick des Vicarius ausweichend, »und ihn für sein unbesonnenes Handeln getadelt. Er hat mir beim Andenken seines gefallenen Vaters geschworen, sich künftig jeder Eigenmächtigkeit zu enthalten und nur noch Befehle auszuführen. Ich stehe dafür ein, dass er Wort hält!«

»Eine Abordnung muss zu ihnen hinaus«, fuhr Faroald fort, »und versuchen, vor ihren Khagan zu gelangen. Zunächst muss sie sich für den Vorfall entschuldigen, ihn als Irrtum eines Jünglings hinstellen, der nicht befugt war und inzwischen bereut hat. Sodann muss sie dem Khagan erklären, die Herzogin und ihr Hof stünden ab jetzt und für alle Zeiten treu und fest auf Seiten des Königs, und wenn auch er ein Freund König Agos sei, habe man eher Grund, sich die Hände zu reichen, als die Schwerter zu kreuzen. Schließlich der Hauptpunkt. Ohne Beute ziehen sie natürlich nicht ab. So müssen wir ihnen eine Summe bieten, die sie für das entgangene Raubgut entschädigt.«

»Und du glaubst, sie werden sich mit einem Bruchteil zufrieden geben, wo sie doch alles haben könnten?«, zweifelte Ruthard.

»Ja. Vorausgesetzt, das Entgangene ist weniger, als die Verluste ausmachen würden, wenn sie belagern und kämpfen.«

»Eine schwierige Rechnung«, meinte Billo. »Aber vielleicht geht sie auf.«

»Lassen wir die Nacht noch verstreichen«, schlug Faroald vor. »Das gute Werk gedeiht in der Morgenstunde.«

Er selber erbot sich, die Abordnung anzuführen. Doch ging die allgemeine Ansicht dahin, dass der Vicarius, der eigentliche und unentbehrliche Kommandant der Festung, sich dem Risiko einer Gefangennahme oder gar Schlimmerem nicht aussetzen dürfe. Man wusste, nicht immer hatten die

Awaren, tückische, unberechenbare Wilde, feindliche Abgesandte respektiert. Es gereichte deshalb den Männern des Kriegsrates – noch mehrere Unterführer waren zugegen – zur Ehre, dass jeder bereit war, sich auf den gefährlichen Weg zu machen.

Zwei wurden schließlich ausersehen: Billo, weil er betagt und würdig, weil er als Franke im Grunde neutral und weil er als Kämmerer für Zahlungen zuständig war; und Warnehar, der Gastalde, der als früherer Verwalter eines Krongutes die königstreuen langobardischen Edelfreien vertreten sollte.

Noch ein Dritter war zu bestimmen.

»Wer hat uns den bittern Brei eingerührt?«, sagte Ruthard. »Mag er ihn auslöffeln! Schicken wir, Herzogin, deinen Sohn! Soll er zeigen, dass er Mut hat und dass er bereit ist, wieder gutzumachen.«

Romilda erschrak über diesen Vorschlag und war nicht gleich im Stande zu antworten. Sie saß am Fenster des Empfangssaals, in ihrem Armstuhl. Die Männer, die sie im Halbkreis umstanden, blickten sie an und warteten.

»Bedenkt bitte«, sagte sie schließlich leise, vergebens bemüht, ihre unsteten Hände ruhig zu halten, »dass er ganz unerfahren ist und dass eine solche Mission, wie wir ja gerade festgestellt hatten, großes Geschick erfordern wird. Es könnte ihn auch der Hass derjenigen treffen, die er heute morgen so voreilig abwies. Wir wissen doch, sie sind grausam und unbarmherzig. Wollt ihr denn, dass sie nach dem Vater auch seinen ältesten Sohn …«

Die Stimme versagte ihr, sie verstummte.

Die Männer schwiegen. Einige tauschten Blicke.

»Ich bleibe bei meinem Vorschlag«, sagte Ruthard nach einer Weile. »Er ist volljährig. Wusste, was er tat. Ich leugne nicht die Gefahr, in die er geraten könnte. Doch hat er uns alle durch seinen Übermut in Gefahr gebracht. Es ist nur gerecht, dass er dafür einsteht.«

»Wenn er sich Hoffnung macht, Herzog zu werden«, sagte Warnehar, »muss er Mut und Einsicht beweisen. Dazu hätte er nun Gelegenheit.«

»Mit dem Maul kann jeder ein Held sein«, brummte Unulf, der Unterbefehlshaber der Palastwache. »Er soll uns mal zeigen, ob er auch sonst einer ist!«

Die meisten Männer im Halbkreis nickten dazu mit ernsten Mienen.

Romilda blickte von einem zum anderen. Sie wusste, dass sie nicht zustimmen würde, wollte jedoch gerade in diesem Fall überzeugen, nicht anordnen.

»Sie werden ihn umbringen!«, sagte sie eindringlich. »Warum wollt ihr mir meinen Sohn nehmen? Welchen Sinn hätte es, ihn zu opfern? Verzeiht ihm doch, lasst ihn sich anders bewähren! Liefert ihn nicht diesen Teufeln aus!«

»Ich unterstütze die Bitte der Frau Herzogin«, ließ der Vicarius sich endlich vernehmen. »Überlegt doch! Wie könnte er uns in der Abordnung nützlich sein? Sie würden seine Gegenwart nur wieder als Herausforderung empfinden. Und wir wissen auch nicht, ob er wirklich die Selbstbeherrschung aufbringen würde, sich für sein Verhalten vor ihnen zu demütigen. Wenn auch vielleicht nicht töten, so könnten sie ihn doch als Geisel nehmen, uns damit noch mehr in Nachteil bringen und höhere Zugeständnisse erpressen. Auch ich bin der Meinung, wir sollten ihm hier in der Festung Gelegenheit geben, sich zu bewähren.

Die Frau Herzogin hat uns gerade noch einmal erklärt, dass er dazu bereit ist, dass er von jetzt an nur noch pünktlich Befehle ausführen wird. Ich vertraue ihm, Männer! Ich bin sicher, dass er es aufrichtig meint! Er wird seine Pflicht tun, wie wir es von ihm erwarten! Nun aber lasst uns den dritten Mann für die Abordnung bestimmen …«

Man einigte sich schließlich auf Unulf. Der alte Marschalk knurrte zwar etwas von »Leichtgläubigkeit« und »gefährlicher

Nachsicht«, doch beugten sich alle den Argumenten und der Autorität des Vicarius.

Die Herzogin entließ die Männer und schickte Faroald, als er hinausging, einen langen, dankbaren Blick nach.

25

Noch niemals hatte Romilda erlebt, dass die Stadt und Festung Forojuli, in der sie seit zwanzig Jahren beheimatet war, von Feinden bedroht und belagert wurde. Sie wusste vom Krieg bisher nur aus Erzählungen der Männer, bis vor ihre Tür war er nicht gekommen, hatte immer rechtzeitig Halt gemacht. Noch bis zum gestrigen Tag hatte sie seine Gräuel aus den Berichten von Heimkehrern, aus den Schilderungen von Flüchtlingen kennen gelernt. Sie hatte beim Zuhören Tränen vergossen, vor Angst und Grauen schlaflose Nächte verbracht. Doch wenn sie morgens ans Fenster getreten war, hatte sie immer auf eine friedsame Landschaft geblickt, Wiesen, Wälder und Hügel, dahinter wie unerschütterliche Wächter die Berge der Alpen.

Seit heute schändete diese Landschaft ein Heerlager, in dessen Mitte sich das abscheuliche purpurfarbene Zelt erhob. Nur von dem einen Fenster ihrer Gemächer, das nach Osten ging, konnte Romilda es sehen. Der Raum war fast leer, lediglich ein paar Kleidertruhen standen herum. Doch immer wieder zog es sie im Laufe des Tages dorthin, und sie wühlte dann in den Truhen und tat vor sich selber so, als suche sie etwas und sei geschäftig. Von Zeit zu Zeit warf sie dabei einen Blick aus dem Fenster, und jedes Mal spürte sie am Hals den Herzschlag, und ihr Atem ging schneller. Was für ein Ungeheuer mochte das sein, dieser Khagan, der in dem purpurfarbenen Prunkzelt hauste? Sie stellte ihn sich als plumpen Götzen vor, mehr Tier als Mensch, erdfarben, über und über behaart, bärenhaft stark, mit tückischen Wolfsaugen. Einmal lief ihre kleine Tochter ihr nach, die Fünfjährige, und sprach sie an, als sie gerade wieder am Fenster stand und hinüberstarrte. Da schrie sie auf und floh, das Kind auf dem Arm, aus dem Zimmer. Sie fürchtete wohl in diesem Augenblick, das zarte Stimmchen könne den Unhold herbeilocken.

Nichts war an diesem Tag normal. Dass Faroald Taso vor aller Augen geschlagen hatte, war ihr zunächst unfassbar erschienen. Ein Gefolgsmann hob gegen den künftigen Herzog die Hand! Jemand, zu dem sie so viel Vertrauen hatte, schlug öffentlich eines ihrer Kinder! Es reute sie plötzlich, dass ihre Neigung für diesen Mann, die nach so vielen Jahren nicht erloschen war, sie zu einer möglicherweise falschen Entscheidung verführt hatte. Sie hatte ihm Macht in die Hand gegeben, die er sogleich gegen ihren Sohn missbrauchte. Was hatte er vor? Was für eine Absicht verfolgte er? War draußen Krieg und drinnen Revolte?

Sie zog dann Erkundigungen ein und erfuhr vorerst nur von der schimpflichen Abfuhr, die Taso der feindlichen Abordnung erteilt hatte. Gewiss, dazu war er nicht berechtigt gewesen, er hatte töricht, fahrlässig, übermütig gehandelt. Sie selber machte sich längst schon Sorgen darüber, dass ihr ältester Sohn die nötige Reife und Selbstbeherrschung, die man von einem jungen Mann seines Alters und Ranges erwarten musste, vermissen ließ. Aber war das ein Grund, ihn so beleidigend zu maßregeln? Als Faroald kam, um über die Lage zu berichten, empfing sie ihn kühl, erwähnte allerdings den Vorfall nicht, weil noch andere Männer zugegen waren. Doch ließ sie ihn deutlich ihren Unmut spüren.

Sie hielt sich dann einige Zeit bei den Vorratshäusern auf, um selbst die Verteilung der Lebensmittel an die Bedürftigen zu überwachen. Als sie in ihre Gemächer zurückkehrte, wurde sie unwillkürlich Ohrenzeugin einer heftigen Auseinandersetzung zwischen ihren beiden ältesten Kindern. Taso und Appa schrien sich an, warfen sich die gröbsten Beschimpfungen an den Kopf. Er nannte sie eine Dirne, sie ihn einen

Kuppler, und beide ließen kein gutes Haar aneinander. Taso behauptete, er wisse, dass Appa sich nachts mit Hildigis treffe, doch sei er bereit zu vergessen, wenn sie sich endlich seinem Willen füge. Das werde sie niemals tun, gab sie zurück, und eine grausame Zumutung sei es, dass sie das Brautbett mit seinem Freund Subo, diesem elenden Feigling und Mörder, teilen solle. Wenn sie bei ihrer Weigerung bleibe, werde er sie zu zwingen wissen, drohte er, ihrem Herzog und Muntwalt werde sie schon gehorchen. Da lachte sie auf: ein feiner Herzog, der öffentlich seine Mutter schmähe und dafür von einem Gefolgsmann geohrfeigt werde. So einen erkenne sie nicht als Muntwalt an. Im Übrigen sei es aus mit dem Herzogtum, die Awaren würden die Festung ja einnehmen, in Kürze würden sie alle tot sein. Die einzige Autorität, die sie noch anerkenne, sei deshalb Gott der Allmächtige.

Es schmerzte Romilda, was sie da hörte, hinter der Tür verborgen. Sie mischte sich aber nicht ein, sondern zog sich zurück. Etwas später erfuhr sie dann von Gaila, was sich am Morgen zwischen Taso und Faroald tatsächlich ereignet hatte. Die magere rotblonde Fünfzehnjährige, immer und überall Auge und Ohr, war bei den Jungmannen auf der Mauer gewesen, hatte aus mitgebrachten Körben Brot und kaltes Geflügel verteilt. Trotz der Tränen und Ängste beim Anblick eines Feindes hatte sie dabei eifrig herumgehorcht und alles erfahren. So musste die Herzogin Faroald stille Abbitte leisten – er hatte ihre Ehre verteidigt.

Taso aber hatte seinen dreisten und gefährlichen Torheiten eine weitere hinzugefügt. Das schmerzte sie und machte sie zornig.

Was würde er noch alles anrichten! Der Gedanke quälte sie, ihr unberechenbarer Sohn könne sich, angestachelt von Subo und anderen, zu einer Rachetat gegen Faroald hinreißen lassen. So sann sie darüber nach, wie sie die beiden versöhnen konnte.

Sie ließ Taso, der im Palasthof lungerte, zu sich rufen, tat so, als wisse sie nichts oder nichts Genaues, und wies ihn nur darauf hin, dass er später nicht Herzog werden könne, wenn er sich jetzt nicht bei der Verteidigung Forojulis hervortue.

»So geht das nicht weiter!«, sagte sie streng. »Glaubst du, du wirst das nötige Ansehen erwerben, wenn du dich in Schenken herumtreibst? Alle erwarten von dir, dass du dich bewährst und der Nachfolge deines Vaters würdig zeigst. Also handle danach! Das Kommando über deine Gefolgschaft wirst du zurückerhalten, das veranlasse ich. Aber ich möchte es nicht bereuen! Solange die Belagerung anhält, gehorchst du den Männern, die die Befehlsgewalt haben und vermeidest jede Eigenmächtigkeit. Hast du verstanden? Versprichst du mir das?«

»Ja, Mutter, ich verspreche es«, sagte Taso überraschend bereitwillig.

»Alle haben wir jetzt eine große und heilige Aufgabe«, fuhr sie nachdrücklich, aber in einem schon weniger schroffen Ton fort. »Was immer es jetzt an Groll und Hader gibt, muss zurückgedrängt werden. Auch zwischen meinen Söhnen und Töchtern dulde ich keinen Streit! Vielmehr solltet ihr, da ihr nun keinen Vater mehr habt, zusammenhalten. Ihr müsst einander stärken, euch Mut machen. Und die Älteren müssen die Jüngeren, die Brüder die Schwestern beschützen. Vor allem von dir erwarte ich, dass du das einsiehst und dich dafür verantwortlich fühlst!«

»Ja, Mutter.«

Zu ihrer Freude zeigte Taso Einsicht. Er war sogar, so schien es ihr, etwas zerknirscht, der erhöhten Gefahr wegen, die er verursacht hatte. Ohne Vorbehalt wollte er alles tun, was sie für richtig und notwendig hielt.

Während sie noch mit ihm sprach, erschien Faroald mit den anderen ranghohen Männern zum zweiten Mal an diesem Tage zum Kriegsrat. In aller Gegenwart bat sie ohne Umschweife, der Vicarius möge ihrem Sohn eine seiner Geburt und seinem Rang angemessene Aufgabe übertragen. Sie habe sich davon überzeugen können, dass er nunmehr verstanden habe, worauf es ankomme, und treu und zuverlässig danach handeln werde.

Faroald zögerte zunächst. Auch die anderen setzten bedenkliche Mienen auf. Alle sahen streng auf den Sohn des Herzogs, und Ruthard fragte geradeheraus, ob man ihm künftig trauen dürfe. Taso, rotfleckig im Gesicht, stammelte etwas, seine Mutter bejahte an seiner Stelle. Mit Blicken bat sie Faroald um Verzeihung für ihr schroffes Benehmen. Da sagte er, man könne immerhin einen Versuch machen, und da er Unulf und seine Leute zu anderem brauche, sei er bereit, ein Stück der Festungsmauer, die nordöstliche Ecke, den Jungmannen und ihrem Sohn als deren Gefolgschaftsführer anzuvertrauen.

Sie dankte ihm erleichtert. Umarmte dann Taso und entließ ihn. Während der folgenden Beratungen vermied sie es, Faroald anzusehen, aus Furcht, sie könne ihre Gefühle verraten. Großherzig hatte er sich verhalten und ihrem Sohn, der es kaum verdiente, Vertrauen geschenkt und eine hohe Verantwortung übertragen. Sie fühlte sich in seiner Schuld, die schließlich noch anwuchs, als er Taso gegen den Willen und Rat der anderen vor dem ebenso demütigenden wie lebensgefährlichen Ausflug ins Awarenlager bewahrte. Er verhält sich zu ihm wie ein Vater, dachte sie. Straft, wenn es sein muss, schützt aber auch …

Als die Männer gegangen waren, zog es Romilda erneut unwiderstehlich in die Kammer mit dem Ausblick nach Osten. Zu ihrer Überraschung fand sie dort Appa. Das Mädchen kniete im Hemd, das Haar gelöst, vor einer Truhe, die ihre Sachen enthielt. Eine Halskette aus Amethysten mit blütenförmigen goldenen Anhängern hatte sie gerade befestigt, und sie betrachtete sich in einem kleinen Kupferspiegel.

Verlegen erhob sie sich, als sie ihre Mutter eintreten sah.

»Verzeih, ich wusste nicht, dass du hierherkommen würdest.«

»Was soll ich verzeihen?«, fragte Romilda. »Dass meine Tochter sich mit einer Halskette schmückt? Warum sollte sie das nicht tun?«

»Es ist nicht die Zeit dazu. Wir trauern, und draußen steht der Feind.«

Die Herzogin trat ans Fenster und blickte hinüber zu dem Purpurzelt auf dem Hügel. Es glich jetzt, da über ihm Rauch aufstieg und die Nachmittagssonne die vielen metallenen Beschläge als Lichtpunkte aufblinken ließ, einer unruhig züngelnden Flamme.

»Wir werden das Ungeheuer und seine Horde nicht zu uns hereinlassen«, sagte sie. »Mit Gottes Hilfe werden wir sie zum Abzug bewegen.«

Appa hatte die Kette losgehakt und zurück in die Truhe getan.

»Es ist gut, dass du Hoffnung hast«, sagte sie trübsinnig.

»Und du? Hast du denn etwa keine?« Die Herzogin trat zu ihr und legte ihr den Arm um die Schultern. »Ich bitte dich, sei ohne Sorge, sei zuversichtlich! Gerade habe ich mit den Männern beraten. Ich versichere dir, es wird alles getan, was jetzt notwendig ist. Hab Vertrauen!«

»Ich glaube dir ja, dass alles getan wird. Trotzdem …« Appa umschlang plötzlich ihre Mutter ungestüm, Tränen stürzten ihr aus den Augen. »Trotzdem habe ich schreckliche Angst! Was wird geschehen, wenn sie hereinkommen sollten? Was werden sie dann mit uns tun?«

»Weine nicht, Tochter!« Romilda streichelte sie und küsste sie zärtlich. »Beruhige dich! Sie kommen ja nicht! Es ist unnötig, dass du dir solche Gedanken machst. Sie können die Mauern nicht bezwingen, wir sind hier wirklich vollkommen sicher!«

»Wenn du Recht hättest …«

Romilda sprach weiter auf sie ein, und schließlich trocknete Appa die Tränen. Sie schloss die Truhe und ließ sich mit trauriger Miene darauf nieder.

»Auch deine Schätze werden sie dir nicht nehmen«, sagte die Herzogin. »Hast du die Kette etwa angelegt, weil du glaubtest, du würdest bald nie mehr Gelegenheit dazu haben?«

»Nein«, sagte Appa leise, »ich stellte mir vor, ich würde sie tragen, wenn ich ...«

Sie stockte.

»Warum sprichst du nicht weiter?«

»Ich weiß ja nicht, wie ich es dir erklären soll. Und überhaupt ...« Sie hob den Kopf und sah ihre Mutter mit einem langen, flehenden Blick an. »Es ist nicht möglich, wenn ich dich vorher nicht um Verzeihung bitte.«

»Um Verzeihung? Wofür?«

»Dafür, dass ich dich so gekränkt habe.«

»Aber ich erinnere mich nicht ...«

»Natürlich erinnerst du dich. Du kannst es ja nicht vergessen haben. Ich warf dir vor, dass mein Vater deinetwegen mit Sorge belastet in den Krieg zog. Ich bezichtigte dich der Betrügereien und Heimlichkeiten. Behauptete stolz, ich würde mich niemals so erniedrigen.«

»Ja, das hast du wohl gesagt«, erwiderte Romilda. »Das war an dem Abend, bevor wir die Schreckensnachricht erhielten. Es hat mich tatsächlich sehr getroffen.«

»Verzeih meinen Hochmut und meine Torheit! Ich werde nichts anderes tun als du. Dazu bin ich entschlossen.«

»So ist es wahr, dass du dich heimlich mit Hildigis triffst?«

»Du weißt es?«, rief Appa.

»Ich hörte, wie du mit Taso strittest. Ich wollte nicht lauschen, aber ihr habt so laut gesprochen, es war unüberhörbar. Nun, da habe ich erfahren, was er dir vorhielt.«

»Mein großer Bruder, der Jämmerling!«, sagte Appa mit einer zornigen Geste. »Spielt den Kuppler für dieses Scheusal, den Subo!«

»Dein Bruder ist manchmal schwach, doch er ändert sich schon. Und er erinnerte dich nur daran, was dein Vater wollte.«

»Er versucht mich zu zwingen, aber das schafft er nicht. Mutter … höre mich an! Lass dir sagen, dass ich Hildigis liebe … jetzt, da er aus dem Krieg zurück ist, verwundet und die Seele so voller Verzweiflung, noch mehr als früher. Ja, ich erwarte ihn heute Abend. Und falls er nicht einwilligt, dass wir heiraten, werde ich eben seine Geliebte … wenn er mich nicht zurückweist. Das habe ich mir fest vorgenommen.«

»Du selbst willst ihm antragen …?«

»Er würde es ja nicht tun! Auf dem Kriegszug hoffte er, so viel Verdienst zu erwerben, dass er es wagen könnte, um mich anzuhalten. Die Schlacht ging verloren, nun fühlt er sich unwürdig. Aber ist er nicht dennoch ein Held? Ist er nicht hundertmal mehr wert als alle hochedlen Feiglinge? Tue ich also nicht recht, wenn ich ihm helfe, so falsche Schuldgefühle zu überwinden? Auch wenn es gegen Sitte und Herkommen ist? Ist nicht vieles davon schon nicht mehr wichtig? Und wird nicht vielleicht in ein paar Tagen und Wochen auch alles andere ohne Bedeutung sein? Ich wäre nur gern mit ihm verheiratet … wegen des Himmels und der Seligkeit. Gestern wollte ich das noch unbedingt! Doch heute würde ich auch darauf verzichten, wenn ich ihn dafür nur lieben dürfte, solange noch Zeit ist …«

Appa schwieg.

Die Herzogin hatte sich abgewandt und war wieder an das Fenster getreten. Sie wollte nicht zeigen, wie bewegt sie war, wie sehr sie die Worte ihrer Tochter berührt hatten. Hinüberblickend nach dem purpurnen Zelt, wunderte sie sich über die Klarheit, mit der Appa ihre eigenen Gedanken, die bis jetzt noch ganz verworren und nebelhaft waren, ausgedrückt hatte. Sie zerrte an ihrem Schleier, knüllte ihn in der schweißfeuchten Hand, und es fehlte nicht viel daran, dass sie sich umgedreht, die Tochter in die Arme geschlossen und ihr aus überströmendem Herzen gedankt hätte. Doch sie beherrschte sich, unterdrückte die Anwandlung. Sagte statt dessen:

»Warum machst du mir ein solches Geständnis? Was erwartest du? Dass ich dir zustimme? Noch einmal sage ich dir, es wird alles gut werden. Und dann wird unser Leben weitergehen, nach Sitte und Herkommen, so wie vorher. Und wir werden uns Rechenschaft darüber geben müssen, was wir in dieser Zeit der Prüfung getan haben. Wir werden uns ...«

Sie verstummte mitten im Satz, weil ihr bewusst wurde, wie sinnlos es war, so unaufrichtig weiterzureden.

»Dass du zustimmst oder uns hilfst, erwarte ich nicht«, sagte Appa. »Aber ich musste zu dir darüber sprechen. Es ist schwer, das alles allein zu tragen. Ich weiß, du bist die Einzige, die es verstehen kann. Wenn du Recht behältst, wenn die Awaren abziehen, wenn unser Leben so weitergeht ... dann werde ich eben eine Dirne sein. Mein Bruder nennt mich schon jetzt so. Vielleicht lässt er mich dann, als Herzog, peitschen und nackt durch die Gassen jagen, vielleicht sogar töten. Irgendwie muss er erfahren haben, dass ich mich heimlich mit Hildigis treffen will, das war seinen Worten zu entnehmen. Doch wie? Ich weiß es nicht. Vielleicht vermutet er es auch nur, weil uns gestern jemand von weitem gesehen und ihm erzählt hat, dass wir miteinander gesprochen haben. Mag es so oder anders sein – es kümmert mich nicht! Ich werde tun, was ich will, und so handeln, wie ich empfinde, sollte ich später auch dafür büßen müssen. Und ich will beten und Gott um Verzeihung bitten. Vielleicht erhört er mich und ist gnädig. Wenn es unmöglich ist, dass ich Hildigis heirate ...«

»Nein!« Romilda wandte sich rasch um, trat zu ihrer Tochter und setzte sich neben sie auf die Truhe. »Es ist nicht unmöglich. Warum denn? Warum solltest du ihn nicht heiraten? Es würde ihn und dich glücklich machen, und wenn ich es recht bedenke, wäre die Heirat sogar wünschenswert.«

»Was sagst du?«, flüsterte Appa erstaunt und ergriff die Hand ihrer Mutter.

»Gewiss ... Wir trauern um deinen Vater, um so viele Männer ... Wir sind selbst schon halb tot, der Gefahr wegen, die dort lauert. Wäre da aber nicht eine Hochzeit ein Hoffnungszeichen? Würden wir so nicht ein Beispiel geben? Würden wir damit dem Volk nicht Mut machen und ihm zeigen, dass wir unverzagt sind? Heiratet man, wenn man keine Zukunft mehr hat?«

»Wie wahr du sprichst, Mutter!«, rief Appa, über und über errötend, mit leuchtenden Augen.

Romilda suchte hastig nach weiteren Gründen.

»Es wäre ja auch ein Ausdruck edler Gesinnung … die Verbindung der Tochter mit einem Mann, der an der Seite ihres gefallenen Vaters im Kampf stand und Wunden empfing. Und dass er Romane ist … auch das spricht im Grunde für ihn und die Heirat. Denn wenn er die Tochter des Herzogs bekommt, zeigen wir, dass wir sie nicht nur beherrschen, sondern gemeinsam mit ihnen leben wollen. Ist das nicht wichtig … jetzt, da uns allen, Romanen und Langobarden, dieselbe Gefahr droht?«

»Das alles wiederhole ich Wort für Wort, wenn er Einwände vorbringt! Ach, Mutter, dass du auf unserer Seite stehst … Aber die andern! Mein Bruder, mein Onkel …«

»Wegen der Munt mach dir keine Sorgen! Ein Muntwalt ist noch nicht bestimmt, und während wir uns im Krieg befinden, wird das auch nicht geschehen. Ich bin es, der dein Vater sein Haus übergab, und solange der Feind uns bedroht, führe ich es allein. In seinem Namen geschieht, was ich anordne!«

»Und du ordnest unsere Hochzeit an?«, drängte Appa.

Die Herzogin lächelte.

»Nur wenn der Vater des Hildigis mit ein paar würdigen Männern vor mir erscheint und in aller Form um deine Hand anhält. Dann kann er mit einer günstigen Antwort rechnen. Zuvor aber werden wir ausgiebig feilschen. Um Brautgeschenke, Mitgift, Morgengabe …«

»Aber sein Vater ist nicht reich! Als Baumeister schuf er Paläste, selbst aber …«

»Nun, das macht ja nichts. Und wenn es nur um ein paar

Kleider und Möbel geht … gefeilscht werden muss nun einmal, das gehört sich so!«

»Oh, Mütterchen …«

Diesmal waren es Freudentränen, die Appa vergoss, während sie Romilda die Hände küsste. Immer wieder umarmten sich Mutter und Tochter.

»Die Halskette steht dir übrigens gut«, sagte die Herzogin heiter. »Sie würde zu einer Robe aus Goldbrokat passen. Doch ich schenke dir zu deiner Hochzeit eine viel schönere, eine dreifache.«

Sie erhob sich und trat wieder ans Fenster.

Rauch stieg noch immer aus dem purpurnen, in der Nachmittagssonne glühenden Zelt.

»Du wirfst uns nicht nieder, Ungeheuer!«, murmelte sie.

26

Der erste Tag der Belagerung ging zu Ende.

Gewöhnlich leerte sich das Forum schon vor Anbruch der Dämmerung. Die Händler packten ihre Waren ein, die Bauern zogen mit ihren Karren davon, Musikanten und Gaukler verschwanden. Nur einige Müßiggänger saßen dann noch auf den Stufen der Basilika, ein paar Hunde und Katzen streunten umher. Aus den Spelunken in den Gassen ringsum tönten manchmal Geschrei und Gesänge. Die meisten Einwohner Forojulis begaben sich bei Sonnenuntergang zur Ruhe, schon um Öl für die Lampen und Wachs für die Kerzen zu sparen.

An diesem Abend jedoch schien niemand an Schlaf zu denken. Durch die weit geöffneten Türen der Basilika flutete es hinein und heraus. Vor Zelten und Buden hockten Flüchtlingsfamilien um ihre einfachen Kochstellen. Alte Männer standen in Gruppen beisammen, fistelten, fuchtelten. Bewaffnete hasteten rempelnd und fluchend vorüber, zur Wachablösung. Auch die Mönche waren noch da. Man ließ sie nunmehr gewähren, und immer wieder erhob sich die schmetternde Stimme des Paters Sebastianus über den allgemeinen Lärm. In einem der Zelte schrie eine Frau in den Wehen. Es roch nach Asche und Unrat.

Unter denen, die es jetzt eilig hatten, waren zwei junge Männer.

Voran schritt Kako, behelmt, am Wehrgurt ein Langschwert, das ihm gegen die Beine schlug und über das Pflaster schrammte. In der Faust hielt er eine Lanze, und immerfort schrie er: »Weg da! Macht Platz! Es geht um Leben und Tod!«

Ihm folgte Hildigis, dem er die Gasse bahnte. Mit dem Rundschild in der Linken schützte der Verwundete im Gedränge die rechte Schulter. Zurufe, die ihn von allen Seiten erreichten, wehrte er mit heftigen Kopfbewegungen ab.

»Ist es wahr, dass wir auch eine Abordnung schicken?«

»Wie viel verlangen sie? Wisst ihr es schon?«

»Wer bestimmt jetzt eigentlich in der Festung?Herr Grasulf oder Herr Faroald?«

Kako und Hildigis kämpften sich bis zur großen Kreuzung vor und folgten nun dem Cardo maximus in westlicher Richtung. Hier konnten sie anfangs etwas freier ausschreiten, liefen sogar ein Stück. Doch dann war der Weg auf einmal versperrt, weil ein hochbeladener Wagen quer stand, vor dem ein Esel zusammengebrochen war. Ein paar stämmige Weiber versuchten, das Tier wieder auf die Beine zu bringen. Andere standen im Kreis und gaben Ratschläge.

»Zurück!«, schlug Hildigis vor. »Nehmen wir eine der Seitengassen!«

»Hoffentlich kommen wir nicht zu spät!«, rief Kako. »Wenn wir noch Umwege machen ...«

Sie rannten an einer langen, gekalkten Mauer entlang. Ein paar Männer, die Speere geschultert hatten, kamen ihnen entgegen.

»Wisst ihr etwas von meinem Vater?«, rief Hildigis.

»Deinem Vater? Catianus?«

»Ja, Catianus, dem Baumeister! Er soll getroffen sein, schwer verletzt!«

»Gesehen haben wir ihn. Aber davon wissen wir nichts. In dieser Ecke ist nichts passiert!«

Die jungen Männer bogen in eine Gasse ein, in der sich ein Lagerfeuer an das andere reihte. Stumpfe Bauerngesichter starrten ihnen entgegen.

Es war schon fast dunkel.

»Seltsam, dass sie ihn nicht gleich nach Hause gebracht haben«, sagte Hildigis.

»Vielleicht konnten sie es nicht wagen«, entgegnete Kako. »Vielleicht ist er so schwer verwundet ...«

»Aber einer der Knechte hätte doch hinlaufen können, meine Mutter herbeiholen.«

»Die Knechte bekamen vielleicht andere Befehle. Oder wussten den Weg nicht.«

»Es sind unsere eigenen! Mein Vater arbeitet nur mit eigenen Bauleuten. Weißt du wirklich nicht, von wem dein Bruder die Meldung bekam?«

»Nein. Taso sagte mir nur, er sei jetzt im Kriegsrat. Und während sie gerade berieten, habe jemand die Nachricht gebracht. Glaubst du, es könnte nicht stimmen?«

»Ich weiß, dass mein Vater den Auftrag bekam. Ein Stück der Plattform brach ein, als sie die Steinschleuder aufstellen wollten. Er sollte den Schaden beheben.«

»Und dabei soll ihm das passiert sein. Als er sich unvorsichtig auf der Mauer bewegte. Ein Pfeil traf ihn im Rücken. Es hieß allerdings, dass er noch lebte. Taso kam aufgeregt zu uns auf den Turm und befahl mir, gleich loszulaufen und dir Bescheid zu sagen. Er kommandiert jetzt wieder bei uns ...«

Am Ende der Gasse stießen sie auf den westlichen Mauerabschnitt. Auch hier saßen Männer um ein Feuer. Sie wussten nur, dass etwas weiter nördlich eine Baustelle war. Von einem Verunglückten oder gar vom Feinde Getöteten hatten sie nichts gehört.

»Umso besser, wenn es nicht stimmen sollte!«, sagte Hildigis. »Aber wie kämst du dann dazu ...«

»Denkst du etwa, ich habe mich abgehetzt, um dich anzulügen?«, fragte Kako beleidigt.

»Schon gut, schon gut ...«

Am Fuße der Mauer kamen sie nur noch mühsam voran. Auch hier erhoben sich die Pyramiden mit Steinen für die Wurfmaschinen. Sie stolperten über Körbe mit Pfeilen. An den Feuerstellen neben den Treppen standen Dreifüße mit wasser- und ölgefüllten Kesseln bereit. Kako stieß ein paar Speere um, die mit den Spitzen zusammengestellt waren.

Jemand schimpfte und fluchte laut von der Mauer herab.

»Hildigis!«, rief plötzlich eine andere Stimme von oben. »Suchst du mich? Kommst du zu mir?«

»Vater!«, schrie er hinauf. »Bist du es?«

»Natürlich bin ich's! Was willst du? Herrn Faroald melden, dass wir fertig sind? Das kannst du getrost! Noch ein paar Klammern sind festzumachen … dann kann die Schleuder aufgestellt werden!«

Der schmale Graukopf stand lachend oben auf dem Gerüst, in der Hand eine Fackel, mit der er den arbeitenden Knechten leuchtete.

»Vater!«, rief Hildigis. »Geht es dir gut? Bist du unversehrt?«

»Warum soll es mir denn nicht gut gehen? Wir sind nur sehr hungrig und durstig!«

»Und dich hat kein Awarenpfeil getroffen?«

»Ein Awarenpfeil? Wie kommst du denn darauf? Wer hat dir denn so etwas erzählt?«

Hildigis starrte Kako an, packte ihn plötzlich mit der gesunden Linken und schüttelte ihn.

»Du kleiner Schuft! Du verdammter Lügner!«

»Lass mich!«, rief Kako. »Ich kann nichts dafür! Ich versteh es ja selbst nicht!«

»Mein Vater ist schwer verletzt? Wie? Liegt im Sterben?«

»Das sagte Taso. Ich sollte dich …«

»Du solltest mich fortlocken!«

»Was?«

»Mich möglichst weit wegschleppen … bis hierher, ans andere Ende der Stadt!«

»Fortlocken? Wegschleppen? Aber warum denn?«

»Tu nicht so unschuldig! Warum hast du mir aufgelauert? Rede! Und warum an der kleinen Mauerpforte – der einzigen Pforte, die vom Hof des Palastes direkt zu den Gartenanlagen führt?«

»Taso sagte mir, dass du dorthin kommen würdest!«

»Ah! Und warum sollte ich dorthin kommen? Hat er das auch gesagt?«

»Er sagte, im Kriegsrat wurde beschlossen ...«

»Was lügst du jetzt wieder?Im Kriegsrat?«

»... wurde beschlossen, am alten Römertempel im Garten ...«

»Wie?«

»... in der Nacht einen Wachdienst einzurichten.«

»Einen Wachdienst?«

»Ja! Und du sollst die erste Wache haben. Und würdest ... würdest bei Anbruch der Dunkelheit ...«

»Was würde ich dann?«

»Deinen Posten beziehen.«

»Das hat dir Taso gesagt?«

»Genau das! Ich schwöre es! Ich habe mich selber gewundert, weil ...«

»Es ist gut, Kako. Hab schon verstanden, weiß schon genug. Verzeih meine Grobheit!«

Hildigis ließ den Jüngeren los. Sie standen sich keuchend gegenüber.

»Was gibt es denn?«, rief Catianus von oben. »Habt ihr Streit? War er es, der dir das Märchen erzählt hat?«

»Nein, das war ... Verzeih, Vater! Ich muss gleich wieder fort. Bin froh, dass dir nichts passiert ist. Ein dummes Gerücht. Aber sei vorsichtig! Mit der Fackel gibst du dort oben ein Ziel ab!«

»Nur keine Sorge, ich halte mich immer im Schutz der Mauer! Hildigis! Warte doch! Richte Herrn Faroald von mir aus, dass wir auch noch ...«

Aber Hildigis hatte schon kehrtgemacht und stürmte mit Riesenschritten davon. Auch er warf aufgestellte Speere und Lanzen um, stieß Körbe mit Fußtritten beiseite.

Den Griff des Schwertes an die Brust gepresst, damit es nicht über den Boden schleifte, lief Kako ihm nach.

27

Voller Ungeduld hatte Appa den Sonnenuntergang abgewartet.

Als endlich die Dämmerung in Dunkelheit überging, stieg sie hinunter in den Palasthof und verschwand hinter der Pforte in der niedrigen Gartenmauer.

Der vordere Teil des Palastgartens war ein kleiner Pinienhain, dessen Mittelweg zu der Tempelruine führte. Diese bestand nur aus ein paar Säulenstümpfen unterschiedlicher Höhe und rundum laufenden, grasüberwucherten, teilweise schon im Boden versunkenen Stufen. Auf dem freien Platz lagen Trümmer von Pfeilern, Friesplatten, steinernen Bänken. Dahinter verloren sich Wege zwischen Hecken und Buschwerk.

Als Appa unter den Bäumen hervortrat, bemerkte sie im Dämmerlicht gerade noch die Gestalt, die sich hinter eine der Hecken duckte.

Sie erschrak ein wenig, blieb stehen, zögerte.

Dann aber lächelte sie und ging langsam bis zu den Tempelstufen. Blickte erwartungsvoll dorthin, wo die Gestalt verschwunden war.

Aber es rührte sich nichts mehr.

Sie wurde ungeduldig, machte noch ein paar Schritte und sagte laut:

»Komm heraus, Hildigis! Oder willst du mich etwa dort hineinlocken? Nein, nein, daraus wird nichts! Für ein Versteckspiel ist es zu spät. Komm hierher, ich warte! Beeil dich, wir haben viel zu besprechen!«

Sie ließ sich auf den Stufen der Tempelruine nieder, den Hecken und Büschen abgewandt. Stützte den Ellbogen auf das Knie, in die Hand den Kopf. Seufzte und blickte ein wenig ratlos, weil sie Späße von Hildigis nicht gewöhnt war und auch der großen Sache, deretwegen sie sich hier trafen, nicht gemäß fand.

Hinter ihr näherten sich langsame Schritte. Sie bewegte sich nicht. Als die Schritte auf kurze Entfernung heran waren, sagte sie spöttisch:

»Oder hast du dich etwa versteckt, weil du dir noch nicht sicher warst, ob du dich wirklich hier mit mir treffen solltest? So viel Mut vor dem Feind – und so wenig vor einem Mädchen? Warum kommst du nicht her und setzt dich neben mich?«

»Das tue ich gerne, wenn du erlaubst, schöne Appa.«

Sie fuhr herum, sprang auf, stand vor Schreck wie erstarrt. Kein Wort brachte sie hervor, als Subo, den Kopf in Demut geneigt zwischen den vorgewölbten mächtigen Schultern, doch mit einem Lächeln voller Genugtuung, vor sie hintrat.

»Du hast einen anderen erwartet. Sei nicht enttäuscht! Er ist nicht erschienen, wie du siehst, und erscheint auch nicht mehr. Er hat mich beauftragt, es dir zu sagen.«

»Dich beauftragt?« Appa fand ihre Sprache wieder. Trat zwei, drei Schritte zurück und maß ihn empört von Kopf bis Fuß. »Wie käme er dazu, gerade dich …? Du lügst! Wie hast du erfahren, dass ich hierher kommen würde? Hat es dir mein Bruder gesagt?«

»Meinst du Taso? O nein, von dem weiß ich es nicht. Glaube mir doch, es ist Hildigis, der mich zu dir schickt!«

»Nie und nimmer glaube ich das! Wo ist er jetzt? Habt ihr ihn etwa überfallen und ihn gezwungen, euch zu verraten, dass … Er ist verwundet, kann sich nicht wehren!«

»Denkst du, zu so etwas sei ich fähig? Zu einem solchen Schurkenstreich? Lass dir doch endlich alles erklären! ›Subo‹, sprach er, ›wie ich weiß, verehrst du Appa und hast keinen größeren Wunsch, als sie zu deiner Gemahlin zu machen. Auch mir gefällt sie recht gut ... aber kann sie denn mit mir glücklich werden? Sieh mich an, ich bin entstellt und ein Krüppel! Außerdem bist du ein Edler, ich bin nur ein Freier. Du bist Langobarde, ich bin nur Romane. Durch den Tod deines Vetters, den ich fallen sah, bist du noch reicher als zuvor ... mich aber muss mein Vater ernähren – von seinen Einkünften als Baumeister, von schnöder Arbeit. Darf einer wie ich eine Herzogstochter begehren? Du dagegen bist ihrer würdig‹, sprach er, ›einer wie du verdient ihre Liebe! Gehe an meiner Stelle zu ihr in den Garten, damit sie dich endlich in Ruhe anhört!‹«

»Kein Wort von alledem ist wahr!«, rief Appa. »Wann hat man je so unverschämte Lügen gehört? Was habt ihr mit ihm gemacht? Was habt ihr beide – du und mein Bruder – gegen uns ausgeheckt?«

»Warum ereiferst du dich?«, sagte er sanft und setzte sich, massig und schwer, auf die Stufen. »Was wir ausgeheckt haben? Willst du es wissen? Wir haben darüber nachgedacht, wie wir dich retten können.«

»Retten? Vor ihm?«

»Vor denen da draußen natürlich. Es wäre ja möglich, dass sie hereinkommen. Ist dir bekannt, dass die Awaren jede edelgeborene Jungfrau, die ihnen in die Hände fällt, genau einem Hundert ihrer Anführer und ihrer ausgezeichneten Krieger zur Lust überlassen? Und zwar in einer einzigen Nacht!?«

»Verschone mich mit solchen Gräuelgeschichten! Bist du gekommen, um mich zu erschrecken? Glaubst du, ich könnte dann gleich so schwach werden, dass ich mich dir in die Arme werfe?«

»Daran tätest du aber gut, schöne Appa! Wenn du meine Liebe nicht mehr zurückweist, ist jede Gefahr für dich vorüber. Ich könnte dich nämlich aus der Festung herausbringen ... in die Sicherheit, in die Geborgenheit.«

»In die Geborgenheit ... bei dir? Bei einem, den ich aus

tiefster Seele verachte? Auf solche Geborgenheit verzichte ich! Und jetzt bin ich es leid, mir Lügen und Prahlerei anzuhören!«

Brüsk drehte Appa sich um und ging, ihren weiten Umhang über den unbedeckten Kopf ziehend, rasch auf den Pinienhain zu.

Doch Subo, der nur scheinbar schwerfällig, tatsächlich aber flink und gewandt war, schnellte empor und war mit wenigen Schritten bei ihr.

»Prahlerei? Du glaubst nicht, dass ich dazu im Stande wäre? Und wenn ich dir sage, dass wir schon morgen in Aquileia sein könnten?«

»Morgen in Aquileia? Warum nicht gleich in Konstantinopel? In Karthago? In Alexandria?«

»Warte doch!«

»Lass mich!«

»Ich sage die Wahrheit! Es gibt hier einen geheimen Gang, der hinausführt! Dein Vater besaß den Plan, er übergab ihn seinem Bruder … doch der ging unachtsam mit ihm um. So bin ich es jetzt, der ihn besitzt! Jederzeit kann ich sicher hinaus!«

»Nun, dann verschwinde durch deinen Geheimgang! Und je weiter du dich entfernst – desto besser! Nur fort mit dir!«

»Appa!«

Sie begann zu laufen. Aber er holte sie ein, ergriff ihren Arm, hielt sie auf.

Sie wand sich, stieß ihn vor die Brust.

»Was fällt dir ein? Lass mich los!«

»Liegt dir denn gar nicht daran, dich zu retten? Willst du mit dieser verdammten Stadt untergehen?«

»Sie geht nicht unter! Weil sie von Helden verteidigt wird! Nicht von Feiglingen und Verbrechern wie dir!«

»Ich vergebe dir diese Beleidigung – aber zum letzten Mal! Das schwöre ich!«

»Du Mörder! Du Unhold!«

Nun schlug er zu. Seine Faust traf Appa mit solcher Wucht

ins Gesicht, dass sie zu Boden geschleudert wurde. Er sprang hinterher und wollte sich auf sie stürzen. Doch er erwischte nur ihren Umhang, während sie bereits auf den Beinen war und versuchte, an ihm vorbeizukommen. Er war schneller, und breitbeinig sperrte er den Weg, der zu der Pforte in der Mauer führte.

Keuchend standen sie sich gegenüber.

»Lass mich vorbei, Subo! Gib den Weg frei!«

»Jetzt, da wir endlich miteinander allein sind?«

»Was du auch tust – du bekommst mich nicht!«

»Das werden wir sehen!«

»Vorher müsstest du mich schon töten!«

»Töten? Ich will dich zu meiner Frau machen!«

»Niemals werde ich das!«

»Es ist beschlossen! Dein Bruder will es. Auch deine Mutter, die Herzogin!«

»Meine Mutter? Ich komme gerade von ihr. Sie will, dass Hildigis mein Gemahl wird!«

»Unmöglich!«

»Es ist so! Finde dich drein! Lass mich vorbei, und ich vergesse, was du mir eben getan hast!«

»Du gehörst mir! Und gleich hier, auf der Stelle! Du entkommst mir nicht mehr!«

Subo machte einen gewaltigen Satz auf sie zu und warf sie abermals zu Boden. Aber auch Appa war stark und geschmeidig. Sie begannen, miteinander zu ringen. Er riss ihr Obergewand bis zum Gürtel auf, versuchte, ein Knie zwischen ihre Beine zu drücken. Da versetzte sie ihm einen Nasenstüber, der ihm den Atem nahm, glitt unter ihm hinweg, sprang auf. Schon hatte er sie aber wieder gepackt und mit einem Fußstoß zu Fall gebracht. Sie kam auf ihm zu liegen, sie wälzten sich, stöhnten. Er zerrte an seinem Gürtel, öffnete ihn. Sie würgte ihn, biss ihn, grub ihre Nägel in seinen fleischigen Nacken. Von ihrem Unterkleid riss er die Fibeln ab, zerfetzte es. Da kam ihre Hand an seinen geöffneten Gürtel, tastete über die Silberbeschläge, fasste den Schwertgriff. Zog den Sax heraus, stieß mit ihm zu. Traf den Hals des Angreifers. Blut schoss hervor.

Erschrocken ließ er von ihr ab. Sie gab ihm noch einen Stoß mit der Faust, und wieder gelang es ihr aufzuspringen. Seine Hand ertastete die Wunde am Hals, die aber nicht tief war. Schon stand er wieder, und nun floh sie vor ihm, diesmal zum Garten hin.

Nur von Fetzen umflattert, die der Gürtel noch hielt, aber bewehrt mit der scharfen Klinge des Kurzschwertes, rannte und sprang sie über die Marmortrümmer, tauchte in das Dunkel der Hecken und Wege.

Subo, ein wütender und verwundeter Koloss, hastete hinterher. Fluchend stolperte er über ein Bruchstück, fiel hin, verlor Zeit. Drang in den erstbesten Weg ein. Blätter raschelten, Zweige knackten. Er blieb stehen. Keuchte, schnaufte. Hielt dann den Atem an.

Es war still.

Nur aus großer Entfernung, von einem der Festungstürme her, den Bäume verdeckten, war eine Kommandostimme zu hören. Ein blasser Mond zeigte sich am Himmel, von zarten weißen Wolken verschleiert.

»Wo bist du?«, rief Subo. »Hab keine Angst mehr! Ich wollte das nicht. War nur zornig, gereizt. Ich verspreche dir, dass ich dich nicht mehr anrühre. Komm hervor und lass uns vernünftig reden!«

Nichts bewegte sich zwischen den Hecken und Büschen.

»Ich weiß, dass du ganz in der Nähe bist!«, grollte er. »Weit kannst du ja nicht gekommen sein. Vielleicht springst du gleich aus dem Hinterhalt, um mir das Schwert in den Rücken zu stoßen. Doch ich bin wachsam, das gelingt dir nicht! Warum sagst du nichts? Warum gibst du kein Zeichen?«

Nur ein Vogel flog auf.

Von sehr weit her ertönte ein Schrei, als sei jemand in Not.

»Dumm bist du, Appa! Mich konntest du abwehren. Aber den Wilden da draußen entgehst du nicht! Nun wirst du hundert bekommen anstelle des einen … wahrhaftig, das wird eine lustige Nacht! Und lang wird sie werden und mörderisch und viele, viele Leichname werden am Morgen zwischen den brennenden Häusern herumliegen. Hörst du mich? Hast du tatsächlich geglaubt, dass ich nur großtun wollte, als ich dir Rettung versprach? Dass ich den Geheimgang erfunden habe, um mich vor dir wichtig zu machen? Es gibt ihn! Ich habe den Plan und den Schlüssel. Winiperga, mein teures Schwesterchen, hat mir beides verschafft – sie hat es Grasulf, dem Tölpel, abgenommen. Nun bin ich, Subo, hier der wahre Gebieter! Ich entscheide über Leben und Tod! Ich bestimme, ob Forojuli erhalten bleibt oder zu Asche zerfällt! Aber nein … nicht ich! Jetzt bist du es, die das bestimmt! Du hast es nun in der Hand, du triffst die Entscheidung! Wenn du mich nicht länger zurückweist, wenn du mich liebst … dann wird nichts geschehen. Wenn du dich aber weiter vor mir versteckst, dann gehe ich jetzt. Und weißt du wohin? Ich verlasse die Festung durch den Stollen, und kurze Zeit später kehre ich aus einer Grotte, in der der Ausgang liegt, an die Oberfläche zurück. Gleich begebe ich mich ins Lager der Feinde. Freudig empfängt mich der Khagan, hört meine Botschaft. Und noch vor Mitternacht führe ich Hunderte, Tausende seiner Krieger zu jener Grotte. Wie Ratten kriechen sie durch ein einziges Loch in die Stadt herein … Sie sind plötzlich da, und nichts hält sie auf. Und die Helden stehen dort auf der Mauer und werden von hinten erledigt, die armen Teufel! Ich aber weide mich aus der Ferne am Anblick der brennenden Stadt. Auch ein solches Vergnügen ist ja zu schätzen. Gute Nacht! Gleich werde ich unsichtbar sein, tief unter der Erde. Alarm zu schlagen ist vollkommen sinnlos. Niemand kennt ja die Lage des Rattenlochs, und es ist viel zu spät, es zu suchen. Ich lasse dich nun allein – mit deinem Gewissen, schöne Appa! Schade, dass du dich nicht mehr zeigst. Jetzt würde ich gern dein Gesicht sehen, bald stehst du ja vor dem himmlischen Richter. Was wirst du ihm sagen, wenn er dich fragt, ob dir dein bisschen Unschuld so teuer war, dass du dafür deine Mutter, deine sieben Geschwister und eine ganze Stadt opfern musstet! Hast du die Antwort schon bereit? Viel Zeit zum Nachdenken wird dir nicht bleiben ...«

Er wandte sich ab und trat zurück auf die freie Fläche rings um die Tempelruine. Sah sich nach seinem Gürtel um, den er beim Ringen mit dem Mädchen verloren hatte. Das Silber der Schnalle und der Beschläge schimmerte aus dem Gras. Er bückte sich. Blickte dann noch einmal zurück.

Unter dem gerade abgeschnittenen Stroh seiner Haare kniff er die Äuglein zusammen – und riss sie auf. Sein Mund stand offen und zog sich nach und nach in die Breite.

Da trat sie hervor aus dem Schatten der Hecken und Büsche. Sehr langsam setzte sie ihre Schritte, mied nun die Trümmer. Hielt noch den Sax in der Hand, warf ihn aber gleich fort. Löste den Gürtel, ließ ihn fallen. Streifte die Fetzen ihres Kleides ab.

Unter den Säulenstümpfen verharrte sie, eine verlorene und entmachtete Göttin, nackt und traurig, im fahlen Mondlicht.

Sie sank ins Gras und wartete reglos.

28

Ursprünglich hatte Gaila vorgehabt, ihrer Schwester in den Garten nachzuschleichen. Voller Neugier und frommer Empörung folgte sie ihr bis an die Mauerpforte, doch hier blieb sie zurück. Inmitten des Trubels auf dem Palasthof war sie von Appa nicht bemerkt worden, hinter der Mauer jedoch, im stillen Pinienhain, musste sie fürchten, sich zu verraten. So beschloss sie zu warten, um wenigstens mitzubekommen, wie lange Appa im Garten verweilte und ob sie allein oder gar, um die Schamlosigkeit auf die Spitze zu treiben, in Begleitung des Hildigis wieder herauskommen würde. Dass dieser die Schwester bereits an der Tempelruine erwartet hatte, stand für sie außer Frage, und so wunderte es sie nicht, dass er ausblieb. In einen schwarzen Umhang gehüllt, unter dem ihre spärlichen rotblonden Löckchen hervorlugten, drückte sie sich an einen Pfeiler des Bogengangs, scheu und bemüht, nicht gesehen zu werden, die blaßblauen Augen aufmerksam auf die Pforte gerichtet.

Im Grunde war es ihr recht, dass ihre Schwester sich heimlich mit einem Liebhaber traf. Sie hatte ja auch geschwatzt und ihren Bruder davon unterrichtet, damit es Subo zu Ohren kam und ihn von seiner Neigung zu Appa kurierte. Im Stillen hoffte sie sogar, Taso werde etwas unternehmen. Immer wieder schielte sie zum Palasttor hinüber – in der Erwartung, er werde kommen, vielleicht sogar in Begleitung von Zeugen, welche das Pärchen überraschen und Appas Schande aufdecken würden. Dann sagte sie sich aber auch, dass er solches wohl unterlassen werde, schon um seine eigene Ehre und die der Familie nicht zu beschmutzen. Und abermals gewann die Empörung die Oberhand, und Gaila starrte aus ihrem Versteck auf die Pforte und fragte sich, wie lange sie es dahinter wohl treiben würden.

Dann aber die große Überraschung: Nachdem Appa schon lange, lange verschwunden war, erschien Hildigis plötzlich auf dem Palasthof. Rasch ausschreitend, laufend fast kam er hinter einem mit Waffen beladenen Eselskarren hervor, der gerade zum Tor hinausfuhr. Im Lichte der Fackeln an den Pfeilern sah Gaila erschrocken sein zerhacktes Gesicht, mit der gesunden Hand hielt er sich die verletzte Schulter. Er drehte sich um und rief einem anderen etwas zu, in dem sie – noch eine Überraschung – Kako erkannte. Ihr Bruder schleppte sich nur noch, bemüht, mit Hildigis Schritt zu halten. Sein Helm war ihm tief in die Stirn gerutscht, er presste ein Langschwert an die Brust. Die jungen Männer eilten in kurzer Entfernung vorüber und verschwanden hinter der Gartenmauer.

Jetzt hielt sie nichts mehr, sie folgte ihnen. Unbemerkt schlüpfte sie durch die Pforte, schlich am Rande des Sandwegs unter den Bäumen entlang, auf Moos und Gras, in ihrem schwarzen Umhang blieb sie im Schatten. Rasch war der Pinienhain durchquert, und es öffnete sich der freie Platz mit der Tempelruine.

Das Erste, was Gaila hier wahrnahm, war eine kolossale nackte Gestalt, die jäh hinter den Trümmern auftauchte. Sie hörte Hildigis einen Schrei ausstoßen und sah ihn hinrennen. Und dann erhob sich dort, ebenfalls nackt, eine zweite Gestalt, glitt zur Seite, verbarg sich hinter einer der Säulentrommeln. Und Gaila hörte Appas gellende Stimme:

»Hildigis! Nimm dich in Acht! Er wird dich töten!«

»Das mag er versuchen, der elende Hund!«

Eine Waffe blitzte in Hildigis' Hand. Der Koloss stieß ein höhnisches Lachen aus.

»Warum soll ich den Kerl denn umbringen, Liebste? Das lasse ich die Awaren besorgen! Halb ist die Arbeit ja schon getan!«

Subos Stimme! Gaila war es, als würden ihr gleich die Sinne schwinden. Die Knie knackten ihr ein, sie sank am Stamm eines Baumes nieder. Verschreckt und verwirrt starrte sie in das Halbdunkel, auf die Gestalten im fahlen Mondlicht, unter den Säulen, zwischen den Trümmern.

»Sieh dich vor, Hildigis!«, rief Appa wieder. »Er ist zu allem fähig! Er hat mich gezwungen! Durch einen Geheimgang wollte er sonst die Feinde herbeiholen!«

»Sie redet irre!«, höhnte Subo. »Der scharfe Ritt hat sie zu sehr mitgenommen!«

»Schweig, Verbrecher!«, schrie Hildigis. »Verrat? Vorher werden wir dich erledigen!«

»Das versucht mal, ihr Wichte!«

Ein Faustschlag Subos traf nun Hildigis. Der Verwundete wankte.

»Halte ihn auf!«, rief er Kako zu.

Subo wollte sich umdrehen. Doch da stand Kako schon hinter ihm, die Arme erhoben, den Schwertgriff mit beiden Händen gepackt.

Gleich darauf stürzte Subo, wälzte sich, stieß ein tierhaftes Gebrüll aus.

»Bring ihn nicht um!«, schrie Hildigis. »Man muss rauskriegen, was er vorhatte!«

Subo kroch ein Stück über den Sand. Versuchte aufzustehen, schaffte es endlich. Kam schwankend näher, verfolgt von Kako, der noch immer das Schwert mit beiden Fäusten hielt, die Spitze nach vorn. Über den feisten, nackten Körper des Flüchtenden rannen in dunklen Streifen Blutbäche.

Als Subo den Weg erreichte, sprang Gaila auf. Sie lief zu ihm hin und wollte ihn stützen. Er fühlte sich durch diese unvermutete Hilfe behindert, belästigt, stieß das Mädchen von sich, ballte die Fäuste, fluchte, gab unverständliche Drohungen von sich. Und dann fuhr er auf einmal herum und versuchte, Kako das Schwert zu entreißen.

Die beiden ungleichen Kämpfer schoben und stießen einander. Der Jüngling hielt den Schwertgriff gepackt, ließ nicht los. Der Helm rutschte ihm vom Kopf, fiel zu Boden. Die Hände, die das Schwert nicht zu fassen bekamen, legten sich um seinen Hals und würgten ihn.

»Hört auf!«, schrie Gaila. »So hört doch auf!«

Im selben Augenblick brach Subo zusammen. Stöhnend, sich wälzend presste er eine Hand auf den Leib. Er rollte sich auf die Seite, blieb liegen. Zuckte nur noch und röchelte.

»Aber das wollte ich nicht!«, keuchte Kako. »Das wollte ich nicht …«

Nun kam auch Hildigis heran. Hinter ihm Appa, in seinen Mantel gehüllt.

Als Gaila ihre Schwester erblickte, stürzte sie auf sie zu, warf sich ihr an den Hals. Brach in heftiges Schluchzen aus.

»Ich war es! Ich bin an allem schuld! O Himmel, was habe ich angerichtet …«

»Bring deine Schwester zu ihrer Mutter!«, rief ihr Hildigis zu.

»Ich verstehe, dass du mich jetzt verachtest«, sagte Appa verzweifelt.

»Warum sollte ich das?«, erwiderte er. »Du bist jetzt wie ich, wir sind gleich: geschändet und unserer Ehre beraubt. Doch da wir untergehen, ist das ohne Bedeutung!«

Er stieß ein kurzes trauriges Lachen aus und wandte sich dann an Kako, der mit weit aufgerissenen Augen auf den am Boden Liegenden starrte.

»Wir müssen ihn vor den Vicarius bringen. Vielleicht kann er noch reden. Möglich, dass der Verrat schon verübt ist, es könnten noch andere beteiligt sein. In dem Fall ist es wahrscheinlich zu spät. Aber wir wollen bis zum Schluss unsere Pflicht tun.«

29

Faroald war auf der Festungsmauer, nur Ruthard befand sich in der Nähe. Er wurde sogleich herbeigerufen.

Als er kam, war Subo schon tot.

In der Halle, wo die Palastwache ihren Aufenthalt hatte, lag er ausgestreckt auf einer Bank, nackt und über und über mit Blut besudelt. Wie ein geschlachtetes Tier lag er da.

Der erste Schwertstreich hatte ihm die Schulter zerschmettert, beim zweiten Mal war die eiserne Spitze in seinen Unterleib eingedrungen. Diese, die tödliche Wunde hatte er sich vermutlich selbst zugefügt, als er sich über Kako geworfen und versucht hatte, ihm das Schwert zu entreißen, dann ihn zu würgen. Die dritte Verletzung am Hals, bei dem Überfall auf Appa empfangen, war unbedeutend.

Ruthard schob die Männer beiseite, die die Bank mit Subo umdrängten, warf einen kurzen Blick auf den Leichnam und ordnete an, ihn in eine Decke zu hüllen und in die Wohnung seines Schwagers zu tragen.

Dann ließ er sich von Kako und Hildigis das Vorgefallene berichten.

Der Sohn des Herzogs, völlig verstört, weil er den Tod eines jungen langobardischen Edelfreien verursacht hatte, brachte nur ein Gestammel hervor.

Hildigis berichtete der Wahrheit gemäß, dass sie beide versucht hätten, Subo festzunehmen, weil dieser mit Verrat gedroht habe. Um Appa zu schützen, sprach er nur von der Absicht des Subo, ihre Gunst zu erpressen, die aber an ihrer heftigen Gegenwehr und an der noch rechtzeitig eingetroffenen Hilfe gescheitert sei. Subo habe das Mädchen mit der Drohung in den Garten gelockt, es werde ein großes Unglück geschehen, wenn sie nicht käme. Um in Erfahrung zu bringen, was er vorhatte, sei sie zum Treffpunkt gegangen. Durch ihre Schwester aber habe sie ihn, den Schildträger des Vicarius, und ihren Bruder benachrichtigt. So hätten sie beide das Ärgste verhindern können.

»Hoffen wir's!«, knurrte der alte Marschalk, den die Ehre der Herzogstochter, die Hildigis meinte, in diesem Augenblick nicht sonderlich interessierte. »Wenn Subo nicht nur gelogen hat, um bei ihr ans Ziel zu gelangen, bleibt aber die Gefahr bestehen. Ein Geheimgang? Und der Herzog besaß den Plan? Und gab ihn Grasulf? Und von dem hatte ihn Frau Winiperga?«

»Das entnahm Appa den Worten des Subo.«

»Dann gibt es hier mindestens zwei Personen, die ebenfalls noch Verrat üben können. Verflucht, ich würde es beiden zutrauen ...«

Sein erster Einfall war, den Bruder des gefallenen Herzogs und seine Gemahlin sofort in Gewahrsam zu nehmen und streng zu verhören.

Doch einige seiner Vertrauten, die er herbeigerufen hatte, mahnten zur Besonnenheit. Noch immer war Grasulf der Festungskommandant, und selbst wenn er von einem Geheimgang wusste, war er nicht verpflichtet gewesen, dieses Wissen an andere weiterzugeben. Eine verräterische Absicht würde man ihm ohnehin kaum nachweisen können.

»Dessen würde ich nicht so sicher sein!«, widersprach der Marschalk. »Kommandant ist er nur noch dem Namen nach, und von Pflichterfüllung ist keine Rede. Der Feind steht draußen, er aber lässt sich kaum blicken. Statt dessen verbirgt er sich im Hause des Wulfoald. Was tut er dort? Knechte berichten, er hält mit seinen engsten Vertrauten Beratungen ab. Worüber? Wenn das nicht verdächtig ist! Ich bin dafür, das ganze Nest auszuheben. Eines der Vögelchen wird dann schon singen!«

»Und mit welchen Kräften willst du das tun?«, fragte Unulf. »Das Haus des Wulfoald steckt voller bewaffneter Männer. Willst du es stürmen?«

»Unsinn!«, knurrte der finstere Widin. »Uns gegenseitig kaltmachen? Das fehlte noch!«

Auch die anderen mahnten zur Besonnenheit und warnten davor, durch Kämpfe innerhalb der Festung erneut die Verteidigungskraft zu schwächen. Mit derselben Begründung rieten sie auch zur Vorsicht gegenüber Frau Winiperga, deren Ergreifung ebenfalls Unruhe auslösen würde. Ruthard fügte sich endlich, wenn auch grollend, und bestimmte, nur Späher auszuschicken und alle Schritte des Paars beobachten zu lassen. Und an Faroald erging die Aufforderung, sich einer wichtigen Angelegenheit wegen unverzüglich in den Palast zu begeben.

Unterdessen war Subos Leichnam in Tücher geschlagen, auf eine Bahre gelegt und von Knechten hinausgetragen worden. Die zwanzig, fünfundzwanzig Männer, die in der Halle waren, standen in Gruppen beisammen, besprachen den Vorfall aufgeregt und ergingen sich in Vermutungen darüber, an welchem Ort innerhalb der Festung sich der geheime Ausgang befinden könne. Sie drangen auch immer wieder auf Kako und Hildigis ein, wollten weitere Einzelheiten wissen. Die beiden zogen sich schließlich in eine Ecke zurück, setzten sich auf eine Bank, schwiegen abweisend.

Der Siebzehnjährige hatte sich nur flüchtig gewaschen. In seinem bartlosen, stupsnasigen, mit Sommersprossen übersäten Gesicht, an seinem Hals, an seiner Kleidung klebte noch immer fremdes Blut. Wie hatte er sich gewünscht, Awarenblut zu vergießen, sich gegen die Feinde auszuzeichnen! Beklommen starrte er vor sich hin, die Stimmen einiger Männer im Ohr, die von Mord sprachen und die meinten, der gemütliche, immer lustige Subo habe nur mit der Herzogstochter gescherzt, sie ein bisschen erschrecken und dadurch zahm machen wollen. Kako wusste nicht, was er jetzt tun sollte.

Eigentlich musste er sich an seinen Posten zurückbegeben, von dem sein Gefolgschaftsführer ihn nur beurlaubt hatte. Doch dann musste er Taso auch den Tod seines Freundes melden, und er fürchtete sich davor, was sein unberechenbarer, zu rohen Ausbrüchen neigender Bruder dann tun würde. Er wagte sich auch nicht zu seiner Mutter, wo jetzt wohl seine Schwestern waren, um sich auszuheulen, und wo Gaila gewiss die heftigsten Anklagen gegen ihn vorbrachte. So blieb er bei Hildigis, der seine Tat befohlen hatte und ihn vor Faroald, dem Vicarius, rechtfertigen würde. Und vielleicht, dachte Kako, kommt es bald zum Kampf mit dem Feind, und ich kann alles wieder gutmachen und, wenn ich Glück habe, ehrenhaft sterben! Bei diesem Gedanken füllten sich seine Augen mit Tränen, die er, als er sie wegwischen wollte, mit dem Blut auf seinen Wangen verschmierte.

Hildigis strich ihm über den Kopf, und es bedurfte großer Beherrschung, dass nicht auch ihn der Schmerz übermannte. Er litt sehr, nicht nur an der Schulterwunde, die Subos Faustschlag getroffen und wieder aufgerissen hatte. Nun erst wurde ihm recht bewusst, was mit Appa geschehen war. Er musste sich eingestehen, noch einmal für kurze Zeit Hoffnung geschöpft und tatsächlich geglaubt zu haben, es könne am Ende noch alles gut werden und die Liebe des Mädchens werde ihm aus den Niederungen der Verzweiflung heraushelfen. So hatte es aber nicht erst des Awarensturms und seiner Schrecken bedurft, um ihm auch diese letzte Hoffnung zu nehmen. Dafür hatten nun »edle« Langobarden gesorgt. Für Appa und ihn gab es keine Zukunft mehr, man durfte nicht Schande auf Schande häufen, das konnte kein Glück bringen. Und er dachte dasselbe wie der neben ihm schluchzende Kako: Wenn es nur nicht mehr zu lange dauert! Nur schnell in den letzten Kampf und sterben!

In der Nähe der Eingangstür zu der Halle, die auf einen der mit Arkaden geschmückten Gänge rund um den Palasthof hinausführte, wurden auf einmal Rufe und Schreie laut.

Draußen gab es ein kurzes Handgemenge, und im nächsten Augenblick stürmte ein bewaffneter Haufen herein. Mit blanken Klingen, Lanzen und Speeren wurde die Gruppe, die bei der Tür stand, auseinander getrieben.

Die Eingedrungenen waren Jungmannen, etwa zwei Dutzend schwitzender, aufgeregter, drohend starrender und fuchtelnder Burschen. Aus ihrer Mitte trat ihr Anführer hervor, lang und dünn wie der Speer, den er in der Hand hielt.

»Wo steckt er – der Mörder?«, schrie Taso.

»Wen meinst du?«, wurde gerufen. »Wen suchst du hier?«

»Ihr fragt noch? Da ist ja der Kerl! Los, holt ihn heraus und nehmt ihn euch vor!«

Bleich und zitternd war Hildigis aufgesprungen, hatte den Griff seines Kurzschwerts gefasst. Drei, vier Jungmannen wollten sich auf ihn stürzen.

Doch da trat ihnen Ruthard aus einer anderen Ecke der Halle entgegen.

»Zurück!«, befahl er. »Wie könnt ihr es wagen, hier einzudringen! Und wer hat euch gerufen?«

Der Marschalk konnte nicht wissen, dass Taso die Nachricht von den Ereignissen im Palastgarten fast ebenso schnell wie er selber erhalten hatte. Faroald hatte Taso verpflichtet, in etwa stündlichem Abstand einen Melder zu schicken, der ihm oder Ruthard über die Lage am nordöstlichen Mauerabschnitt, den die Jungmannen zu verteidigen hatten, Bericht gab. Ein Jüngling namens Waltari wollte gerade zu diesem Zweck zu Ruthard, als man den sterbenden Subo über den Hof und in die Halle schleppte. In der allgemeinen Erregung bekam er nur mit, dass es Hildigis war, der Subo aufgelauert und der ihm die tödlichen Streiche versetzt hatte. Ohne seine Meldung zu machen, kehrte er um und berichtete seinem Gefolgschaftsführer, was er gesehen und gehört hatte.

»Wer uns gerufen hat, willst du wissen?«, schrie Taso den alten Marschalk an. »Was kümmert dich das? Hier ist ein Verbrechen geschehen, und wir wollen den Täter bestrafen!«

»Der Verbrecher ist schon bestraft! Für den Verrat, den er begehen wollte, und eine schändliche Erpressung!«

»Wir verlangen, dass ihr Subos Mörder herausgebt!«

»Du hast nichts zu verlangen, und einen Mörder gibt es hier nicht. Mach, dass du auf deinen Posten kommst! Wer hat dir erlaubt, ihn zu verlassen?«

»Darüber bin ich dir keine Rechenschaft schuldig, Gote! Und ich rate dir, deinen Widerstand aufzugeben. Ich vergesse nichts, und wenn ich erst Herzog bin ...«

»Noch einmal: Zurück auf deinen Posten!«

»Beruhige dich, Alter!«, rief einer aus Tasos Haufen. »An der Mauer ist jetzt nichts los, die Awaren sind in ihre Zelte gekrochen. Auf dem Turm sind Ratchis und Godescalk – die passen schon auf!«

»Zwei Mann?«, fragte Ruthard scharf und packte Taso am Arm. »Du hast nur zwei Mann dort zurückgelassen?«

»Die Hände weg! Was fällt dir ein? Du wagst es, mich anzurühren?«

»Mach, dass du auf deinen Posten kommst, Bürschlein! Und morgen früh wirst du dich verantworten müssen!«

»Willst du mich einschüchtern?«, schrie Taso, wobei er sich losriss. »Denkst du, du kannst mit mir so umspringen?«

»Ich befehle euch, auf der Stelle zurückzukehren!«

»Nicht ohne den Kerl dort!«

»Was habt ihr denn mit ihm vor?«, rief einer von der Palastwache.

»Wir stoßen ihn die Mauer hinunter!«, tönte es aus dem Haufen zurück.

Zustimmung wurde gegrölt.

»Ja, mag er im Festungsgraben ersaufen! Das ist eine Warnung für dieses Romanengesindel! Werden sich künftig hüten, Langobardenblut zu vergießen!«

»Nein!«, gellte Taso, den Speer in die Luft stoßend. »Den mache ich selber kalt! Gleich hier auf der Stelle, wenn sie ihn nicht herausgeben wollen!«

»Er war es ja gar nicht! Ich habe Subo getötet!«

Auch Kako sprang jetzt von der Bank auf und wollte sich vor Hildigis stellen.

Doch der schob ihn beiseite und rief Taso zu: »Dann komm her, mach mich kalt! Du bist doch zu jeder Untat fähig! Nichts ist dir heilig, nicht mal die Ehre deiner Schwester! Hast Appa verkuppelt wie Sichar seine Buhldirnen!«

»Habt ihr das gehört?«, kreischte Taso. »Er beleidigt mich noch! Warum zögert ihr? Holt ihn euch! Packt ihn!«

Aber Ruthard hatte schon seinen Leuten ein Zeichen gegeben. Die Männer langten nach ihren Waffen, die auf den Bänken lagen oder an den Wänden aufgehängt waren. Mehrere bildeten rasch eine Reihe, um Hildigis, die Rundschilde vorgestreckt, vor dem Angriff zu schützen. Andere traten von der Seite heran und versuchten, die Jungmannen zur Tür zu drängen.

Es war vom ersten Augenblick an klar, dass Tasos Raufbolde den erfahrenen Kriegern der Palastwache, den Besten im Herzogtum, unterlegen waren. Doch waren alle gereizt und erzürnt und auf beiden Seiten viele betrunken. Den Jungmannen fiel nicht ein, sich zurückzuziehen, und sie begannen, blindwütig mit ihren Speeren und Lanzen auf die entgegengehaltenen Schilde einzustechen. Von Tasos Geschrei nach vorn gepeitscht, stießen sie zwei ihrer Gegner nieder, drangen zu Hildigis vor, umringten ihn. Doch es gelang ihnen nicht, ihn hinauszuschleppen. Erbittert über die unerhörte, noch niemals zuvor gewagte Dreistigkeit, sie in ihrer eigenen Halle zu überfallen, vergaßen die Palastwächter jede Zurückhaltung. Sie zückten die Schwerter, schlugen erbarmungslos zu. Ruthard versuchte gar nicht erst, dazwischenzugehen. Unulf und andere Unterführer griffen selber mit ein. Schnell waren sie Herren des Kampfgeschehens. Mehrere Eindringlinge wurden niedergeschlagen, bluteten aus gefährlichen Wunden. Durch Hiebe an Schultern und Armen verletzt, ließen andere ihre Waffen fallen. Erschrocken beim Anblick des Blutes packte den Rest des Haufens Kleinmut. Taso brauchte den Rückzug nicht erst zu befolgen. Er floh als Erster, nachdem er sich wohlweislich gar nicht erst ins Getümmel geworfen, sondern sich in der Nähe der Tür auf Kommandogebrüll beschränkt hatte.

Fast stieß er mit Faroald zusammen, der im selben Augenblick eintrat.

Dem Vicarius bot sich ein Bild der Verwüstung. In der Halle waren Tische und Bänke umgestürzt, Trümmer von zerbrochenen Lanzen und Schilden dazwischen verstreut. Zwei Palastwächter und fünf Jungmannen lagen blutbesudelt am Boden, kaum noch fähig, sich aus eigener Kraft zu erheben. Hildigis saß zusammengesunken an einer Wand, halb ohnmächtig nach mehreren Stößen mit Speerschäften. Kako hatte an der Stirn eine Schramme.

Faroald war durch den Boten schon über alles unterrichtet worden, was bis zu dessen Absendung geschehen war. Von Ruthard erfuhr er nun das Übrige. Der alte Marschalk verlangte mit eiskaltem Zorn, Taso als gefährlichen Störenfried augenblicklich unter Bewachung zu stellen. Allerdings hatte sich dieser schon mit dem Rest seines Haufens vorsorglich aus dem Palast entfernt. Wenig sinnvoll würde es sein, meinte Faroald, jetzt seinetwegen noch mehr Männer in Gefahr zu bringen und überdies Zeit zu verlieren.

Der Vicarius entschied sich für zwei dringende Maßnahmen. Der von Taso und seinen Leuten verlassene Posten im Nordostabschnitt der Festungsmauer musste sofort durch zuverlässige Leute besetzt werden. Dazu bestimmte er einen Teil seiner eigenen Gefolgschaft, die in der Nähe des Forums in einem Bürgerhaus in Bereitschaft lag.

Für ebenso wichtig hielt er es, noch in der Nacht einen Kriegsrat bei der Herzogin einzuberufen, um Klarheit darüber zu gewinnen, ob die Festung tatsächlich über einen geheimen Ausgang verfügte. Grasulf und seine Frau Winiperga mussten dazu gerufen werden, notfalls unter Androhung von

Gewalt. Auch Appa, ihr Bruder Kako und Hildigis sollten als Zeugen erscheinen.

Faroald trat zu seinem Schildträger und untersuchte selber die wieder aufgerissene Schulterwunde und die neuen Verletzungen. Ein Medicus aus der Stadt, der die Nachfolge des in der Schlacht gebliebenen angetreten hatte, eilte mit einem Sack voller Salben und Instrumente herbei. Auf dem schadhaften, blutbefleckten Mosaikfußboden des früheren Römerbauwerks lagen noch immer einige Opfer des Kampfes. Mägde liefen herein und hinaus, brachten warmes Wasser und reine Tücher.

Da erhob sich abermals draußen Lärm.

Vom Palasttor her näherte sich Alarmgetrommel.

Ein bärtiger junger Krieger, atemlos, schweißüberströmt, barfuß und ohne Gürtel und Waffen, die er wohl ihres Gewichts wegen abgelegt hatte, stürzte herein und schrie: »Vicarius! Schnell! Sie greifen an! Die Ersten sind schon über die Mauer!«

30

Romilda saß bei Appa am Bett, als Pelagia ins Schlafgemach trat und händeringend verkündete, dass die Awaren schon in der Stadt seien.

»Bei den Großen Speichern sind sie herübergekommen, Herrin, in der Nähe der Mühle des Occila! Es sollen schon an die zweihundert sein. In den Straßen wird überall gekämpft! Die Unsrigen weichen! Ach, Gott, warum hast du uns verlassen? Verloren sind wir!«

Romilda sprang auf und trat der alten Dienerin entgegen.

»Und mein Sohn? Weiß man etwas von meinem Sohn? Er hat doch die Wache dort bei den Speichern!«

»Herr Taso? Der war gerade erst hier im Palast. Hat sich mit Ruthards Leuten herumgeschlagen.«

»Herumgeschlagen? Mit Ruthards Leuten? Und gerade jetzt erst? Wo ist er?«

»Woher soll ich das wissen, Herrin? Ich weiß nur, was unten geredet wird. Die Männer sagen, er sei der Schuldige. Aber wie kann man das behaupten! Gott will uns strafen, wie es der Pater Sebastianus predigt ...«

Romilda wandte sich Appa zu, die ebenfalls aufgestanden und in ihre Kleider gefahren war.

»Bleibt hier! Verhaltet euch jetzt nicht unbesonnen! Wenn noch irgendwo Sicherheit ist, dann hier im Palast. Wenn ich nur wüßte, wo Kako steckt! Warum ist er nicht gleich zu mir gekommen? Sind die vier anderen im Bett, Pelagia? Auch Radoald und Grimoald?«

»Ja, Herrin. Ich habe die Kleinen wieder zu ihren Brüdern

gelegt, nun haben sie keine Angst mehr. Alle haben ihr Nachtgebet gesprochen, und ich habe ihnen ein Schlaflied gesungen. Ach, schwebte doch ein Engel herab, um die armen Kinder zu schützen …«

Die Herzogin hatte schon ihren Mantel übergeworfen und war zur Tür hinaus.

Mitten auf dem Palasthof loderte ein gewaltiges Feuer. Bis in den letzten Winkel erleuchtete es taghell das längliche Geviert mit den umlaufenden Bogengängen, den Nischen, Treppen, Portalen. Vor dem Waffensaal hielten zwei Maultiergespanne, und hastig, unter Geschrei und Gefluche wurden Wurfspieße, Lanzen und Körbe mit Pfeilen aufgeladen.

Ein Mann der Palastwache lief hinzu und schrie: »Pfeile? Wozu denn jetzt Pfeile! Sind die im Nahkampf vielleicht zu brauchen? Ladet Schwerter und Dolche auf, ihr Dummköpfe!«

Vom Wirtschaftshof her trugen Mägde große Kannen mit Wein herbei. Um das Feuer sammelte sich gerade ein Häuflein älterer Krieger, die sich in der großen Halle schon zur Nachtruhe niedergelegt hatten und durch den Alarm aus dem Schlaf gerissen waren. Mit Stroh im Grauhaar und in den Zottelbärten, barbrüstig viele, in schlotternden Hosen und mit nachlässig gewickelten Wadenbinden drängten sie heran, hielten den Mägden ihre Becher und Trinkhörner hin. Ihr Anführer mahnte schnauzend zum Aufbruch, verteilte noch einige fränkische Kampfbeile.

Ruthard trat zu ihm, musterte finster den Haufen und sagte: »Die Gefolgschaft ist immerhin zur Stelle, wenn auch in verdammt schlechtem Zustand. Und wo bleibt Grasulf, der Kommandant?«

»Das weiß der Teufel«, knurrte der Mann. »Sollen wir gleich längs der Mauer marschieren?«

»Nein! Ihr marschiert zu der großen Kreuzung, sperrt den Zugang zum Decumanus. Wir müssen verhindern, dass sie zum Forum vordringen. Wir beherrschen sie nur, solange wir sie in den Gassen einklemmen!«

Der Haufen trampelte, schlurfte, hinkte über den Hof und hinaus.

Ruthard verbeugte sich grimmig gegen die Herzogin, die in Begleitung Billos und mehrerer ihrer Frauen herankam.

»Was ist geschehen, Marschalk?«, rief sie von weitem schon. »Stimmt es, dass die Awaren bereits in der Stadt sind? Was tut der Vicarius?«

»Was soll er schon tun? Er ist an der Festungsmauer. Muss dafür einstehen, dass er auf deine Beteuerungen hörte!«

»Aber wie sind sie denn hereingekommen?«, rief Billo.

»Sturmleitern.«

»Und wie gelangten sie über den Bach und den Graben?«

»Bretter und Baumstämme. Zeit genug hatten sie ja. Zwei Mann Wache auf einen Mauerabschnitt von achthundert Fuß!«

»Aber ich verstehe nicht, Marschalk!«, rief die Herzogin. »Wo ist mein Sohn? Wo ist Taso? Ist es wahr, dass er gerade noch hier war? Hat er die Feinde kommen sehen? Schlug er Alarm? Wollte er Verstärkung? Ich hörte, es gab eine Auseinandersetzung ...«

»Ja, und dabei sieben Schwerverletzte. Drei von ihnen liegen im Sterben. So sorgt sich dein Sohn um unsere Verteidigung.«

»Aber wohin ...?«

»Er hat sich davongemacht. Bevor ich ihn festnehmen ließ. Das schlechte Gewissen!«

»Ich glaube dir nicht! Und Kako?«

»Der ist mit Faroald gegangen.«

»In den Kampf?«

»Wohin sonst? Ein prächtiger Bursche. Immerhin einer, auf den du stolz sein kannst, Herrin!«

»Aber er ist noch zu jung ...«

Ein kalter Nachtwind kam auf. Ein paar Knechte warfen

zerbrochene Fässer ins Feuer, das von den verpichten Brettern kräftige Nahrung erhielt. Funken sprühten der Herzogin ins Gesicht und ins Haar, doch sie trat nicht zurück, schien nichts wahrzunehmen.

Am Feuer hatten sich inzwischen noch andere Mitglieder des herzoglichen Hofstaates eingefunden, bleich und um Fassung bemüht die Herren, zitternd, jammernd und stöhnend die Damen. Der Schenk, ein buckliges Männchen, doch Abkomme einer der vornehmsten langobardischen Faren, vergaß auch jetzt nicht sein Amt und reichte Romilda von einem Silbertablett, das ein Diener auf sein Zeichen herbeitrug, einen Becher mit Glühwein. Sie nippte daran und ließ nun zu, dass er ihren Arm nahm und sie ein paar Schritte beiseite führte.

Immer wieder blickten die im Hofe Versammelten voller Sorge, Angst und Spannung nach dem Palasttor. Alle Augenblicke wurde es von den Wachen geöffnet, um einen Trupp oder eine Fuhre hinauszulassen, und gleich wieder verschlossen und mit eisernen Balken verriegelt. Vom nur wenige hundert Schritte entfernten Kampfgeschehen wehte der Wind ab und zu Fetzen von Schreien und Waffengeklirr herüber. Mal schienen sich die Geräusche zu nähern, mal zu entfernen. Einmal rief einer der Wächter vom Tor her, es werde schon auf dem Vorplatz des Palastes gekämpft. Eine der Damen fiel in Ohnmacht. Ruthard schickte Verstärkung hinaus, der es gelang, den kleinen, weit vorgedrungenen feindlichen Haufen zurückzuschlagen.

Dann wurde zum ersten Mal seit dem Beginn des Kampfes das Tor geöffnet, um ein Gespann von draußen hereinzulassen. Auf dem Eselskarren, von einem Bauern gelenkt, lagen mehrere Verwundete. An eines der Leiterbretter gebunden, schwankte und stolperte ein gedrungener blonder Kerl mit Lederkappe, ein Gefangener.

Romilda ließ die Verwundeten gleich in die große Halle bringen und dort vom Medicus und den Mägden versorgen.

Einer stieg ohne Hilfe vom Karren und war im Stande, Auskunft zu geben. Er hatte dem Trupp des Unulf angehört, der nach dem Alarm gleich zum Kampfplatz geeilt war. Da seien zu diesem Zeitpunkt schon weit über hundert feindliche Krieger auf der Mauerplattform, den Treppen und auch bereits in den Gassen gewesen. Den nordöstlichen Mauerabschnitt hätten sie vollständig eingenommen gehabt, unentwegt seien Nachfolgende zwischen den Zinnen hervorgekrochen. Als Erste hätten sich kleinere Trupps von den benachbarten Mauerabschnitten den Eindringlingen entgegengeworfen, die hätten sich regelrecht geopfert. Erst die vom Palast und aus verschiedenen Bereitschaftsquartieren herbeigeeilten Kämpfer seien im Stande gewesen, den Angriff aufzuhalten.

»Bei der Mühle dort hinten war es so finster«, berichtete der Mann, »dass wir auf die eigenen Leute einschlugen. An den Treppen zur Mauer war ein Gewühl, als hätte man drei Dutzend Wölfe in eine Jungfernkammer gesperrt. Da schrie der Herr Faroald: ›Zurück!‹ Und wie wir nun von unserer Treppe fortsprangen, blieben dort nur die Haufen von Toten zurück und auf den Stufen die Feinde, die über sie nicht hinwegkamen. Und Herr Faroald ließ die Kessel mit Öl, dem zum Sieden und Herabgießen bestimmten, über dem Leichenhaufen ausleeren und schleuderte selber die Fackel dorthin. Hei, da loderte eine Flamme auf! Wahrhaftig, die musste bis an die Wolken züngeln! Alles brannte – die Toten, die Treppe und gleich auch die Feinde, die nicht hinunter und nicht hinauf konnten, weil dort ihre eigenen Leute herandrängten. Und dann krachte die Treppe zusammen, ebenso wie die zweite, hundert Fuß weiter. Nun waren die oben auf der Mauer nicht mehr im Stande, herunterzukommen. Einige sprangen und wurden gleich niedergemacht. Und viele konnten wir bequem und bei guter Beleuchtung mit Pfeilen und Lanzen herunterholen. Doch leider trafen sie auch von oben«, schloss er und hielt sich den Arm, den eine feindliche Speerspitze durchbohrt hatte.

»Und wie steht es nun?«, fragte Ruthard. »Ziehen sie sich zurück?«

»Es scheint so. Herr Faroald hat sie aufgehalten. Die Mauerplattform hat er zurückerobert. Jetzt lässt er die kleineren Gruppen, die noch in den Gassen sind, aufreiben.«

»Und sind die Feuer gelöscht?«, rief Billo. »Nicht auszudenken, dass sie die Speicher ergreifen!«

»Keine Sorge, der Wind kam von der richtigen Seite, und sie sind auch schon fast heruntergebrannt.«

»So sind wohl auch Christen zu Asche geworden«, seufzte der Bischof Marinus, der bei den Würdenträgern stand.

»Man wird es ihnen im Himmel verzeihen«, bemerkte Ruthard. »Der Vicarius konnte nun wirklich nicht auf die kirchlichen Totenbräuche Rücksicht nehmen.«

Der Gefangene wurde herangeführt und verhört. Er war ein Sklavenier aus dem südlichen Karpatengebirge. Es mussten erst ein paar alte Männer aus den Flüchtlingszelten herbeigeholt werden, die seine Sprache verstanden. Er gab an, dass man im Awarenlager plötzlich eine Bewegung auf den Mauern, zwischen den Zinnen am nordöstlichen Wachturm beobachtet habe. Nach einer Weile sei man sicher gewesen, dass auf einem längeren Mauerabschnitt der Festung kaum noch Verteidiger waren. Das habe die Anführer der Vorposten sehr überrascht, und sie hätten Befehl gegeben, die unverhoffte Blöße der Belagerten zu nutzen. Da habe man rasch gehandelt, wie man es erst in ein paar Tagen vorgehabt hatte, den Bach und den Graben überquert, die Sturmleitern angelegt …

Es stellte sich schließlich heraus, dass der Gefangene selber einer der Anführer war. Hätte man nur die geringste Ahnung gehabt, sagte er spöttisch, dass die Leute von Forojuli schon in der ersten Nacht ein großes Stück Mauer preisgeben würden, wäre die Festung wohl jetzt gefallen. So habe man erst von hinten Verstärkung heranholen müssen, das habe viel Zeit gekostet. Vor allem Sklavenier seines Stammes seien an diesem

Sturm beteiligt gewesen, antwortete er auf eine Frage des Marschalks, wohl nicht ein einziger Aware.

Bald rumpelte ein zweiter, schließlich ein dritter Karren mit Verwundeten durch das Tor. Leichter Verletzte, von Unversehrten gestützt, schleppten sich auf ihren Beinen herbei. In Grüppchen kehrten die Krieger zurück, die ihr Quartier im Herzogspalast hatten. In immer kürzeren Abständen wurden die Torflügel aufgestoßen, die Wächter hielten es nicht mehr für nötig, die eisernen Balken vorzulegen. Viele der Zurückkehrenden sanken gleich erschöpft auf das Hofpflaster. Rund um das Feuer lagerten sie, ließen sich von den Mägden mit Wein versorgen, düster schweigend die einen, wild durcheinander schreiend, sich ihrer Taten rühmend die anderen.

Die Herzogin war jetzt überall. Mal kniete sie in der großen Halle bei den Verletzten, säuberte Wunden, strich Salben auf, legte Verbände an. Dann wieder setzte sie sich bei den Männern am Feuer nieder, lauschte, fragte, ließ sich Einzelheiten berichten. Mehrmals trieb es sie auch an das Tor, das nun offen blieb, sie starrte hinaus auf den Platz, fragte Ankommende nach ihren Söhnen. Von Taso wollte niemand etwas wahrgenommen haben, und einige machten sogar, als sie an ihr vorüber waren, grobe und spöttische Bemerkungen. Hingegen hatten mehrere Kako gesehen, im dicksten Kampfgetümmel sogar.

Auch nach Faroald fragte sie jeden. Zwei Veteranen berichteten übereinstimmend, sie hätten gesehen, dass er fiel, von einem Schwerthieb getroffen. Da lief sie aufgeregt hinaus auf den Vorplatz, der nächsten Gruppe entgegen, die aber gerade noch, vor wenigen Augenblicken erst, von dem lebendigen, unverletzten Faroald den Befehl zum Sammeln erhalten hatte. Die Männer mussten die Herzogin stützen, als sie plötzlich wankte und sich ans Herz griff. Eine Haarnadel löste sich, der Schleier verrutschte, ein blonder Zopf fiel über die Schulter herab. Romilda erholte sich aber gleich wieder und kehrte mit den Kriegern auf den Palasthof zurück.

Sie sah den Marschalk, von seinen Leuten umringt, im Mannschaftsquartier der Palastwache und nahm keinen Anstand einzutreten. Unter normalen Umständen wäre ihr das kaum in den Sinn gekommen, jetzt überlegte sie nicht lange. Ein Dunst von Schweiß und Blut schlug ihr entgegen, auch hier lagen ja auf den Bänken und auf dem Boden Verwundete. Romilda wollte auch von Ruthard die Bestätigung haben, dass der Vicarius unversehrt und auf seinem Posten sei.

Doch ihre Aufmerksamkeit war plötzlich abgelenkt.

In einer Ecke der Halle bemerkte sie Appa. Mit einem stillen Lächeln, reglos, ein wenig nach vorn geneigt, saß sie auf dem Rand einer Bank, auf der ein Verwundeter lag, dessen Hand sie hielt. Romilda erkannte ihn gleich an der dunklen Lockenmähne und der Verletzung im Gesicht. Es war Hildigis. Er hatte die Augen offen, lächelte ebenfalls, sah das Mädchen unverwandt an. Die beiden schienen nicht wahrzunehmen, dass ringsum gestöhnt, gebrüllt und geflucht wurde, dass Männer hereinkamen und hinausgingen, ihre Wehrgurte abschnallten und an die Wände hängten, im Kreise standen und ihre Trinkhörner leerten. Nicht einmal der Schwerverletzte in ihrer Nähe, der sich bäumte, wälzte und schrie, konnte sie aus der tiefen Versunkenheit holen, in die sie sich durch einen Blick und die Berührung ihrer Hände von allem, was um sie geschah, entfernt hatten. Romilda, die über die Vorgänge im Palastgarten unterrichtet war, konnte ihre Tränen nicht zurückhalten. In ihrem Stolz hätte Appa wohl alles verschwiegen, aber durch Gailas fiebriges Geständnis, ihre beredte Selbstanklage war der Mutter nichts verborgen geblieben. Appa hatte nicht einmal geweint, sondern die Schwester immer nur wieder gebeten zu schweigen. Romilda erinnerte sich ihrer Worte am Nachmittag, dass vieles, ja alles nach und nach an Bedeutung verliere. Offensichtlich mit einer Ausnahme …

Ruthard glaubte, erklären zu müssen, warum sich die

Tochter der Herzogin in der Halle seiner Leute befand. Sie sei plötzlich draußen aufgetaucht und habe nach Hildigis gefragt, und so habe er sie eben zu ihm gelassen. In der Halle sei sie ja auch nicht das einzige weibliche Wesen, das die Verwundeten betreue. Im Übrigen habe er gedacht, es sei nur gerecht, wenn sich die Schwester um einen kümmere, den der Bruder noch gerade umbringen wollte.

Unulf trat ein, Gefangene mit der flachen Klinge vor sich hertreibend. Sein Kittel war über und über mit Blut befleckt, doch schien er – bis auf eine Platzwunde über der Augenbraue – unverletzt zu sein.

»Ein paar sklavenische Schufte, Marschalk, die sich ergeben haben. Sie sind kräftig, wir werden sie brauchen können. Aber vorher sollten wir sie ein bisschen mit Ruten streicheln, damit sie sich an ihre neuen Herren gewöhnen!«

»Wie ist die Lage da hinten?«

»Alles scheint wieder ruhig zu sein. Wir konnten noch zwei Sturmleitern umwerfen. Dabei hat sich mindestens ein Dutzend von ihnen zu Tode gestürzt!«

»Und sind noch Versprengte in der Stadt?«

»Das wäre möglich. Doch der Vicarius befahl, die Suche nach ihnen jetzt in der Nacht nicht fortzusetzen. Morgen holen wir sie aus den Verstecken. Dazu noch einen, auf den Herr Faroald eine rasende Wut hat.«

»Wer soll das sein?«

»Dieser Taso, der hochedle Gausenspross. Er will ihn, wenn er ihn aufstöbert, gleich mit den eigenen Händen erwürgen. Und, beim Teufel, er täte recht daran!«

Ruthard deutete stirnrunzelnd mit dem Kopf nach der Herzogin, die unter den ihn umgebenden Männern stand, in ihren Mantel gehüllt, die Augen starr und entsetzt auf Unulf gerichtet.

»Verzeih, Herrin.« Der Glatzkopf, der sie nicht bemerkt hatte, grinste, doch nur wenig verlegen. »Ich … übrigens habe ich eine Nachricht für dich …«

»Hat Herr Faroald wirklich gedroht«, rief sie, »er wolle meinen Sohn Taso erwürgen?«

»Nimm es nicht übel! Ein Wort im Zorn! Sieh dich um ... Wer ist hier noch bei Verstand? In der Hitze des Kampfes wird manches gesagt, sogar Gott wird verflucht. Morgen, bei ruhiger Überlegung ...«

»Was für eine Nachricht hast du für mich?«

»Keine gute. Verzeih mir auch das! Dein anderer Sohn, der Rotschopf ... er liegt da draußen auf einem Karren.«

»Tot?«, schrie sie.

»Das wohl nicht, aber ...«

Sie eilte bereits hinaus.

Ein Maultiergespann, auf dem man Verwundete gebracht hatte, stand vor der Treppe, die zum Portal der großen Halle hinaufführte. Romilda kam gerade dazu, als Kako heruntergehoben wurde. Sein Kopf hing auf die Brust herab, zwei junge Helfer legten sich seine schlaffen Arme über die Schultern. Die Füße des Ohnmächtigen schleiften nach, als sie ihn vorsichtig zu den Stufen trugen.

»Radoald! Grimoald!«

Die beiden Jungen sahen sich um, blieben stehen.

»Was ist ihm passiert?«

»Gleich zweimal haben sie ihn getroffen!«, sagte Radoald aufgeregt. »Ein Lanzenstich unter den Arm, ein anderer in die Seite.«

»Was für ein Unglück! O Himmel, wie ist er zugerichtet! Wer war nur so herzlos, ihn in den Kampf zu schicken ...«

»Dafür bringe ich drei von denen um!«, rief Grimoald. »Das schwöre ich, Mutter!«

»Ach, es fehlte noch, dass auch du ... Wartet, ich helfe euch! Aber was tut ihr überhaupt hier? Pelagia sagte mir, dass ihr in euerm Bett wäret.«

»Wir waren mit draußen, die Verwundeten holen«, erwiderte Radoald ärgerlich. »Denkst du denn, wir könnten jetzt schlafen?«

»Ihr seid doch noch Kinder, ihr …«

»Du beleidigst uns!«, sagte der zehnjährige Grimoald vorwurfsvoll. »Und nun mach schon, heb seine Beine an!«

Während Romilda mit ihren beiden Söhnen den dritten, verwundeten in die Halle trug, vernahm man plötzlich vom Tor her aufs Neue Alarmgetrommel.

Ruthard, Unulf und andere wurden aufmerksam, traten rasch in den Hof hinaus. Viele von denen, die um das Feuer hockten, sprangen auf.

»Was gibt es?«, rief der Marschalk.

Ein weißblonder Bursche, einer aus Faroalds neuer Gefolgschaft, war auf einem ungesattelten Gaul hereingeritten. Während er Mühe hatte, sich auf dem Rücken des Pferdes zu halten, schrie er:

»Die Awaren! Sie sind wieder drinnen! Sind in der Stadt!«

»Was? Was?«

»Durch das Ausfalltor!«

»Unmöglich! Es ist fest verschlossen …«

»Es ist offen!«

»Wie?«

»Taso und seine Leute … sie haben …«

»Doch nicht einen Ausfall gemacht?«

Ruthard trat selbst an das ungebärdige Pferd heran, packte den Zaum und bändigte es mit einer heftigen Geste.

»Nun? Ich kann es nicht glauben! Rede! Schnell! Schnell!«

»Wir wissen es nur von Waltari …«

»Was wisst ihr?«

»Dass Taso … dass er den Ausfall befahl. Er kam als Einziger zurück.«

»Wer? Taso?«

»Waltari. Er konnte sich gerade noch retten.«

»Retten?«

»Vor den Feinden, die nachdrängten.«

»Und die andern? Taso und seine Leute? Wo sind sie jetzt?«

»Draußen. Taso befahl, das Tor zu öffnen …«

»Aber es ist doch bewacht.«

»Die Wachen wurden niedergeschlagen.«

»Verfluchte Bande! Und dann? Die Brücke über den Graben?«

»Wurde herabgelassen. Draußen krochen und schlichen sie ein Stück vorwärts, aber auf einmal tauchten hinter dem Buschwerk Feinde auf, und schon wurden die Ersten niedergemacht.«

»Diese Idioten! Weiter?«

»Waltari sagte, er sei gleich umgekehrt … und er gelangte auch noch über die Brücke. Doch hinter ihm kamen sie herein.«

»Kamen wie viele?«

»Ich weiß es nicht. Es sollen schon wieder an die hundert sein. Sie haben das Tor besetzt, sie halten es.«

»Und dieser … dieser verfluchte Taso ist draußen geblieben?«

»Wird er wohl. Er wollte den Khagan in seinem Zelt überfallen. Wollte ihn töten – mit eigener Hand. Wollte damit seinen Vater rächen!«

Der alte Marschalk hatte genug gehört.

Unter den Männern, die sich im Kreise drängten, erhoben sich zornige Stimmen. Alle waren erschöpft, wollten in dieser Nacht nicht noch einmal hinaus.

Doch die Schwerter und Lanzen trommelten auf die Schildbuckel, und die Unterführer begannen, ihre Kommandos zu brüllen …

31

Winiperga stand über eine Truhe mit Juwelen gebeugt, aus der sie die kostbarsten Stücke für das Fluchtgepäck auswählte, als sie plötzlich Gepolter, erregte Stimmen und Schreie hörte. Sie eilte in ihren Empfangssaal hinüber und erstarrte.

Die Knechte hatten das Tragbett mit dem in schmutzige, blutbefleckte Tücher gehüllten Leichnam ihres Bruders so in den Raum gestellt, dass der Entseelte, dem man die Augen noch nicht zugedrückt hatte, sie scheinbar durchdringend ansah, so als amüsiere ihn dieses Wiedersehen unter unerwarteten Umständen. Nach kurzem Erschrecken begriff sie, dass es der Blick eines Toten war. Ihre Frauen liefen nach Wasser und brauchten einige Zeit, um sie wieder zu sich zu bringen.

Später hockte sie reglos, trockenen Auges vor der immer noch offenen Truhe. Nachdem ihr Bewusstsein zurückgekehrt war, hatte sie keine Zeit mehr mit Schreien und Klagen verloren. Das Waschen und Bekleiden des Leichnams überließ sie den Mägden, die Gebete einem herbeigerufenen Geistlichen. Über die Umstände, unter denen Subo ums Leben gekommen war, hatte sie sich soweit unterrichten lassen, dass ihr der Hergang und der Beweggrund der Tat jetzt vollkommen klar wurden. Es handelte sich um den ersten Schlag, den die Verschwörer um die Herzogin gegen sie und ihre Familie geführt hatten. Seinen Leichtsinn und seine beklagenswerte Leidenschaft ausnutzend, hatte Appa Subo in den einsamen Garten gelockt. Hier lauerten Hildigis und Kako, die von Romilda und ihrem Geliebten gesandten Mörder. Nachdem Appa den wehrhaften Subo zur Ablegung seiner Waffen veranlasst und in eine hilflose Lage gebracht hatte, fielen sie meuchlings über ihn her und erschlugen ihn. Und behaupteten hinterher dreist, dies getan zu haben, weil er Verrat üben wollte.

Wer war das nächste Opfer? Die Wäschemagd Traxa schlich herein und berichtete, auf dem Palasthof werde offen darüber gerätselt, ob es tatsächlich den Geheimausgang gebe, von dem der Tote gewusst haben wollte. Kalte Wut packte Winiperga bei dem Gedanken, dass ihr geschwätziger, geltungssüchtiger Bruder das ihm anvertraute Wissen nicht einmal für wenige Stunden hatte zurückhalten können, zur Beschleunigung seines und vielleicht ihres Verderbens. Denn Traxa wusste auch mitzuteilen, der Name Frau Winipergas und ihres Gemahls, des Herrn Grasulf, werde in diesem Zusammenhang gleichfalls genannt. Und der Herr Marschalk habe verfügt, es sollten von jetzt an sämtliche Schritte der beiden beobachtet werden.

Bei dem Gedanken, dass sich die Schlinge, die ihre Feindin Romilda ihr um den Hals geworfen hatte, schon zuziehe, gewann Winiperga ihre Tatkraft zurück.

Sie sprang auf, und hastig begann sie, Diademe, Halsketten, Schmuckgürtel in die Ledersäcke zu stopfen, die neben der Truhe bereitstanden. Hatte ihr Bruder sie, wie schon früher des öfteren, bitter enttäuscht, so blieb ihr doch immer noch ihr Gemahl. Kaum anzunehmen war ja, dass sich Subo, während er wie ein dummes Tier über die dargebotene Lockspeise herfiel, gleichzeitig mit Geschick und Verstand in den Besitz des Schlüssels und des Planes gebracht hatte. Beides musste also noch immer bei Grasulf sein, der im Hause des Wulfoald hockte, ängstlich und zaudernd wie gewöhnlich, gewiss nicht einmal in Kenntnis darüber, dass sein Geheimnis in aller Munde war. Auf sein Versprechen, dass er bald kommen und sie zur Flucht aus der Festung abholen werde, war nichts zu geben. Eher würde dieser Gimpel den Vogelstellern ins Netz gehen, sich Schlüssel und Plan noch abjagen lassen. Das Ganze war schon gescheitert, wenn sie die Führung jetzt nicht selbst übernahm! Der glänzende Zukunftsplan, den sie entworfen hatte, ließ sich notfalls ja auch mit Grasulf verwirklichen, und sie konnte den Elenden immer noch loswerden, wenn er ihr in Ravenna oder in Konstantinopel, wo er weder der Bruder des Herzogs noch sonst jemand war, zu lästig wurde.

Zunächst kam es nun darauf an, unerkannt und mit dem kostbaren Gepäck aus dem Palast zu gelangen. Wenn sie beobachtet wurde, musste der Späher irgendwo draußen unter dem Säulengang oder in der Nähe der Freitreppe lauern. So blieb nur die kleine Pforte eines Peristylhofs, hinter der ein gewundener Weg zwischen halb verfallenen Römerbauten auf den einstigen Wirtschaftshof führte, wo jetzt die Flüchtlinge hausten. Von hier gelangte man durch ein besonderes Tor auf eine Gasse zum Decumanus.

Winiperga konnte nicht wissen, dass ihre Vorsicht unnötig war. Die Ereignisse überstürzten sich, und unter den Männern war niemand übrig, den man noch auf einen Beobachtungsposten stellen konnte. Erst als sie, bis an die Nasenspitze vermummt, mit ihren beiden Frauen und dem stummen Knecht auf die Gasse hinaustrat, erfuhr sie, dass der Feind in der Stadt war. Sie schrie auf und begann zu laufen. Die drei anderen, alle mit schwerem Gepäck beladen, konnten kaum folgen. Auf dem Decumanus kreuzte ein Haufen Bewaffneter ihren Weg. Der Anführer glaubte in der Dunkelheit, in Panik geratene Flüchtlinge vor sich zu haben, wollte dem Stummen das Gepäck entreißen und ihm einen Wurfspeer in die Hand drücken. Er erkannte jedoch die edle Dame, als sie ihn anzischte und das Tuch vom Kopf schob, unter dem die im Mondlicht schimmernden Smaragdohrringe sichtbar wurden. Unbehelligt gelangten sie an die große Kreuzung und von hier nach hundert Schritten auf dem Cardo an ein vornehmes zweistöckiges Backsteinhaus mit marmornen Pfeilern und Portalbogen. Dies gehörte dem langobardischen Edlen Wulfoald.

Zu Winipergas Überraschung war das Hauptportal nicht verschlossen. Auf ihr Rufen erschien kein Türsteher, und so zögerte sie nicht und trat ein. Sie durchschritt einen kurzen Gang, der sich gleich auf einem geräumigen Säulenhof öffnete, wo aber außer zwei Hunden, die herbeiliefen und böse knurrten, nichts Lebendiges zu entdecken war. Der Hof lag im Dunkeln, und Winiperga suchte sich einen Augenblick lang vorzustellen, wie sie hier noch vor einem Jahr an einem rauschenden Fest, der Hochzeit eines der Söhne des Wulfoald, teilgenommen hatte. Wo war der Hausherr? Wo war seine vielköpfige Familie? Wo war Grasulf? Die Gästezimmer, von denen sie wusste, dass sie auf der rechten Seite hinter dem Umgang lagen, waren ebenfalls unbeleuchtet. Einige Türen standen offen.

Eine der Mägde stieß mit dem Fuß an etwas Metallisches, das scheppernd über den Boden rollte. Sie hob es auf – es war ein goldener Becher. Seltsamerweise lag er im Vestibül, als sei er verloren oder vergessen worden.

»Hier ist wohl niemand«, sagte die andere Dienerin. »Aber lange können die Leute des Hauses nicht fort sein. Sonst hätten sich hier doch längst Flüchtlinge eingenistet.«

Der Stumme stieß Winiperga an und deutete mit dem Kopf zum Obergeschoss. Hinter drei Bogenfenstern schimmerte dort ein schwaches, kaum wahrnehmbares Licht. Sie bemerkten rechts eine Wendeltreppe, und Winiperga stieg als Erste hinauf. Sie betrat einen saalartigen, durch hohe Pfeiler geteilten Raum, in dessen Mitte ein langer Tisch stand. Ein einziges trübes Öllämpchen ließ Reste eines Gelages erkennen – Häufchen abgenagter Knochen, Brocken von Käse und Brot, jedoch kaum Tafelgeschirr, nur ein paar irdene Krüge und Schüsseln. Am Ende der Tafel, auf einem hohen, geschnitzten Armstuhl, saß ein Greis in einem reich bestickten Gewand, nicht weit von ihm auf der Sitzbank schlief, die Arme über den Tisch geworfen, ein ebenso kostbar gekleideter Jüngling. In einer düsteren Ecke hockte ein Dritter im einfachen Kittel, wohl ein Sklave der beiden.

Winiperga erkannte den Greis. Es war Ferdulf, der Vater des Wulfoald, von dem es hieß, er habe das hohe Alter von fast siebzig Jahren erreicht. Irgendwann hatte er im Krieg ein Auge verloren, das andere aber richtete er nun böse auf die gepäckbeladenen Ankömmlinge, wobei er mit schriller, brüchiger Stimme zu zetern begann.

»Was wollt ihr? Was habt ihr hier zu suchen? Wer hat euch hereingeholt? Gesindel! Macht, dass ihr fortkommt, ich dulde das nicht! Sklavenier, Sarmaten, Gepiden … Knechtsvolk! Wir nehmen niemanden auf. Dass ihr nicht wagt, euch hier niederzulassen! Elifius, wirf das Pack hinaus! Nimm die Geißel, mach ihnen Beine!«

Winiperga war aber bereits mit raschen Schritten quer durch den Raum zu ihm vorgedrungen. Sie riss sich das Tuch vom Kopf und klopfte so heftig mit der Faust auf die Tischplatte, dass der Jüngling erwachte, auffuhr und sie stumpfsinnig anstierte.

»Was schreist du so?«, herrschte sie den Alten an. »Wen willst du hier geißeln lassen? Bist du jetzt völlig blind? Erkennst du mich nicht? Wo ist Wulfoald? Und wo ist Grasulf, mein Gemahl?«

»Wie? Ah, so bist du also …?«

»Nun ja, ich bin es! Was ist hier vorgefallen? Sie sind doch nicht etwa alle schon fort?«

»Sie sind es, die Unseligen, die sind es! Alle auf und davon! Der Sohn, die Schwiegertochter, die Enkel … Mägde, Knechte … alles, was hier unter dem Dach war …«

»Und Grasulf ist mit ihnen?«

»Den mögen die Götter strafen! Donar soll ihn mit seinem Hammer erschlagen! Er hat meinen Sohn überredet … angeblich kennt er einen Fluchtweg. Ein feiger Hund ist er, dein Ehemann! Alle sind sie feige Hunde, auch mein Sohn und die anderen. Eine Schande für das langobardische Volk! Statt heldenhaft die Stadt zu verteidigen, treu und fest, wie es sich gehört …«

»Wann sind sie aufgebrochen?«, rief Winiperga wütend dazwischen. »Sind sie schon lange unterwegs?«

»Nicht lange. Aber es war schon stockfinster, als sie sich aufmachten. Vorher haben sie hier noch gezecht und gefressen. Auf einmal sprangen sie alle auf und stürzten hinaus. Es fiel ihnen nicht einmal ein, in würdiger Weise Abschied zu nehmen. Sie rafften nur schnell noch zusammen, was Wert hat … silberne Leuchter, Goldpokale … Ach, diese Herzlosen! Nur die Funzel da haben sie mir gelassen … und den dort, den Schwachsinnigen, meinen Enkel, er wäre ihnen zur Last gefallen. Der alte Knecht blieb freiwillig bei mir … das nenne ich Treue und edle Gesinnung! Nun warten wir, bis sie kommen … uns totschlagen.«

Die letzten Worte, unter Geseufze und Geächze hervorgestoßen, hörte Winiperga nicht mehr. Sie hastete schon die Wendeltreppe hinunter. Ihr Gefolge hinter sich herziehend, verließ sie das Haus des Wulfoald und kehrte zum Decumanus zurück.

Deutlich war hier der Lärm des Kampfes zu hören, der am nordöstlichen Mauerabschnitt entbrannt war. Gerade als Winiperga die große Kreuzung erreichte, zeigte sich dort hinten über den Dächern ein so gewaltiger Feuerschein, dass plötzlich ein Teil der Stadt und der Himmel darüber von grellem Licht überstrahlt wurden. Es war dies der Augenblick, als die Treppen zur Mauerplattform in Flammen aufgingen. Überall in den Straßen und Gassen erhoben sich Angstgeheul und Schreckensrufe, niemand fand in dieser Nacht Schlaf. Frauen, Kinder und Greise standen an Häuserwänden und unter Bäumen, mit aufgerissenen Augen, aneinander gedrängt, umschlungen, betend.

Winiperga stieß durch das Gewimmel in Richtung des Südtors vor. Die beiden Dienerinnen folgten ihr keuchend, den Schluss der Gruppe bildete der Stumme. Am Forum musste er mit Tritten und Bissen zwei Diebe abwehren, die ihm die prall gefüllten Lederbeutel entreißen wollten. Winiperga geriet beinahe unter das Pferd eines mit Helm und Panzerhemd gerüsteten Kriegers, der eine Fußtruppe hinter sich herzog. Als sie das Forum im Rücken hatten, waren nur noch die mitten auf der Straße entfachten Feuer lagernder Flüchtlinge zu umgehen, und sie kamen auf dem letzten Stück schnell voran.

Nur kurz hatte Winiperga geschwankt bei der Frage, ob sie in den Palast zurückkehren oder gleich den Weg zu dem keltischen Grabgewölbe einschlagen sollte. Wenn der Aufbruch Grasulfs und der anderen so überstürzt erfolgt war, wie es der Alte dargestellt hatte, war dies mit großer Wahrscheinlichkeit aufgrund einer Nachricht von der Erstürmung der Festungsmauer geschehen. Sie traute Grasulf nichts anderes zu, als dass er jetzt nur noch seine Haut retten wollte. Wulfoald und die anderen mussten ihn ja auch zur höchsten Eile gedrängt haben. Vielleicht hatte er ihr noch einen Boten geschickt, der sie jedoch im Palast nicht mehr angetroffen hatte. Oder sollte er sich darauf verlassen haben, dass er ihr ja den Ort, wo man aufbrechen würde, genannt hatte? Dass sie selbst wissen würde, was im Falle der höchsten Gefahr zu tun sei? Dass sie auch bei verspätetem Eintreffen in dem leeren unterirdischen Grabgewölbe den vorher freigelegten, geöffneten Zugang zu dem Geheimstollen nicht verfehlen konnte?

Sie rief einen Vorübereilenden an.

»Guter Mann, verkauf mir die Fackel!«

»Die brauche ich selber, Frau!«

»Ich gebe dir einen Goldsolidus.«

»Hoho, das nenne ich einen Preis! Aber was soll ich jetzt noch mit Gold? Sie rauben es mir ja doch!«

»Zwei Solidi? Fünf?«

»Also zehn. Mit zehn Solidi im Beutel lohnt sich die Anstrengung.«

»Die Anstrengung?«

»Darüber nachzudenken, wie man sie retten kann.«

Links vor dem Südtor bogen sie in ein vollkommen finsteres Gäßchen ein. Winiperga schritt mit der Fackel voran. Sie hatte den schaurigen Ort zuvor nur ein einziges Mal betreten, vor mehreren Jahren, als sie Grasulf gebeten hatte, sie zu der Folterung und Hinrichtung eines berühmten Straßenräubers mit hinunterzunehmen. Hinter einer mannshohen Mauer fand sie die steile Treppe, an deren Ende, wie ihr erinnerlich war, damals ein schweres Eisengitter den Zugang zu dem Gewölbe verschlossen hatte.

Sie war schon die ersten Stufen hinabgestiegen, als sie von unten Geräusche und Stimmen vernahm, auch am Ende der Treppe einen Lichtstrahl bemerkte. Sie gab den dreien, die langsam mit ihren Lasten nachkamen, ein freudiges Zeichen. Der Abstieg entsprach der Höhe des Steilufers des Natisso, der in unmittelbarer Nähe vorüberfloss. Die längst verblichenen Erbauer hatten das künstliche Gewölbe bis zu der Tiefe des Flussbettes vorgetrieben. Winiperga beeilte sich, die restlichen Stufen hinabzusteigen. Sie hoffte, sie würde dort unten noch Grasulf und die anderen vorfinden, vielleicht eben erst eingetroffen, noch im Aufbruch oder mit dem Öffnen der Geheimtür beschäftigt. Sie wollte ihren Gemahl, der ihr so viel Mühsal zugemutet hatte, ihren Zorn spüren lassen und nicht mit Vorwürfen sparen.

Je näher sie aber dem Eingang der Höhle kam, desto unbehaglicher wurde ihr. Es waren raue und kreischende Stimmen, die unbekümmert durcheinander redeten. Berstendes Lachen, vom Hall der Wände grotesk verstärkt, tönte herauf. Am Eingang, wo jetzt das Gitter fehlte, flackerte der Widerschein eines Feuers auf der Felswand.

Winiperga zögerte einzutreten, wartete noch auf die Gefährten. Da tauchten plötzlich zwei wüste, abgerissene, struppige Kerle auf, die bei ihrem Anblick freudig aufbrüllten, sie packten und fortzogen. Sie sträubte sich heftig, aber die beiden lachten nur und redeten eifrig in einer Sprache, von der sie kein Wort verstand, auf sie ein.

Sie stolperte zwischen den beiden vorwärts und stand auf

einmal in dem Gewölbe, an das sie jene makabre Erinnerung hatte. Da waren die Nischen, die Stützpfeiler, die Gefangenenzellen, die früher vielleicht einmal Grabhöhlen waren. Dazwischen die aus dem Stein gehauenen Köpfe, unheimlich, rätselvoll.

Mitten im Raum lag ein Haufen menschlicher Schädel und Knochen. Zwei Feuer brannten, über dem einen hing auf einem Dreifuß ein Kessel mit brodelnder Suppe. Und überall, an den Feuern, den feucht glänzenden Wänden, in den Nischen und Zellen, wo die Gittertüren gleichfalls herausgebrochen waren, standen, saßen und kauerten Menschen – zerlumptes, schmutziges Volk, das Winiperga neugierig anstarrte.

Die beiden Männer, die sie hereingeschleppt hatten, riefen den anderen etwas zu, das mit Geschrei und Gelächter beantwortet wurde. Einer der beiden gab ihr mit einer Geste zu verstehen, dass sie Platz nehmen dürfe. Mit einem verzweifelten Blick suchte sie ein Gesicht, das sie kannte – irgend jemanden, an den sie sich wenden konnte.

»Ich hoffte … hoffte, hier Leute zu finden, die ich verloren habe«, stieß sie hervor. »Aber ich habe mich wohl getäuscht. Ich wusste ja nicht, dass hier …«

»'ne Vornehme, wie?« ließ sich ein heiserer Bass vom Feuer her vernehmen. »Suchst deine Leute? Wirst hier nicht finden. Ist alles nur armes Bauernvolk, das nichts hat gerettet als nacktes Leben.«

»So ist niemand hier – außer euch?Niemand sonst ist hereingekommen?«

»Wer soll kommen in diese Höhle? Ist früherer Kerker, ich selber war eingesperrt Jahre, wegen Schulden beim Gutsherren, freche Reden. Wir hatten kein Dach, also hab ich die alle geführt hier herunter.«

»Und niemand hat hier …« Sie stockte verwirrt und suchte nach Worten. »… hat hier … in einer der Nischen und Zellen … etwas gesucht?«

Der Heisere lachte. Einige Weiber stimmten ein.

»Gesucht? Aber was? Alte Gerippe? Wir haben sie aus den Ecken geräumt und uns selber darin gemütlich gemacht. Und wer wird hier suchen nach uns?Nicht mal der Khagan!«

Wieder Gelächter. Die beiden Kerle am Eingang, die wohl als Wachen aufgestellt waren, brachten nun auch die drei Begleiter Winipergas herein. Sie wurden ebenfalls lärmend begrüßt.

»Noch mehr Gäste?«, schrie der Heisere aufspringend. »Nur herein! Herein! Ist lustig bei uns! Schöne Mädchen? Wir nehmen gern zur Gesellschaft! Und volle Säcke? Ist was zu essen drin?«

Plötzlich waren die vier von allen Seiten umringt. Die beiden struppigen Kerle packten die jungen Mägde. Winiperga schrie auf und stieß den Heiseren von sich, der ihr ungeniert unter die Röcke griff. Der Stumme Biss in einen Arm, als dieser sich seines Gepäcks bemächtigen wollte. Zwei alte Weiber entrissen einer der Zofen, die sich der Zudringlichkeit erwehrte, das pralle Bündel, und eine Dritte schlitzte es mit ihrem Messer auf.

Da erhob sich ringsum ein Geheul. Aus dem Schlitz quollen Perlenketten, Armreife, Goldblattkreuze, Brakteaten, Fibeln, Broschen. Der glänzende Strom ergoss sich auf den Felsboden, über gierige Hände. Die fassten zu, und schon war das allgemeine Begehren geweckt. Alles stürzte herbei, stieß, schob und drängte. Die Weiber entrissen einander kreischend die Kostbarkeiten, Greise und Kinder krochen suchend auf Knien umher. In dem Gewühl fielen einige Schmuckstücke auch in den Haufen der Gebeine, der sogleich ohne Scham nach ihnen durchsucht wurde. Schädel und Knochen flogen beiseite, wenn zwischen ihnen Gold aufblitzte. Auf den Resten der Toten balgten sich die Lebendigen um ein paar funkelnde, schimmernde Gegenstände.

Entsetzt machte Winiperga einige rasche Schritte rückwärts und tastete sich an der Wand entlang.

»Fort von hier!«, flüsterte sie den anderen zu.

Die vier gelangten hinaus, ohne dass jemand versuchte, sie aufzuhalten. Mit den geretteten Ledersäcken keuchten sie die Treppe hinauf, und erst als sie oben waren, bemerkte man ihr Verschwinden, und es wurde ihnen noch etwas nachgerufen.

Sie verstanden die Worte nicht, es waren wohl Flüche und Beschimpfungen.

32

»Wo ist mein Sohn? Habt ihr etwas erfahren? Ist er noch draußen? Ist er gefallen? So redet doch!«

Vier Männer waren in den Empfangssaal der Herzogin eingetreten. Das Morgenlicht, das zu den Bogenfenstern hereinfiel, gab ihnen das Aussehen von Gespenstern, die sich verspätet hatten und nicht rechtzeitig in der Nacht zu ihren unsichtbaren Gefilden zurückgekehrt waren. Grau und faltig waren die Gesichter, tief in den Höhlen lagen die Augen, Furcht erregend sträubten sich Haupthaar und Bärte. Zerrissen und blutbefleckt waren die Mäntel, die Kittel, die Hosen, die Schuhe.

»Wo dein Sohn ist, wissen wir nicht«, sagte Warnehar. »Bei den Kämpfen in dieser Nacht hat ihn niemand gesehen.«

»Sollte er noch in der Festung sein«, fügte Ruthard hinzu, »verdiente er nur eines: den Kerker.«

»Durch seine Schuld haben wir fünfzig Kämpfer verloren!«, grollte Unulf.

»Ja, er hätte Strafe verdient!«, sagte Faroald mit harter Betonung. »Und wenn ihm Gott gnädig war, hat er sie schon erhalten!«

»Wie grausam ihr seid! Wie unbarmherzig! Vielleicht ist er tatsächlich schon tot! Aber dann ist er als Held gestorben!«

Romilda schlug die Hände vor das Gesicht, drehte sich heftig um und wandte den Männern den Rücken.

Auch sie war bleich und übernächtigt, sie hatte kein Auge zugetan. Noch in der Morgendämmerung hatte sie an Kakos Bett gesessen, dem Fiebernden Tränke eingeflößt, ihm den

Schweiß getrocknet. Er war dann ein wenig eingeschlummert, und da hatte sie sich erhoben und war aus ihrem Schlafgemach, wo sie Kako gebettet hatte, hinaus in den Gang getreten.

Sie wusste zu diesem Zeitpunkt bereits, dass auch der zweite Angriff der Feinde zurückgeschlagen, dass es nach erbitterten Kämpfen in den Straßen gelungen war, die Eingedrungenen niederzumachen und das Ausfalltor in der Nordmauer wieder zu schließen. Ungewiss aber war Tasos Schicksal. Es war nur zu erfahren gewesen, er habe mit einem Dutzend Jungmannen jenen verhängnisvollen Ausfall gewagt, von dem – außer einem – niemand zurückgekehrt sei.

Vom Fenster aus sah Romilda die Kämpfer in ungeordneten Haufen über den Palasthof ihren Quartieren zustreben. Mägde eilten ihnen nun mit Kannen voll frisch gemolkener Milch entgegen, füllten auch jetzt wieder Becher und Trinkhörner. Die Sonne war bereits aufgegangen, als endlich Faroald erschien, hünenhaft, schwerfällig schreitend, das Bein nachziehend. Bei ihm waren Ruthard, Warnehar, Unulf. Die vier stärkten sich wie alle durch einen Trunk, legten dann Gürtel und Waffen ab, setzten sich müde auf eine Bank. Erst schwiegen sie eine Weile und blinzelten in die Sonnenstrahlen. Dann wandten sie einander die Köpfe zu.

Sie hatten jedoch kaum miteinander zu reden begonnen, als schon der bucklige Schenk herbeieilte und sie zur Herzogin rief. Romilda ließ sich noch schnell die Haare aufstecken und den Schleier befestigen, bevor sie den Männern im Empfangssaal entgegentrat. Sie hörte Faroalds kurzen Bericht an, dankte allen für ihren tapferen Widerstand und kam dann gleich auf Taso zu sprechen. Die Männer tauschten darauf nur Blicke und schwiegen. So fragte sie eindringlicher und erhielt nun die Antworten, die sie empörten und schmerzten.

»Wir werden bald Näheres erfahren«, sagte Faroald in ihrem Rücken. »Einer soll ja von dem unverantwortlichen Ausfall zurückgekehrt sein. Er wird schon gesucht und herbefohlen. Vermutlich wird er jedoch nur bestätigen, was wir schon wissen: dass uns dein Sohn gleich zweimal in dieser Nacht beinahe ins Verderben geführt und die Festung dem Feind ausgeliefert hat.«

»Das wollte er nicht!« Zornbebend fuhr sie herum und starrte ihm ins Gesicht, wobei die Erregung das Schielen ihrer braunen Augen verstärkte. »Vielleicht handelte er nicht richtig, doch tat er nichts aus niederen Beweggründen! Gewiss, er durfte sich nicht von seinem Posten entfernen, aber die Nachricht vom Tod seines Freundes erschütterte ihn, und so verlor er den Kopf. Als er dann dafür wütend getadelt wurde, versuchte er, alles wieder gutzumachen – mit einer unerhörten Tat, die niemand für möglich halten würde! Er wollte den Khagan töten, dem Ungeheuer, das uns da draußen bedroht, das Haupt abschlagen! Es wird ihm wohl nicht gelungen sein, wahrscheinlich hat ihn sein kühnes Handeln das Leben gekostet. Doch ihm dafür Bosheiten nachzurufen, ist niedrig! Freue dich lieber, Vicarius Faroald, dass du es nun nicht mehr nötig hast, ihn mit eigenen Händen zu erwürgen! Euerm Ziel, ihr Herren, seid ihr in dieser Nacht ein großes Stück näher gekommen!«

»Welchem Ziel? Wovon sprichst du?«, riefen sie.

»Haben wir denn ein anderes Ziel«, fragte Faroald scharf, »als diese Stadt zu retten?«

»Zu retten und in ihr zu herrschen!«, gab sie mit einer heftigen Geste zurück. »Die Gelegenheit ist ja verlockend! Man muss nur Gisulfs Söhne, die Erben der Herzogswürde, loswerden. Der älteste ist vielleicht schon tot – und wenn er noch lebt, hat er Strafe verdient. Der Zweite liegt nebenan, schwer verwundet, und wird wohl ebenfalls sterben ...«

Ein krampfhaftes Schluchzen schüttelte sie, und sie warf sich in ihren Armstuhl.

»Herzogin«, sagte Faroald betroffen, »ich wusste nicht, dass dein jüngerer Sohn ...«

»Ah, du wusstest es nicht!«, schrie sie. »Wer hat ihn denn

ins Feuer geworfen? Warst du es nicht, der ihn an die Mauer schleppte, mitten ins Kampfgetümmel?«

»Vermutlich schloss er sich meinem Trupp an. Ich hatte keine Ahnung, dass er dabei war.«

»Schweig, Heuchler! Geht alle! Lasst mich allein! Verschwindet! Weit werdet ihr es noch bringen! Gisulfs Söhne werden euch nicht mehr im Wege sein! Ja, ich bin sicher, dass die Awaren Taso umgebracht haben. Oh, könnte ich doch an seiner Stelle sein ... läge ich doch da draußen, erschlagen ... und er könnte leben ...«

Die vier tauschten Blicke und verständigten sich darüber, dass es jetzt tatsächlich besser war, die Herzogin allein zu lassen. Sie verbeugten sich und gingen hinaus.

Als sie die Treppe zur Halle hinabstiegen, sagte Ruthard: »Sie tut mir Leid. Aber man kann sich wahrhaftig kaum vorstellen, dass die Gausen nach dieser Nacht hier noch einmal zur Herrschaft gelangen. Weder der eine noch der andere.«

»So ist es wahr, dass Grasulf verschwunden ist?«, fragte Warnehar. »Aber wie, zum Teufel, hat er sich abgesetzt? Sollte es wirklich diesen Geheimgang geben?«

»Wird es wohl. Und wir müssen ihn finden.«

»Ja«, sagte Unulf. »Das ist ja sonst wie ein Übel, das einem irgendwo im Leibe sitzt. Ganz plötzlich bringt es einen heimtückisch um!«

»Wann hast du denn erfahren«, fragte Faroald den Marschalk, »dass Grasulf und die anderen fort waren?«

»Erst nach Mitternacht, als die Kämpfe abflauten. Die Wut trieb mich in das Haus des Wulfoald! Ich wollte Grasulf zur Rede stellen ... hören, warum er nicht einmal im Augenblick der höchsten Gefahr seine Pflicht getan hatte. Da fand ich nur Ferdulf vor, Wulfoalds Vater, den sie zurückgelassen hatten. Der sagte, Grasulf, sein Sohn und die anderen hätten sich gleich nach Einbruch der Dunkelheit aufgemacht.«

»Und wusste er von dem Geheimgang?«

»Ja. Nur kannte er leider die Lage nicht. Übrigens schien

Frau Winiperga sie auch nicht zu kennen, obwohl Subo behauptet hatte, alles von ihr erfahren zu haben.«

»Grasulfs Gemahlin? Sie ist doch wohl ebenfalls fort …«

»Nein, sie ist hier. Der alte Ferdulf sagte mir, sie sei plötzlich bei ihm aufgetaucht, als Grasulf schon eine Weile verschwunden war. Wahrscheinlich kam sie zu spät – oder er hat sie absichtlich zurückgelassen. Irgendwann war sie dann wieder in ihrer Palastwohnung. Und plötzlich, mitten in der Nacht, begann sie die Totenklage um ihren Bruder. Einer meiner Männer sagte mir gerade, man höre ihr schauerliches Geheul schon seit Stunden.«

Durch die große Halle, in der überall Verwundete und Erschöpfte lagen, waren sie in den Palasthof zurückgekehrt. Am Eingang des Mannschaftsquartiers der Wache hockte, den Rücken gegen die Wand gelehnt, ein junger Mann, dessen Kopf mit einer schmutzigen, blutdurchdränkten Binde umwunden war. Er trug einen bronzenen Armreif, an seinem Gürtel waren Silberbeschläge. Mit einem trotzigen und zugleich ängstlichen Blick sah er den Männern entgegen, die in der Festung die Befehlsgewalt hatten.

Ein alter Knecht vom Palasthof, der neben ihm saß, erhob sich und sagte zu Ruthard: »Da hast du ihn, Herr. Ich hab ihn gebracht.«

»Es ist gut, Electus«, sagte der Marschalk und schnauzte: »Steh auf!«

Der Jüngling zuckte zusammen, strich sich die langen blonden Zotteln hinter die Ohren, gehorchte widerwillig.

»Dein Name?«

»Waltari.«

»Ich erinnere mich an dein zahnloses Milchgesicht. Du warst gestern Abend dabei, als ihr uns hier überfallen habt. Oder nicht?«

»Ja, war ich. Hab aber niemandem etwas getan.«

»Das stellen wir später noch fest. Jetzt will der Vicarius etwas anderes von dir erfahren.«

Faroald ließ sich auf einer Bank in der Sonne nieder und streckte das verwundete, überanstrengte Bein aus, in dem er heftige Schmerzen verspürte. Ruthard, Unulf und Warnehar blieben bei dem etwa Siebzehnjährigen stehen, der unbehaglich grinste. Sein Gebiss war in der Tat nur noch unvollständig, fast alle oberen Zähne fehlten.

»Nun? Erzähle!«, begann der Vicarius.

»Was denn?«

»Du bist also einer von denen, die heute nacht den Feind zu einem Besuch bei uns einluden. Indem sie das Ausfalltor öffneten und die Brücke herabließen.«

»Das war nicht meine Schuld!«, sagte der Jüngling, stark lispelnd. »Ich hatte ja nichts zu befehlen. War nur Gefolgsmann.«

»Dein Gefolgsherr hatte es also befohlen. Wie kam es dazu?«

»Wie es dazu kam? Es wurde von ihm so beschlossen.«

»Wo und wann fasste er diesen Beschluss?«

Waltari senkte den Kopf und druckste.

»Wo wart ihr, nachdem wir euch von hier fortgejagt hatten?« raunzte der Marschalk. »Wo habt ihr euch dann herumgetrieben? Antworte!«

»Wir waren bei Sichar.«

»Dem Schankwirt. Habt euch neuen Mut angesoffen, ihr Hundesöhne!«

»Und da wurde also beschlossen, den Ausfall zu machen«, nahm Faroald wieder das Wort. »Ihr zogt zum Tor, schlugt die Wachen nieder …«

»Das war ich nicht! Davon weiß ich nichts!«

»Sieh dich vor, Bürschlein!«, grollte Unulf. »Sag die Wahrheit oder …«

»Ich hab sie nicht niedergemacht! Ich war hinten, unter den Letzten.«

»Und wo war Taso?«, fragte Warnehar. »Immer ganz vorn? Schlich er als Erster hinaus?«

»Weiß ich nicht. Wird er wohl.«

»Was soll das heißen?«, sagte Faroald scharf. »War er vorn oder hinten? Sahst du ihn vor dir oder hinter dir?«

Waltari zuckte wieder zusammen und murmelte: »Das konnte ich nicht genau erkennen. Es war ja dunkel.«

»Was geschah dann?«

»Die Feinde sprangen aus einem Gebüsch hervor.«

»Wie weit war das Gebüsch von der Mauer entfernt?«

»Zweihundert Schritte vielleicht.«

»Sie griffen euch also an. Sahst du, dass einige von euch fielen?«

»Ja, durch Dolchstiche in den Rücken. Sie sanken gleich um.«

»Auch Taso? Sahst du ihn fallen?«

»Nein. Ich sagte ja, dass ich unter den Letzten war. Ich kehrte gleich um und rannte zurück.«

»Du erreichtest die Brücke und das Tor. Und hinter dir?«

»Da kamen sie schon.«

»Und Taso blieb draußen?«

»Wird wohl so sein.«

»Oder war er erst gar nicht mit hinausgegangen?«

Wieder zuckte Waltari. Dann runzelte er die Brauen und sagte: »Er war ja der Anführer. Warum sollte er denn nicht …«

»Weil er erst abwarten wollte, wie weit ihr kommen würdet. Bist du sicher, dass du der Einzige warst, der sich retten konnte? Oder warst du der Einzige von denen, die draußen waren?«

»Sag die Wahrheit!«, polterte Unulf, wobei er dem Jüngling einen Knuff gab. »Sonst …«

»Sonst was?«

»Sonst hängst du! Wie es sich für einen gehört, der den Feinden die Brücke herunterlässt.«

Waltari riss die Augen auf, zuckte und schrie: »Ich hab nichts getan! Ich wollte das gar nicht! Hab auch gekämpft heute Nacht …«

»Schon gut, schon gut!«, sagte Faroald. »Nun weiter. Du glaubst also, alle sind draußen geblieben. Der ganze Haufen. Dann ist wohl keiner mehr von denen am Leben. Die Awaren machen ja alle nieder, mit Gefangenen geben sie sich nicht ab. Du hattest doch Freunde in der Gefolgschaft. Wie hießen sie? Nenne uns ihre Namen!«

»Wechtari … Tato … Severus … Cleph …«

Waltari verstummte und seufzte auf. Die Stimme versagte ihm.

»Die fanden also den Heldentod«, sagte Ruthard mit einem grimmigen Lächeln. »Der größte der Helden aber ist Taso! Jedenfalls glaubt das die Frau Herzogin. Ob er nun den Khagan getötet hat oder nicht – er gab uns ein Beispiel höchsten Opfermutes. Bist du nicht auch dieser Meinung? Nun?«

Er sah Waltari durchdringend an, der aber auswich und den Kopf senkte.

»Wo hast du Taso wiedergetroffen?«, fragte Faroald mit ruhiger Stimme, als sei es nach dem Gehörten ganz natürlich, dass er sich danach erkundigte.

Der Jüngling zögerte lange. Dann sagte er leise, mit Überwindung: »Bei Sichar.«

Die vier Männer tauschten Blicke.

»Wie? In der Schenke?«

»Ich ging dorthin … weil sich die Kämpfer dort sammelten. Und weil wir uns dort immer getroffen hatten. Noch in der Frühe wurde Wein ausgeschenkt.«

»Das ist richtig«, bestätigte Warnehar. »Ich selber habe dort einen Becher getrunken. Der Wirt verlangte von den Kämpfern keine Bezahlung.«

»Und Taso saß dort und zechte?«, fragte Ruthard entrüstet.

»Das nicht«, entgegnete Waltari. »Er …«

»Wo fandest du ihn?«

»Eines der Mädchen …«

»Du willst sagen, eine der Buhldirnen, die der Wirt unterhält …«

»Die sagte mir leise, dass er oben in einer der Kammern sei.«

»Und gingst du hinauf?«

»Ja.«

»Was tat er?«

»Er schlief.«

»Schlief? Und du wecktest ihn?«

»Ja. Ich … Ich war ja wütend, weil … weil ich glaubte … er sei gar nicht mit draußen gewesen. Aber er sagte, dass er im Kampf war und sich nur ausruhe. Er habe mehrere Feinde getötet. Doch müsse er sich nun eine Weile verbergen … weil er auch Feinde in der Festung habe. Ich musste schwören, ihn nicht zu verraten«, schloss Waltari mit ersterbender Stimme.

»Du tatest gut daran, deinen Schwur zu brechen!«, sagte Faroald, wobei er ächzend das Bein anzog und sich erhob. »Denn damit hast du ihm vielleicht das Leben gerettet. Viele sind gegen ihn erbittert, und sollten sie ihn dort bei dem Schankwirt finden, dann … Unulf! Führe den Burschen da zur Frau Herzogin! Und lasse ihn wiederholen, was er uns gerade erzählt hat. Dann rate ihr, dass sie ihren Sohn hierher in den Palast holt und dass sie ihn in ihren Gemächern versteckt.«

»Wird ausgerichtet, Vicarius! Damit er nicht etwa den Heldentod in einer Dirnenkammer findet.«

»Es wird gut sein, ihn für den Weg hierher zu verkleiden. Noch besser, die Dunkelheit abzuwarten.«

»Wenn er dann aber nicht unterm Rock seiner Mutter ist, landet er doch noch im Verlies!«, fügte Ruthard hinzu.

Unulf knuffte den Jüngling ein zweites Mal und ging mit ihm fort.

»Versteht ihr das?«, fragte Warnehar, wobei er sich nachdenklich den Bart strich, der sein kantiges, breites Gesicht umrahmte. »Auch wenn ich Gisulf nicht gerade liebte … Er war ein Kerl, ein richtiger Wolf. Wie konnte der so ein Hündchen zeugen?«

Ruthard und Faroald sahen sich an, und fast wider Willen mussten sie lachen.

Billo trat zu den dreien, umarmte sie.

»Dank dem Himmel, dass ihr gesund seid und die Feinde vertreiben konntet!«, rief er gerührt. »Aber was nun? Was tun wir jetzt? Wie ihr seht, hab ich schon mein Festgewand an. Soll sich denn nun unsere Abordnung auf den Weg machen oder nicht?«

Alle blickten auf Faroald. Nach den Ereignissen dieser Nacht war sein Ansehen so gestiegen, dass von nun an jedes seiner Worte Befehlsgewalt hatte.

Er brauchte nicht lange zu überlegen.

»Eine Abordnung würde heute nichts ausrichten«, sagte er. »Sie würde ohne Erfolg zurückkommen, wenn überhaupt. Der Feind muss jetzt glauben, dass es bei uns keine Zucht gibt, dass Unsicherheit und Verwirrung herrschen. Dass wir beim nächsten Ansturm erliegen werden. Was also können wir bei den Awaren erreichen außer einer höhnischen Abfuhr? Sie sollen schon anderswo Gesandte zu Bündeln geschnürt und mit Katapulten über die Mauer zurückgeschickt haben. Es ist besser, wir ruhen uns jetzt aus, damit wir schnell wieder frisch und kampftüchtig sind.«

Er nickte den dreien zu und ging langsam über den Hof zum alten Wachturm, in dessen Obergeschoss er noch immer hauste.

Billo seufzte erleichtert.

Ruthard, der manchmal grobe Scherze liebte, zog ihn an seinem Patriarchenbart.

»Wärst wahrhaftig ein hübsches Wurfgeschoss, Franke! Wie eine weiße Wolke würdest du angeflogen kommen!«

33

Romilda schwieg lange, nachdem sie den jungen Waltari angehört hatte. Sie ging im Empfangssaal auf und ab, presste in einer Hand ein Goldkreuz, strich mit der anderen immer wieder die offenen, ungeordneten Haare zurück. Schließlich blieb sie vor Unulf stehen und fragte ihn geradeheraus, ob er sich zutraue, ihren Sohn Taso sicher in den Palast zu geleiten.

Der bärtige Glatzkopf erwiderte wahrheitsgemäß, dass gegen Taso große Empörung herrsche und dass man daher unterwegs mit Zornesausbrüchen und tätlichen Angriffen rechnen müsse. Er wiederholte die Empfehlungen des Vicarius, von denen die Herzogin aber nichts wissen wollte. Es ginge nicht an, dass ihr Sohn eine Schuld eingestand, indem er sich verkleidete oder im Dunkeln schlich. Andererseits müsse er schnell seinen zweifelhaften und unsicheren Aufenthaltsort verlassen. Umgeben von einem bewaffneten Haufen, wie jetzt viele, zur Wache aufziehend oder von ihr zurückkehrend, kreuz und quer durch die Stadt marschierten, würde er vielleicht überhaupt nicht auffallen. Romilda bot Unulf drei, jedem Mann, den er für den Auftrag gewinnen würde, zwei Goldsolidi.

So gelang es, Taso noch im Laufe des Vormittags in den Palast zu holen. Unulf hatte sich der Zustimmung Ruthards versichert, bevor er mit fünfzehn Männern der Palastwache loszog. Der alte Marschalk konnte einem Befehl der Herzogin zwar nicht widersprechen, doch knurrte er: »Bringt ihn nur her! Aber eines bestimme ich: dass sich keiner von euch auch nur eine Beule holt, wenn sie unterwegs über ihn herfallen sollten!«

Der Schankwirt Sichar verleugnete seinen Gast zwar auftragsgemäß, doch Unulf hielt sich nicht mit ihm auf und streckte ihn mit einem Faustschlag nieder. Als sich Taso in seiner Kammer aufgespürt sah, glaubte er sich schon verloren. Es bereitete Unulf und seinen Leuten Vergnügen, den Zitternden abzuführen, ohne ihm anfangs zu sagen, dass man ihn nur in Sicherheit brachte. Sie nahmen den kürzesten Weg und marschierten sehr schnell, sodass es bei einigen Drohungen und Verwünschungen blieb, die ihm vom Straßenrand aus zugerufen wurden. Nur einmal kam ein Stein geflogen, der aber sein Ziel verfehlte.

Bei seiner Mutter in Geborgenheit, wurde Taso dann schon wieder kecker. Sie stellte ihm keine Fragen, sondern befahl nur, ihm ein Bad zu richten, weil er nach Schenke und Weibern roch. Doch der Empfang war überaus frostig, und so begann er, sich zu rechtfertigen.

»Es tut mir ja alles sehr Leid, aber es ist nicht meine Schuld, dass es so ausging! Ich hatte zwar mal von einem Ausfall gesprochen, aber das war kein fester Plan. Und heute nacht wollte ich überhaupt nichts unternehmen. Das schwöre ich dir! Das waren Munichis und ein paar andere ... die konnten es einfach nicht erwarten. Ich warnte sie: ›Überstürzt es nicht! Wartet noch! In der ersten Nacht sind sie besonders wachsam!‹ Doch diese Tollköpfe stürmten hinaus. Ich wollte sie noch zurückhalten, weil ich gleich sah, dass draußen hinter den Büschen die Posten hervorsprangen. Aber sie hörten nicht auf meine Schreie! Nur einer, Waltari, kam zurück. Was sollte ich tun? Die anderen einfangen? Und dass das Tor nicht geschlossen war und die Feinde hereinkamen ... Ich hoffte, es würden sich von den Unsrigen einige retten können. Die wollte ich natürlich nicht aussperren. Statt dessen drangen die Feinde ein. Es waren aber nicht viele, und ich habe gleich selber mehrere niedergemacht. Darauf wichen die andern zurück, und wir konnten sie ohne Mühe ...«

»Ich hatte mich für dich eingesetzt!«, fuhr die Herzogin

nun zornig dazwischen. »Und ich hatte mich auf dich verlassen! Ich glaubte deinen Beteuerungen, dass du gehorchen wolltest, nicht wieder etwas Schlimmes anrichten ...«

»Ich hab keine Schuld!«, beharrte Taso. »Schuldig sind andere, aber jetzt suchen sie einen, auf den sie alles abwälzen können. Wo steckte der Vicarius, als es losging? Außerdem ... so schlimm war es gar nicht. Sie übertreiben die Verluste! Mancher, der kaum eine Schramme abgekriegt hat, spielt gleich den Schwerverwundeten. Warum? Um sich vor dem Wachdienst zu drücken und Anspruch auf besseres Essen zu haben. Sie behaupten ...«

»Genug! Wie kannst du es wagen, so über die Männer zu reden, die für deine Torheiten einstehen mussten? Noch kennen wir die Zahl der Toten nicht, aber es sollen viele sein. Ich selber habe geholfen, die Schwerverwundeten zu versorgen. Sieh sie dir an, in der großen Halle ... die Opfer deines Übermuts! Sie haben die Stadt gerettet, sie haben Tausende vor dem Verderben bewahrt ... auch dich, auch uns alle. Komm mit!«

Romilda packte Taso am Arm und stieß ihn in den Nebenraum, ihr Schlafgemach. Dort lag auf dem Bett mit fiebergerötetem Kopf, stöhnend und nur halb bei Bewusstsein, den Leib mit blutdurchtränkten Binden umwickelt, sein Bruder Kako.

»Da hast du noch einen,« rief Romilda, »der nur eine Schramme abbekam und den Verwundeten spielt!«

Taso krümmte die Schultern und warf einen scheelen Blick auf den Bruder.

»Es heißt, dass er Subo umgebracht hat«, murmelte er. »Dabei wird ihm das wohl passiert sein.«

Doch auch diese Bemerkung bekam ihm schlecht. Neben dem Bett hockte Gaila, zerzaust und verheult. Bußfertig pflegte sie den Verwundeten, betete immer wieder mit Inbrunst für seine Genesung. Jetzt aber sprang die Fünfzehnjährige auf und ging gegen ihren ältesten Bruder wie eine Furie los.

»Du bist es, der ihn umgebracht hat!«, schrie sie. »Du hast Subo auf dem Gewissen! Und ich bin ebenso schuldig wie du, weil ich dir etwas anvertraute! Du hast ihn in den Garten geschickt, damit er sich dort an Appa verging. Und Kako blieb dann nichts anderes übrig, als das Verbrechen an seiner Schwester zu rächen. Er wollte aber Subo nicht töten, bereute es und suchte selber den Tod. Siehst du nun, was du getan hast? Deine Schwester in Schande – Subo tot – auch dein Bruder vielleicht nicht mehr lange am Leben – ich selber von Seelenqualen geplagt, die ich nie wieder loswerde! Das alles, du Elender, ist dein Werk! Möge dich Gottes Strafe treffen!«

Sie schlug mit Fäusten auf Taso ein, sodass Romilda sie von ihm fortziehen und ihn hinausschicken musste.

Eine Weile saß die Herzogin dann noch am Bett des Fiebernden, doch war sie froh, als Pelagia hereinkam und ihre Wache übernahm. Sie spürte auf einmal bleischwere Müdigkeit in den Gliedern. Nachdem sie noch ein paar Anweisungen erteilt hatte, ging sie hinaus, um sich irgendwo auszuruhen.

Unwiderstehlich zog es sie in die Kammer mit Kleidertruhen, die sie an diesem Tage noch nicht betreten hatte.

Eine Weile stand sie am Fenster und sah düster, mit verschleiertem Blick nach dem purpurnen Zelt hin. Dort war der Anfang allen Unheils zu suchen, dachte sie, und von dort würde auch wohl das Ende kommen. Wie viele Tage, wie viele Stunden vielleicht nur würden noch bleiben …

Sie wankte im Stehen und ließ sich auf einer der Truhen nieder. Dumpf und wirr waren ihre Gedanken. Sie empfand Reue für das Unrecht, das sie Faroald zugefügt hatte, und die Furcht, es werde keine Gelegenheit geben, es wieder gutzumachen. Appas Worte fielen ihr ein, gesprochen in diesem Raum, am Tage zuvor. »Wird nicht bald alles andere ohne Bedeutung sein?«

Wie stark meine Tochter ist, dachte sie. Was ihr geschah, hat sie nicht niedergeworfen – im Gegenteil, sie hat sich noch höher aufgerichtet. Tut nun erst recht, was sie für notwendig hält. Die ganze Nacht saß sie im Quartier der Palastwache bei Hildigis, und als am Morgen Catianus kam, um seinen Sohn zu holen und nach Hause zu bringen, ging sie mit ihnen. Nur kurz war sie noch heraufgekommen, hatte Kleidungsstücke zu einem Bündel geschnürt.

»Verzeih, Mutter! Ruf mich, wenn du mich brauchst! Jetzt aber braucht mich jemand anders!«

Die Herzogin schloss die Augen und lächelte bei dieser Erinnerung. Sank langsam auf die Seite, bis ihr Kopf das Holz der Truhe berührte. Halb sitzend, halb liegend schlief sie ein.

34

Romilda erwachte bereits nach kurzer Zeit, doch fühlte sie sich erfrischt und gestärkt. So, als habe der Schlaf ihr einen Entschluss eingegeben, begann sie, fast unbewusst noch und trotzdem zielstrebig, mit dessen Ausführung.

In den letzten Tagen hatte sie sich vernachlässigt. Das kunstlos aufgesteckte oder ganz unfrisierte Haar, ein tief in die Stirn gezogener Schleier, ein sackartig hängendes Gewand hatten die Trauer um ihren Gemahl in angemessener Weise zum Ausdruck gebracht. Doch war diese Art zu trauern nicht Vorschrift, und es waren auch mehr die Drangsale und die Sorgen gewesen, die Romilda gehindert hatten, an sich selber zu denken.

Die Truhe, auf der sie geruht hatte, war mit reich bestickten Seidengewändern gefüllt, und sie wählte gleich eines aus, dazu einen Perlkragen und ein Armband. Dann rief sie ihre Zofen, ließ ein Bad richten und, nachdem sie diesem entstiegen war, ihre Haare zu einem doppelten Kranz legen, der wie eine Krone auf ihrem Kopf saß. Der unverzichtbare Schleier aus feinstem, durchscheinendem Gewebe erhöhte die Wirkung. Romilda liebte es immer noch, sich langobardisch zu kleiden, während die meisten ihrer Stammesgenossinnen längst byzantinisch oder romanisch geschnittene Gewänder bevorzugten. Das Überkleid, das ihre runden Schultern und ihre prächtigen, von einem Busenband gehobenen Brüste umspannte und vorn über der Tunika offen war, ließ sie mit schweren, edelsteinverzierten Fibeln zustecken. Und ihre füllig werdende Körpermitte wurde fest in einen Gürtel gezwängt, an dem ein Ziergehänge befestigt war – mit Schlüsseln und Messerchen, einer Kugel von Bergkristall, goldenen Brakteaten als Glücksbringern.

Auf Puder und Bleiweiß verzichtete sie. Nicht einmal die Brauen ließ sie nachziehen. Irgendwann hatte sie ein für alle Male entschieden, dass Bemalung und Schminke ihrem Gesicht nicht guttaten, es eher hässlicher als schöner machten. Der Spiegel, den die Zofe ihr vorhielt, zeigte ihr immer noch ein rundes Kinn, einen vollen, geschwungenen Mund mit etwas vorgeschobener Unterlippe, eine wohlgeformte gerade Nase. Allerdings zeigte er auch schon manches Fältchen, das die Jahre in die Haut gegraben hatten. Noch immer sehr jung, groß und lebhaft aber waren die dunkelbraunen, leicht schielenden Augen.

Die Herzogin ließ ihre Sänfte kommen und begab sich, von einigen Höflingen, Zofen und Leibwächtern begleitet, zum Südtor. Hier hoffte sie, Faroald anzutreffen, der den Wachturm an der zerstörten Natisso-Brücke als Beobachtungsposten bevorzugte.

Sie hatte sich vorgenommen, ihn um Verzeihung zu bitten, und auch einen Vorwand für ihren Besuch und den feierlichen Aufzug gefunden. Mitteilen wollte sie ihm, dass er – nach Grasulfs schmählicher Flucht und in Würdigung seiner Verdienste – zum Comes ernannt sei, zum Kommandanten der Festung. Was sie ihm sonst zu sagen hatte, vor aller Ohren jedoch nicht aussprechen konnte, würde er, glaubte sie, wohl verstehen, wenn er sie aufmerksam ansah.

Indessen war Faroald nicht am Südtor, er hatte sich nach Auskunft der Turmwächter gerade zu einem Kontrollgang auf die östliche Mauerplattform begeben. Romilda entschloss sich, ihm dorthin zu folgen. Vielleicht würde sie ihm oben begegnen, wenn er zurückkam. Ohne Umstände ihr Kleid raffend, stieg sie die steile Treppe hinauf, die kleine Schar ihrer Begleiter hinter sich herziehend.

Zwischen zwei Zinnen blieb sie stehen und sah hinüber zum Awarenlager, das zu dieser Vormittagsstunde wieder den verwirrenden Anblick eines Ameisenhaufens bot. Deutlich erkennbar war eine dreifache Postenkette zum Schutz vor Ausfällen der Belagerten. Dahinter waren die unscheinbaren Zelte und Hütten der Hilfsmannschaften errichtet, die die Vorhut bildeten. Die Unterkünfte der awarischen Kerntruppen formten ausgedehnte Ringe von einigen hundert Zelten, in deren Mitte sich stets ein besonders hohes, mit vieleckigen Fahnen und Rossschweifstandarten geschmücktes erhob, das des Tausendschaftsführers. Auch die prachtvolle, purpurfarbene Behausung des Khagans war Mittelpunkt eines Ringes kleinerer Zelte für Hofstaat und Leibwächter. Auf Weideflächen zwischen den Lagerringen grasten Pferde, Rinder, Ziegen und Schafe.

Die Verteidiger auf der Mauerplattform machten die Herzogin auf verschiedene Anstalten und Bewegungen im Heer der Belagerer aufmerksam. Die auffälligste war, dass mehrere Ochsengespanne Wurfgeschütze mit langen Löffelarmen, die gefürchteten Onager, nach vorn brachten. Vermutlich würde also in Kürze, am selben Tag wohl noch, die Mauer unter schweren Beschuss geraten.

»Hoffentlich finden sie nicht zu schnell heraus, wo ihre schwächsten Stellen sind«, sagte ein alter Langobarde, der sich auf seinen Wurfspeer stützte.

»Kann man denn das von dort draußen feststellen?«, fragte Romilda zweifelnd.

»Nun, jeder kann es nicht, Herrin«, erwiderte der Alte augenzwinkernd. »Hätten wir zu befehlen, du oder ich, würden wir lange brauchen, ehe wir die Mauer durchlöchert hätten. Aber ein erfahrener Feldherr ... der hat ein Auge dafür! Der stellt seine verdammten Schleudern genau auf den Punkt, von wo sie den meisten Schaden anrichten können. Natürlich muss er den erst einmal herausfinden. Siehst du, da kommt er wieder, der Teufel ... Macht schon zum zweiten Mal seine Runde ...«

In kurzer Entfernung, gerade noch außer Pfeilschussweite,

näherte sich ein Reitertrupp. Schon das kostbare Riemenzeug der Pferde und die reich geschmückten Sättel verrieten, dass es sich um Anführer handelte. Fast alle hatten bräunliche, runde Gesichter, trugen Filzkappen, lange Mäntel mit Prunkgürteln, an Wehrgurten Säbel. Nur einer, der an der Spitze ritt, unterschied sich auffällig von den anderen. Zwar hing auch ihm der schwarze Awarenzopf, mit Bändern durchflochten, über die Schulter, doch das war beinahe schon alles, was ihn mit seinen Gefährten verband. Romilda, die scharfe Augen hatte, stieß einen Laut der Überraschung aus, weil sie im ersten Augenblick glaubte, ein Römer, Grieche oder Gallier sei unter diese Awaren geraten. Der Reiter hatte ein junges Gesicht mit schönen, ebenmäßigen Zügen, er schien auch größer als die anderen und eher schlank zu sein. Noch auffälliger waren Kleidung und Rüstung. Er trug einen Helm mit Nackenschutz und ein Panzerhemd. Von seinen Schultern hing ein blauer Seidenmantel.

Es geschah fast im selben Augenblick, dass der Trupp der Awaren, der unten gemächlich im Schritt vorüberritt, die auffällige Gesellschaft hinter den Mauerzinnen bemerkte: in der Mitte die hoch gewachsene Frau mit dem blonden Haarkranz und dem Perlkragen, neben und hinter ihr andere Frauen, vornehm gekleidete Männer, Bewaffnete. Einer der Mantelträger streckte den Arm aus und sagte etwas, und der Mann mit dem Helm, der seinen Blick an der Mauer entlanggleiten ließ, hob nun den Kopf und schien so erstaunt zu sein, dass er sogar sein Pferd anhielt. Romilda bemerkte, wie er zu ihr heraufsah, die schimmernden weißen Zähne entblößte und den anderen etwas zurief. Sie blickte mit starrer Miene hinab und spürte plötzlich ihren Herzschlag. Gleich darauf trieb der Reiter sein Pferd wieder an, doch als er ein Stück entfernt war, wandte er nochmals den Kopf. Erst jetzt trat sie von der Mauer zurück, sodass eine Zinne sie verdeckte.

»Das war also einer ihrer Feldherren«, sagte sie zu dem alten Speerträger.

»Die sind wohl alle ihre Feldherren«, entgegnete er. »Falls du aber den mit dem Helm meinst … der trat vorhin aus dem Purpurzelt, und gleich warfen sich mehrere, die da herumstanden, vor ihm zu Boden. Das ist er selber, Herrin. Das ist der Khagan!«

35

Die Absicht der Herzogin, Faroald seine Ernennung zum Comes mitzuteilen, ließ sich im Laufe des Tages nicht mehr verwirklichen. Überhäuft mit Pflichten, war er ständig unterwegs, tauchte mal hier, mal dort auf, verweilte nirgendwo länger als kurze Zeit.

Energisch widmete er sich der Aufgabe, die Reihen der Verteidiger, die sich bei den Kämpfen der letzten Nacht nicht unerheblich gelichtet hatten, wieder aufzufüllen. Neue Aufgebotslisten wurden zusammengestellt und bekannt gegeben. Manche Bürger der Stadt machten allerdings immer noch Schwierigkeiten, wenn ihre minderjährigen Söhne oder die Unfreien ihres Haushalts zu den Waffen gerufen wurden. Faroald suchte sie alle auf und überzeugte sie von der Unverzichtbarkeit ihres Beitrags. Eindringlich machte er ihnen klar, dass sie ihre Sklaven verlieren und samt ihren Söhnen selbst in die Sklaverei geraten würden, wenn die Stadt fiele. So gewann er zwei neue Hundertschaften, die er erfahrenen Kriegern zur beschleunigten Ausbildung unterstellte.

Noch wichtiger waren Maßnahmen gegen den bevorstehenden Angriff auf die Festungsmauer. Auch Faroald hatte den Khagan und seine Begleitung bei ihrem Erkundungsritt beobachtet, und er rechnete fest damit, dass sie die Wurfmaschinen an Punkten aufstellen würden, wo nicht der Natisso und zwei Bäche zusätzliche Hindernisse bildeten. Denn wenn die Mauer durch schweren Beschuss mit Stein und Eisen beschädigt war, mussten ja noch der Graben zugeschüttet und Sturmböcke herangefahren werden. Faroald ließ fast alle

Skorpione an die am meisten gefährdeten Stellen bringen, damit der Angriff sogleich gestört werden konnte. Durch Brandgeschosse von der Höhe der Mauer konnten mit Glück und Geschick die hölzernen Wurfmaschinen und ihre Bedienungsmannschaften außer Gefecht gesetzt werden.

Beunruhigend war natürlich das offensichtliche Vorhandensein eines geheimen Ausgangs aus der Festung. Gemeinsam mit Ruthard stellte Faroald einen Suchtrupp zusammen, der vorwiegend aus ortskundigen Greisen bestand. Seine Aufgabe war, die Stadt und insbesondere jedes einzelne Haus nach verborgenen Kellern, Grüften und Gewölben zu durchsuchen. Auch zum Herzogspalast bekam er Zutritt. Zwecks Befragung der Frau Winiperga begab sich Billo in deren Wohnung, wurde aber von der noch immer herzzerreißend klagenden Schwester des getöteten Subo nicht empfangen. Sie ließ nur sagen, sie habe keine Ahnung von allem, und Grasulf habe ohne ihr Wissen gehandelt.

Faroald glaubte allerdings sicher zu sein, der Bruder des Herzogs werde den unterirdischen Gang aus der Festung, durch den er ohne Zweifel entkommen war, nicht den Feinden verraten. Seine Gemahlin, die Herzogin und viele vornehme Langobarden befanden sich drinnen, er konnte sich nicht zu deren Verderber machen, ohne sich künftig der Ächtung und Rache durch seine Stammesgenossen auszusetzen. Ein so großes Verbrechen lag auch nicht im Charakter des Grasulf, Faroald hielt ihn dazu nicht für fähig. Er kannte ihn nur als Intriganten und Ohrenbläser, der wie die meisten Menschen dieses Schlages versagte, wenn ihm Tatkraft abverlangt wurde. Grasulf würde wohl eher in einem stillen Winkel abwarten, was geschehen würde, und später irgendwie versuchen, sich beim Sieger in Gunst zu bringen.

Dass der Sieger am Ende der langobardische König Ago sein würde, stand für Faroald fest. So lag für ihn in der Belagerung und Verteidigung Forojulis ein seltsamer Widersinn. Angegriffen wurde die Stadt des aufsässigen Herzogs Gisulf, und sie wurde noch immer in dessen Namen verteidigt. Tatsächlich jedoch waren alle besonnenen Kräfte bereits auf die Seite des Königs geschwenkt, sodass nun die wieder Königstreuen den Verbündeten des Königs gegenüberstanden. Diesen Wandel in der Gesinnung der Eingeschlossenen den Awaren klar zu machen war aber im Augenblick nicht sehr viel versprechend. Sie hatten eigene Interessen, die nur auf Beute gerichtet waren, den Preis ihres Eingreifens. Durch zähen Widerstand, der ihre Geduld erschöpfen und ihnen Achtung abnötigen würde, galt es, diesen herabzudrücken und sie zum Abzug zu bewegen. Auch Faroald war überrascht, als er den Khagan zu Gesicht bekam, und er hegte nun eine gewisse Zuversicht, dass mit diesem Mann, der seinen Stammesgenossen so unähnlich war, zum richtigen Zeitpunkt ein Abkommen möglich sein werde.

Was danach kommen würde? Faroald wusste nur, dass er dann Forojuli schnell wieder verlassen und auf seinen Posten nach Nemas zurückkehren wollte. Wenn er sich in den kurzen Augenblicken, die ihm die zahlreichen Pflichten zum Nachdenken ließen, des morgendlichen Empfangs bei der Herzogin erinnerte, regte sich immer wieder gleich heftiger Unwille. Er – ein machtbesessener Heuchler, der Gisulfs Söhne loswerden wollte, um vielleicht selber Herzog zu werden? Gewiss, Romilda war überreizt und erschöpft gewesen, und die Nachricht, dass ihr zu früh betrauerter Heldensohn nicht im Grabe, sondern im Bett einer Dirne lag, hatte sie vielleicht zur Vernunft gebracht. Wie lange aber? Er mochte die Frau, die er, wie er sich längst hatte eingestehen müssen, immer noch liebte, nicht in Zwiespalte stürzen, die aber unvermeidbar waren, wenn er in ihrer Nähe blieb. Stets aufs Neue würde er ja ihre mütterlichen Gefühle verletzen und sich dem Argwohn aussetzen müssen, den Kindern Gisulfs aus persönlicher Rachsucht nicht wohlzuwollen. Schon jetzt stand fest, dass er aus seiner Meinung über Taso kein Hehl machen würde, wenn ihn später der König oder die Gefolgschaftsversammlung um Rat fragen würden. Er würde dies tun, auch wenn er Romilda damit Schmerz zufügen und das Fünkchen Liebe zu ihm, das wohl noch glomm, zertreten musste.

Und noch einen Kummer würde er ihr bereiten müssen. Er würde Radoald mit sich nehmen – kostete es, was wolle. Nie und nimmer könnte er zulassen, dass der Junge der Gewalt und dem Einfluss seines älteren Halbbruders ausgesetzt würde, der nach dem Gesetz ja nun in die Stellung des Familienoberhaupts eintrat. Mit Rücksicht auf seine Mutter musste Radoald seine Abkunft verborgen bleiben – so galt es, ihn anders zu gewinnen.

Ein erster großer Schritt war schon getan.

Durch Zufall sah er den Zwölfjährigen, der sich am Fuße der Mauer mit anderen seines Alters im Pfeilschießen übte. Er winkte ihn zu sich. Fragte ihn, ob er ihn zur Nordmauer begleiten wolle, wo gerade die Abwehrgeschütze gegen die feindlichen Steinschleudern aufgestellt würden.

Radoald war begeistert. Der Vicarius war über Nacht zum Helden der Festung aufgestiegen, die Erzählungen von seinen Taten wurden bereits mit Übertreibung verbreitet. So fand er auch bei dem Kriegernachwuchs die reinste Bewunderung.

Trotz seiner Sorgen und Pflichten genoss Faroald das hohe Gefühl, zum ersten Mal Seite an Seite mit seinem Sohn durch die Straßen zu gehen. Sie plauderten, lachten, stellten einander Fragen. Voller Stolz erkannte der Mann, dass sein Sohn klug und verständig war und schon ein gerechtes, sicheres Urteil hatte.

Es entgingen ihm auch nicht erstaunte Blicke und leise, überraschte Ausrufe, wenn sie vorüberkamen. Da schritten ja nebeneinander ein Mann und ein Knabe, die das gleiche Gesicht hatten – länglich, oval, mit leicht aufgeworfener Nase, kräftigem, vorgewölbtem Kinn, großen, blitzenden blauen Augen. Dazu das krause Haar, das bei dem Jungen noch voll und blond, bei dem Mann dagegen etwas dunkler und angegraut und an der Stirn schon ein wenig gelichtet war.

Auch als sie die Mauerplattform erklommen, konnte einer der Männer, die dort die Wache hatten, seine Verwunderung nicht unterdrücken.

»Was denn, Vicarius? Bist du etwa dabei, dich zu verdoppeln? Wenn der da noch etwas wächst, gibt's dich zweimal!«

Einer, der neben ihm stand und vielleicht Bescheid wusste, stieß den Vorwitzigen zwar gleich in die Rippen, aber Faroald antwortete lachend: »Dagegen wäre ja wohl nichts einzuwenden! Oder wären euch zwei dieser Art zu viel?«

Die Männer verneinten, ebenfalls lachend, und der, der die Bemerkung gemacht hatte, versicherte beflissen, das nur habe er gemeint: Faroald möge sich nicht nur verdoppeln, sondern verdreifachen oder verzehnfachen, weil man Männer seiner Art gar nicht genug bekommen könne.

Radoald hatte aufmerksam zugehört, aber erst nach einer Weile fragte er skeptisch, wenn auch nicht ohne Genugtuung: »Ist es wahr, dass ich so wie du werde? Und dass ich auch schon so wie du aussehe?«

»Das mag wohl sein«, erwiderte Faroald lächelnd und fügte hinzu: »Du kannst ja mal in einen Spiegel blicken … oder in einen Brunnen, wo du im Wasser dein Bild siehst. Dann wirst du feststellen, ob sie Recht haben. Würde es dir gefallen?«

»O ja!«, erwiderte Radoald ernsthaft, wobei er errötete. »Wenn man so aussehen muss wie du, um ein Held und ein Führer zu werden … dann will ich es, dann ist es ein Glück!«

Faroald lachte und legte dem Jungen einen Augenblick seinen Arm um die Schulter.

Etwas später drängte sich auf der Mauerplattform, wo es nach dem Aufstellen der Geschütze eng wurde, ein buckliges Männchen im Brokatmantel zu ihm vor. Es war der herzogliche Mundschenk, der gewissenhaft weiter sein Amt versah, nun aber, da am Hofe fast alle Männer, von den hochedlen bis zu den Unfreien, zur Verteidigung eingesetzt waren, von Romilda mit allerlei Aufträgen außerhalb seiner Dienstpflicht betraut wurde.

Er überbrachte Faroald in gesetzten Worten die Bitte der Frau Herzogin, sich trotz der bedauerlichen Unstimmigkeiten beim Morgenempfang wie üblich bei ihr zum Kriegsrat einzufinden. Bei dieser Gelegenheit wünsche die Frau Herzogin, den Herrn Vicarius gnädigst zum Comes civitatis zu ernennen.

Faroald dankte, versprach zu kommen. Aber es wurde nichts daraus, an diesem Tage fanden kein Kriegsrat und keine Ernennung mehr statt.

Um die neunte Stunde, am frühen Nachmittag, begannen die Belagerer mit der Beschießung der Mauer.

36

»Du solltest dich ausruhen, Comes«, sagte Warnehar. »Sobald die Sonne aufgeht, wirst du uns nötig sein. Dann gibt es zu tun, dann werden sie versuchen, ihre Widder heranzufahren.«

Der Gastalde war auf den Wachturm am Osttor gestiegen, um Faroald abzulösen. Wie selbstverständlich sprach er ihn schon mit »Comes« an. Längst war aus der Umgebung der Herzogin bekannt geworden, dass diese Würde dem bisherigen Stellvertreter des Kommandanten jetzt zukam.

»Werdet ihr mich sofort benachrichtigen, falls irgend etwas Besonders vorfällt?«, fragte Faroald.

»Das versteht sich.«

Es war schon Nacht, aber noch immer krachten Geschosse gegen die Mauer. Auf dieser Seite der Stadt waren es drei Onager, die nunmehr seit vielen Stunden schwere, grob behauene Steine herüberschleuderten. Ein Vierter war gleich zu Beginn der Beschießung außer Gefecht gesetzt worden, nachdem ihn von der Höhe der Plattform ein mit Öl, Pech, Schwefel und Harz gefüllter hohler Wurfspeer getroffen und in Brand gesetzt hatte. Faroald selber hatte ihn abgefeuert. Von da an hatten die awarischen Mannschaften die Gestelle der Schleudern so dicht mit rohen, triefend nassen Tierhäuten behängt, dass die brennenden Pfeile und Speere nichts mehr ausrichten konnten.

Seit Anbruch der Dunkelheit waren dann auch die Geschosse der Feinde mit Bränden versehen, vorwiegend angebundenen flammenden Holzscheiten. So konnte man unten den Flug der steinernen Kugeln verfolgen und feststellen, ob sie an der richtigen Stelle einschlugen, den hier schon angerichteten Schaden vergrößerten. Auch von Norden und Westen her dröhnte der dumpfe Aufprall der Geschosse.

Faroald erwog nur kurz, ob es besser sei, in der Nähe zu bleiben und sich im unteren Raum des Turmes auf einer der Pritschen für die Wachmannschaft auszustrecken. Unmöglich würde es sein, hier etwas Ruhe zu finden. Das Mauerstück, auf das die Feinde es abgesehen hatten, war keine hundert Schritt entfernt, jeder Treffer würde ihn aufschrecken lassen. Dazu kamen das Kommandogebrüll und das ständige Hinauf und Herab auf der Leiter des Wachturms. Er hatte auch dringend das Bedürfnis, seinen mit Ruß und Staub bedeckten Körper zu waschen und seine infolge der ständigen Anstrengungen immer noch schlecht verheilte Wunde frisch zu verbinden. So machte er sich auf den Weg zum Herzogspalast.

DerVorplatz war hell erleuchtet, nicht weit hinter der Mauer brannte ein Haus. Obwohl die feindlichen Brandgeschosse häufiger vor dem Ziel niedergingen, manchmal zischend im Wassergraben versanken oder sich kläglich in den Sand bohrten, flog ab und zu eines über die Zinnen hinweg und richtete in der Nähe Schaden an. Frauen hatten eine Kette zum nächsten Brunnen gebildet, wassergefüllte Holzeimer wurden von Hand zu Hand gereicht. Ein Kind weinte herzzerreißend.

Der Palasthof war in dieser Nacht dunkel und leer, nur ein paar Fackeln qualmten an den Pfeilern. Die Männer lagen in ihren Quartieren, um bis zur nächsten Wachablösung so viel wie möglich zu schlafen. Faroald hatte eigentlich vor, Ruthard aufzusuchen und sich nach Neuigkeiten zu erkundigen. Vor allem wollte er wissen, ob die Greise, die den Geheimgang aufspüren sollten, schon fündig geworden waren. Der Marschalk übernachtete in der Halle seiner Gefolgschaft, und so überquerte Faroald den Palasthof, um dort einzutreten. Zufällig fiel sein Blick dabei auf den alten Römerturm an der Ecke, seine eigene Behausung.

Überrascht verhielt er den Schritt. Hinter den kleinen Fenstern des Obergeschosses sah er ein Licht schimmern.

Das ist doch seltsam, dachte er. Ich war am Morgen für kurze Zeit dort, um auszuruhen. Habe weder eine Kerze noch eine Lampe entzündet. Wer mag sich dort ohne mein Wissen einquartiert haben?

Er beschloss, der Sache gleich nachzugehen. Im Untergeschoss des Turmes befand sich ein Waffenlager, übereinander gestapelt waren hier Hunderte der kleinen langobardischen Rundschilde. Kaum fand man noch Platz, um zur Treppe zu gelangen. Faroald stieß im Dunkeln irgendwo an, und einer der Schilde fiel scheppernd zu Boden. Da hörte er oben, hinter der offenen Luke, einen leisen Aufschrei. Kein Zweifel, das war eine Frauenstimme.

Er stieg die Treppe hinauf. Das Obergeschoss war ein niedriger quadratischer Raum, von plumpen Pfeilern geteilt, die das Dachgebälk trugen. Man gab es gewöhnlich Besuchern minderen Ranges zur Unterkunft. Noch der Herzog hatte verfügt, den Kommandanten von Nemas hier heraufzutragen, nachdem man ihm erst auf Geheiß der Herzogin eines der Prunkgemächer für vornehme Gäste gegeben hatte. Faroald war es zufrieden und wollte dann auch nicht mehr umziehen.

Das Öllämpchen auf dem Tisch brannte, und gleich bemerkte er die Frau, die in der Ecke auf einem Hocker saß, einen Wasserkrug und einen Korb neben sich. Sie war in einen schwarzen Umhang gehüllt, dessen Zipfel sie, als wolle sie sich nicht zu erkennen geben, vor ihr Gesicht drückte. Und er erkannte sie auch nicht gleich in ihrer schummrigen Ecke, sah nur, dass sie große, dunkle Augen hatte. Eine Magd? Eine Bittstellerin? Eine Dirne, die sich ihm aufdrängen wollte? Man befand sich im Krieg, und er war ja zurzeit der mächtigste Mann in der Festung …

Er wollte, noch auf der Treppe, die Frau ihres aufdringlichen Erscheinens zur Unzeit wegen ärgerlich anreden. Doch da schlug sie das Tuch zurück und erhob sich.

»Du bist es, Romilda? Frau Herzogin?«

Sie trat rasch auf ihn zu, sah zu ihm auf und sagte hastig, mit sanfter Stimme: »Ja, ich bin es, mein Lieber, mein Teurer! Ich bin gekommen, dich um Verzeihung zu bitten, warte schon lange. Da habe ich Wasser heraufgebracht, saubere Kleidung. Man hielt mich wohl für eine Magd. Wenn aber nicht, so ist es mir gleichgültig. Ich suchte dich schon den ganzen Tag. Es quälte mich, dass ich so ungerecht war. Wie konnte ich dich nur so beleidigen – dich, unseren Helden, unseren Retter! Vergib mir, vergib mir! Ich war nicht bei Sinnen … wusste nicht, was ich tat, was ich sagte …«

Sie ergriff seine Hand und drückte sie heftig.

»Was ist da schon zu vergeben?«, sagte er, etwas gezwungen lächelnd, indem er sich losmachte. »Du warst in Sorge um deine Söhne, das verstanden wir ja. Nun, und wie geht es deinem Zweitältesten?«

»Es besteht Hoffnung, er wird sich erholen. Seine Wunden sind zum Glück nicht sehr tief.«

»Das höre ich gern.« Den Kopf einziehend, um nicht an einen Balken zu stoßen, trat er an seine Bettstatt, ließ sich dort nieder. »Verzeih, das schickt sich nicht vor der Herzogin. Aber ich bin sehr müde, und wir sind ja auch nicht in deinem Empfangssaal.«

»Wenn du es mir erlaubst«, sagte sie, »will ich jetzt nur eine Frau sein, die den Mann, auf dessen Rückkehr sie sehnlich gewartet hat, empfängt und betreut. Leg die schmutzige Tunika ab, ich habe dir eine frische gebracht. Auch eine Hose und Unterzeug. Lass dir helfen, vertrau dich mir an! Es besteht kein Grund zur Verlegenheit …«

Sie warf den Umhang ab, unter dem sie nur ihr leichtes Unterkleid trug. Schon saß sie neben ihm auf der Bettstatt, öffnete die Schnalle seines Gürtels, nötigte ihn, die Arme zu heben, damit sie ihm die Tunika über den Kopf streifen konnte. Er gehorchte nur zögernd und widerwillig, sodass sie mit dem schweißdurchfeuchteten Kittel einige Mühe hatte. Dabei rückte sie näher, und er spürte ihre weichen, geschäftigen Hände und den Druck ihrer Brust und ihres Schenkels. Als die Tunika endlich zu Boden fiel und Romilda sich vorbeugte, um die Wadenbinden zu lösen, schob er sie plötzlich weg, schloss den Gürtel und stand auf.

»Warum tust du das?«, fragte er unwirsch. »Für solchen Dienst bist du nicht geschaffen! Ich kann mir auch selber helfen. Es wäre besser, du würdest mich jetzt verlassen und wieder hinabsteigen!«

»Nein«, sagte sie, »das wäre nicht besser. Warum willst du denn meine Hilfe nicht annehmen?«

»Weil ich kein Recht dazu habe. Und weil wir alles vermeiden müssen, was unserer Sache jetzt schaden kann. Ich habe dich schon einmal gewarnt. Was wir jetzt auf keinen Fall brauchen können, sind Zwietracht und Unruhe. Wir hatten davon schon mehr als genug, doch kann es noch schlimmer kommen – und das wäre tödlich. Alle blicken jetzt auf dich und auf mich, wir müssen ihnen ein Beispiel geben. Was aber wäre das für ein Beispiel, wenn sie erführen, dass ihre Herrin, die Herzogin von Friaul, seit wenigen Tagen erst Witwe, des Nachts in die Kammer eines Gefolgsmannes schleicht! Wäre das nicht schon der Zusammenbruch? Lohnte es dann noch zu kämpfen?«

»Ja, ich verstehe«, sagte sie leise. »Es war wohl nicht sehr vernünftig, dass ich heraufkam. Wie gut, dass du kühles Blut behältst und mich zurückweist.«

Sie seufzte, legte den Umhang um ihre Schultern, stand auf.

»Ich danke dir trotzdem«, sagte er rau. »Es hat mir wehgetan, was du mir vorwarfst. Ich konnte nicht glauben, dass du einen solchen Verdacht hast. Jetzt bin ich beruhigt.«

»Dann ist mir auch etwas leichter. Verzeih mir nochmals.«

»Gib Acht, dass du nicht gesehen wirst!«

»Man wird mich ja für eine Dienerin halten. Wenn mich

aber jemand erkennt, dann sage ich, dass ich für meinen Sohn den Medicus suche.«

»Bis zur Wachablösung ist noch etwas Zeit. Die Leute schlafen. Es könnte gut gehen.«

Sie warf ihm noch einen raschen Blick zu. Er stand reglos, den Kopf der niedrigen Deckenbalken wegen geneigt, die Lippen zusammengepresst.

So wandte sie sich der Luke zu.

In diesem Augenblick aber war wieder, gleich von mehreren Seiten, das kurze, dumpfe Geräusch des Aufpralls der Steingeschosse auf die Mauer zu hören. In der Nähe, beim Osttor, wurde gleich mehrmals hintereinander getroffen. Wie ein fernes Echo dröhnte es kurz darauf zweimal von der Nordseite.

»Nein!«, sagte Romilda wie zu sich selbst. »Ich gehe nicht mehr, ich werde bleiben. Ich bin zu meinem Geliebten gekommen, dem Einzigen, den ich je hatte. Es ist Krieg, und vielleicht ist es das letzte Mal. Vielleicht sind wir morgen alle schon tot. Wie könnte ich ihn denn jetzt noch verlassen?«

Sie sank auf ein Knie, schloss die Luke, schob den Riegel vor. Der Umhang glitt wieder herab, als sie aufstand und zu Faroald zurückkehrte. Sie legte die Hände auf seine Schultern, lächelte.

Und dann nahm sie ein Tuch aus dem Korb, tauchte es in das Wasser im Krug und begann, Ruß und Staub von seinem Gesicht und seinem Körper zu waschen.

37

»Zieh ihn dir noch einmal an! Bald wirst du ihm gleichen, bald wirst du ihm nachfolgen! Vielleicht schon heute … vielleicht morgen!«

Winiperga flüsterte diese Worte. Erschrocken wandte Taso, an den sie gerichtet waren, den Kopf. Sie stand plötzlich bei ihm, schmal und zierlich, mit bleichem Gesicht, blaue Ringe unter den Augen vom Wachen und Wehklagen. Ohne seinen Blick zu erwidern, starrte sie in die Grube, wo zwei alte Knechte gerade begannen, die Deckbretter auf den Sarg zu nageln.

Dort unten in der breiten geräumigen Kiste lag Subo, mit einem golddurchwirkten Mantel bekleidet, sein »Hergewäte« neben sich – die Spatha, den Schild, die Lanze. Silberbeschlagenes Zaumzeug für das Pferd, das ihn ins Jenseits tragen sollte, war zu seinen Füßen niedergelegt. Das Tier war vorher getötet und bereits in der Nähe verscharrt worden. Auch Wegzehrung für die Reise gab es in einer Schüssel: ein gebratenes Huhn, Brot, Käse und Eier. Dazu eine Kanne mit Wein, ein Trinkhorn. Ein Goldblattkreuz war am Mantel befestigt, damit man beim Empfang gleich erkannte, dass dieser nach heidnischem Brauch bestattete Tote dennoch ein Christ war.

»Was meinst du damit?«, fragte Taso bestürzt, mit halblauter Stimme. »Ich soll ihm nachfolgen? Heute noch?«

»Ich rate dir nur, auf der Hut zu sein.«

»Vor wem denn? Was weißt du? Sage es mir!«

»Lass uns abwarten, bis der Sarg geschlossen ist. Noch weilt mein Bruder unter uns.«

Das Grab war am Rande des Palastgartens ausgehoben worden, nicht weit von der Stelle, an der Subo den Tod gefunden hatte. In Friedenszeiten war es Brauch, die Verstorbenen außerhalb der Festungsmauern zu beerdigen, aber die großen Bestattungsplätze im Norden und Süden der Stadt, die bereits vor Jahrhunderten von den Römern angelegt waren, gehörten derzeit zum Feindgebiet. So war es nötig geworden, die ungewöhnlich vielen Toten der letzten Tage irgendwo in der dicht besiedelten, dazu mit Geflüchteten überfüllten Stadt unter die Erde zu bringen. Die Bürger begruben die ihren gleich hinter dem eigenen Haus. Die Verstorbenen unter den Flüchtlingen, Alte und kleine Kinder zumeist, kamen auf einem vereinsamten Peristylhof unter, dessen Besitzer vor der Belagerung geflohen war. Manchen verscharrte man aber auch gleich ohne Umstände an der Mauer oder am Straßenrand. Nur die im Kampf Gefallenen trug man in den Palastgarten, auf die große freie Fläche neben der Tempelruine, wo es am dritten Tag der Belagerung nun schon ein halbes Hundert Grabhügel gab. Für Subo als Mitglied einer der vornehmsten langobardischen Faren wurde natürlich, obwohl er anders ums Leben gekommen war, eine Ausnahme gemacht, und Winiperga hatte überdies auf einem etwas gesonderten, schattigen Platz am Rande des Pinienhains bestanden.

Nur wenige, die ihn gut gekannt und sich seine Freunde genannt hatten, waren zur Grablegung erschienen. Andere verhinderte ihr Wachdienst auf den Türmen und auf der Mauer. Durch eine Zofe hatte Winiperga auch Taso benachrichtigt. Er durfte zwar infolge seiner Verfehlungen auf Beschluss des Kriegsrates nicht mehr in die Stadt und auf die Festungsanlagen hinaus, doch erlaubte ihm seine Mutter, sich innerhalb der Palastmauern frei zu bewegen. So war er gekommen.

Zwei Männer des Trauergefolges sprangen in die Grube hinab, um den beiden zittrigen, kraftlosen, nach so viel ungewohnter Arbeit übermüdeten alten Totengräbern zu helfen.

Als das letzte der Deckbretter fest war, trat Winiperga, nachdem sie noch einmal laut und wirkungsvoll aufgeschluchzt hatte, beiseite. Taso verstand und folgte ihr.

»Nun rede doch! Hast du etwas Bestimmtes erfahren? Wer hat es auf mich abgesehen?«

»Da fragst du noch?«, raunte sie, mit einem bitteren Lächeln zu ihm aufblickend. »Der neue Comes natürlich. Wer sonst?«

»Du meinst, dieser gottverfluchte Faroald ...?«

»Nicht so laut! Er ist ja jetzt hier allmächtig, und lange wird er dich nicht mehr dulden. Wenn es nach ihm und Ruthard ginge, lägst du schon im Verlies – das weiß ich von zuverlässigen Männern. Gesagt haben soll er vor Zeugen, er würde dich am liebsten mit seinen eigenen Händen erwürgen!«

»Das könnte ihm passen! Aber auch ich bin ihm noch eine Antwort schuldig. Den Schädel spalte ich ihm!«

»Sei nicht töricht. Mit Maulwetzen schaffst du es nicht.«

»Was willst du eigentlich?«, fragte Taso beleidigt. »Mir Furcht einjagen? Ich weiß ja, du konntest mich nie leiden. Dass er mich hasst, ist mir nichts Neues. Wenn du mir also nichts weiter zu sagen hast ...«

Er wollte sich abwenden, doch sie ergriff seinen Arm, hielt ihn auf.

»Warte doch! Ja, es stimmt, ich war dir oft gram ... weil du mir meinen geliebten Bruder wegnahmst, mich seiner Gesellschaft beraubtest. Jetzt liegt er dort in seinem Grab, und wir, die ihn liebten, müssen zusammenstehen. Das ist der Grund, weshalb ich dich warne.«

»Hab ja verstanden.«

»Aber du weißt wahrscheinlich nicht alles.«

»Was gibt es denn noch?«

»Als du dem Faroald die Frage stelltest, die er mit einem Faustschlag beantwortete ... warst du da wirklich sicher, dass er sich mit deiner Mutter in ihrem Schlafgemach trifft?«

»Was geht das dich an?«

»War es Gewissheit? Oder Vermutung? Oder nur ein boshafter Einfall?«

»Natürlich war ich nicht sicher.«

»Aber ich bin es!«

»Was? Wie?«

»Sie treffen sich allerdings nicht im Schlafgemach. Das wäre wohl doch zu dreist und unvorsichtig. Sie verbrachten die heutige Nacht gemeinsam in seiner Kammer im alten Römerturm. Eine Wäschemagd, zu der ich Vertrauen habe, hat alles beobachtet: Wie sie hinaufschlich ... wie sie herunterkam ... wie er kurz darauf fortging.«

»Das ist ungeheuerlich! Sagst du die Wahrheit?«

Er packte sie an den Schultern. Aber sie gab ihm rasch einen Stoß und zischte: »Reiß dich zusammen! Man blickt schon her!«

Einige Männer des Trauergefolges grüßten und wandten sich zum Gehen. Andere warteten noch, bis die Totengräber den Sarg mit Erde bedeckt hatten.

Taso ballte die Fäuste und stieß mit verzerrter Miene hervor: »Das ist Verrat an meinem Vater! Wenn ich sie mit dem Schurken erwische, bring ich sie um!«

»Das wäre dein Recht, du bist jetzt ihr Muntwalt. Zumal die beiden auch dich verraten. Als Nachfolger deines Vaters bist du erledigt. Gestern führte der neue Comes deinen Bruder, den Radoald, durch die Stadt und verkündete allen, die es hören wollten, dass er sein Sohn sei.«

»Das hat er gewagt?«

»Verstehst du, was das bedeutet? Von einem zuverlässigen Mann, der mir Vertrauliches aus dem Kriegsrat berichtet, weiß ich, dass sie demnächst mit den Awaren verhandeln werden. Vermutlich sind Angriff und Widerstand Scheinmanöver. Hörst du noch Wurfgeschosse gegen die Mauer prallen? Alles ist still, und es wird bald vorbei sein. Die Awaren wird man mit Beute abfinden, vielleicht erlaubt man ihnen sogar zu plündern. Dann ziehen sie ab, und der König kommt. Und der ernennt gleich den neuen Herzog: Radoald. Bis er erwachsen ist, herrscht der Comes, gemeinsam mit seiner künftigen Gemahlin. Die Erben Gisulfs aber, die Feinde des Königs, die Gausen …«

»Aber könnte denn … könnte denn meine Mutter«, stammelte Taso mit bebenden Lippen, »könnte sie denn an einem so teuflischen Plan …«

»Sie ist ihm hörig, ein Opfer ihrer Begierde. Zweifellos ist sie weniger schuldig, und sie tut mir sogar ein wenig Leid. Der Himmel vergisst nichts … und wenn ich mir vorstelle, was sie im Jenseits für eine Strafe erwartet …«

Die beiden alten Totengräber saßen im Grase und tranken abwechselnd Wasser aus einer Kanne. Ein flacher Hügel erhob sich über dem Sarg. Winiperga trat näher, richtete Stirnband und Schleier, drückte ein Tuch an die Augen, hob die Hände zu einem kurzen Gebet.

Taso schloss sich ihr wieder an, als sie durch den Pinienhain auf die Pforte zuschritt.

»Auf dem Palasthof trenne dich aber von mir«, sagte sie. »Es wäre nicht gut, wenn man uns dort zusammen sähe. Ich bin dem hohen Paar verdächtig, man könnte Verschwörung wittern.«

»Ich bitte dich, sage mir, was ich tun soll!«, flehte Taso mit einer verzweifelten Geste.

»Vor allem darfst du dir nichts anmerken lassen. Wenn du die Ruhe bewahrst und besonnen handelst, kannst du ihnen vielleicht zuvorkommen. Es sei denn, dass bereits hinter dem ersten Pfeiler auf dem Palasthof dein Mörder lauert und dir einen Dolch in den Rücken stößt.«

»Warum erschreckst du mich? Rede! Rate mir! Ich weiß von Subo, wie klug du bist!«

»Viele Möglichkeiten hast du ja nicht. Du bist ja bereits ein Gefangener, darfst den Palastbezirk nicht verlassen.«

»Ich kann es versuchen!«

»Und ihnen den Vorwand liefern, dich ins Verlies zu

werfen? Dann wirst du überhaupt nichts mehr tun können!«

»Aber was … aber was …«

»Kennst du außerhalb der Palastmauern jemanden, dem du vertrauen kannst? Der einen Auftrag für dich übernehmen würde … einen nicht ungefährlichen Auftrag?«

38

Es fiel Taso nur ein Einziger ein, und wenig später schon stand dieser eine in Winipergas Empfangsgemach. Klein, rundlich, mit struppigem rotem Bart und verschmitzten, unsteten Augen.

Es war Sichar, der Schankwirt.

Mit kurzen Schritten und vielen Verbeugungen näherte er sich der edlen Dame, die von einem hohen Armstuhl auf ihn herabsah. Lange schwieg sie und musterte ihn. Verlegen trat er von einem Bein auf das andere, strich seinen Kittel glatt, knetete seine Hände. Gleich hatte ihm nichts Gutes geschwant, als ihm ein Diener den Befehl überbrachte, sich hier einzufinden. Und unter dem Blick, der ihn zu durchbohren schien, wuchs seine Unruhe.

Dann aber, zu seiner Überraschung, begann die Dame in freundlichem Ton: »Mein seliger Bruder sagte mir, dass du ein ehrlicher Mann seist. Auch mein Neffe, der künftige Herzog, stellt dir ein schmeichelhaftes Zeugnis.«

Sichar, ein wenig erleichtert, machte wieder ein paar rasche Verbeugungen.

»Das freut mich, Herrin! Wie ehrt es mich, dass die hohen Herren meine bescheidene Schenke besuchten! Aber wie traurig ist es, dass Herr Subo nun nicht mehr unter den Lebenden weilt. Ich liebte und bewunderte ihn! Ich wollte, ich könnte ihm immer noch dienstbar sein …«

»Das kannst du. Deshalb ließ ich dich rufen.«

»Wie? Ich könnte …? Aber Herr Subo ist doch …«

»Du wirst gleich erfahren, wie du meinem toten Bruder

noch nützlich sein kannst. Und damit die Möglichkeit erhältst, dich selber zu retten.«

»Mich zu retten? Ich bin in Gefahr? Oh, ich verstehe, Herrin, du meinst die da draußen … wenn sie kommen und …«

»Diese Gefahr droht jedem von uns. Dir aber ist sie näher als allen anderen in der Stadt.«

»Sie ist mir näher? Warum?«

Der kleine Rotbart beugte sich vor, machte runde Augen.

»Also höre, was mein Neffe, der künftige Herzog, dir durch mich ausrichten lässt. Er wurde ja in deinem Haus überrascht, doch er glaubt, dass du daran unschuldig bist.«

»Vollkommen unschuldig! Ich suchte es zu verhindern, Herrin! Man hat mich niedergeschlagen … hier, sieh die Verletzung an meinem Hals …«

»Mein Neffe weiß das. Es war ein Irrtum, dass man ihn festnahm. Dennoch steht er jetzt unter Bewachung. Weil er gegen eine Maßnahme war, die der neue Comes, Herr Farold, im Kriegsrat durchgesetzt hat.«

»Eine Maßnahme?«, fragte Sichar beklommen. »Und ist das vielleicht die Gefahr?«

»Nach Meinung des Comes wird die Festung nur fallen, wenn der Hunger die Verteidiger zur Aufgabe zwingt. Unsere Vorräte werden rasch zur Neige gehen. Deshalb sollen nach und nach alle überflüssigen Esser hinausgetrieben oder – falls sie Widerstand leisten – von der Mauer gestürzt werden. Schon morgen wird man damit beginnen.«

»O weh, das ist übel!«, murmelte Sichar. »Sie kommen um oder werden versklavt. Aber warum sollte denn ich …? Bin ich überflüssig? Ich habe die Kämpfer gespeist und getränkt … werde selber, wenn nötig, zur Waffe greifen …«

»Das wird dir nichts nützen. Mit drei Gruppen von Menschen wird man beginnen: Verbrechern, Kranken und Abtrünnigen. Nun, was meinst du? Gehörst du dazu?«

Der Schankwirt schwieg. Sein flackernder Blick fiel auf ein grob geschnitztes Kruzifix, das an der Wand hing.

»Ich hab nichts getan!«, stieß er schließlich hervor. »Was sollte ich denn …«

»Hast du nicht Gott, unsern Herrn, verraten, indem du das Priesteramt aufgabst und unserer Kirche den Rücken kehrtest? Bist du nicht Schankwirt und Kuppler geworden und damit, indem du dem Laster dienst, ein Gehilfe des Teufels?«

»Aber ich bete ja dennoch zu Gott! Ich habe niemals den Glauben abgelegt! Nur zum Priester fühlte ich mich nicht berufen. Grausam und ungerecht wäre es …«

»Das meint auch mein Neffe. Und ich stimme bei. Natürlich geht es ihnen in Wirklichkeit um etwas anderes. Sie wollen sich deines Vorratskellers bemächtigen! Aber das werden sie natürlich nicht zugeben. Morgen holen sie dich, du stehst auf der Liste. Und hebst du auch nur die Hand, um dich zu schützen, ist es um dich geschehen. Dann stürzen sie dich die Steilwand hinab – in den Natisso!«

»O weh! O weh! Ach, so ein Unglück …«

Eine Weile beobachtete Winiperga den Jammernden mit einem kalten Blick, als betrachte sie einen gefangenen, kläglich piepsenden, mit den Flügeln schlagenden Vogel.

Dann unterbrach sie ihn schroff: »Genug! Ich sagte ja, es ist eine Warnung. Mein Neffe lässt sie dir durch mich übermitteln. Das ist hiermit geschehen, und ich füge hinzu: Zu verzagen ist es zu früh, noch kannst du dich retten!«

»Mich retten? Wohin aber, Herrin? Wir sind doch hier eingeschlossen. Wohin könnte ein ehrlicher Mann sich verkriechen?«

»Verkriechen? Nirgendwohin, das weiß ich selbst. Und solange dieser Unbarmherzige die Befehlsgewalt ausübt, bist du verloren. Aber nun höre. Es gibt einen Weg …«

»Sprich! Sprich!«

Der Schankwirt, totenbleich geworden, schwer atmend, beugte den Rücken und lauschte ergeben.

»Ich sagte«, fuhr Winiperga fort, »außer den Kranken und

den Abtrünnigen sollen auch die Verbrecher die Festung verlassen. Mag sein, dass die es eher verdient hätten ... aber auch sie sind ja Menschen von Fleisch und Blut, die den Tod und die Sklaverei fürchten. In dem alten Grabgewölbe am Südtor, das früher auch mal als Kerker diente, versteckt sich eine Bande von Räubern. Ihr Anführer ist ein wüster Kerl, der mit einer tiefen, heiseren Stimme spricht und unsere Sprache nur unvollkommen beherrscht ...«

»Ich kenne ihn!«, entfuhr es dem Schankwirt.

»Wie? Du kennst ihn?«

»Nun ...« Sichar grinste verlegen, bereute schon, unvorsichtig gewesen zu sein. »Dieser Kerl ... Er bot mir ein Perlendiadem, wollte ein Fäßchen Wein dafür. Die Preise steigen, aber das war mir zu viel. Ich lehnte ab. Er verstand nicht, legte noch eine goldene Kette dazu. Das war mir verdächtig, und ich warf ihn hinaus.«

»Tatest du das?«, fragte Winiperga argwöhnisch.

»Ich schwöre es, Herrin!«

»Das Gold und die Perlen gehören mir.«

»Ah!«, rief der Wirt mit einer erschrockenen Geste und versicherte gleich darauf stockend: »Ich ahnte ... ahnte es gleich ... geraubtes Gut ...«

»Wie heißt dieser Mann?«

»Er heißt Ratiz, wenn ich mich recht erinnere.«

»Da du also Geschäfte mit ihm machst ...«

Er schlug sich heftig an die Brust.

»Herrin, ich schwöre noch einmal ...«

»... kennt ihr euch ja. Umso besser! Sonst werden ihn aber wohl in der Stadt nur wenige kennen, wie die Ratten hausen sie ja dort unten. Wer weiß schon, was für Leute das sind und woher sie kommen. Steige hinab zu diesem Ratiz und sage ihm, dass man ihn mit seiner Bande morgen dort unten herausholen wird. Und dass es nur eines Wortes von mir bedarf, damit sie alle auf dem kürzesten, schnellsten Weg nach draußen befördert werden!«

»Aber, Herrin, verzeih ... Was nützte es mir, dass ich diesem Schuft von Sklavenier ...«

»Dass du ihm außerdem sagst, wie ihr beide euch retten könnt?«

»Wir beide?«

»Und wie ihr euch gleichzeitig um unseren künftigen Herzog verdient machen könnt? Sodass du der Gunst und Dankbarkeit meines Neffen sicher sein kannst – er aber Gnade erhoffen kann, weil ich ihm seinen Raub verzeihe?«

Sichar knetete seine Hände und suchte vergebens zu erraten, was die statuenhaft vor ihm sitzende Frau von ihm wollte.

»Komm noch etwas näher«, sagte sie, »man ist vor Lauschern ja nicht mehr sicher. Und hüte dich, jemandem etwas auszuplaudern, den das, was wir hier besprechen, nichts angeht. Es wird dir vielleicht nicht unbekannt sein, dass Herr Faroald, unser neuer Comes, vor ein paar Wochen die Festung Nemas im Stich ließ, die Herzog Gisulf ihm anvertraut hatte ...«

39

In den frühen Morgenstunden hatten die Feinde aufgehört, die Mauer mit Steinschleudern zu beschießen. Nachdem sich eine Weile nichts mehr ereignet hatte, erschienen der Khagan und seine Begleiter, um den angerichteten Schaden zu besichtigen. Nur an der Ostseite war es gelungen, einige der wuchtigen Quader zu lockern, im Norden und Westen war fast nichts erreicht worden. Nach einer Weile wurde im Osten ein Widder herangeschoben, doch gelang es nicht, den mit einem eisernen Kopf versehenen Rammbalken bis an die Mauer zu bringen. Zwar war der Graben an dieser Stelle nicht tief, und die Hilfstruppen der Awaren schafften auch unter beweglichen Schutzdächern Erde und Steine bis an seinen Rand. Doch als sie ihn zuschütten wollten, begann plötzlich von der Höhe der Mauer ein so mörderischer Beschuss, dass sie Hals über Kopf die Flucht ergriffen. Faroald hatte Öfen neben die Katapulte gestellt und die Schleudern mit darin glühend gemachten Eisen bestückt. Die beweglichen Schutzbauten gingen in Flammen auf. Auch der Widder wurde getroffen, doch konnte er mit teilweise abgebranntem Dachgestell noch aus der Reichweite der Geschosse gebracht werden. Die Angreifer flohen, zahlreiche Tote zurücklassend.

Auf der Mauer herrschte eitel Siegesfreude. Die Männer fielen sich in die Arme. Frauen, die unten an den Treppen und Leitern gewartet hatten, kamen herauf, küssten alle, brachten Wein, Honigwasser und andere Erfrischungen. Die Feinde hatten sich so weit zurückgezogen, dass man an Stricken Bauleute von den Zinnen herablassen konnte, die ohne Hast beschädigte Steine ersetzen und gelockerte wieder einpassen und verklammern konnten.

Auch die Herzogin erschien auf der Mauerplattform, um die Verteidiger zu beglückwünschen. Alle umarmte sie, küsste manchen bärtigen Kämpfer, und so fiel es nicht auf, dass sie einen dabei, dem es ja seines Verdienstes wegen auch zukam, besonders auszeichnete. Ihre Wangen waren von lieblichem Rot übergossen, ihre Augen glänzten vor Freude und Zuversicht. Fast verwischt waren alle Spuren, die Mühsal, Kummer und Angst in den letzten Wochen in ihr Gesicht gegraben hatten. Wie aufgeblüht stand sie an Faroalds Seite, und immer wieder suchte im Schutz des weiten Mantels ihre linke Hand seine am Schwertgriff ruhende rechte, um sie zu drücken.

Kaum jemand achtete jedoch auf die beiden. Ringsum unterhielten sich alle lebhaft über den glücklichen Erfolg. Bald herrschte Gedränge auf der Plattform, weil immer mehr Leute heraufkamen, um die verglühenden Überbleibsel des feindlichen Angriffs und die vielen Gefallenen zu betrachten.

Plötzlich tauchte neben Faroald ein dunkler Schopf auf, darunter ein fröhliches junges, wenn auch von einer langen Narbe gezeichnetes Gesicht. Es war Hildigis.

»Da bin ich, Comes, der Schildträger meldet sich zurück!«

Eine Krücke stützte ihn auf der einen, ein weiblicher Arm auf der anderen Seite. Appa war mit heraufgekommen und umarmte und küsste nun ihre Mutter.

»Jetzt gibt es Hoffnung! Ach, könnte doch alles noch gut werden! Wie geht es Kako, meinem tapferen Bruder?«

»Er erholt sich«, sagte Romilda. »Hat schon kein Fieber mehr. Seine Wunden sind nicht mehr gefährlich.«

»Ich habe Hildigis nicht erlauben wollen, dass er schon aufstand. Doch er hat eigensinnig darauf beharrt!«

»Darf man sich jetzt auf der Bettstatt wälzen?«, sagte der junge Mann. »Wenn du für mich einen Auftrag hast, Comes … Ich führe ihn aus, so schnell ich kann!«

»Ja, und unterwegs wirst du zusammenbrechen!«, tadelte Appa mit einem besorgten, zärtlichen Lächeln.

»Das könnte passieren«, erwiderte er. »Deshalb musst du mich eben begleiten und mich notfalls dorthin tragen, wo der Comes mich hinschickt. Wir stehen im Kampf, und jeder muss alles tun, was zum Sieg führt!«

Dem wurde ringsum heiter zugestimmt.

»Da kommen ja meine zwei anderen Brüderlein!«, rief Appa, die Radoald und Grimoald auf der Plattform bemerkte. Kein Hehl machte sie daraus, dass sie jetzt nur noch drei Brüder hatte, der Vierte war für sie nicht mehr vorhanden.

Die Herzogin winkte ihre beiden Söhne heran.

Die Jungen hatten ihre Kinderschwerter mit echten vertauscht, die sie stolz an den Gürteln trugen.

»Aber wer hat euch das erlaubt?«, rief Romilda. »Ihr werdet euch noch Verletzungen zufügen!«

»Ich bin jetzt ein Gefolgsmann des Comes«, erklärte Radoald keck, »und muss eine richtige Waffe tragen!«

»Da hat er Recht«, sagte Faroald lächelnd. »Ich glaube, es ist nicht einmal nötig, dass wir uns gegenseitig noch Treue schwören.«

»Nein, man erkennt ja auch so, dass ich zu dir gehöre!«, rief Radoald. »Ich habe in den Spiegel gesehen. Es stimmt, was die Männer gestern gesagt haben! Ich habe ebenso blaue Augen wie du und krause Wolle auf dem Kopf. Und eine Stupsnase hab ich auch!«

Romilda erschrak und warf Appa einen verlegenen Blick zu. Die konnte jedoch nicht an sich halten und prustete ungeniert heraus. Gleich nahm sie sich aber zusammen und sagte: »Verzeih, ich fand nur, er hat das so drollig herausgebracht!«

Grimoald, der sich vernachlässigt fühlte, drängte sich vor seinen Bruder und schrie: »Als ob es auf blaue Augen ankommt! Starke Arme sind nötig! Hier, seht …«

Er bückte sich und hob einen der Eisenklumpen an, die für die Katapulte bereitlagen.

Nun lachten alle, und Grimoald wurde belobigt.

In diesem Augenblick rief in der Nähe einer der Männer:

»Da ist er schon wieder! Da kommt der Khagan!«

Es war derselbe, etwa fünfzehn Mann starke Reitertrupp wie am Tage vorher, der sich von Süden her näherte, diesmal jedoch in scharfem Trab. Der Seidenmantel, ein gelber heute, wehte dem Khagan nach, die langen Zöpfe seiner Begleiter flogen im Winde. Offenbar hatten sie es eilig, an den rauchenden Trümmern vorüberzukommen. Der lebhaften Miene des Awarenherrschers sah man den Ärger über die Nutzlosigkeit der Angriffsbemühungen an, die Gesichter der anderen zeigten den üblichen starren Gleichmut.

»Da staunen sie, diese Heiden!«, wurde auf der Plattform gewitzelt.

»Steile Mauern ... das ist nichts für sie!«

»Wenn sie die Sklavenier nicht hätten, könnten sie hier überhaupt nichts ausrichten.«

»Das stimmt, Männer, ein Aware ist nämlich nicht mal im Stande, eine Leiter hinaufzuklettern. Und wisst ihr, warum? Er kommt nicht von seinem Pferd los, es klebt ihm am Hintern!«

»Ja, ohne Pferd ist so ein Kerl völlig hilflos! Es soll viele bei denen geben, die auf ihren zwei Beinen nicht laufen können. Sie torkeln wie betrunkene Hühner!«

Von der Mauer tönte so übermütiges Lachen, dass der Khagan es hörte und heraufsah. Gleich hatte er Romilda entdeckt, und wieder schienen sich trotz der beträchtlichen Entfernung ihre Blicke zu begegnen. Es tat ihr wohl, dass Faroald diesmal neben ihr stand. Ihre frohe Stimmung war aber verflogen, und sie musste sich gegen die Ahnung künftigen und bereits nahen Unheils wehren, die in ihr heraufkriechen wollte.

40

Auch in dieser Nacht stieg Romilda hinauf in den Römerturm.

Eigentlich hatten sie vereinbart, achtsam zu sein und sich nicht gleich wieder zu treffen. Doch als sie sich gegenüberstanden, vergaßen sie jede Vorsicht.

Ohne Umstände, zitternd vor Ungeduld, zog sie ihn auf das Lager, bedeckte sein Gesicht mit Küssen, warf ihre Kleider ab, half ihm aus den seinigen. Erstaunt und fast erschrocken war er über diese leidenschaftliche Entschlossenheit, die weder Scham noch Vorsicht kannte.

Wie sollte er auch begreifen, dass sie auf diese Weise ihre Ängste niederkämpfte, dass sie eine starke Empfindung mit einer noch größeren, stärkeren erdrückte.

Später lag sie lange neben ihm wach, und jetzt fühlte auch sie sich wie eine Siegerin. Obwohl es nicht klug war, bis zum Morgen zu bleiben, brachte sie es nicht fertig, sich zu erheben und den heiteren Rausch, der alles andere vergessen ließ, schon auf dem Schleichweg über den Hof, über Treppen und Flure zu verlieren. Die Angst würde früh genug zurückkehren. Wie angenehm war es, so ermattet zu liegen, den Kopf an seiner Schulter, seinen Arm, seine große, raue Hand auf dem Rücken …

Es war eine milde Frühlingsnacht. Mondlicht fiel durch die kleinen Fenster unter dem niedrigen Dachgebälk, hob Teile der Kammer aus dem Dunkel: den Pfeiler, wo an einem langen Nagel Faroalds Wehrgurt hing; ein Stück des Bretterbodens mit dem Haufen nachlässig hingeworfener Kleidungsstücke; eine grob getischlerte Truhe, auf der das Panzerhemd und der Helm lagen.

Fast war es so still wie in friedlichen Zeiten. Nur unten am Tor wurde ab und zu die Parole gebrüllt, und aus der Ferne, aus dem Awarenlager tönten fremdartige, monotone Gesänge.

»Wir sollten ihnen schon morgen die Abordnung schicken«, sagte Faroald unvermittelt, so als ob er einen langen Gedankengang durch eine laut gesprochene, entschiedene Folgerung abschlösse.

Die nüchternen Worte weckten Romilda aus ihrer Behaglichkeit. Sie richtete sich ein wenig auf. Betrachtete aufmerksam das Gesicht des Geliebten, das im Halbdunkel lag, suchte darin zu lesen.

»Glaubst du, dass du sie schon bereitfinden wirst, wieder abzuziehen?«

»Sie haben nicht viel Geduld. Und Misserfolge, an die sie nun mal nicht gewöhnt sind, machen sie unlustig. Wundern würde mich nicht, wenn sie diese Belagerung schon am dritten Tag satt hätten. Vielleicht haben wir morgen schon Frieden.«

»Ach, wenn du Recht hättest! Alles gäbe ich dafür hin. Mein Geschmeide, meine Gewänder ...«

»Das wirst du auch müssen«, sagte er in scherzhaftem Ton. »Der Khagan soll viele Frauen haben. Und diese Damen sind sicher sehr anspruchsvoll. Nur wenig wird dir danach noch bleiben.«

»Was kümmert mich das! Wozu brauche ich es? Herzogin werde ich ja nicht länger mehr sein. Ich freue mich auf das einfache Leben. Beschreibe mir unser Haus in Nemas! Ich möchte es schon einmal kennen lernen.«

»Unser Haus?«, fragte Faroald, halb überrascht, halb belustigt, wobei er den Kopf vom Lager hob. »Unser Haus in Nemas?«

»Du sagtest doch, dass du dorthin zurückkehren willst.«

»Ja ...«

»Nun, willst du mich etwa hier allein lassen?«

»Du würdest mir in dieses Bergnest folgen? In die Ödnis?«

»Wie könnte denn Ödnis herrschen, wenn es an diesem Ort Menschen gibt, die einander lieben? Wir werden heiraten, und ich werde dort mit dir leben … als deine Burgherrin.«

»Das wäre ein Glück, das ich nie zu erhoffen wagte!«

»Hätte ich es gewagt? Aber nun ist es nahe.«

»Doch … deine Kinder?«

»Auch darüber habe ich nachgedacht. Sie werden dort eine Zukunft haben.«

»Aber …«

»Nicht alle natürlich. Taso ist volljährig. Vielleicht nimmt ihn der König in seine Gefolgschaft auf. Oder einer der Herzöge. Seine Erziehung muss noch vollendet werden. Ich hatte ja kaum Einfluss auf ihn. Sein Vater aber hat ihn mal streng behandelt, dann wieder verhätschelt. Und so ist er geworden, was er ist: ein schwankendes Rohr. Aber er ist nur schwach und unreif, nicht schlecht.«

Faroald seufzte, verzichtete aber auf Widerspruch.

Romilda fuhr auch gleich fort: »Die anderen … Sie werden uns folgen, wenn du für Kako und Grimoald ein Vater sein willst.«

»Wahrhaftig, das will ich!«

»Und Radoald brauchst du nicht mehr zu entführen. Er ist ja schon dein treuester Gefolgsmann.«

»Ein Prachtjunge!«

»Was die Mädchen betrifft … Die Kleinen bleiben natürlich bei mir. Später werden wir für sie tüchtige Männer finden. Appa wird schon sehr bald heiraten, das ist gewiss. Ich glaube, dass Subos Tod alles ausgelöscht hat, was ihr geschehen ist … auch für Hildigis. Er ist Romane, denkt vielleicht auch nicht so streng darüber. Vor allem aber lieben sie sich. Gaila dagegen … sie macht mir Sorgen. Sie weint und betet nur noch, sie wird sich wohl niemals von dem erholen, was sie erlebt hat. Schon früher hatte sie manchmal geäußert, sie würde gern in ein Kloster eintreten, jetzt will sie es unter allen Umständen. Vielleicht sollten wir ihr den Wunsch erfüllen …«

Romilda schwieg einen Augenblick, um dann hinzuzufügen: »Auch mir bliebe irgendwann nur das Kloster, würdest du mich zurückweisen … oder wenn dir etwas zustoßen sollte.«

»Was redest du? Jetzt bleiben wir beide zusammen … für eine Ewigkeit.«

»Dann erzähle mir endlich von unserm Haus!«

»Nun, es ist kein Palast. Es ist eher ein Adlernest, steht hoch oben auf einem Fels. Der Weg hinauf ist recht steil, doch wenn du oben bist, glaubst du, schon fast im Himmel zu sein …«

Sie schloss die Augen und hörte ihm zu. Nach einer Weile schlummerte sie ein.

Er schwieg, als er ihren regelmäßigen Atem spürte, lächelte in die Dunkelheit. Eine Weile lauschte er noch auf die Geräusche von draußen, konnte aber nichts Verdächtiges feststellen.

Dann fielen auch ihm die Augen zu.

41

Faroald erwachte zuerst von dem heftigen Klopfen. Er sprang vom Lager auf, stieß den Riegel zurück, öffnete die Fußbodentür einen Spaltbreit.

»Was gibt es?«

Ein Bärtiger stand auf der Treppe, die umgedrehte Lanze in der Faust.

»Comes! Schnell, du musst kommen! Es gibt Aufruhr!«

»Aufruhr?«

»Die Leute rotten sich vor dem Tor zusammen. Drohen, in den Palast einzudringen. Wollen zu dir!«

»Was verlangen sie?«

»Sicherheit. Sie behaupten, du würdest sie opfern wollen. Alle überflüssigen Esser über die Mauer werfen lassen!«

»Wer behauptet so etwas? Wer hat sie aufgehetzt?«

»Das weiß ich nicht. Vor allem sind sie gegen dich aufgebracht, weil neue Flüchtlinge gekommen sind.«

»Flüchtlinge? Jetzt noch?«

»Sie haben sich irgendwie durchgeschlagen. Standen heute Nacht am Tor. Sie kommen aus Nemas.«

»Aus Nemas?«

»Die Festung ist gestern gefallen.«

Faroald murmelte: »Ich komme!«, und schloss die Luke. Ließ sich auf eine Ecke des Lagers sinken, verharrte reglos, den Rücken gekrümmt.

Graues Morgenlicht fiel durch die kleinen Fenster herein. Vom Vorplatz drangen Stimmen herauf, erregt und aufgebracht die einen barsch und zornig die anderen.

Romilda saß aufrecht auf der Bettstatt, drückte die Decke an die Brust.

»Ob es wahr ist?«, flüsterte sie. »Sollte Nemas wirklich gefallen sein?«

Die Antwort war nur ein qualvolles Stöhnen.

»Wer hätte gedacht, dass sie dort angreifen würden?«, fuhr sie aufgeregt fort. »Wie viele Heere haben sie denn? Dieses eine vor unseren Toren ist doch schon riesig! Alle dachten wir ja, sie würden die kleineren Plätze verschonen, weil …«

Romilda verstummte, weil ihr Faroald plötzlich sein bleiches, schmerzvoll verzerrtes Gesicht zuwandte.

»Wenn es wahr ist«, sagte er dumpf, »fällt alle Schande auf mich. Unbedingt war ich verpflichtet zurückzukehren.«

»Das wolltest du ja! Und jeder hier weiß, dass du es wolltest. Du warst schon gekommen, um Abschied zu nehmen. Wir aber waren der Ansicht … ich natürlich vor allen anderen …«

»Grasulf ermahnte mich dringend zur Rückkehr. Und so würde er Recht behalten.«

»Grasulf ist ein flüchtiger Feigling. Was er gesagt hat, bedeutet nichts, auch wenn seine Meinung sich jetzt bestätigen sollte. Ich war es, die dich zurückhielt! Trage also die ganze Verantwortung. Ich war überzeugt, du würdest hier mehr gebraucht. Daran hat sich trotz allem nichts geändert. Zehnmal größer wäre das Unheil, wenn Forojuli erobert würde. Du hast es bisher verhindert, dieses Verdienst ist dir nicht zu nehmen. Jeder Vernünftige wird wägen müssen …«

»Wägen! Das wird den Getöteten und Versklavten nichts nützen! Menschen, die ich vielleicht hätte retten können, wenn ich nicht pflichtvergessen gewesen und dem Befehl meines Herzogs gefolgt wäre.«

Er stand auf und fuhr hastig in seine Kleider.

»Was hast du jetzt vor?«

»Ich muss wissen, was da geschehen ist.«

»Ich bitte dich, sei vorsichtig!«

»Vorsichtig war ich, als ich die Leute, die mir anvertraut waren, ihrem Schicksal überließ.«

»Aber vielleicht … vielleicht ist es nicht wahr! Vielleicht kommen die Flüchtlinge gar nicht aus Nemas. Es ist doch sehr schwer, durch die feindlichen Reihen … Und dieser Aufruhr! Was bedeutet das? Falsche Gerüchte laufen um! Wer hat die Absicht, Menschen die Mauer hinabzustürzen? Das hat jemand aufgebracht, der uns schaden will! Der die Verteidigung schwächen will! Im Auftrag der Feinde vielleicht …«

»Das wird sich alles herausstellen. Sobald ich mit den Leuten da draußen gesprochen habe.«

Faroald schloss seinen Gürtel und legte den Wehrgurt an.

Romilda sprang vom Lager auf.

»Ich flehe dich an, Liebster, sei auf der Hut! Zurückhalten kann ich dich nicht, aber geh nicht ohne Geleitschutz hinaus! Nimm zuverlässige Männer mit, die dich schützen können. Hörst du den Lärm? Wer weiß, was sie vorhaben …«

»Sei ohne Sorge, ich werde schon mit ihnen fertig.«

»Ich erwarte dich später.«

»Sieh zu, dass du unerkannt hinauskommst.«

Er küsste sie flüchtig.

Die Schreie und Rufe auf dem Vorplatz erhoben sich jetzt über dem Gebrodel einer zunehmend anschwellenden Menge.

Faroald hob die Türklappe, stieg die ersten Stufen hinunter.

»Deinen Helm!«, rief Romilda.

Er zögerte, nahm ihn aber nicht.

»Nein«, sagte er. »Wie sähe das aus? Es sind eigene Leute. Man trägt den Helm, wenn es gegen den Feind geht.«

Sie drückte die bronzenen Spangen des Kopfschutzes gegen ihre Brust, in der das Herz wie ein Hammer schlug.

Als Faroald unten aus dem Turm trat, erwartete ihn die erste Widrigkeit. Am nächsten Pfeiler des Umgangs, keine zehn Schritte entfernt, lehnte Taso.

»Ich wünsche dem Comes einen heiteren Morgen!«, sagte er mit einem Lächeln, in dem sich Häme und Genugtuung mischten. »So früh schon auf? So voller Tatendrang? Und gar nicht ein bisschen erschöpft?«

»Was willst du?«, fragte Faroald, unwillig stehen bleibend. »Was lauerst du hier?«

»Ich warte auf meine liebe Mutter. Möchte ihr ebenfalls guten Morgen wünschen!«

»Du wartest vergebens.«

»Wie? Sollte ich mich wirklich so täuschen? Ich habe gerade ihre Stimme gehört.«

»Mach, dass du von hier fortkommst! Verschwinde!«

»Und wenn ich bleibe? Lasst ihr mich dann in den Kerker werfen?«

Der Comes trat rasch an Taso heran. Packte heftig den dünnen Bart des Jünglings. Vor Schmerz und Empörung schrie Taso auf.

»So wird es kommen, in der Tat!«, sagte Faroald leise, mit scharfer Betonung. »Was du bisher auf dem Buckel hast, reicht schon! Gott sei dir gnädig, wenn noch etwas hinzukommt ... wenn du mit denen, die da Lärm schlagen, heimlich im Einverständnis wärst. Sei gewiss, dass ich es herausfinden werde. Dann kann dir wirklich nur einer noch helfen ... der da!« Faroald deutet nach dem Himmel. »Und jetzt kommst du mit mir!«

Er gab Taso einen Stoß und gebot ihm mit einer Kopfbewegung, voranzugehen. Der Sohn des Herzogs zog die Schultern zusammen und gehorchte, lächelte aber schon wieder dreist.

Das Tor war verschlossen, die eisernen Balken waren vorgelegt. Von draußen wurde durch Schreien und heftiges Klopfen Einlass begehrt.

Unulf kam Faroald entgegen. Er warf Taso einen verächtlichen Blick zu und bat den Comes durch eine Geste, mit ihm auf die Seite zu treten.

»Ich warne dich, geh lieber nicht hinaus!«

»Warst du es denn nicht, der mich rufen ließ?«

»Nein, das war wohl die Torwache. Sie wusste sich nicht mehr zu helfen. Die Frechsten waren schon drinnen, meine Männer konnten sie zurückdrängen. Das Gesindel ist aufgeputscht, doch man tut gut daran, es schreien zu lassen. Dann beruhigt es sich und verläuft sich. Notfalls treibe ich dieses Pack mit Waffengewalt auseinander.«

»Das wäre nicht gut. Wieder Unruhen, Blutvergießen ... das nützt nur dem Feind. Es heißt, dass Leute aus Nemas hier sind?«

»Sie behaupten es. Ob es die Wahrheit ist, kann ich nicht sagen. Angeblich tauchten sie plötzlich am Nordtor auf, kurz nach Mitternacht. Zogen dann jammernd und klagend zum Forum, weckten die Schlafenden, erzählten allen ihre Geschichte. Schon kam es zum Auflauf. Einige riefen, du seist an allem schuld, und das Schicksal von Menschen sei dir gleichgültig. Auf einmal hieß es dann auch, du hättest vor, die Flüchtlinge aus Forojuli hinauszutreiben, damit die Vorräte länger reichen. Und einige schrien: ›Auf zum Palast! Dort vergnügt er sich mit der Herzogin! Erinnern wir ihn an seine Pflichten!‹ Verzeih, das ist ihre Sprache – ich wiederhole sie nur.«

»Schon gut. Woher weißt du das alles?«

»Ein paar Kerle hab ich herausgegriffen. Sie sind im Verlies, bekommen gerade die Geißel. Willst du sie selber verhören?«

»Sind Leute aus Nemas dabei?«

»Das nicht.«

»Nur die will ich sprechen. Ich muss herausfinden, ob sie die Wahrheit sagen. Den anderen werde ich gleich erklären, dass sie Gerüchten und Verleumdungen aufsitzen.«

»Soll ich die Nemas-Leute hereinholen?«

»Nein. Ich scheue mich nicht, ihnen vor aller Augen entgegenzutreten. Und ich werde versuchen, mich zu rechtfertigen. Lass das Tor öffnen!«

Unulf zögerte, seufzte. Abermals warf er einen finsteren Blick auf Taso, der mit verschränkten Armen ein paar Schritte abseits stand.

»Comes«, sagte der bärtige Glatzkopf leise, »mir scheint, du solltest dich denen da draußen nicht einfach stellen. Wir werden sie erst einmal zurückdrängen und dir Platz machen. Meine Männer werden erst einen Schutzkreis bilden. Dann geh hinaus!«

»Damit würde ich sie nur glauben machen, ich hätte ein schlechtes Gewissen und fürchtete mich«, entgegnete Faroald. »Führe nun den Befehl aus. Lass öffnen!«

42

Die Torflügel gingen auf, und plötzlich sah sich die schreiende, gestikulierende Menge dem hünenhaften Mann gegenüber, der allein auf sie zuschritt. Unwillkürlich wich sie zurück, mit der Feigheit der Masse, die beeindruckt ist vom Mut des Einzelnen. Es war zerlumptes, hungriges Volk, in der Mehrzahl handelte es sich um ältere Männer, Weiber und Halbwüchsige.

Die Sonne war mittlerweile aufgegangen, und rötliches Frühlicht sickerte durch die Kronen der Eichen und Ulmen, die den Vorplatz des Palastes umstanden. Hundert Schritte entfernt war die Mauer, auf der die Posten auf und ab schritten.

Mit dem Erscheinen des Comes verstummte auch das Geschrei. Faroald ließ seinen strengen Blick über die Köpfe gleiten und rief:

»Was lärmt ihr hier in der Morgenstunde? Ist das die Achtung vor den Kämpfern, die sich dort ausruhen? Die im Schlaf neue Kräfte sammeln, die sie brauchen, um euer Leben zu verteidigen? Was wollt ihr? Was wird mir da für Unsinn berichtet? Ich soll beabsichtigen, die überflüssigen Esser hinaus und in die Arme der Feinde zu jagen? Wer euch das erzählt, Leute, ist ein Lügner! Gewiss, die Vorräte nehmen ab. Doch seid versichert, dass dies kein Grund sein wird, auch nur den Geringsten von euch zu opfern! Es gibt ein Gebot der Frau Herzogin, niemanden hinauszuweisen, auch wenn die letzte Krume verzehrt ist! Sollte es wirklich so weit kommen, gehen wir alle gemeinsam zugrunde. Doch glaubt mir, dieser Fall wird nicht eintreten! Noch heute verhandeln wir mit dem

Feind, und ich bin zuversichtlich, es wird uns gelingen, ihn bald zum Abzug zu bewegen. Dann könnt ihr in Frieden zurückkehren in eure Dörfer und euer früheres Leben wieder aufnehmen. Habt also Geduld, und begebt euch jetzt wieder in eure Unterkünfte und auf eure Lagerplätze! Alles, das schwöre ich euch, wird getan, um die Festung zu halten und euer Leben zu schützen!«

»So wie in Nemas, wo jetzt alle sind tot?«

Ein heiserer Bass dröhnte in die Stille, und diejenigen, die sich schon reuevoll abgewandt hatten, um der Aufforderung des Comes zu folgen, verharrten und drehten sich neugierig um.

»Wer hat da gesprochen?« fragte Faroald. »Tritt vor!«

Der hagere Mann im zerrissenen Mantel löste sich aus der Menge. Eine schmutzige, blutdurchtränkte Binde bedeckte seine Stirn und ein Auge. Er war barfuß, stützte sich auf einen Stock. Hinkend, ein Bein nachziehend, schleppte er sich mit Anstrengung vorwärts. Zwei junge struppige Burschen stützten ihn, beide in blutbefleckten, durchlöcherten Kitteln. In ihren Gürteln steckten zwar Beile und Dolche, doch wirkten sie wenig kriegerisch. Sie schienen völlig ermattet zu sein, strauchelten bei jedem zweiten Schritt, wankten.

Die seltsame Dreiergruppe bewegte sich auf den Comes zu, blieb vor ihm stehen. Der Heisere hob langsam den kraftlosen Arm und sagte:

»Wünsche ich dem edlen Herrn Faroald Heil! Bringe ich dem edlen Herrn Faroald Botschaft! Letzte Nachricht aus Bergfestung Nemas. Ist zerstört, ist geplündert, ist abgebrannt. Awaren haben umgebracht alle. Sind nur wir drei Männer geblieben … der Vater, die Söhne. Grüßen Kommandanten von Nemas, welches nur noch ist Asche und Rauch!«

Gemurmel erhob sich in der Menge, die wieder misstrauisch wurde und herandrängte.

»Wie ist dein Name?«, fragte Faroald.

»Mein Name? Bin armer Ratiz, unglückseliger. Frau liegt

unter Trümmern von Haus. Drei Töchter … geschändet, ermordet alle. Kleine Söhne an Wand zerschmettert. Alte Mutter …«

»Wo stand dieses Haus, das jetzt in Trümmern liegt? Nun?«

»Wo es …?«

»Stand es am Steilhang? Auf dem Felsen? Am Rande der Wiese?«

»Auf dem Felsen … jaja. War schönes Haus.«

»Das heißt also, mitten in der Festung. Dazu noch in meiner Nachbarschaft.«

Faroald beugte sich vor und sah Ratiz durchdringend an. »Seltsam, dass ich dich nie dort gesehen habe! Dabei lebte ich dort dreizehn Jahre lang, kenne jedes Gesicht. Kein Einziges, das mir nicht bekannt wäre.«

»Unwahrheit sprichst du, edler Herr! Wir kennen dich gut. Hast geprügelt armen Ratiz und Söhne … mal um ein Schäfchen, mal einen Sack Mehl … Stolzer Herr erkennt kein Gesicht, weil er immer nur hat gebeugte Rücken gesehen!«

In der Menge wurde grimmige Zustimmung laut. Unulf winkte fünf, sechs Palastwächtern, die ein paar Schritte hinter dem Comes, die Hand am Schwertgriff, Aufstellung nahmen.

»Kerl, ich habe niemals geprügelt!«, rief Faroald zornig. »Nun aber sage mir, wie ist es zugegangen, dass Nemas gefallen ist? Wie konnten die Awaren hineingelangen?«

»Du fragst? Weil Besatzung hat Festung schlecht verteidigt. Wollte jeder befehlen, keiner gehorchen. War ja Kommandant Faroald abwesend. Hat uns ausgeliefert grausamem Feind … hat uns gestoßen in Tod und Elend! O mein Weib, meine armen Kinder …«

Ratiz stieß einen gellenden Jammerlaut aus. Seine Knie knickten ein, und seine beiden Begleiter, die er als seine Söhne bezeichnet hatte, mussten ihn, selber wankend, scheinbar mit letzter Kraft stützen. Aus den hinteren Reihen der Versammelten wurden empörte Rufe laut.

»Unsere Brüder und Schwestern hat er umkommen lassen!«

»Vorher hat er sich feige davongemacht!«

»Uns wird es ebenso ergehen!«

»Den kümmert nicht, was aus uns wird!«

»Lasst euch von ihm nicht täuschen! Der betrügt uns … auch wenn er hundertmal schwört!«

»Ich frage dich noch einmal, Kerl«, rief Faroald. »Wie konnten die Awaren hineingelangen? Auf welche Weise soll das geschehen sein?«

»Großes Loch machten sie in Mauer!« schrie Ratiz, wobei er herausfordernd mit dem einen, nicht von der Binde bedeckten Auge zu Faroald aufblickte. »Mit Steinschleuder erst – bumm, paff – dann mit Rammbock. Kracht Mauer zusammen – und sie sind drinnen. Morden, brennen …«

»Genug!«, rief der Comes, packte den Sklavenier am Arm und riss ihn zu sich heran. »Nun wissen wir, dass du Lump uns belügst! Unmöglich ist es, Nemas mit Schleudern und Widdern zu nehmen! Wo sollte man die denn an den Berghängen und vor den Steilwänden aufstellen? Hat dich der Feind geschickt, du Schurke, damit du hier hetzt und Unruhe stiftest?«

Von den Fäusten des Comes geschüttelt, verlor Ratiz den blutigen Kopfverband. Völlig unversehrt war sein zweites Auge, auch auf der Stirn war nicht die kleinste Schramme zu sehen. Bevor man dies aber ringsum wahrnahm, erholten sich seine beiden Begleiter in Augenblicksschnelle von ihrer Erschöpfung. Sie schrien etwas in ihrer Sprache, und schon blitzte in der Hand des einen ein Dolch, die des anderen schwang das Kampfbeil.

Zu spät sah Faroald die Gefahr. Zu spät stürzte Unulf mit seinen Männern herbei.

Die Klinge fuhr in den Hals des Comes, das Beil von der Seite in seinen Schädel. Ein Stöhnen, das in ein ersticktes Röcheln überging, war alles, was der Getroffene von sich gab.

Noch immer stand der Hüne aufrecht, als schon das Blut aus seinem Munde quoll und über Stirn und Wangen herabfloß. Seine Hand fasste nach dem Schwertgriff, konnte jedoch die Waffe nicht mehr herausziehen. Er machte auch noch ein paar kurze ruckende Schritte. Dann stürzte er wie ein Pfahl vornüber zu Boden. Um den Kopf, in dem das Beil steckte, breitete sich rasch eine Blutlache aus.

Unter schrillem Geschrei stob das Volk auseinander.

Diesen Ausgang hatten die wenigsten erwartet, und niemand wollte nun mit den Mördern gekommen sein. Die drei verschwanden wieselflink in der Menge und retteten sich vor dem Zugriff der Wachen. Nur ein paar alte Männer, die nicht so schnell fortkamen, wurden gestellt und auf den Palasthof getrieben.

Auch Taso, der alles gesehen hatte, machte sich die allgemeine Verwirrung zunutze und entfernte sich aus dem Palast.

Bei den Verhören ergab sich dann nur, dass die drei Mörder, die niemand kannte und die sich überdies durch die wahrscheinlich mit Tierblut getränkten Wundbinden unkenntlich gemacht hatten, plötzlich gegen Mitternacht in einer mit Menschen voll gestopften Gasse aufgetaucht waren und unter Gejammer ihre Lügengeschichte erzählt hatten. Einige der im Kerker Gepeitschten gestanden, es seien andere ebenfalls Unbekannte auf den Lagerplätzen der Flüchtlinge umhergestreift und hätten ihnen Geld für die Verbreitung der üblen Gerüchte gegeben. Wer diese Unbekannten gewesen waren, konnte jedoch nicht festgestellt werden. Die Mörder zu suchen und zu ergreifen war ebenfalls völlig unmöglich. Niemand hatte jetzt dafür Zeit, alle Männer in Waffen mussten zur verstärkten Bewachung der Tore und der Mauer bereit sein.

Der ermordete Festungskommandant wurde noch im Laufe des Vormittags neben den gefallenen Kämpfern im Palastgarten beigesetzt.

Ruthard, Billo, Warnehar, Unulf und Hildigis standen mit anderen am Rand der Grube, als man den Leichnam in den hölzernen Sargkasten senkte.

Auch ein Halbwüchsiger war unter den Trauernden, der tapfer und am Ende vergebens gegen die Tränen kämpfte – Radoald.

Die Herzogin hatte, als sie die Nachricht vom Tode des Comes erhielt, eine Ohnmacht erlitten und musste zur Ader gelassen werden.

Der Grablegung Faroalds blieb sie fern.

43

Mit Faroalds Tod erlosch die kurzzeitig aufgeflammte Hoffnung, die Belagerung Forojulis könne glimpflich verlaufen und schnell zu Ende gehen.

Nach einer Besprechung im Kriegsrat, zu der die Herzogin nicht erscheinen konnte, wählten die Teilnehmer Warnehar, den Gastalden, zum Kommandanten der Festung. Erfahrungen im Belagerungskrieg hatte er keine, doch war er ausgewiesen durch seine Tapferkeit und seine königstreue Gesinnung. Am selben Tag noch sandte er Billo, Unulf und Widin im Namen der Herzogin zu den Awaren. Die drei Männer wurden höflich empfangen, kehrten aber unverrichteter Dinge zurück. Ihr Loskaufangebot – zuerst zwei Drittel, am Ende vier Fünftel des herzoglichen Schatzes – wurde zurückgewiesen. Die Unterhändler des Khagan, drei ergraute, bezopfte Häuptlinge, bestanden auf der bedingungslosen Übergabe der Festung. Auch der vorsichtige Versuch der Gesandten, eine Einigung namens der Treue und Freundschaft beider Seiten zu König Ago herbeizuführen, fruchtete nichts, war eher schädlich. Die Häuptlinge wiesen die Annahme, sie könnten mit dem König der Langobarden verbündet sein, schroff zurück. Der große Khagan, erklärten sie, habe nicht nötig, für andere Herrscher Kriege zu führen, sondern tue dies nur aus eigenem Willen und eigener Machtvollkommenheit. Anlass zu diesem Krieg hätten die unaufhörlichen Grenzverletzungen der Langobarden gegeben. Die dabei angerichteten Schäden seien beträchtlich, und so sei der große Khagan entschlossen, sich das Verlorene zurückzuholen. Die

Unterredung wurde gegen Ende von der awarischen Seite in zunehmend drohendem Ton geführt, und so hielt es die langobardische Abordnung für klüger, sich zurückzuziehen, ehe sie noch in Gefahr für Leib und Leben geriet.

Nicht weniger unerfreulich als die Ablehnung ihres Angebots war für Billo und die anderen die Erkenntnis, dass die Awaren über die Zustände in der Festung offenbar gut unterrichtet waren. Von der Ermordung des Kommandanten wussten sie schon, ebenso von den nachfolgenden Unruhen und Messerstechereien. Es mussten ihnen also geheime Botschaften zugehen, für deren Beförderung (wenn man, wie bald klar wurde, die Benutzung eines geheimen Verbindungsweges nach draußen ausschließen musste) es nur eine Möglichkeit gab. Zwischen den Vorposten der Belagerer und den Verteidigern auf der Mauer kam es von Zeit zu Zeit zu einem Abtausch von Pfeilgeschossen, wobei es für einen geschickten Spion ein Leichtes sein musste, seinen Pfeil mit vereinbartem Kennzeichen, in dessen hohlem Schaft ein Pergamentröllchen steckte, zu den Feinden hinüberzuschicken. Warnehar wies die Hundertschaftsführer an, auf zu eifrige Bogenschützen ein Auge zu haben, auch solche Geplänkel nicht zu eröffnen. Doch war wenig Aussicht, vor allem nachts, diese den Feinden höchst wertvolle Quelle zu verstopfen.

Die Unruhen hielten bis zum Abend an, und auch an den nächsten Tagen kam es wieder zu Aufläufen und Gewalttaten. Immer noch gab es viele, die die Geschichte der Mörder Faroalds glaubten und in der Untat nur eine gerechte Rache sahen. Auch das Gerücht von der bevorstehenden Ausweisung »Überflüssiger« wollte nicht verstummen. Wer dagegenhielt, wurde beschimpft und bedroht, und Blut floss manchmal auf beiden Seiten. Trauriger Höhepunkt der Krawalle war der Sturm auf ein Vorratshaus, das bis auf das letzte Hirsekorn geplündert wurde. Dabei gerieten der Wächter und seine herbeieilende Verstärkung in einen Haufen verzweifelter, zu allem entschlossener Weiber, und alle vier wurden niedergetrampelt und schwer misshandelt. Einer starb kurz danach an seinen Verletzungen.

Drei Tage nach Faroalds Tod ereignete sich ein weiteres Unglück.

Die Gruppe ortskundiger Greise, die auf der Suche nach dem geheimen Ausgang viele unterirdische Räume durchstöbert hatte, konnte Erfolg melden. Nicht in der Keltengruft (wie Grasulf entweder noch in Unkenntnis oder mit einem Rest schlauer Vorsicht seiner Frau Winiperga angegeben hatte), sondern in einem schon lange nicht mehr genutzten römischen Badehaus fand sich neben der fast verrotteten Heizungsanlage die Tür zu dem Stollen. Dieser war schmal und gerade mannshoch, wechselte alle zehn, fünfzehn Schritte die Richtung, führte über steinerne Stufen sehr tief hinab. Die vier Greise, Fackeln in den Händen, drangen ein gutes Stück vor, begannen sich dann aber zu fürchten und kehrten um. Sie eilten zu Ruthard, um ihre Belohnung in Empfang zu nehmen. Der Marschalk, der nur den Eingang des Stollens besichtigte, gebot ihnen strengstes Stillschweigen über ihre Entdeckung und entließ sie. Im Kriegsrat wollte er vorschlagen, einen Teil der Festungsbewohner, vor allem Frauen, Kinder und Alte, auf diesem Wege in Sicherheit zu bringen.

Die Entlassung der Greise war ein Fehler. Geschwätzig und ruhmredig brüsteten sie sich mit ihrer Entdeckung, und schon kurze Zeit später bewegten sich ganze Kolonnen zur Flucht Entschlossener zu dem halb verfallenen Römerbad. In Säcken und Kisten schleppten sie rasch zusammengeraffte Habseligkeiten mit sich. Eine Alte und ihre Tochter versuchten sogar, wenn auch vergebens, mit einer Truhe in den Stollen zu gelangen. Der Erste, der eindrang, war jener Kaufmann, der seine Dummheit und Säumigkeit beklagt hatte. Gefolgt von drei Knechten, die sein Gepäck trugen, kletterte er die Stufen hinab und tastete sich dann, die Fackel vorgestreckt, ein scheinbar endloses Stück an feuchten Wänden entlang.

Immer schmaler wurde der Gang, sodass der Kaufmann, der breit und gewichtig war, streckenweise die Füße seitwärts setzen musste. Dann stießen sie auf die ersten Hindernisse, Hinterlassenschaften des Grasulf und seiner Begleiter, die sich ihrer Lasten entledigt hatten, um leichter voranzukommen. Ächzend und fluchend, in der Moderluft nach Atem ringend, stiegen die Männer darüber hinweg. Schon krochen hinter ihnen die Nächsten heran. Ein fürchterlicher Gestank schlug ihnen entgegen. Vor ihnen lag zusammengekrümmt ein Toter, ein älterer Mann mit noch erkennbaren Zügen, kurz vor dem Ziel zurückgeblieben.

Sie gelangten tatsächlich, zuletzt wieder über Stufen und ziemlich steil aufwärts, zum Ausgang des Stollens – doch welch grausame Überraschung! Ein Quader war oben vor das Loch gewälzt, schräg verkantet, entweder mit der Absicht, es feindlichen Blicken zu verbergen oder es Nachfolgenden zu versperren. In dem engen Schacht konnten sich lediglich zwei der Männer, der Kaufmann und einer der Knechte, gegen den gewaltigen Stein stemmen. Nach endlosen Mühen bewegten sie ihn, doch zu ihrem Verderben. Er stürzte herunter, erschlug sie beide und blieb dann abermals, diesmal vollkommen unbeweglich, im Schacht stecken.

Dieser Unfall hatte zahlreiche weitere zur Folge. Ohne abzuwarten, ob der Weg und der Ausgang frei waren, hatten sich schon an die hundert Menschen in den Stollen gezwängt, die meisten mit Säcken und anderem Ballast. Nun staute sich diese Menge in der schmalen, feuchten, von Rauch und Gestank erfüllten Mine. Als von vorn längst der Ruf »Zurück!« ertönte, drängten sie hinten noch immer nach. Es wurde geschrien, geflucht, gezankt. Bald sanken die Ersten um. Mit ihren Leibern, ihren Säcken und Kisten verstopften sie den Gang so vollständig, dass Bewegung bald kaum noch möglich war. Endlich wurde auch hinten die Notwendigkeit des Rückzugs begriffen, für nicht wenige aber zu spät. Zu diesem Zeitpunkt waren zwei Dutzend Menschen bereits erstickt, und noch einmal so viele sollten es nicht mehr schaffen, zu der Ruine des römischen Bades zurückzufinden.

Auch in diesem Fall war es nicht möglich, noch etwas zu tun. Bald fand sich niemand mehr bereit, in den Todesstollen einzudringen, um vielleicht noch Menschen zu retten. Ruthard erklärte im Kriegsrat rundheraus, die Verunglückten seien freiwillig in ihr Grab gestiegen, überstürzt und ohne Verstand, und so hätten sie also kein Mitleid verdient. Damit nicht Elende, die vielleicht irgendwann noch herauskriechen würden, eine Seuche in die Stadt schleppten, ließ er den Eingang am selben Tag zumauern.

Unterdessen umritt der Khagan täglich zweimal oder dreimal die Festung und suchte nach einer Möglichkeit, ihren Fall zu beschleunigen. Der Fluss, die Bäche und Gräben ringsum erschwerten den Zugang zur Mauer, die überdies fest gefügt und kaum zu erschüttern war. Der Versuch mit Steinschleudern wurde nicht wiederholt. Die Verteidiger konnten beobachten, dass der Bau eines Belagerungsturmes zwar begonnen, doch kurze Zeit später abgebrochen wurde. Erst nach einem plötzlichen Wetterumschwung sahen sich die Belagerer erheblich im Vorteil.

Die Frühlingssonne strahlte auf einmal mit ungewöhnlicher, sengender Kraft. Bisher hatten Wolken, die von den Julischen Alpen heranzogen, immer mal Regenschauer gebracht. Nun aber war der Himmel wie leer gefegt, die Steine der Festungsmauer glühten, über der Stadt und den in sie gepferchten und eingeschlossenen Menschen lastete eine Hitzeglocke.

Die Belagerer erkannten sehr schnell, was die Belagerten unter diesen Umständen am meisten zu fürchten hatten: das Feuer.

Alles, was bei den Angreifern an leichten Wurfmaschinen verfügbar war, wurde mit Ochsengespannen auf einen flachen Hügel geschafft, an der nordöstlichen Seite der Stadt. Ein pausenloser Beschuss begann. Wie Vogelschwärme mit

Feuergefieder flogen die brennenden, vor dem Abschuss mit pechgetränkten Lappen umwickelten und angezündeten Pfeile über die Mauer, blieben mit ihren Widerhaken in Balken und Strohgeflecht stecken. Bald brannten die ersten Häuser, und von der Mauer war der Jubel aus Tausenden feindlicher Kehlen zu hören, als dicker schwarzer Rauch aus der Stadt zum blassblauen Himmel hinaufstieg. Es zeigte sich, dass dieser Angriff auf einer genauen Kenntnis der örtlichen Lageverhältnisse beruhte. Er traf den Teil der Stadt, in dem besonders viele alte, morsche, baufällige Holzhäuser dicht beieinander standen. Schon in der ersten Nacht brannten drei Gassen vollständig ab. Es fehlte an Löschwasser, weil die Zisternen, nicht mehr vom Regen aufgefüllt, nach kurzer Zeit ausgeschöpft waren und weil die Brunnen schon für die Versorgung von Menschen und Tieren nicht genug hergaben. Am dritten Tag der Beschießung mit Brandpfeilen, von denen die Feinde offenbar unerschöpfliche Vorräte hatten, war das nordöstliche Stadtviertel vollständig niedergebrannt, mit einer Kirche, der Mühle und mehreren, teilweise noch gefüllten Vorratshäusern. Auf Anordnung Warnehars wurde um das brennende Viertel ein tiefer Graben gezogen. Diese Maßnahme verhinderte immerhin, dass das Feuer auf den Herzogspalast, das Forum und die anderen Stadtteile übergriff.

Die Flucht aus den Flammen hatten viele nicht mehr geschafft. Die Davongekommenen, mit schweren Verbrennungen manche, lagerten nun auf den vom Feuer verschonten, bereits überfüllten Straßen und Plätzen. Würdige Männer, geachtet und gerade noch wohlhabend, hockten mit ihren Familien am Straßenrand, barfuß, in schmutzigen Hemden, die Bärte versengt – so, wie sie sich retten konnten. Catianus, der Baumeister, Hildigis' Vater, war unter ihnen. Auch sein Haus, das schönste in dem betroffenen Viertel, war bis auf das steinerne Fundament zerstört.

Dunkle Schwaden zogen über die Stadt, die rauchgeschwängerte Luft stach in die Lungen. Nur wenige wagten sich in die noch glühenden Trümmer, um nach Angehörigen oder wertvollen Gegenständen zu suchen.

Der Khagan umritt die Festungsmauer und hielt lange vor jedem der Tore, wohl in der Hoffnung, dass eines sich öffnen würde. Als dies nicht geschah, wurden die Ochsengespanne herangeführt, und es begann die Verlegung der Wurfmaschinen auf einen anderen flachen Hügel, diesmal gegenüber dem Herzogspalast. Doch wie durch ein himmlisches Wunder kam es nicht zur Beschießung. Plötzlich, bei Einbruch der Dunkelheit, erhob sich ein starker Wind, trieb von den Bergen Wolken heran. Und die ganze Nacht lang goss es in Strömen.

Auch in den nächsten Tagen blieb das Wetter kalt und regnerisch, und nicht weniger schädlich als das Feuer war nun das Wasser für die Belagerten. Zwar füllten sich die Zisternen, die Brunnen wurden entlastet, und Menschen und Tiere konnten den Durst löschen. Doch wie schon vor einigen Wochen, noch vor der Ankunft der Feinde, verwandelten sich die Wege in Bäche. Zelte und Hütten wurden wegeschwemmt, alles flüchtete unter die rarer gewordenen festen Dächer. Schamlos plünderten die Hauswirte Obdachheischende aus, verlangten für ein trockenes Plätzchen die letzte Ziege, den letzten Kupferkessel. Wenn allerdings unter denen, die Einlass begehrten, Kranke und Schwache, Leute mit Hautausschlag und fiebrig glänzenden Augen waren, schlugen sie unbarmherzig die Tür zu.

Die ersten Fälle einer Seuche waren schon während der Hitzetage aufgetreten. Vor allem wurden Kinder befallen, die zwischen Unrathaufen und herumliegenden Tierkadavern gespielt hatten. Bald streckten sich aber auch Männer und Frauen, vom Hunger geschwächt und ihrer Widerstandskraft beraubt, auf dem stinkenden Stroh und den schmutzigen Decken aus. Hilfe konnten nur Angehörige leisten, sofern sie nicht selbst schon von der Krankheit befallen waren. Die romanische Stadtverwaltung ließ mithilfe einer halben Hundertschaft, die Warnehar und Ruthard bereitstellten, zwei Säle in der Basilika räumen und die Kranken dort hineintragen, damit sie nicht auf den Straßen lagen und von den Ratten belästigt wurden. Doch als es zu regnen begann, erwies sich, dass diese Maßnahme keineswegs ausreichte. Viele raffte der Tod an Häuserwänden und unter Bäumen dahin, und wenn man sie überhaupt begrub, dann auf der Stelle, in von kraftlosen Armen ausgehobenen Mulden, die so flach waren, dass der Regen die meisten Grabhügel fortwusch.

Das waren die Zustände in der Festung, als am Osttor erneut eine Abordnung der Awaren erschien und die bedingungslose Unterwerfung verlangte.

44

Kurze Zeit nachdem die feindliche Abordnung sich zurückgezogen hatte, trat im Palasthof die allgemeine Gefolgschaftsversammlung der Langobarden zusammen. Die Sonne war bereits untergegangen, doch man begnügte sich mit dem Mondlicht, die Vorräte an Fichtenharz für Fackeln und Pechpfannen waren erschöpft. Eine letzte Frist bis Sonnenaufgang war den Belagerten gewährt. Falls ihm die Tore nicht geöffnet würden, wollte der Khagan am nächsten Tag die Festung erstürmen lassen.

Es waren übermüdete, entkräftete, vom Hunger geplagte Männer, die sich nach und nach auf dem Palasthof einfanden. Nur wenige Langobarden waren zur Überwachung der Mannschaften auf den Türmen und auf der Mauer geblieben, allen anderen war Anwesenheit befohlen, nur schwerstes Siechtum galt als Entschuldigung. Kranke und Verwundete schleppten sich herbei und wurden gestützt und getragen. Doch nicht einmal die Hälfte jener Gefolgschaften fand sich noch ein, die sich vier Wochen zuvor, bei der ersten Nachricht von der Niederlage des friaulischen Aufgebotes, an gleicher Stelle versammelt hatten. Alle anderen waren bei den Abwehrkämpfen, bei gewaltsamen Auseinandersetzungen untereinander, durch die Brände und andere Unfälle, durch Typhus, Mangel und Erschöpfung ums Leben gekommen. Und auch die Hauptwidersacher jener Versammlung waren nicht mehr zugegen: Der eine, Grasulf, war geflohen, den anderen, Faroald, deckte die Erde.

Doch diesmal war die Herzogin anwesend. Sie selber hatte

veranlasst, die Versammlung einzuberufen, nachdem sie von Warnehar über die feindliche Forderung in Kenntnis gesetzt worden war. Da es für die Männer nicht mehr um Leben und Tod ging, sondern nur noch um die eine oder andere Art zu sterben, wollte sie die Entscheidung nicht treffen, ohne sie anzuhören.

Romilda war schmaler geworden, ihr weiter dunkler Mantel hing von spitz gewordenen Schultern. Ihr Leben in den letzten Wochen war der verzweifelte, doch scheinbar aussichtslos gewordene Kampf gegen die Hoffnungslosigkeit gewesen. Nach Faroalds Tode hatte sie aufgehört, sich Gedanken über eine eigene Zukunft zu machen. Sie sah ihr Leben als gelebt an, das unvermeidliche Ende nahen. Die Sorge um das Schicksal der Stadt und ihrer Kinder hinderte sie jedoch, in dumpfe Teilnahmslosigkeit zu versinken. Die zahlreichen Pflichten, die sie sich auferlegte, um die Leiden der Menschen in der belagerten Festung zu mildern, hielten sie aufrecht, auch wenn sie von Tag zu Tag weniger Sinn darin sah, die Zeit der Qualen und Ungewissheit zu verlängern. Das Unmögliche zu versuchen war das Einzige, was ihr noch möglich erschien: den Feind um Gnade für ihre Familie und die Menschen in der Festung zu bitten. Wenn es dann so weit war, wollte sie vor dem Khagan das Knie beugen und diese letzte Pflicht erfüllen.

Tödliche Stille herrschte im Kreis der Männer, als Warnehar in die Mitte trat.

Der Gastalde beschönigte nichts: Die Lage war aussichtslos, die Festung verloren. Von keiner Stelle war noch auf Hilfe zu hoffen. Der Statthalter des Kaisers in Ravenna, den noch Grasulf, wie längst inzwischen bekannt war, in einer dringenden Botschaft um Beistand ersucht hatte, rührte sich nicht. Keiner der drei benachbarten Herzöge, der Herren von Verona, Brescia und Trient, war zum Entsatz herbeigeeilt. Der Ruf der Herzogin war verhallt oder auf taube Ohren gestoßen, und falls er tatsächlich auch den König erreicht hatte, musste wohl dessen Rachsucht gegenüber dem unbotmäßigen Herzog und seiner Gefolgschaft so stark sein, dass er alle bis auf den letzten Mann vernichtet sehen wollte. Das Häuflein der Versammelten war vollkommen auf sich allein gestellt. Selbst unter den Männern in der Festung, die nicht zur langobardischen Herrenschicht gehörten, wurde inzwischen die Meinung immer lauter, es sei in der Sklaverei zu überleben noch besser, als in diesem sinnlosen Widerstand zugrunde zu gehen. Viele waren so abgestumpft und ermattet, dass sie ein Ende herbeiwünschten, was für Schrecken es auch bereithielt.

»Uns aber, Langobarden«, rief Warnehar, »erwartet nur eines: der Tod. Solange wir jedoch hinter den Mauern sind, bleibt uns die Freiheit, die Todesart selber zu wählen. Wenn wir die Tore öffnen, werden wir unbarmherzig niedergemacht, geschlachtet wie Vieh. Lassen wir sie aber geschlossen, greifen die Feinde morgen an, und wir haben die Aussicht, in Ehren zu sterben, wie es sich für langobardische Krieger gehört – aufrecht, im Kampfe. Und wenn der Himmel uns gnädig ist, werden wir den morgigen Angriff vielleicht sogar noch zurückweisen, zu unserm Ruhme und zum Erstaunen der Nachwelt. Ihr habt die Wahl, wir ihr sterben wollt! Nun sagt eure Meinung und wählt!«

Gleich trat Unulf vor und sprach sich trotzig für Widerstand aus. Er werde bis zum letzten Blutstropfen kämpfen, rief er, selbst wenn die Versammlung die Öffnung der Tore beschließen sollte. Den ersten Awaren, der in die Stadt komme, werde er niederhauen – oder man müsse ihn vorher töten.

Keiner, der nach ihm in den Kreis trat, äußerte eine andere Meinung. Alle sprachen für den Kampf bis zum letzten Mann. Einige, die offenbar Einwände vorbringen wollten, wurden sogar gehindert, in die Mitte zu treten.

Auch Ruthard und Billo, die keine Langobarden waren, aber als hohe Würdenträger von den Awaren nichts zu erhoffen hatten, sahen sich nur noch vor der Wahl, mit erhobenem Haupte oder gebeugtem Nacken zu sterben, und entschieden sich für das Erstere.

Taso, betrunken, wie in den letzten Wochen fast immer, sprang schließlich auch in den Kreis. Er schrie, dass er Forojuli noch retten werde und nur Freiwillige suche, die mit ihm ausfallen und die Feinde vertreiben wollten. Nur wenige hörten ihm zu, er wurde unsanft zurückgestoßen. Mit groben Worten erinnerten einige ihn an sein erstes Ausfallmanöver, an seine Verantwortung für den Verlust so vieler Männer, die jetzt fehlten. Romilda selber musste eingreifen und verhindern, dass man ihn niederschlug.

Die Herzogin sprach nur kurz.

Sie sagte, es widerstrebe ihr, mit einem Machtwort, das sie im Namen des gefallenen Herzogs sprechen könnte, über aller Schicksal zu entscheiden. Daher wolle sie den Beschluss, den die Mehrheit der Männer fassen werde, ohne Widerspruch annehmen und dem feindlichen Herrscher mitteilen lassen.

»Wenn ihr euch für den Kampf entscheidet«, sagte sie mit bebender Stimme zu den wieder still gewordenen Männern, die keines ihrer Worte verpassen wollten, »so werde ich euch verstehen, auch wenn ich mich vor den Folgen fürchte. Euer Widerstand wird die Feinde da draußen noch blutrünstiger machen und bis zum Äußersten reizen. Und selbst wenn ihr den Ansturm noch einmal zurückschlagen solltet, werdet ihr damit nur Ruhm, doch nicht Leben gewinnen. Verzeiht mir, wenn ich, eine Frau, das Leben höher schätze als Ruhm. Ich wollte, dass ich über ein Mittel verfügte, es euch zu erhalten – euch, meinen Kindern und allen Menschen in dieser Stadt. So aber bleibt mir nur das, was Frauen zu allen Zeiten getan haben, meist wohl mit nur geringem Erfolg: zu einem himmlischen Herrn zu beten und einen irdischen zu bitten. Seid gewiss, dass ich mich bei beidem nicht schonen werde!«

Die Herzogin trat zurück, begleitet vom Gemurmel der Männer, das zustimmend klang, wenngleich die Worte, die sie gesprochen hatte, natürlich niemanden erleichtern konnten.

Damit wäre die Versammlung ruhig und traurig zu Ende gegangen. Auf eine Abstimmung konnte verzichtet werden. Die Männer schickten sich an, auseinander zu gehen und auf ihre Posten zurückzukehren.

Ein unerwarteter Zwischenfall, der nicht ohne Folgen bleiben sollte, hielt sie auf.

45

Plötzlich gab es im Schatten unter einem der Bogengänge Bewegung.

Dort drängten sich auch diesmal Frauen, Schwestern und Töchter der Männer des herzoglichen Hofstaates, die bis jetzt wie gelähmt und sprachlos die Reden in der Versammlung verfolgt hatten.

In diesem Augenblick aber trat eine hervor und schrie: »Hört euch die Heuchlerin an! Sie will für euch beten! Und über ein Mittel, euch zu retten, verfügt sie nicht. Dafür hatte sie eines, um euch zu verderben!«

Winipergas Stimme schallte über den Hof, noch bevor die schmale, wachsbleiche Frau den Versammelten sichtbar wurde.

Ohne dass jemand sie hinderte, trat sie nach vorn an den Kreis, blickte rundum mit ihren dunkel geränderten Augen und fragte: »Seid ihr wirklich bereit, in den Tod zu gehen, Männer, ohne zuvor über sie Gericht zu halten?«

Romilda stand gegenüber am Kreis, wie zur Säule erstarrt, unfähig, gleich etwas zu entgegnen.

»Was bedeutet das, edle Frau?«, rief Warnehar. »Eine schwere Anschuldigung ist das, die du gegen die Frau Herzogin erhebst! Sollte das Unheil, das dich in letzter Zeit traf, deinen Geist verwirrt haben? Dann entferne dich und schweige!«

»Ich kann nicht mehr schweigen!«, erwiderte sie. »Sonst müsste ich ja mit der Sünde sterben, die Wahrheit zu kennen und nicht gesprochen zu haben.«

»Was hast du gegen mich vorzubringen?«, rief nun Romilda.

»Seht euch die Unschuld an!«, schrie Winiperga. »Dabei war sie es selber, die alles verschuldet hat! Habt ihr es immer noch nicht begriffen? Nur zur Befriedigung ihrer Lust brachte sie uns in solche Not – nur um ihre Begierde zu stillen, opferte sie ein Herzogtum! Nie gab es ein Weib, das ebenso schamlos wie rücksichtslos war!«

Ehe Romilda antworten konnte, wurden rings im Kreise Rufe laut.

»Sie hat tatsächlich den Verstand verloren!«

»Was für eine sinnlose Anklage!«

»Lass sie doch reden! Vielleicht weiß sie mehr als wir!«

»Ja, soll sie erklären, was sie meint!«

»Eine Verleumderin ist sie, war immer auf die Herzogin eifersüchtig!«

»Führt doch das Weib aus dem Kreis! Was hat sie hier überhaupt zu suchen?«

»Nein, hört sie an!«, rief Romilda. »Ich ahne den Vorwurf, den sie mir machen wird. Soll sie beweisen, dass es ein Fehler von großer Tragweite war. Wenn ihr es fordert, werde ich Rechenschaft leisten!«

»Nun, Frau Winiperga, so sprich!«, sagte Warnehar ungehalten. »Aber sprich kurz, und halte die Männerversammlung nicht mit Weibergewäsch auf!«

»Sie sehnte sich nach ihrem Geliebten!« Scharf wie Schwertstreiche fielen die Worte der düsteren Anklägerin. »Deshalb musste ihr Gatte, der Herzog, sterben! Um sich aber nicht selber mit seinem Blut zu besudeln, folgte sie einem ausgeklügelten Plan. Sie suchte die Verbindung zum König, dem nichts gelegener kam, als Gisulf beseitigt zu sehen. Die Ausführung des Komplotts nahm ihr Geliebter selbst in die Hand. Er ging zu den Awaren, hetzte sie gegen uns auf, versprach Beute. Dann brachte er euch die Schreckensmeldung von ihrem Einfall, wobei er sich mit einer Verwundung glaubwürdig machte, die er sich absichtlich zufügen ließ. Der Herzog wurde getäuscht, rief sein Heer und ritt in den Untergang. Das Verräterpaar aber triumphierte! Als die Nachricht von seinem Tod kam, konnte es seine Wollust nicht mehr bezähmen. Es ließ nur wenige Nächte verstreichen – dann wälzte es sich bereits im Bett!«

Ein Raunen ging durch die Versammlung.

Winiperga richtete ihren starren Blick herausfordernd auf die Herzogin, als warte sie nur auf Widerspruch.

»Willst du darauf antworten, Herrin?«, fragte Warnehar in einem Ton, der die Bereitschaft erkennen ließ, sich mit einer Weigerung zufrieden zu geben.

»Das will ich«, sagte Romilda. »Obwohl es nicht leicht ist, Rede zu stehen, wenn eine Anklage Lüge und Wahrheit zugleich enthält.«

»Lüge?«, schlug Winiperga zurück. »Dein eigener Sohn kann bezeugen, dass du die Nächte bei deinem Geliebten verbrachtest – dort oben, im alten Römerturm!«

»Ja, ich bezeuge es!«, schrie Taso. »Sie wollten verhindern, dass ich Herzog werde und uns von den Awaren befreie! Meine Mutter wollte mich in den Kerker werfen, und ihr Geliebter drohte, mich umzubringen!«

»Hätte er es nur getan!«, rief Ruthard. »Das hättest du wahrhaftig verdient gehabt!«

»Genug!«, fuhr Warnehar dazwischen. »Ich gab der Frau Herzogin das Wort.«

»Winiperga brachte Lügen und Wahres vor, ich wiederhole es«, sagte Romilda, nachdem sie Taso einen gequälten Blick zugeworfen hatte. »Die Wahrheit ist, dass ich Faroald liebte und glaubte, dereinst seine Frau zu werden. In meiner Verzweiflung nach der Niederlage suchte ich Hoffnung bei ihm …«

»Sehr schnell!«, rief der bullige Widin. »Bei allen Teufeln, verdächtig schnell!«

»Sie machte ihn gleich zum Vicarius!«, nahm Winiperga wieder das Wort. »Dann verdrängten sie Grasulf, meinen Gemahl, vom Kommando der Festung. Meinem Bruder stellten sie eine Falle und ließen ihn umbringen. Sie wollten bei ihrer Verräterei nicht gestört sein!«

»Jetzt gehst du zu weit, Frau Winiperga!«, widersprach Billo heftig. »Dein Gemahl hat sich heimlich davongemacht.«

»Aus Angst vor ihnen!«

»Dein Bruder überfiel eine Jungfrau.«

»Sie lockte ihn!«

»Und niedrig ist es, einem Helden wie Faroald Verräterei nachzusagen!«, rief Ruthard zornig. »Nur ihm war es zu verdanken, dass diese Festung nicht schon in der ersten Nacht fiel! Konnte so ein Verräter handeln?«

»Er musste so handeln!«, schrie Winiperga. »Weil es zu früh war, seine wahren Absichten preiszugeben! Wenn er hier künftig herrschen wollte, musste er ja erst euer Vertrauen erschleichen. Er spielte an der Mauer den Retter, während er in der Kammer dort oben mit seiner Hure auf euer Verderben sann!«

Diese böse und dreiste Beleidigung verschlug Romilda die Sprache. Von allen Seiten erhoben sich nun heftige Reden und Gegenreden. Die Verteidiger Romildas und Faroalds waren zwar deutlich in der Mehrzahl, doch gab es auch viele, bei denen das Gift Winipergas zu wirken begann. Der ungebärdige Widin, den Faroald mehrmals gerügt hatte, war der Wortführer der Gruppe, die gleich eine strenge Untersuchung verlangte. Für manches einfache Kriegergemüt waren die Anklagen überzeugend. Nicht wenige schlossen sich auch an, weil es ihnen ein bisschen die Seele wärmte, dass eine Schuldige für ihr Elend benannt war.

Schließlich gelang es Warnehar, sich Gehör zu verschaffen.

»Männer!«, rief er. »Beruhigt euch und kommt zur Vernunft! Welchen Sinn hat es jetzt noch, in unserer Lage, so unbeherrscht gegeneinander loszufahren? Und wie könnten wir noch eine Untersuchung führen? Dazu wäre Zeit, wenn wir Frieden hätten. Aber wir werden keinen mehr haben! Ich glaube auch, dass die edle Frau Winiperga nicht recht tut, wenn sie die Frau Herzogin ohne Beweise eines Verbrechens beschuldigt. So mag sie jetzt schweigen und aus dem Kreis zurücktreten, damit wir noch einmal unseren Beschluss bekräftigen und die Versammlung beenden können!«

»Euern Beschluss, in den Tod zu gehen?«, Winiperga stieß ein Hohnlachen aus. »Das ist es ja gerade, was sie sich wünscht, nachdem beherzte Männer ihren Geliebten gerichtet haben. Ihr sollt dafür büßen, denn der Verräterin wird ja der Khagan, der ihr Verbündeter ist, kein Haar krümmen! Vielleicht hat sie den Faroald auch schon vergessen, so wie sie ihren Gemahl vergaß. Vielleicht hat sie ihre nimmersatte Begierde schon auf den Nächsten gelenkt! Ist es der Khagan selbst – ein schöner Mann, ein wilder Zuchtstier? Wer von euch hat nicht beobachtet, wie sie ihm, festlich geschmückt, von der Mauer aus zulächelte! Vielleicht ist sie morgen schon seine Khagana, eine von seinen vielen Weibern, die ihm kleine Awarenprinzen gebären!«

Romilda war nicht im Stande, diesem neuerlichen tückischen Angriff Widerstand zu leisten. Sie wankte und musste sich auf den Arm eines Mannes stützen, der neben ihr stand.

»Warum denn?«, stammelte sie. »Womit habe ich sie denn gekränkt und verletzt, dass sie mich mit so viel Hass überschüttet?«

Unter den Männern brach wieder Streit aus. Zorniges Lachen brandete auf. Einige wurden handgemein.

Auf ein energisches Zeichen Warnehars packten zwei Knechte Winiperga und versuchten, sie wegzuzerren.

Aber sie riss sich noch einmal los und schrie:

»Fragt sie, Männer, ob sie nicht doch ein Mittel hat, um euch das Leben zu erhalten! Könnte sie nicht ein Wort für euch einlegen? Wenn der Khagan die Kunst ihrer heißen Schenkel genießt, wird ihn so unvergleichliche Lust vielleicht milde stimmen! Dann macht er ihr unser aller Leben zum Hochzeitsgeschenk!«

Abermals stimmte sie ein schrilles Gelächter an. Dabei glitt ihr der Schleier von den Schultern und enthüllte den kleinen, fast fleischlosen Kopf mit den spärlichen, weiß gewordenen Haaren.

Ihre Smaragdohrringe schaukelten heftig, als die Männer sie fortschleppten.

46

Romilda kehrte in ihre Gemächer zurück, ließ sich in einen Armstuhl fallen und saß eine Zeit lang wie betäubt.

Appa, die ihr seit Hildigis' Genesung bei der Versorgung von Kranken und Verwundeten zur Hand ging, kam einige Male herein, brachte ihr einen Becher Wasser, suchte ihr Trost zuzusprechen. Mit Gaila hatte sie unter den Frauen gestanden und war Zeugin des Auftritts der Winiperga gewesen. Sie bat ihre Mutter, sich die Anschuldigungen der boshaften Tante, die den Eindruck einer Verwirrten hinterlassen habe, nicht zu Herzen zu nehmen und alles zu vergessen. Romilda lächelte dankbar, drückte ihrer Tochter die Hand, bat jedoch jedes Mal schon nach kurzer Zeit, sie allein zu lassen. Auch Gaila erschien und versprach, für ihre Mutter und die Gerechtigkeit beten zu wollen.

Indessen befand sich die Herzogin nicht lange in dem Zustand lähmender Niedergeschlagenheit, der sie unmittelbar nach der Versammlung befallen hatte. Zwar saß sie nach wie vor reglos in ihrem Armstuhl, veränderte kaum ihre äußere Haltung, doch allmählich verschwand der Tränenschleier vor ihren Augen, ebenso wie ihr Gesicht den Ausdruck von Mutlosigkeit und Leid verlor. Sie vertiefte sich in einen Gedanken, der sie zunächst zu erschrecken schien, sodass sie die Farbe wechselte und ihre bleichen Wangen plötzlich aufglühten. Das Schielen verstärkte sich, wie immer bei Anspannung und Erregung. Sie presste die Hand auf die heftig atmende Brust. Lange starrte sie mit geweiteten Pupillen auf das geschnitzte Flechtmuster einer Truhe, ohne es wahrzunehmen.

Dann beruhigte sie sich ein wenig. Sie lehnte sich in ihrem Stuhl zurück, seufzte mehrmals, schloss die Augen. Ihre Lippen verzogen sich zu einem Lächeln, das aber rasch wieder erstarb. Und erneut verwandelte sich ihr Gesicht mit weit geöffneten Augen und verzerrtem Mund in eine Grimasse der Furcht.

Nein, dachte sie, ich kann es nicht wagen! Niemand würde es verstehen, alle würden mich verurteilen und mir niedere Beweggründe vorwerfen. Für alle Zeiten würde ich ehrlos sein!

Sie sah wieder ihre wütende Anklägerin vor sich. Wie kam Winiperga, fragte sie sich, zu der Behauptung, ich hätte vorsätzlich alles veranlasst … den Krieg, die Belagerung, Tod und Verderben? Wie kann sie mich so fürchterlich hassen, dass ich in ihrer Vorstellung zur Verbrecherin werde? Verzeiht sie mir immer noch nicht, dass ich Herzogin bin, sie aber am Herrschen gehindert wird, obwohl sie sich dazu berufen glaubt? Will sie mich wirklich mit ihrer törichten, grundlosen Eifersucht bis in den gemeinsamen Untergang verfolgen?

Untergang? Romilda erschrak bei diesem Wort und kehrte zu dem Gedanken zurück, der sie immer mehr einnahm. Vielleicht ist der Untergang aufhaltbar, wenn der Preis, den ich dafür zahle, hoch genug ist! Was liegt mir noch an meiner eigenen Zukunft? Wird sie nicht düster und ohne Liebe sein? Wird es nicht vollkommen gleichgültig sein, wie und wo und in welcher Gesellschaft ich meine Tage zu Ende bringe? Werde ich Leiden, die mir zugefügt werden, dann vielleicht gar nicht mehr wahrnehmen?

Aber da ist auch die Gefahr der Zurückweisung, sagte sie sich beklommen. Dann wissen alle, was ich vorhatte. Dann werden sie mich vielleicht gleich als Verräterin töten. Oder sie werden mich schon töten, bevor ich den Schritt überhaupt unternehmen kann. Aber bin ich nicht tot, auch wenn ich Erfolg habe? Und die Kinder? Wie sollen sie weiterleben … mit einem solchen Makel behaftet? Selbst wenn ihnen das Schlimmste erspart bliebe … Wie könnten sie jemals den Platz einnehmen, der ihnen zukommt?

Doch nein, man darf nichts unversucht lassen! Befahl sie sich wieder. Vielleicht war ich nie eine gute Landesmutter. Habe immer zuerst an meine Kinder gedacht, auch an mich selbst. Faroald war es, der mich daran erinnerte, welche Verantwortung auf mir lastet. Wenn die Awaren hereinkommen, werden sie nichts und niemanden verschonen. Die meisten werden sie töten, den Rest in die Sklaverei verkaufen. Tausende haben schon für den Übermut ihres Herzogs bezahlt, und Tausende sollen ihnen folgen. Muss ich nicht auch die letzte, die äußerste, diese an Wahnsinn grenzende Möglichkeit nutzen, um alle, die man noch retten kann, vor diesem Schicksal zu bewahren? Sind meine Ehre und mein Ruf wirklich so hohe, unverzichtbare Werte, dass ich sie nicht einsetzen sollte für das Leben so vieler Unschuldiger? Wiegen sie überhaupt noch gegen das Grauen, das die Stadt bedroht? Wer erinnert sich meiner und meiner Kinder, wenn alles vorbei ist? Die Erinnerung können nur Menschen bewahren, nicht rauchende Trümmer. Wenn ich die Menschen retten könnte, würden sie mir da nicht zumindest die gute Tat aus christlicher Nächstenliebe nachsagen? Und würde der Gott, zu dem ich so oft gebetet habe, nicht alles sehen und als gerechter Richter Verdienst über Schuld stellen?

Plötzlich hatte sie das Bedürfnis, in die Kapelle hinunterzugehen und sich Kraft im Gebet zu holen. Sie warf einen Umhang über und trat hinaus in den Gang.

Kurz blieb sie dort an einem Fenster stehen und blickte hinunter in den Palasthof, wo gerade, als lebte man in normalen Zeiten, zwei Krieger langsam aufeinander zuschritten und zur Wachablösung die Lanzen gegeneinander schlugen.

Sie eilte zur Treppe, verharrte jedoch schon, als sie den Fuß auf die erste Stufe setzte. Sie sagte sich, dass der christliche Gott ihr nicht helfen würde. Wahrscheinlicher war sogar, er würde missbilligen, was sie vorhatte. So würde er ihr kaum Kraft verleihen, sondern nur ihre Zweifel nähren.

Sie kehrte um und ging ein paar Augenblicke lang unschlüssig vor den Türen ihrer Gemächer auf und ab. Schließlich trat sie in die Kammer ein, in die Angst und Sorge sie in diesen Wochen so oft gezogen hatten.

Lange verharrte sie hier am Fenster.

Drüben am Hang stand das Purpurzelt, zwischen vier hoch lodernden Feuern, inmitten der Ringe von Tausenden kleinerer Zelte. Im Mondlicht glich die vertraute Landschaft einer mit giftigen grünen, grauen und weißen Pilzen übersäten Wiese, zwischen denen einer in grellem Rot, der gefährlichste, aufragte.

Doch war es kein plumper Götze, kein zottiges, bärenhaftes Ungeheuer, das dort im Purpurzelt hauste. Die Schreckgestalt, die Romilda bis in ihre Träume verfolgt hatte, war ein Mann von gewinnendem Äußeren, wohlgestaltet wie ein Grieche, stolz wie ein Römer, vollkommen unähnlich seinen barbarischen Stammesbrüdern. Mehrmals hatte sie ihn, auf der Mauer stehend, unten vorbeireiten sehen, und jedes Mal hatte er zu ihr heraufgeblickt und durch irgendein Zeichen – indem er sein Pferd anhielt oder seine Begleiter mit einer Geste aufmerksam machte – zu verstehen gegeben, dass er sie wahrnahm und vielleicht gar beeindruckt war. Einmal hatte er sogar den Helm abgenommen und lächelnd ein wenig den Kopf geneigt, eine Verbeugung andeutend. Sie hatte nicht zurückgelächelt, das war eine Lüge Winipergas gewesen. Aber das Ungeheuer hatte in jenem Augenblick noch mehr von seinem Schrecken verloren.

Der Gedanke, den ihre boshafte, höhnische Anklägerin der Herzogin eingegeben hatte, war ebenso verwegen wie anstößig, ebenso wahnwitzig wie verzweifelt. Und doch war Romilda jetzt fest entschlossen.

Nach einem letzten Blick auf das Purpurzelt verließ sie die Kammer festen Schrittes und ging gleich in ihren Empfangssaal.

Sie weckte den buckligen Schenk, der hier Nachtwache hatte und eingeschlafen war, und befahl ihm, die Herren Warnehar, Ruthard und Billo in ihren Quartieren aufzusuchen und herbeizuholen. Die Herzogin, sollte er hinzufügen, habe einen Beschluss gefasst, von dem sie sie unbedingt noch vor Tagesbeginn unterrichten müsse.

Sie wartete fast bis Mitternacht. Doch war sie nun vollkommen ruhig, dachte nur noch daran, was sie sagen würde, und wurde keinen Augenblick schwankend.

Endlich erschienen die drei Männer.

»Verzeiht, dass ich euch um den Schlaf bringe«, sagte sie, »den ihr wohl nötig zu haben glaubt, weil ihr morgen mit dem feindlichen Angriff rechnet. Dieser Angriff wird aber nicht stattfinden. Deshalb entschuldigt ihr wohl meine Ungeduld.«

Die drei machten finstere Gesichter und warfen sich viel sagende Blicke zu.

»Herrin, der Angriff ist unabwendbar«, sagte Warnehar. »Die Geduld der Awaren ist erschöpft. Sie werden keine Verluste scheuen und versuchen, die Mauern zu erstürmen.«

»Die Gefolgschaftsversammlung hat beschlossen, dass sich die Festung nicht ergibt«, fügte Ruthard hinzu. »Du hast dich dem Beschluss gebeugt.«

»Ich habe mich anders besonnen.«

»Das ist nicht mehr möglich!«

»Wir verstehen ja deine Abneigung gegen einen Kampf, der fast aussichtslos ist«, räumte Billo ein. »Aber wir haben doch keine andere Wahl.«

»Ich übergebe morgen die Festung!«, sagte Romilda in entschiedenem Ton. »Das erspart euch den Kampf.«

»Und bringt uns allen den sicheren Tod!«, entgegnete Warnehar heftig. »Willst du das nicht verstehen oder solltest du das tatsächlich in Kauf nehmen wollen?«

»Ich bemerke, die Anklagen meiner Verwandten haben bei euch Gehör gefunden.«

»Ich selbst habe sie zurückgewiesen! Wenn du jetzt aber die Absicht äußerst …«

»Meinen Entschluss! Bei dem ich jedoch durchaus nicht in

Kauf nehme, dass nur ein Einziger von uns umkommt. Im Gegenteil: Ich übergebe die Festung, damit dieses sinnlose Heldengemetzel nicht stattfindet!«

»Das beweist nur, wie sehr du die Lage verkennst!«, grollte Ruthard. »Übergabe ist sicherer Untergang!«

»Du solltest zur Ruhe gehen, Herrin«, empfahl Billo. »Überreizt und erschöpft bist du – wie wir alle. Wie könnten wir jetzt noch eine neue Entscheidung treffen!«

»Die Mühe habe ich euch ja schon abgenommen«, sagte Romilda, nun ebenfalls ungeduldig. »Und wenn ihr die Fassung bewahrt und mich anhört, dann werdet ihr auch erfahren, dass morgen die Festung nicht nur übergeben wird, sondern dass dies unter einer Bedingung geschieht.«

»Du willst dem Khagan eine Bedingung stellen?«, fragte Warnehar, abschätzig auflachend.

»Ja! Die Bedingung, dass er mich heiratet.«

Die drei Männer schwiegen. Abermals tauschten sie Blicke, in denen deutlich die Frage zu lesen war, ob sie eine Irrsinnige, eine Verräterin oder beides in einer Person vor sich hatten.

»Ich kann nicht glauben, Herrin«, brachte Warnehar schließlich hervor, »dass du dich mit einer solchen Absicht trägst. Dann wären die Anschuldigungen in der Versammlung, die wir für Hirngespinste und Lügen hielten, ja völlig berechtigt gewesen.«

»Du könntest es wirklich fertig bringen, dich unserm Feind und Verderber als Weib anzubieten?«, rief Billo.

»Nehmen wir zu ihren Gunsten an«, sagte Ruthard, »dass ihr die Aufregung und die Angst, zumindest vorübergehend, den Verstand geraubt haben. Wir sollten sie unter Bewachung stellen, damit sie nicht eigenmächtig handeln kann!«

»Ja«, stimmte Warnehar bei, »das musst du einsehen, Herzogin. Jede Störung würde gleich tödlich sein und den Widerstandswillen endgültig brechen. Deshalb ...«

»Aber so hört mich doch an! Lasst euch erklären, warum mein Entschluss vernünftig ist und weit entfernt von Verrat!

Hätte ich denn euch drei, die Treuesten der Treuen, vorher rufen lassen und unterrichtet, wenn ich euch und die Festung heimtückisch der Vernichtung preisgeben wollte?«

Romilda trat von einem zum anderen, sah jeden an. Die Frage bejahen wollte keiner der drei.

»Wenn du bei Sinnen bist, so erkläre dich!«, knurrte der alte Marschalk mit einem Seufzer, indem er dem Blick der Herzogin auswich.

»Ich habe schon früher die Erfahrung gemacht«, begann sie, »dass man auch etwas Schlechtes benutzen kann, um Gutes hervorzubringen. Meine Verwandte Winiperga beschuldigte und erniedrigte mich, obwohl ich ihr dazu keinen Anlass bot und keine ihrer Anklagen zutraf – mit Ausnahme meiner Liebe zu Faroald, die ich nicht leugne und die die einzige meines Lebens war und bleiben wird. Winiperga handelte schlecht an mir, und doch – sie tat damit etwas Nützliches! In der Absicht, mich völlig zu vernichten und in meiner Schändlichkeit und Verwerflichkeit bloßzustellen, äußerte sie den Verdacht, ich könne aus purer Wollust ein Auge auf den feindlichen Herrscher geworfen haben. Würde sonst jemand, der mich kennt, eine so abartige Vermutung aussprechen? Sie tat es, und ihr werdet mir glauben, wie grausam und tief sie mich damit verletzte. Aber dann fügte sie etwas hinzu, das ihre Schmähungen noch verstärken, mich endgültig vor euch zerstören sollte: Ihr möget mich auffordern, für meine Hingabe an den Awarenherrscher einen Preis zu verlangen – den eures Lebens. Das war nur bitterer Hohn, doch ich begann, darüber nachzudenken. Ich fragte mich: Wenn ich mich dem feindlichen König auslieferte … würde ihm dann die Verbindung mit mir nicht vielleicht etwas wert sein?Ließe sich für die Vorteile, die er dabei gewinnen würde, nicht tatsächlich ein Preis fordern? Wäre ein solcher Preis nicht umso leichter für ihn bezahlbar, als es sich nur um einen Verzicht handeln würde – den Verzicht darauf, die Stadt zu zerstören und die Menschen in ihr zu ermorden?«

»Aber Herrin!«, rief Billo. »Das hieße ja, dass du dich opfern würdest! Hast du denn auch bedacht, auf was du dich einlassen müsstest? Du wärst nur eine von zahlreichen Frauen des Khagans, die alle, soviel man weiß, nicht viel mehr Rechte als Sklavinnen haben! Du würdest daran zugrunde gehen!«

»Mag sein«, erwiderte sie. »Doch habt ihr ja den Khagan beobachten können. Er sieht nicht aus wie ein wilder Tyrann und Sklavenhalter, sondern eher wie einer, der auch Frauen als Menschen behandelt und der sie achtet. Jugend kann ich ihm nicht mehr bieten, auch meine Schönheit ist im Verblühen. Aber vielleicht kann ich ihn durch mein Unglück rühren und sein Wohlwollen durch ein paar gute Eigenschaften gewinnen ... auch durch meine Geburt, meine Stellung ...«

»Eine Stellung, die du verlierst!«, warf Warnehar ein.

»Und wenn ich sie mir durch ihn erhielte?«

»Was meinst du damit?«

»Ein Herzogtum Friaul unter awarischer Oberherrschaft.«

»Unmöglich!«, rief Ruthard. »Awarische Knechtschaft!«

»Warum Knechtschaft?«, entgegnete die Herzogin, deren Beredsamkeit immer lebhafter wurde. »Wenn es Leben und Frieden bedeutet ... Würde es euch denn so sauer werden, in der Gefolgschaft einer awarischen Königin zu dienen, die im Herzen Langobardin geblieben ist? Unter der Frau eines Herrschers, der fast immer in weiter Ferne weilt? Wir wären beinahe so unabhängig, wie Gisulf es sich immer gewünscht hat! Kaiser und König müssten uns mit Respekt behandeln, weil der furchtbare Arm der Awaren drohte. Und die Awaren würden in uns ihre Grenzwächter sehen und uns mit Aushebungen, Abgaben und dergleichen verschonen. Hat uns der Khagan nicht mitteilen lassen, er führe den Krieg nach eigenem Willen? Würde nicht ein durch Heirat geschlossenes Bündnis mit uns dem Krieg einen Sinn geben, indem es weitere Kriege verhindert? Oh, wie wünschte ich mir, etwas tun zu können, damit dieses geschundene, immer wieder umkämpfte, eroberte, ausgeplünderte Land endlich zur Ruhe käme! Wie würde ich mich dafür begeistern!«

»Wahrhaftig, Herrin, ein schöner Plan«, sagte Billo. »Und nichts täte ich lieber, als dir meine schwachen Kräfte zur Verfügung zu stellen. Aber es ist nur ein Plan, der mir nicht durchführbar erscheint.«

»Warum nicht?«

»Weil der Khagan nicht auf eine Heirat, sondern nur auf Eroberung aus ist!«, erklärte Ruthard mit einer Geste, die jeden Zweifel an dieser Feststellung abweisen sollte. »Was kümmern die Wilden Bündnisse? Wozu brauchen sie Grenzwachen? Sie wollen nur brennen, rauben, morden! Die beste Grenzwache ist ein Haufen Asche für sie – mit einem Feld voll modernder Knochen rundum!«

»Das ist richtig«, sagte Warnehar, nachdenklich seinen Bart zausend. »Dennoch wird auch der schlimmste Banditenhäuptling nicht Nein sagen, wenn er etwas erreichen kann, ohne zu viele von seiner Bande zu opfern. Und bei einem Sturm auf die Festung würden mindestens einige hundert, wenn nicht gar über tausend von ihnen umkommen. Um das zu vermeiden, wird der Khagan vielleicht nicht abgeneigt sein ... Zu bedenken wäre nur eines, Herrin. Wenn du ihm deine Hand reichst, wird er damit – du verstehst – kaum zufrieden sein. Was gibst du ihm noch?«

»Die Mitgift einer Herzogin«, sagte Romilda. »Sie wird natürlich die Beutegier der Awaren befriedigen müssen. Andererseits darf sie das Herzogtum nicht ruinieren. Ich möchte dazu eure Vorschläge hören ...«

Schneller, als sie vermutet hatte, unterdrückte die Hoffnung, es könne sich überraschend doch noch die Möglichkeit einer Rettung auftun, alle weiteren Proteste und Warnungen. Die Herren knurrten und seufzten noch eine Weile, begannen dann aber zu beraten, welche Forderungen ein Feind, der plötzlich zum Bräutigam wurde, erfüllen musste.

Noch vor Morgengrauen war ein Schreiben aufgesetzt, das den höchst ungewöhnlichen Heiratsantrag sowie das Angebot einer Mitgift enthielt, die nun aus neun Zehnteln des herzoglichen Schatzes bestehen sollte.

Als »Morgengabe« des Bräutigams wurde gefordert, dass die Festung Forojuli von Plünderungen und Brandschatzung verschont bliebe und dass keinem ihrer Bürger, keinem Flüchtling wie überhaupt keinem Menschen, der sich hinter ihren Mauern befand, ein Haar gekrümmt werde.

Beim ersten Sonnenstrahl verließ eine Abordnung, die – der großen Bedeutung der Angelegenheit wegen – der Comes Warnehar selber anführte, das Osttor der Stadt und begab sich zum purpurnen Zelt.

47

Bis zur Ankunft des Königs der Awaren im Herzogspalast von Forojuli vergingen nur noch wenige Stunden. Gegen Mittag ritt er an der Spitze seiner Würdenträger und Heerführer und begleitet von fünfhundert ausgewählten Kriegern zum östlichen Tor herein.

Romilda erwartete ihn in der großen Halle, die in aller Eile geräumt und für den Empfang des Khagans hergerichtet war. Umgeben war sie von ihren acht Kindern und den Vornehmen ihrer Gefolgschaft. Auch eine Abordnung der romanischen Stadtverwaltung von Forojuli hatte sich eingefunden.

Bis zu diesem Augenblick, da alles entschieden war, hatte es in der Festung und im Palast noch heftige Auseinandersetzungen und leidenschaftliche, erregte Auftritte gegeben.

Warnehar war um die dritte Stunde mit der Nachricht zurückgekommen, der »große Khagan« sei »erfreut und geehrt« und nehme den Vorschlag der Frau Herzogin an. Diesen hätte er selber gemacht, ließ er mitteilen, würde ihn nicht die Rücksicht auf den erst kürzlich erfolgten Tod des Herzogs davon abgehalten haben. Er zolle daher dem Mut und der Klugheit einer Dame, deren Schönheit ihn bereits in Erstaunen versetzt habe, die höchste Bewunderung. Mit geringfügigen Zusätzen fänden auch die Bedingungen für die Übergabe der Festung sein Einverständnis. Voller Ungeduld freue er sich nun darauf, »seine unbesiegbare, erdumspannende Macht und Herrlichkeit mit der edelsten Blume Italiens zu schmücken«.

Bis zur Rückkehr der Abordnung hatten Romilda und ihre

Vertrauten das Vorhaben streng geheim gehalten. Nun wurde es bekannt gegeben und löste, wie nicht anders zu erwarten, die größte Aufregung aus. Da nicht Zeit war, noch einmal eine Versammlung einzuberufen und die wahren Beweggründe der Herzogin zu erklären, machten wilde Gerüchte die Runde. Winipergas Anklagen schienen sich zu bewahrheiten, von Verrat und bedingungsloser Ergebung war die Rede.

Es kam zu Gewalttätigkeiten, bei denen zwei Männer erschlagen wurden, die zu Romilda vordringen und sie töten wollten. Auf dem Palasthof, dem Forum und an anderen Stellen der Festung gerieten Gegner und Fürsprecher der Herzogin aneinander. Nur der Umstand, dass auf beiden Seiten die Kraft zum energischen Handeln fehlte, verhinderte einen Aufstand und ein allgemeines Chaos.

Am empörtesten gebärdete sich Taso. Da ihm befohlen wurde, sich zum Empfang des Awarenherrschers bereitzuhalten, drohte er seiner Mutter, den »teuflischen Bund« mit Blut zu besiegeln und das Paar vor den Augen der Gefolgschaften zu erschlagen. Das werde die Rache für seinen Vater sein. Obwohl sich Taso vor Schwäche und Trunkenheit kaum auf den Beinen hielt und ihm niemand zutraute, seine Drohung zu verwirklichen, ließ Ruthard den Schreienden vorsichtshalber entwaffnen und in eine kaum bemäntelte Haft nehmen, indem er ihn von zwei Knechten bewachen ließ. Als diese ihm den Dolch und den Skramasax aus dem Gürtel zogen, beschimpfte er sie zwar, ließ es aber willig geschehen und brach in Tränen aus. Schließlich hockte er schluchzend in einer Ecke des Palasthofs und beklagte sein grausames Schicksal, von der eigenen Mutter verraten zu werden.

Es gab allerdings auch Warner, die Romilda aus ehrlichem Herzen beschworen, ihr Angebot an den feindlichen König zurückzunehmen, wenngleich es dazu schon fast zu spät war. Der treue Unulf, der der Abordnung angehört hatte, riet ihr, dem Khagan nicht zu trauen und sich von ihm nicht hintergehen zu lassen. Der habe sich, bevor er die zustimmende

Antwort gab, endlos mit seinen ständigen Begleitern, den langbezopften Scheibengesichtern beraten. In dem Purpurzelt, vor dem man warten musste, habe es ein wütendes Geschnatter gegeben, und er, Unulf, müsse sich sehr täuschen, wenn nicht die Mehrzahl der Häuptlinge gegen das Heiratsabkommen sei. Nichts Gutes verhießen auch die »geringfügigen Zusätze«. Zwar werde die Schonung der Menschen versprochen, aber die Festung müsse übergeben und unter Awarenkommando gestellt werden. Außerdem würden zur angebotenen Mitgift pro Awarenkrieger fünf Goldsolidi verlangt, die irgendwie aufgebracht werden müssten. Wie solle man das aber machen, ohne dass die ungeduldigen Besatzer, wenn sie dann einmal drinnen seien, durch Gewalt und Plünderungen nachhülfen?

Romilda wusste darauf keine andere Antwort, als dass sie vom Khagan Geduld erbitten und ihn auffordern werde, seinen Kriegern, auch wenn sie Herren der Festung seien, ein maßvolles Auftreten zu befehlen. Von ihrem Vorschlag zurückzutreten, nachdem er bereits gebilligt sei, erschien ihr hingegen unmöglich. Der Khagan würde ein solches Verhalten als Betrug und Verächtlichmachung ansehen – mit nicht auszudenkenden Folgen. Die anderen Männer der Abordnung gaben der Herzogin Recht.

So flehten Appa, Gaila und Kako ihre Mutter vergebens an, sich nicht freiwillig in das ungewisse Geschick zu stürzen, das sie unter den Wilden erwarten würde. Das Opfer sei sinnlos, meinten sie, würde sie damit doch nichts mehr ändern, da nun einmal alles verloren sei. Jeder der drei versuchte auf seine Art zu überzeugen. Appa presste die Glücksbringer, die ihr vom Gürtel hingen, in ihren Fäusten und sagte trotz aller Not ein gutes Ende voraus. Kako entwarf die abenteuerlichsten Fluchtpläne. Gaila holte schließlich zur Verstärkung den Bischof Marinus herbei, und beide beschworen Romilda, sich nicht um ihr Seelenheil zu bringen, indem sie die Ehe mit einem Ungläubigen eingehe.

Die Herzogin blieb bei dem Entschluss, der für sie unumkehrbar war.

Dabei ließ sie sich nicht anmerken, dass sie nun selber schwankte und Furcht empfand. Hundertmal hatte sie, als die Abordnung fort war, alles bereut und im Stillen nur eines erhofft: dass der Khagan ablehnen würde. Noch während sie sich von ihren Zofen für seinen Empfang herrichten ließ, eilte sie mehrmals an das Fenster mit der Aussicht auf das Purpurzelt und war jedes Mal erleichtert, als sich dort noch immer nichts rührte.

Dann aber kam der Augenblick, als gemeldet wurde, der Khagan habe das Osttor durchritten und werde sogleich den Palast betreten. Jetzt blieb Romilda nur noch eines: mit einer letzten gewaltigen Anstrengung alle Zweifel und Ängste niederzukämpfen.

Sie trat vor den Spiegel und sah eine große, noch immer stattliche Frau, die aber sehr bleich war und deren Züge die Spuren der Trauer, des Leides und der Entbehrungen dieser letzten schrecklichen Wochen trugen. Die Zofen hatten ihr dringend geraten, Augen und Wangen ein wenig zu schminken, doch sie hatte abgelehnt. Ebenso wenig mochte sie Prunkgewänder anlegen und sich mit Gold und Juwelen behängen. Sie trug nach langobardischer Sitte ein langes, dunkles, mit Fibeln geschlossenes Übergewand, dazu eine einfache Perlenkette. Ihr zu einem Kranz geflochtenes Haar bedeckte der Schleier. Sie wollte dem Mann, dem sie selber die Ehe anbot, als eine Frau entgegentreten, die diesen ungewöhnlichen Schritt nicht leichtfertig und aus Übermut tat, sondern aus der Notwendigkeit ihres Unglücks und aus vernünftigen Erwägungen.

Von Warnehar und Billo geleitet, die er schon kannte und die ihn am Tor empfangen hatten, erschien der Khagan in der Halle.

Romilda erhob sich von ihrem Armstuhl, und beide trafen sich in der Mitte.

Er blieb fünf Schritte vor ihr stehen und wartete. Unverwandt sah er sie dabei an. Ließ einen kalten Blick von ihrem Kopf zu den Füßen und wieder zurück gleiten.

Das Herz schlug ihr bis zum Halse.

Er ist mindestens zehn Jahre jünger als ich, dachte sie. Und sie war sicher, was er im selben Augenblick dachte.

Inzwischen füllte sich die Halle mit dem Gefolge des Khagans. Füße scharrten, Waffen klirrten. Ein paar hundert Gesichter starrten die Herzogin an.

An ihre Seite trat Pemmo, der alte Langobarde, der den Awaren als Dolmetscher diente.

»Knie nieder, Herrin!«, raunte er. »Der große Khagan erwartet es.«

Sie sah ihn erschrocken an und machte unwillkürlich eine Abwehrbewegung.

»Aber … aber das hieße ja …«

»Knie nieder! Wirf dich dem Herrscher zu Füßen!«

Sie atmete tief, blickte auf ihre feuchten, gegeneinander gepressten Hände und rang mit einem Entschluss.

Der Khagan setzte die Musterung fort, wobei sich sein Mund zu einem leicht spöttischen Lächeln verzog.

Schließlich verneigte sie sich vor ihm, raffte ihr Kleid und beugte ein wenig, doch fast unmerklich, das Knie.

»Ich biete dem König der Awaren meinen Willkommensgruß!«, sagte sie, wobei sie ihn wieder ansah und sich bemühte, ihrer Stimme Festigkeit zu geben. »Nachdem es kurze Zeit Feindschaft zwischen Awaren und Langobarden gegeben hat, ist es mein aufrichtiges Bestreben, diesen unnatürlichen Zustand zu beenden und …« – sie stockte beim Anblick der unbewegten, punktäugigen Awarengesichter – »… und das frühere, lange dauernde gute Verhältnis friedlicher Nachbarschaft wiederherzustellen. Ich bin sicher, dass du, König, ebenso denkst und gekommen bist, um dem Blutvergießen und all dem Elend ein Ende zu machen. Dafür danke ich dir und bitte dich, zur Begrüßung einen Trunk Wein zu genießen.«

Sie nahm aus der Hand eines Dieners den gefüllten Pokal und trat auf den Khagan zu. Fragend blickte sie zu Pemmo, in der Erwartung, dass er ihre lateinische Anrede übersetzte.

Doch da nahm der Awarenherrscher schon selber das Wort und antwortete ihr fließend in derselben Sprache.

»Deine Worte, Herzogin, haben zum Ausdruck gebracht, was ich mir wünsche«, sagte er mit einer hellen, scharfen Stimme. »Deshalb danke ich dir für den Empfang!«

Er ergriff den Pokal, trank aber nicht, sondern gab ihn einem Awaren, der neben ihm stand. Dieser ging ein paar Schritte beiseite und kostete, während der Khagan zu reden fortfuhr.

Er sagte, er habe den Krieg nicht gewollt und hätte ihn niemals begonnen. Nur der Übermut Herzog Gisulfs, der seine Leute ermutigt habe, immer wieder die Grenze zu verletzen, in awarischen Wäldern zu jagen, in awarischen Flüssen zu fischen, sich awarisches Land anzueignen und awarische Untertanen, Männer, Frauen und Kinder, zum Verkauf in die Sklaverei zu rauben, habe ihn gezwungen, sein Heer zu sammeln und die unbesonnenen Frevler zu strafen. Leider hätten die Langobarden aus der Niederlage ihres Aufgebots nicht gleich die richtigen Lehren gezogen, die Entschädigung für den beschwerlichen Kriegszug verweigert und ihn, der nichts mehr als den Frieden liebe, zu einer Belagerung ihrer Festung genötigt …

Es war offensichtlich, dass dem Awarenherrscher daran gelegen war, jeden Verdacht zu beseitigen, er habe aus eigenem Antrieb oder sogar in fremdem Auftrag gehandelt.

Wie es Angreifer zu allen Zeiten taten, spielte er die verletzte Unschuld. Romilda stand vor ihm und hörte beklommen, wie seine Klage zunehmend heftiger, der Ton seiner Stimme höher und schriller wurde. Unvermittelt ging er dabei auch von Zeit zu Zeit in seine eigene Sprache über, die ihr wie Vogelgekreisch klang. Das war ohne Zweifel für seine Gefolgschaft bestimmt, die Zorn und Empörung verlangte. Mit keinem Wort sprach er von der Heirat und den Bedingungen für die Übergabe der Festung. Dagegen bezeichnete er sich selber als deren Herr und bedauerte, dass man ihm bis zum heutigen Tage sein mit awarischem Blut erkämpftes Recht verweigert habe. Dabei sah er die Herzogin durchdringend an.

Es war ihr aus der Nähe gleich aufgefallen, dass der Khagan – entgegen dem Eindruck, den sie von der Mauer aus gewonnen hatte – viel mehr Steppensohn war als Grieche oder Römer. Offensichtlich ein Mischling, hatte er zwar die schlanke Gestalt und längliche Kopfform der Männer vom Mittelmeer, doch auch den tiefen Haaransatz, die schmalen Augen und kräftigen Wangenknochen seiner awarischen Stammesbrüder. Schwarz glänzend hing ihm der Zopf über die Schulter, welche auch diesmal ein seidener Mantel bedeckte. Statt des Helms trug er ein mit kostbaren Steinen besetztes Diadem.

Als er endlich seine Rede beendet hatte, lud ihn Romilda ein, in einem Armstuhl neben ihr Platz zu nehmen. Gleich gab Billo Knechten ein Zeichen, die Bänke hereintrugen, auf denen sich die Awaren lärmend niederließen. Die Herzogin rief ihre Söhne und Töchter herbei und stellte sie dem Khagan vor. Taso senkte dabei den Blick und krümmte die Schultern, und rote Flecken, die auf seinen Wangen erschienen, waren die einzigen sichtbaren Zeichen seiner Empörung. Als Romilda die Vornehmen ihrer Gefolgschaft herbeiwinkte, um auch sie vorzustellen, neigte sich Ruthard zu ihr und sagte leise: »Alle Wachen sind schon entwaffnet. Und weitere fünfhundert sind hereingekommen – entgegen der Abmachung.«

Der Khagan trank jetzt aus dem Willkommenspokal, und da er nun seine Leute abgelenkt sah, änderte er sein Verhalten ein wenig. Er lächelte und lobte den Wein, worauf Romilda erwiderte, dass man leider davon nur noch ein einziges Fäßchen, das schon zur Neige gehe, besitze. Darauf lachte der Khagan und sagte, er habe zwar mit einem Sturm auf die Festung gedroht, doch hätte er diesen nicht ausgeführt, weil er sichere Nachricht habe, nicht nur der Wein gehe hier zu Ende. Und er fragte die Herzogin, ob denn die Langobarden noch in der Lage seien, seinen Kriegern ein Mahl zu bereiten.

»Gewiss sind wir dazu in der Lage«, sagte Romilda. »Es werden schon Zurüstungen getroffen. Ich hoffe aber, dass ihr euch an die Vereinbarung haltet und dass nicht mehr als fünfhundert Mann hereinkommen. Auf gerade so viele Gäste sind wir vorbereitet.«

»Mir scheint, du hast Zweifel«, erwiderte der Khagan, wobei das Lächeln auf seinen Lippen gefror, »ob ich mein königliches Wort halten werde. Ich pflege Abmachungen und Verträge treu zu erfüllen.«

»Deine Worte überzeugen mich«, beeilte sie sich zu versichern. »Dann muss es ein Irrtum meiner Leute sein, die mir gemeldet haben, es seien noch einmal fünfhundert hereingekommen.«

»Noch einmal fünfhundert? Das ist nicht möglich.« Er lächelte noch, aber plötzlich schrie er: »Sunikan, Kursitsch!«

Zwei grauhaarige Awaren in langen Mänteln mit Prunkgürteln, die in der Nähe saßen, sprangen auf und eilten herbei. Der Khagan sagte etwas in ihrer Sprache, und sie antworteten, wobei sie mit beiden Armen heftige Zeichen des Widerspruchs gaben.

»Das sind Sunikan und Kursitsch, zwei meiner Tausendschaftsführer«, sagte der Khagan zu Romilda. »Sie wissen nichts von weiteren fünfhundert Kriegern. Deine Leute belügen dich.«

Die beiden Awaren kehrten, unter Verbeugungen gegen den Herrscher rückwärts gehend, an ihre Plätze zurück.

»Verzeih mir«, sagte Romilda. »In meiner Lage muss man vorsichtig sein. Was ich vor allem wünsche, ist Frieden. Deshalb bin ich dir einen Schritt entgegengekommen und hoffe, ich habe mich nicht zu weit vorgewagt.«

»Ja, ich bewundere deinen Mut«, sagte der Khagan, seinen dünnen schwarzen Bart streichend. »Alte Stuten sind selten tollkühn. Aber sie können in der Herde sehr nützlich sein und taugen manchmal sogar noch zur Zucht.«

Romilda erschrak über diese Rohheit, und wieder spürte sie, wie ihr Atem stockte.

Der Khagan sah sie an und lächelte.

»Diese Sprache verstehe ich nicht«, sagte sie.

»Du verstehst«, entgegnete er. »Doch wie ich dir gerade noch einmal versicherte, werde ich Wort halten. Spätestens in drei Monaten wird die edelste Blume Italiens den Kranz meiner Frauen schmücken.«

»Den Kranz deiner Frauen«, wiederholte sie leise, kämpfte die aufsteigenden Tränen nieder und fragte: »In drei Monaten, sagst du?«

»Spätestens. Dann werden wir ja zurückgekehrt sein.«

»Zurückgekehrt?«

»An die Orte, wo auch unsere Götter wohnen.«

»Und wo wohnen sie?«

»Genau in der Mitte meines Reiches.«

»In der Mitte?«, sagte sie betroffen. »Und dorthin willst du mich führen?«

»Ich brauche das Wohlwollen unserer Götter. Deshalb kann ich nur heiraten, wo sie zugegen sind, und zu einem Zeitpunkt, den die Seher für günstig halten.«

»Die Seher?«

»Sie bestimmen den Tag für das erste Beilager.«

Romilda erwiderte nichts und versuchte, ebenfalls zu lächeln.

»Bezähme die Ungeduld!«, sagte der Khagan.

48

Alle Torwachen wurden entwaffnet, und im Laufe des Tages ritten durch die drei Tore (das südliche war infolge der Zerstörung der Natisso-Brücke noch nicht wieder passierbar) immer mehr größere oder kleinere Haufen awarischer Krieger in die Stadt ein. Zumeist in Gruppen von sechs bis acht Reitern jagten sie auf ihren stämmigen, struppigen Pferden durch die Gassen, scheuchten die dort lagernden Obdachlosen und Flüchtlinge auf, rissen Zelte und Hütten um. Mit schrillem Geschrei schwangen sie ihre blitzenden Krummsäbel, schlugen sie mit Peitschen auf die Köpfe und Rücken derjenigen ein, die sich nicht schnell genug vor ihnen retten konnten.

Das Forum beherrschten die Awaren schon kurz nach ihrer Ankunft allein, nachdem sie die Hunderte, die hier versammelt gewesen waren, in die abzweigenden Straßen und Gassen gedrängt hatten. Eine Herde von Hammeln wurde hereingetrieben, und bald kochten in Kupferkesseln, im Fett der Tiere, Fleischstücke und Fettschwänze. Auf den Spitzen von Messern, Dolchen, Lanzen und Pfeilen langten die Krieger ihre Portionen aus der Brühe, die sie nach ihrer Gewohnheit, fast ausschließlich Fleisch zu essen, ohne jede Zukost verschlangen. Rings um das Forum drängten sich Kopf an Kopf die Hungernden und Geschwächten. Einige wurden vom Anblick der Fleischmassen und den Gerüchen ohnmächtig. Andere fielen auf die Knie, und die Awaren amüsierten sich. Wenn sie wie Hunde um ein Stück Fleisch bettelten und sich balgten, wurde ihnen eines zugeworfen.

Auch auf dem Decumanus und dem Cardo lagerten Haufen der fremden Krieger und hielten ihr Mahl, doch mieden sie, zweifellos auf strengen Befehl, die Häuser und kümmerten sich kaum um die Menschen. Nur gelegentlich kam es zu Übergriffen – einige Männer wurden ihrer silberbeschlagenen Gürtel, Frauen ihres Halsschmucks beraubt –, aber den Ruf der schrecklichsten aller Kriegerbanden, der ihnen vorausging, schienen die Söhne der östlichen Steppen hier nicht erneuern zu wollen. Von Zeit zu Zeit ritten Hundertschaftsführer mit kleinem Gefolge vorüber, kenntlich am kostbaren Lederzeug ihrer Pferde und an Helmen mit Genickschirm und Stirnschienen, unter denen die gefetteten und in Knoten gebundenen Zöpfe wie Büffelhörner hervorstachen. Sie hatten offensichtlich den Auftrag, das Kriegsvolk im Zaume zu halten. Unter den Bewohnern der Festung und den Flüchtlingen machte sich eine gewisse Erleichterung breit, und immer lauter hörte man plötzlich das Lob der Herzogin, die sich für die Bürger der Stadt, für ihre langobardischen Brüder und Schwestern und alle anderen geopfert habe.

Unterdessen gab es im Palast ein Gelage, bei dem ebenfalls Unmassen von Fleisch vertilgt und unzählige Ziegenhäute mit Wein geleert wurden. Da die wenigen mageren Ochsen, die die Belagerung überlebt hatten, die Fressgier der rauen Gäste nicht stillen konnten, ließ der Khagan Wildbret und Hammelfleisch aus dem Lager herbeibringen, desgleichen Wein und eimerweise gegorene Stutenmilch. Dieses heimische Getränk, das sie dem fremden Rebensaft vorzogen, berauschte viele der awarischen Krieger sehr schnell, und sie begannen, einander zu necken und in allerlei Geschicklichkeitsspielen zu wetteifern. Einige traten im Palasthof in die Mitte und tanzten, während andere den Takt dazu schlugen, indem sie mit ihren Messern auf die Ränder der Kessel und Schüsseln trommelten. Die Tänzer stellten sich in zwei Reihen auf und ahmten zuerst die täppischen Bewegungen der Bären nach. Dann rangen sie miteinander und führten, durch Geheul und Pfiffe angefeuert, waghalsige Säbelkunststücke aus.

Doch nur ein Teil der Awaren beteiligte sich an dem fröhlichen Treiben. Andere gingen unauffällig umher und beobachteten die Männer des herzoglichen Gefolges. Diese waren zwar nicht entwaffnet worden, doch da sie mit an den langen Tischen saßen und seit Wochen zum ersten Mal ihren Heißhunger stillen durften, hatten viele ihre Gürtel geöffnet und Schwerter, Beile und Dolche auf die Bänke gelegt oder an Pfeilern und Wänden aufgehängt. Die meisten dieser Waffen verschwanden, ohne dass ihre Besitzer es gleich gewahr wurden. Wer etwas bemerkte, wagte allerdings nicht, die fremden Krieger zu verdächtigen, die gerade noch Feinde und die weit in der Überzahl waren. Lieber füllte er sich noch einmal den Becher und gab sich dem glücklichen Rausche eines dem Tode Geweihten hin, der auf wunderbare Weise davongekommen war.

Romilda saß noch immer am selben Platz in der Halle, vor Schüsseln, die sie nicht beachtet, vor einem Pokal, den sie kaum berührt hatte. Während links und rechts an den langen Tafeln die Gelageteilnehmer lärmten, schwieg sie und blickte die meiste Zeit wie teilnahmslos auf die verblichenen Reste eines römischen Gemäldes an der gegenüberliegenden Wand. Manchmal kreuzte sich ihr Blick auch mit dem einer ihrer Getreuen, dann bemühte sie sich um ein ermunterndes Lächeln. Sie hatte in der Nacht kaum geruht, war erschöpft und empfand Schmerzen im Kopf und an allen Gliedern.

Der Khagan neben ihr hatte seit dem Gespräch über Zeitpunkt und Ort der Heirat nicht mehr das Wort an sie gerichtet. Einige ihrer Versuche, etwas mehr über seine Pläne mit ihr, ihren Kindern, der Stadt und dem Herzogtum zu erfahren, hatte er mit einem undurchdringlichen Lächeln und Schweigen beantwortet. Er zeigte ihr damit, dass er jetzt ihr Herr war und dass es völlig in seinem Belieben stand, sich dazu zu äußern oder nicht. Auch sprach er kaum, und während er mäßig trank, beobachtete er aus fast geschlossenen Augenspalten das Geschehen in der Halle. Ab und an trat einer seiner Tausendschaftsführer, der graue Sunikan meist, unter Verbeugungen an ihn heran, stellte eine Frage, erbat eine Order und erhielt eine kurze herrische Antwort. Die meisten der awarischen Anführer, die in seiner Nähe saßen, begnügten sich aber damit, von Zeit zu Zeit zu ihm hinzublicken und, wie es schien, in seiner Miene zu lesen, so als warteten sie auf etwas.

Es waren an die hundert Awaren, ohne Zweifel die vornehmsten, die mit dem Khagan und der Herzogin in der Halle tafelten. Weit weniger zahlreich war das herzogliche Gefolge, zu dem Ruthard und Warnehar, damit es eindrucksvoller wirkte, auch ein paar Dutzend Männer befohlen hatte, die zwar keine Langobarden, dafür aber ansehnlich und noch bei Kräften waren. Um zu zeigen, dass sie sich nicht unterwarf, hatte die Herzogin zum Gelage – entsprechend der von den Römern übernommenen Sitte – auch die Gemahlinnen ihrer Edlen geladen. Nur wenige und fast ausschließlich alte hatten sich aber getraut zu kommen, die jüngeren und die Mädchen versteckten sich ängstlich. Auch Appa und Gaila waren verschwunden.

Dafür erschien plötzlich Winiperga.

Wie eine Königin betrat sie die Halle, in schillernde byzantinische Seide gehüllt und im Schmuck von Halsketten, Armreifen, Ringen und Ohrgehängen. Eine gewaltige blonde Perücke, hoch getürmt und mit Rubinen und Perlen durchflochten, saß auf ihrem kleinen Kopf, den sie anmutig drehte, das strahlende, wundersam mit Hilfe von Bleiweiß, Purpur und Glimmer verjüngte Gesicht nach allen Seiten wendend, die Verblüffung von hundert glotzenden Awaren genießend. Sie machte dem Khagan eine tiefe, zeremonielle Verbeugung, und als sei sie geladen, nahm sie Platz zwischen Billo und dem buckligen Mundschenken, plauderte, winkte den Knechten, sie mit Wein zu versorgen. Sie beobachtete eine Weile die Vorgänge in der Halle, und ihre beiden Tischnachbarn mussten sie über die Ränge der awarischen Anführer aufklären. Offensichtlich war Sunikan nach dem König der Höchste, und sie begann, ihm Blicke zuzuwerfen. Dann entdeckte sie Pemmo und rief ihn zu sich. Sie kannte den ehemaligen Landrichter gut, in dessen Grenzbezirk sie den Herzog und ihren Gatten Grasulf manchmal zur Jagd begleitet hatte. Ihn bat sie, dem Herrn Sunikan auszurichten, dass eine hochgestellte langobardische Dame, die an dem glücklichen Ende der Belagerung maßgeblich Anteil habe, sich unter seinen persönlichen Schutz stellen wolle.

Pemmo erfüllte die Bitte, und Winiperga, die nun kein Auge mehr von Sunikan ließ, bemerkte erfreut, dass sich, als der Dolmetscher zu ihr hindeutete, das gleichmütige Gesicht des grau bezopften Awarenhäuptlings in gewinnende Falten zog. Gleich forderte sie sein gekrümmter Finger auf, sich zu nähern. Sie eilte zu ihm und war entzückt, dass sie Pemmos weitere Hilfe nicht nötig hatte, weil Sunikan etwas Latein sprach. Während sie mit ihm redete, begegnete sie einem traurigen Blick Romildas, den sie verstand und der heiße Freude in ihr aufsteigen ließ. Es schien, sie würde nun die Verhasste nicht mehr lange ertragen müssen.

Dem alten Häuptling, der ihr grinsend zuhörte, bekannte sie, das awarische Volk schon immer bewundert zu haben und tief unglücklich über den Krieg gewesen zu sein. Allen Einfluss habe sie aufgewandt, um ihren Schwager, Herzog Gisulf, zurückzuhalten. Immer wieder habe sie ihn mahnend an seinen großen Ahnen, den König Alboin erinnert, der auch ein Freund der Awaren gewesen sei. Doch sei sie leider zu schwach gewesen, um etwas auszurichten. In den letzten Wochen habe sie ständig gemahnt, die Tore zu öffnen und nicht noch mehr awarisches Blut zu vergießen. Erst als es fast zu spät war, habe die Herzogin ihrem Flehen Gehör geschenkt und ihrem Vorschlag nachgegeben. Sie – sie allein – habe die große Idee gehabt, durch eine Heirat zwischen

Awaren und Langobarden Frieden zu stiften. Und ihr Verdienst – ihr alleiniges – sei es, dass nicht ein einziger awarischer Krieger beim Sturm auf die Festung sein Leben ließ.

Sie blickte groß und bedeutsam zu Sunikan auf, der neben ihr saß und wohlwollend nickte. Lüstern funkelte es hinter den schweren, halb geschlossenen Lidern.

Dankbarkeit wolle sie nicht dafür, fuhr Winiperga dann lebhaft fort, aber auch keinen Schaden. Leider müsse sie jedoch argwöhnen, dass die Herzogin die versprochene Mitgift weniger aus ihrem eigenen Schatz, sondern aus fremden Truhen zusammenbringen wolle. Daher fürchte sie um ihr Hab und Gut, obwohl es nach manchem Verlust durch den Krieg wahrhaftig nur noch ein bescheidenes sei. Wenn aber ein hoher awarischer Würdenträger wie Herr Sunikan als ihr Beschützer auftrete, werde ein solcher Zugriff nicht möglich sein. So wende sie sich an sein edles Herz und bitte ihn um diesen Dienst. Mit einer Wache vor ihrer Wohnung im Seitenflügel des Palastes würde sie sich schon bedeutend sicherer fühlen.

»Wache? Du, Frau, willst Wache?«

Der Aware entblößte die spitzen, schwärzlichen, unregelmäßigen Zähne und kicherte.

»Du schlägst es mir doch nicht ab?«

»Ich selber bin Wache – ganze Nacht!«

»Du selber?«

»Ich selber. Sunikan. Ich wache bei Frau!«

Er kicherte immer noch. Winiperga begriff erst jetzt und erschrak. Sie seufzte auf, schlug die Augen nieder.

»Sei auf der Hut, Herrin!«, brummte Pemmo, der hinter ihr stehen geblieben war und alles mit angehört hatte, auf langobardisch.

Unter den Gefolgsleuten der Herzogin saß auch Hildigis in der Halle.

Der junge Mann war noch immer Schildträger des Kommandanten, hatte als solcher aber nichts mehr zu tun. Nachdem Warnehar vergebens gegen die Besetzung der Festungstore protestiert hatte, ließ er den Dingen ihren Lauf. Müde saß er an der Tafel und starrte schwermütig in seinen Becher, den er sich immer wieder füllen ließ.

Hildigis dagegen trank wenig und beobachtete aufmerksam, was auf der anderen Seite der Halle, wo die Awaren saßen, vor sich ging.

Immer häufiger kamen von draußen Unterführer herein und machten ihren Tausendschaftsführern Meldung. Diese wiederum traten zu dem schweigsamen Khagan, der anfangs, als wolle er nicht in seinen Gedanken gestört werden, nur unwirsch und kurz angebunden antwortete. Doch schien es Hildigis, als stimme er dem, was die Männer ihm vorschlugen, nach und nach zu, und bald gab er sogar selbst eine längere Anweisung. Darauf versammelten sich die Tausendschaftsführer in einer Ecke der Halle und steckten die Köpfe zusammen. Schließlich erteilten sie wartenden Unterführern Befehle, die sich verbeugten und hinauseilten.

Hildigis konnte seine Unruhe nicht mehr beherrschen und stand auf. Er ging ein paarmal auf und ab, als wolle er sich Bewegung machen, und vergewisserte sich, dass er nicht beobachtet wurde. Dabei näherte er sich der breiten Treppe im hinteren Teil des Saales. Niemand achtete auf den jungen Mann mit dem Narbengesicht, der noch immer den Arm in der Wundbinde trug. Rasch stieg er hinauf und erreichte über einige Absätze den Gang, der zu den Gemächern der Herzogin führte.

Er entdeckte Appa sofort. Sie stand an einem der hohen Bogenfenster, eine kleine Schwester auf jedem Arm, und blickte hinunter in den Hof, wo sich noch immer die awarischen Tänzer tummelten.

Der Gang war voller Menschen, fast ausschließlich weiblichen Geschlechts und jüngeren Alters. Damen des herzoglichen Hofes, ihre Töchter und Mägde warteten hier in ängstlicher Ungewissheit, blickten hinunter in den Hof auf die »Teufelsfratzen« der fremden, bedrohlichen Kriegsmeute, standen in Gruppen beieinander und sprachen sich Mut zu, wobei sie die Stimmen dämpften, als fürchteten sie, von unten gehört zu werden.

»Appa!«

»Oh, Hildigis! Endlich! Ich war in Sorge um dich.«

»Warum?«

»Weil ich dich dort unten nicht sah ... und weiß man denn, was noch geschehen wird?«

»Du hast Recht. Ich war bis jetzt in der Halle. Dort gehen seltsame Dinge vor sich.«

»Was meinst du damit?«

»Komm beiseite! Ich habe dir etwas zu sagen.«

Appa setzte die Kleinen auf den Boden, versprach ihnen, gleich zu ihnen zurückzukehren, und folgte Hildigis. Er zog sie in eine Wandnische, wo sie fast unbemerkt waren.

Nachdem sie sich verstohlen geküsst hatten, sagte Hildigis: »Appa! Wir beide müssen fliehen!«

»Fliehen?«, fragte sie betroffen. »Wohin?«

»Von hier fort. Hinaus aus der Stadt!«

»Was fällt dir ein? Das ist doch nicht möglich.«

»Ich wüßte schon eine Möglichkeit.«

»Aber wie kommst du darauf? Glaubst du wirklich, dass wir noch in Gefahr sind?«

»Irgend etwas haben sie vor.«

»Aber was? Es soll niemandem etwas geschehen. Der Khagan hat doch sein Wort gegeben.«

»Wer kann ihn zur Rechenschaft ziehen, wenn er es bricht?«

»Meine Mutter! Sie hat sein Versprechen ...«

»Deine Mutter sieht nicht sehr glücklich aus. Und Macht hat sie auch keine mehr.«

»Aber sie hat sich doch geopfert, um ...«

»Was kümmert ihn das! Hör mir zu, Appa … Sie bewachen zwar die drei Haupttore, aber das kleine Ausfalltor an der Nordmauer haben sie noch nicht besetzt. Wir könnten unbeachtet hinaus. Da sie nichts mehr zu befürchten haben, sind sie draußen nicht allzu wachsam. Wir werden leicht durchkommen und die Straße nach Aquileia erreichen. Morgen sind wir in Sicherheit. Entschließe dich, Appa!«

Er packte sie an den Schultern. Flehend blickte sie ihm in die Augen.

»Nein, Hildigis. Ich kann nicht mit dir fliehen.«

»Appa! Wir lieben uns! Haben wir uns nicht geschworen, zusammenzubleiben – aller Unbilden, aller Widerstände zum Trotz?«

»Ja, das haben wir …«

»Dann zögere nicht! Hier drinnen lauert das Unheil, der Tod!«

»So fliehe allein!«

»Wie könnte ich das … und dabei wissen, dass du ihnen in die Hände fällst! Appa, warum …«

»Ich habe Pflichten!«

»Welche Pflichten hättest du hier?«

»Ich darf meine Mutter nicht im Stich lassen.«

»Ihr wird nichts geschehen. Und die Gefangenschaft hat sie selber gewählt.«

»Wie kalt du darüber sprichst. Sie will uns retten!«

»Vergebliche Hoffnung!«

»Umso schlimmer! Wenn eines ihrer Kinder flieht, wird man sie vielleicht dafür büßen lassen. Auch meine kleinen Geschwister brauchen mich.«

»Appa! Du hast mir Mut gemacht, weiterzuleben, weiterzukämpfen! Warum nimmst du uns wieder jede Hoffnung! Wir sind verloren, wenn wir nicht gleich, auf der Stelle …«

In diesem Augenblick drang Lärm von unten herauf.

Gebrüll und Pfiffe, Pferdegetrappel, Waffengeklirr.

Und ein gellender Ruf ertönte:
»Verrat!«
Die Frauen am Fenster schrien auf.
»Zu spät!« sagte Hildigis. »Es geht schon los …«

49

»Drei Tage und Nächte brennt nun die Stadt. Nur wenig wird von ihr übrig bleiben … die Mauern, die steinernen Fundamente. Zeit wird es brauchen, bis sich das Leben dort wieder regt …«

Es war Pemmo, der diese Worte sprach, wobei er hinüberblickte zum westlichen Horizont. In der Ferne, vor dem Hintergrund des Abendhimmels, stieg über der kaum wahrnehmbaren Mauer noch immer Rauch auf. Dicke Qualmwolken ballten sich, wo der Palast zu vermuten war.

»Und die meisten, sagst du …?«

»Die meisten sind tot. Nur kräftige junge Männer und Frauen wurden verschont. Auch Kinder, sofern sie in dem Tumult und den Flammen nicht umkamen. Und Vornehme oder Männer mit besonderen Fertigkeiten. Sie alle können den Siegern noch nützlich sein. Für die anderen gab es keine Gnade. Jedes Haus, jede Hütte wurde durchsucht. Wer graue Haare hatte und kränklich oder nur schwächlich aussah, wurde gleich niedergemacht. Dann ging es ans Plündern und ans Brennen.«

»Der himmlische Richter wird mich strafen«, sagte Romilda. »Für alles.«

Der alte Langobarde schwieg dazu.

Sie standen am Eingang eines Zeltes, das rasch, am Ende des Tagemarschs, aus Metallstangen, Filzmatten und Teppichen errichtet war. Ringsum im hügeligen Gelände verstreut waren wohl an die tausend solcher Nomadenbehausungen. Auf einer Felsplattform in der Mitte erhob sich das Purpurzelt des Khagans.

»Was deine Söhne und Töchter betrifft, Herrin«, begann Pemmo wieder, »so kann ich berichten, dass sie wohlauf sind. Deine Söhne werden zwar streng bewacht, doch keinem von ihnen wurde ein Haar gekrümmt.«

»Und meine Töchter? Warum darf ich nicht zu ihnen?«

»Auch deine Töchter sind in sicherer Obhut. Ich hoffe, du wirst sie schon morgen wieder sehen.«

»Warum erst morgen?«

»Gedulde dich, Herrin, du wirst es erfahren. Der Khagan hat mir befohlen, dich aufzusuchen und dir seine Entschlüsse mitzuteilen.«

»Der Khagan hat mich schändlich betrogen! Warum teilt er mir seine Entschlüsse nicht selber mit? Fehlt ihm der Mut, einer Frau in die Augen zu blicken, die auf sein Wort vertraute, die ...«

»Still, Herrin! Überall gibt es Lauscher. Auch deine Wächter verstehen vielleicht unsere Sprache. Vorsicht also! Wenn du dein Schicksal nicht noch weiter erschweren willst, so beherrsche dich und höre mir zu.«

»Nun, dann sage mir, was du zu sagen hast. Ich habe keine Kraft mehr, um aufzubegehren ... keine Tränen mehr, um zu weinen. Ich werde gleichmütig alles hinnehmen.«

Sie strich ihr wirres Haar zurück und wandte ihm ihr bleiches, abgezehrtes Gesicht mit dem Ausdruck der Ergebenheit zu. Noch immer trug sie das lange, dunkle Gewand, in dem sie den Khagan drei Tage zuvor empfangen hatte. Es war schmutzig und an den Ärmeln angesengt und zerrissen, ein Strick hielt es in der Mitte zusammen. Gürtel und Fibeln waren der Herzogin ebenso wie die Halskette, die Haarspangen, der Schleier und die Schuhe geraubt worden.

»Ich beginne damit, dir wiederzugeben, was mir der Khagan wörtlich auftrug. Er lässt dir sagen, dass er die Sonne sei, welche immer scheint, und dass somit unbedingt auf ihn Verlass sei. Wer sich also seiner Gnade erfreue, der könne sich darin wärmen. Wie aber von Zeit zu Zeit die Sonne gehindert werde, ihre Strahlen zur Erde zu senden, weil es Wolken gebe, die ihr Gesicht verdecken, so könne auch er gehindert werden, jederzeit und bei jeder Gelegenheit die volle Kraft seiner Gnade wirken zu lassen. Leider seien solche Umstände eingetreten.«

»Und welche Wolken waren es, die mir die volle Kraft seiner Gnade entzogen haben?«, fragte Romilda mit bitterem Spott.

»Vor allem der Unmut seiner Getreuen. Zwar ist der Khagan ein gottgleiches Wesen, aber seitdem die Awaren mit den Griechen und Römern in Berührung kamen, wissen sie, dass auch Götter gestürzt werden können. Der Khagan hatte den Krieg mit dem Versprechen begonnen, es werde so reiche Beute geben, wie sie niemals zuvor einem Heer in die Hände gefallen sei. Dann aber zog er in die Stadt ein und untersagte, wie mit deinen Abgesandten vereinbart, das Plündern. Viele vertrauten ihm aber nicht und wollten sich nicht mit der Aussicht zufrieden geben, dass später ein Teil der Reichtümer, die du mitbringen wolltest, unter die Krieger aufgeteilt würde. Sie verlangten, es so zu halten wie immer und ihnen das Recht der Sieger zu geben: die Besiegten zu töten, zu massakrieren, zu schänden und ihnen alles zu nehmen, was sie besitzen. Du hast wohl nicht bemerkt, dass die Entscheidung dem Khagan nicht leicht fiel. Doch er wusste zu gut, dass hinter der Forderung eine Drohung stand, eine tödliche Drohung. Er musste wägen, was für ihn besser war: das dir gegebene Wort zu brechen und dafür seine Krieger zufrieden zu stellen – oder aber sich ihren Hass aufzuladen und dafür …«

»… und dafür nichts zu bekommen als eine Frau, die ihm zwar aus der Ferne gefiel, ihn aus der Nähe jedoch enttäuschte. Wie verständlich!«

»Dennoch bedauert er, Herrin, dass er sein dir gegebenes Wort nicht einlösen konnte. Und so stellt er dir frei, auch deinerseits von der vereinbarten Heirat zurückzutreten.«

»Er stellt es mir frei? Er erwartet es! Wie sollte ich seinen Betrug auch anders beantworten?«

»Herrin ...«

»Aber kommt es noch auf meinen Willen an? Was bin ich jetzt noch, nachdem er mich von meinen Kindern und meinen Getreuen getrennt und unter Bewachung mitgeschleppt hat? Bin ich nun eine Gefangene? Wird man mich als Sklavin verkaufen?«

»Solche Vorschläge wurden gemacht. Von Sunikan, Kursitsch und anderen, die das Ohr des Khagans besitzen. Sie verlangten auch, dass deine Söhne ...«

»Meine Söhne? Was soll mit ihnen geschehen? So sprich doch!«

»Herrin, wir werden bald einen Platz erreichen, den die Awaren das ›Heilige Feld‹ nennen. Das ist einer der Orte, wo ihre Götter wohnen, der erste auf unserem Wege. Wenn sie von einem Kriegszug heimkehren, opfern sie in einem solchen Heiligtum die vornehmsten Gefangenen.«

»Die vornehmsten? Aber das sind ...«

»Deine Söhne, die Gausen. Deshalb verlangten die Männer, die ich dir nannte, dass der Khagan ihrer Opferung zustimme.«

»Gott im Himmel!«

»Tue er dies nicht, so drohten sie wieder, würden die Götter beleidigt sein und ihn aus ihrer Gemeinschaft ausstoßen.«

»Und was beschloss er?«

»Diesmal widersetzte er sich und blieb auch dabei.«

»So sind sie gerettet?«

»Noch nicht, doch scheint alles auf gutem Wege zu sein. Ich bin nicht berechtigt, Herrin, es dir zu enthüllen, weil es ein tiefes Geheimnis ist ... und tue es trotzdem, halte ich doch im Herzen noch immer dem Herzog Gisulf, der dein Gemahl war, die Treue. Seine Vermutung, wer diesen Krieg gewollt, sich die Vernichtung seiner Herrschaft zum Ziel gesetzt und den Khagan als seinen Vollstrecker vorgeschickt hat, war richtig – niemand anders als Ago selbst, der König der Langobarden, war es. Er wollte die Macht des Herzogs beseitigen und Friaul unter seine Kontrolle bekommen. Dazu wünschte die Königin Theudelinde, dass endlich der arianische Glaube ausgerottet, der römische aber eingeführt werde. Ein gewisser Usbad, ein Gepide, wurde als Unterhändler zum Khagan geschickt. Er gewann ihn mit reichlich Gold und der Zusage, dass sich der König nicht einmischen werde und den Awaren das Recht einräume, nach einem Sieg auch nach Siegerart zu verfahren. Ago stellte jedoch die Bedingung, der Familie des Herzogs dürfe kein Leid geschehen. Er wollte nun einmal den Schein wahren und auf jeden Fall den Verdacht vermeiden, er stecke als Gausenfeind hinter dem Ganzen. Während Forojuli belagert wurde, ließ er sich ständig unterrichten und kam sogar selber nach Treviso, um dem Geschehen näher zu sein. Doch hütete er sich einzugreifen.«

»So ist es kein Wunder, dass unser Hilferuf an die drei Herzöge ungehört blieb!«

»Nein, denn der König hielt sie zurück. Allerdings musste auch er – wie der Khagan – die Stimmung seiner Großen beachten. Nicht wenige fanden sein Vorgehen fragwürdig, seinen Pakt mit den Awaren verdächtig. Als er nun hörte, dass die Belagerung beendet und Forojuli besetzt war, sandte er augenblicklich wieder den Usbad zum Khagan, um ihn an alles zu erinnern, was vorher vereinbart worden war. Noch während des Aufbruchs wurde heute mit Usbad verhandelt.«

»Und was wird nun mit meinen Söhnen geschehen?«, fragte Romilda, die vor Ungeduld kaum noch im Stande war, Pemmos Erklärungen zu folgen.

»Das war die wichtigste Frage«, sagte bedächtig der frühere Landrichter, »und es wäre darüber fast zu einer gefährlichen Zuspitzung der Beziehungen gekommen. Die Awaren um Sunikan wollten ihren Opfertod, Usbad bestand im Namen des Königs auf ihrer Errettung. Auch er drohte – mit einem Krieg und der Wiedereroberung Pannoniens, das ja vor den Awaren uns Langobarden gehörte. Der Khagan, nun doppelt bedroht – vom Zorn seiner Götter und dem des Königs –, traf eine weise Entscheidung.«

»Welche denn? Welche?«

»Sie werden heute nacht fliehen. Das heißt, ihre Flucht wird von den Leuten des Khagans ins Werk gesetzt. Wenn sie verschwunden sind, können sie nicht mehr geopfert werden.«

»Und wohin sollen sie …?«

»An einen geheimen Ort, der mit Usbad vereinbart worden ist. Der Gepide wird sie zum König bringen. Ago will sie unter seinen persönlichen Schutz nehmen.«

»Alle vier? Auch die Jüngeren? Radoald? Grimoald?«

»Alle vier. Du wirst sie nicht wiedersehen, Herrin.«

»Ich werde sie nicht … Ich soll meine Söhne für immer verlieren? Und nicht einmal Abschied nehmen darf ich? Sie nicht ein einziges Mal umarmen?«

»Beruhige dich. Einen Abschied darf es nicht geben, weil er den Fluchtplan, in den nur sehr wenige eingeweiht sind, verraten könnte. Tröste dich mit dem Gedanken, dass deinen Söhnen nichts geschehen wird. Der König wird die Schuld ihres Vaters nicht an ihnen vergelten. Er wird sie nach ihrem Rang behandeln, ihre Erziehung vollenden, und ich glaube sogar, dass er mit ihnen noch Bedeutendes vorhat.«

Romilda antwortete nicht. Sie schlug die Hände vor das Gesicht und gab sich stumm ihrem Schmerz hin. Pemmo ergriff schließlich ihren Arm und führte sie zu einem flachen Felsen in der Nähe, auf dem sie sich niederließ. Misstrauisch blickten die beiden Wächter herüber, machten jedoch keinen Einwand.

Zwischen den Zelten flammten bereits die Feuer auf. Noch immer aber bewegte sich ein scheinbar endloser Treck von Forojuli her auf das Lager zu. Wagen und Lasttiere, mit Beutegut beladen, kamen auf dem steinigen Bergweg nur mühsam vorwärts. Die neuen Besitzer begleiteten sie zu Pferde, schlugen auf Knechte und Tiere ein. Einige hundert Menschen, die das Wüten der Kriegsmeute überlebt hatten, lagerten an einem Berghang, mit Stricken und Ketten aneinander gefesselt.

»Mit deinen Söhnen«, nahm Pemmo das Gespräch wieder auf, »werden in dieser Nacht noch andere wichtige und vornehme Männer fliehen, auf die es dem König und der Königin ankommt. Unter ihnen wird Warnehar sein, der Gastalde, der zuletzt Comes der Festung war. Auch Billo, der edle Franke. Von der Palastwache Unulf und Widin.«

»Und Ruthard?«, fragte Romilda aufblickend.

»Ruthard ist tot. Fiel mit dem Schwert in der Hand, nachdem er noch blutig unter denAwaren gewütet hatte.«

»Er war der Tüchtigste und Treueste.«

»Auch Bischof Marinus kam ums Leben, bei der Verteidigung seiner Kirche. Die Mönche wurden alle gefangen genommen. Pater Sebastianus und die meisten von ihnen werden heute nacht ebenfalls fliehen. Ich glaube, dass sie sehr bald zurückkehren werden, damit sie, wie es die Königin wünscht, die Lehre der römischen Kirche durchsetzen helfen.«

»Bei wem? Die Stadt ist menschenleer.«

»Das Land wird wieder aufblühen. Man wird Forojuli wohl neu besiedeln. Und die Geflüchteten werden heimkommen.«

»Und die Menschen dort drüben am Berg? Die Gefangenen?«

»Deren Schicksal ist zu beklagen, Herrin. Angeblich sollen sie nur umgesiedelt werden … in unsere früheren pannonischen Wohngebiete. In Wahrheit erwartet sie etwas anderes: Verkauf, Sklaverei. Oder Tod. Es werden ja nicht wenige sein, die die Götter zum Ausgleich fordern werden – als Ersatz für diejenigen, die geflohen sind.«

»Ich werde trauern und doch erleichtert sein«, murmelte

Romilda. »Wie ungerecht! Aber kann man als Mutter gerecht sein, wenn es um die eigenen Kinder geht?«

»Was nun deine Töchter betrifft …«

Der alte Landrichter lächelte beruhigend, als Romilda jetzt angstvoll und gespannt zu ihm aufblickte.

»Dass sie wohlauf sind, sagte ich schon. Sie befinden sich in einem der Zelte dort drüben, unter der Aufsicht der ersten Khagana, der Hauptfrau des Königs.«

»Aber was hat er mit ihnen vor?«

»Er will sie verheiraten. Eine sofort.«

»Wen? Etwa Appa, die Älteste?«

»Ebendie.«

»Wie schrecklich für sie. Sie ist verlobt … mit einem jungen Romanen, den ich, als man mich aus der Stadt brachte, unter den Gefangenen sah. Er …«

»Er ist der Sohn eines Baumeisters, eines gewissen Catianus.«

»Ja …«

»Nun höre eine Geschichte, Herrin, in der sich auf seltsame Weise alles zum Guten fügt. Die Hilfstruppen der Awaren bestehen, wie du wohl weißt, vor allem aus sklavenischen Haufen, die ihre eigenen Anführer haben. Diese sind meist die Fürsten selbst, und so befindet sich hier im Awarenheer auch ein Karantanenfürst names Jaromar, der durch außerordentliche Tapferkeit auffiel. Er brachte dreihundert Männer mit, von denen aber die meisten schon in der ersten Nacht der Belagerung, bei dem vergeblichen Sturm auf die Festung, fielen – darunter auch die beiden einzigen Söhne des Fürsten. Um nun den schmerzgebeugten, verdienstvollen Mann zu trösten und zu belohnen, versprach ihm der Khagan, er werde ihm einen besonderen Wunsch erfüllen. Und was wünschte sich dieser Jaromar? Einen Palast aus Stein, so einen, wie es der deinige war, Herrin, der ihn beeindruckt hatte und den auch das Feuer, das jetzt dort wütet, nicht ganz zerstören wird. Der Khagan gewährte die Bitte und ließ unter den Gefangenen nach einem Baumeister fragen. Da meldete sich Catianus, und der wurde auch gleich dem Jaromar zugeteilt. Doch ist er ein alter, hinfälliger Mann, geschwächt durch Verbrennungen und durch Krankheit, und er fürchtet, der winzige Rest seines Lebens werde zum Bau eines großen Palastes nicht reichen. Deshalb schlug er dem Jaromar vor, ihm seinen Sohn als Helfer zur Seite zu stellen, der alles von ihm gelernt habe und bald ein ebenso guter Baumeister sein werde. Und der, falls er stürbe, alles vollenden könne. Jaromar bat also auch um den Sohn des Catianus – und er erhielt ihn.«

»So geht Hildigis also zu den Sklaveniern!«

»Ja. Und deine Tochter Appa geht mit ihm.«

»Sie geht mit ihm? Und werden sie heiraten?«

»Ja, das werden sie. Denn dieser Hildigis, der ein mutiger Kerl ist, weigerte sich, dem Jaromar in sein Stammesgebiet zu folgen, wenn nicht auch deine Tochter dorthin ginge. Er drohte zu fliehen und alles zu tun, um sie aus der Gefangenschaft zu befreien. Sein Leben sei ohne sie nichts wert, sagte er, und nichts werde ihn hindern, es für sie aufs Spiel zu setzen. Nun wollte Jaromar auch deine Tochter haben – doch diesmal war der Khagan weniger großzügig. Er könne die Tochter eines Herzogs, die seine Gefangene und sein Eigentum sei, nur einem Ebenbürtigen geben und zu einem angemessenen Brautpreis. Was tun? Dem Jaromar fiel es nicht ein. Da gab ihm der Khagan selbst einen Hinweis. Wenn er Hildigis adoptiere und damit zum Prinzen der Karantanen mache, werde ihm dieser genügen. Jaromar zögerte nicht lange. Er will nun einmal seinen Palast aus Stein … und warum soll den nicht sein eigener Sohn bauen? Der Khagan hieß ihn, nach allgemein anerkannter Sitte dem Hildigis den Bart zu scheren – zum Zeichen dafür, dass er ihn an Kindes Statt annehme. Außerdem musste er als Brautpreis mehr als die Hälfte seiner Kriegsbeute hergeben. Deine Tochter aber ist glücklich, und da nun Jaromar keine anderen Söhne mehr hat, wird sie wohl eines Tages die Fürstin der Karantanen sein. Ist das nicht eine gute Nachricht?«

»Wahrhaftig!«, sagte Romilda und machte endlich einen Versuch zu lächeln. »Die erste nach all den Berichten von Leiden und Schrecken. Wie froh bin ich für meine Appa! Aber die anderen? Was wird aus ihnen? Du sagtest, ich werde sie morgen wiedersehen?«

»Ja, und der Khagan gestattet, dass du in Zukunft bei ihnen bleibst und weiter für ihre Erziehung sorgst.«

»Gott im Himmel! Sprichst du die Wahrheit? Aber wo werden wir leben?«

»Vielleicht in dem steinernen Palast, den dein Schwiegersohn dem Fürsten Jaromar baut. Der Khagan wünscht, dass deine Töchter, die seine Gefangenen sind wie du selbst, an einen sicheren Ort seines Reiches gebracht werden. Später will er die drei verheiraten, das heißt, er wird sie Bewerbern geben, mit denen er Bündnisse sucht und die hohe Brautpreise zahlen. Das Umherziehen und das Lagerleben wie überhaupt die awarische Lebensweise erscheinen ihm aber als Vorbereitung darauf nicht geeignet. So übergibt er auch sie dem treuen Jaromar, in dessen Burgen am Savus sie weiter aufwachsen werden – bis eine Heirat sie von dort abruft.«

»Und er erlaubt mir, sie zu begleiten?«, rief Romilda, wobei sie aufstand und Pemmos Hand ergriff.

»Ja, Herrin. Der Khagan weiß, dass er dir einen Sieg verdankt, den er sonst nur mit hohen Verlusten errungen hätte. Er weiß auch, dass du edle Beweggründe hattest und von den Folgen deines Handelns grausam überrascht wurdest. Nach Forojuli kannst du niemals zurück, weil du dort als Verräterin giltst. Bei denAwaren würdest du eine Fremde sein und unter Einsamkeit, Härten und Demütigungen leiden. Deshalb bestimmt er für dich eine milde Gefangenschaft, die du mit deinen Töchtern teilen wirst. Morgen bei Sonnenaufgang werdet ihr mit dem Gefolge des Jaromar aufbrechen, der vom Khagan entlassen und in sein Stammesgebiet zurückkehren wird.«

Erst jetzt begriff Romilda in vollem Umfang den Sinn dieser Mitteilungen. Sie und ihre Kinder waren gerettet. Die nur einem Albtraum vergleichbaren Leiden der letzten drei Tage waren beendet: die Haft in einem entlegenen Raum des Palastes – Feuer und Rauch – Schreie der Frauen – auf dem Palasthof verstreute Leichen – die Schlinge des Fangseils eines awarischen Kriegers, die sich um ihren Hals zusammenzog, als sie versuchte zu fliehen. Schließlich der Abtransport in Fesseln, in einer dicht verhängten Sänfte. Das alles war nun vorbei.

Aber dort in der Ferne brannte die Stadt, und niemals würde sie aufhören, so wie in den letzten schrecklichen Tagen und Nächten über die Schuld nachzudenken, die sie an diesem Unglück trug. Sie war wohl in Sicherheit, doch die Verfolgungen würden weitergehen. Vor den Fragen und Zweifeln, die ihr Gewissen plagten, würde es kein Entrinnen geben. Und auch die Angst würde bleiben vor der Rache des Himmels. Irgendwann musste sie dort erscheinen, und nicht mehr der rundäugige freundliche Gott auf dem Altar würde ihr gegenübersitzen, sondern ein strenger, zorniger Richter. Und er würde mit Donnerstimme fragen: Warst du es, meine treulose Magd Romilda, die den heidnischen Horden die Tore zu meiner christlichen Stadt öffnete?

Pemmo wunderte sich ein wenig, weil die frühere Herzogin ihre Freude über die eigene Rettung und die ihrer Kinder nur sehr verhalten bekundete. Er hatte Jubelschreie und Tränen erwartet. Statt dessen Seufzer und dieses lange, gedankenverlorene Schweigen.

So zögerte er eine Weile, ein Anliegen vorzubringen, das er sich für den Schluss der Unterredung aufgehoben hatte. Endlich begann er wieder zu sprechen.

»Verzeih mir, Herrin«, sagte er, »wenn ich dich aus deinen Betrachtungen reiße. Eine edle Frau, die sich in ihrer Verzweiflung an mich gewandt hat, benötigt Fürsprache. Sie ist – nicht ganz schuldlos, wie man zugeben muss – in große Not geraten, und noch Schlimmeres droht ihr. Mein eigener Einfluss reicht leider nicht aus, als ein früherer Landrichter bin ich nur ein Gefangener niederen Ranges, und die Awaren ließen mich ja nur leben, weil ich ihre Sprache beherrsche. Ich warf mich heute dem Khagan zu Füßen und bat für die edle Frau, doch es nützte nichts. Erst als ich hinzufügte, dass sie deine Verwandte, fast eine Schwester sei, sagte er unwirsch: ›Nun, wenn sie will, dann mag sie sie mitnehmen!‹ Das war alles, was ich erreichen konnte. Jetzt kommt es auf dich an!«

»Eine Verwandte? Fast eine Schwester? Sprichst du von Winiperga? Was ist ihr geschehen?«

»Furchtbares hat sie erduldet, Herrin! Sie fiel in die Hände Sunikans, den sie unglücklicherweise selber zu ihrem Beschützer erwählt hatte. Auf ihren Wunsch führte ich sie ihm zu und bereute zu spät, sie nicht gewarnt zu haben. In dem allgemeinen Tumult des Brennens, Mordens und Plünderns wich sie nicht von seiner Seite – in der Hoffnung, er werde ihr ihren Besitz erhalten. Welch entsetzliche Täuschung! Sunikan ließ sich in ihre Wohnung führen und fiel dort gleich über sie her. Doch das schändliche Werk war kaum begonnen, als er vor Wut und Empörung aufbrüllte. Die edle Frau, die sich wehrte, verlor ihre stolze Perücke, und ihr spärliches weißes Haar kam zum Vorschein. Er sah auch, dass ihre rosige Haut nur eine Schicht Schminke war, die in der Hitze des Kampfes zerlief. Der zornige Sunikan schlug sie grausam. Seine Begierde war erloschen, weil sie nun nicht mehr blond und schön war, und er befahl seinen Kriegern, sich an dem ›alten Gerippe‹, wie er sich ausdrückte, gütlich zu tun, bevor er ihm den Rest geben werde. Und so geschah das Ungeheuerliche. Sunikan stand dabei und lachte und gab Befehl, währenddessen alles, was Frau Winiperga besaß, hinauszutragen und auf die Wagen zu laden. Als der Morgen graute, ließ er sie zwischen den leeren Wänden und auf dem kahlen Boden zurück – in einem Zustand, den ich dir nicht beschreiben muss. Und er schrie beim Hinausgehen, das sei noch nicht alles. Auf einen Pfahl spießen werde er die Betrügerin, sobald man in das Lager an der Donau zurückgekehrt sei. Zwar kümmert er sich nicht mehr um sie, doch nun lebt sie in ständiger Angst, er könne die schreckliche Drohung wahrmachen.«

»Und wo ist sie jetzt?«

»Dort drüben, am Hang, unter den Gefangenen. Sie verbirgt ihr Gesicht hinter Tüchern und Schleiern, damit Sunikan ja nicht auf sie aufmerksam wird. Es heißt aber, dass alle Weiber verteilt werden sollen, und dann könnte er sich an sie erinnern. Ich selber fühle mich ein wenig verantwortlich, weil ich sie nicht von Anfang an vor seiner Grausamkeit und seiner Unberechenbarkeit gewarnt habe. Deshalb bitte ich dich noch einmal: Hilf ihr!«

»Ich tue alles, was ich vermag!«, sagte Romilda, heftig erschüttert von Pemmos Bericht. »Ich werfe mich selber dem Khagan zu Füßen!«

»Das wird nicht nötig sein, Herrin. Es genügt schon, wenn du den Wunsch äußerst, Frau Winiperga möge deine Gefangenschaft teilen. Ich werde ihn sogleich übermitteln. Soweit ich es nach der kurzen Zeit, die ich in seiner Nähe verbrachte, beurteilen kann, ist der Khagan ein Gegner sinnloser Grausamkeiten. Er wird Sunikan sein Opfer entreißen, der es aber vielleicht schon vergessen hat. Auf jeden Fall wirst du Frau Winiperga eine Gefangenschaft ersparen, die sie in ihrem Zustand kaum lange ertragen würde.«

»Was immer mir möglich ist, um meine Schuld ein wenig zu mindern, werde ich tun«, sagte Romilda.

Pemmo verbeugte sich und ging fort, nachdem er ihr noch geraten hatte, sich schon vor der Morgendämmerung zu erheben.

In aller Frühe würden die Awaren die Zelte abreißen und weiterziehen. Und der Fürst Jaromar selbst werde kommen und sie zu seinem Treck geleiten.

Inzwischen war die Sonne untergegangen.

Über der Stadt Forojuli stiegen Rauchwolken auf, doch die gütige Nacht entzog sie dem Blick der früheren Herzogin, die noch lange vor ihrem Zelt stand und nach dem westlichen Horizont sah.

50

Schneller, als zu erwarten war, begann sich die niedergebrannte und geplünderte Stadt zu erholen.

Zuerst krochen alle diejenigen aus ihren Verstecken, die sich während der Tage des Grauens irgendwo, irgendwie in Sicherheit bringen konnten. Bald kehrten auch die ersten Flüchtlinge heim, denn viele waren nicht weit gekommen, nur in die südlichen und westlichen Teile des Herzogtums, wo sie das Ende der Belagerung abgewartet hatten. Und schließlich zogen lange Kolonnen aus den benachbarten Herzogtümern heran, vorwiegend königstreue Langobarden mit Familien und Gefolge, viele vom Herrscher selbst ausgewählt, zur Ansiedlung und zur Sicherung seiner Macht bestimmt.

Mit ihnen kamen auch der königliche Beauftragte Usbad, der letzte Comes Warnehar und der Kämmerer Billo, die die Leitung des Wiederaufbaus in die Hände nahmen. Der Pater Sebastianus mit seinen Mönchen erschien erneut auf dem Forum, und vor der Ruine der Basilika rief er die spärliche Zuhörerschaft zur Versöhnung mit Gott auf, das heißt der römischen Kirche, damit der Zorn des Allmächtigen, der die Stadt so furchtbar getroffen habe, für alle Zeiten besänftigt werde.

Unter den Ersten, die heimkehrten, war auch jener Wulfoald, der mit Grasulf durch den Geheimgang entkommen war. Er bezog sein am Cardo gelegenes, arg verwüstetes Haus, wo er seinen Vater und seinen Neffen nur noch als Tote wiederfand und begraben musste. Er brachte viele arbeitsfähige Hände mit, die das Gebäude bald wieder herrichteten. In den

Gästequartieren fanden andere Rückkehrer sowie der Pater und diejenigen der Mönche, die noch nicht gleich in ihr Kloster zurückgekehrt waren, vorübergehend Unterkunft.

Eines Tages – etwa zwei Wochen nach dem Abrücken der Awaren – kehrte überraschend auch Frau Winiperga nach Forojuli zurück. Auf einem Bauernkarren, vor den in Ermangelung eines Zugtiers zwei betagte Sklavenier gespannt waren, hielt sie ihren kläglichen Einzug. Ihre leere Wohnung im Seitenflügel des Palastes, dessen Dachgebälk fast vollständig abgebrannt war, mochte sie aber nicht einmal betreten. Sie zog Erkundigungen ein, und nachdem sie erfahren hatte, dass Wulfoald zurück war, erschien sie noch am selben Tag in dem Haus am Cardo.

Sie war totenbleich, hinkte und stützte sich auf eine Krücke. Ihre erste Frage galt natürlich dem Aufenthalt ihres Gemahls, doch konnte ihr Wulfoald, der sich nach der Flucht aus der Festung bald von Grasulf getrennt hatte, darüber keine Auskunft geben. Er vermutete, dass sich der Bruder des früheren Herzogs auf einem Familiengut der Gausen aufhielt, in der Nähe der Grenze zum Exarchat. Winiperga bat dann um Obdach – so lange, bis Grasulf zurückgekehrt sei. Dies wurde gewährt, und da sie nichts mehr besaß und in Lumpen ging, musste Wulfoald ihr auch Kleider und Schuhe geben. Später erzählte sie, was sie erlebt haben wollte.

Inzwischen waren schon viele Geschichten im Umlauf. Seltsamerweise gab es nach so kurzer Zeit bereits kaum noch Menschen in Forojuli, die zu genauen Auskünften über die Vorgänge während und nach der kurzen Besetzung durch den Feind in der Lage waren. Andererseits war dieser Umstand durchaus erklärlich. Davongekommen waren nur wenige und dies in Verstecken, wo sie kaum etwas wahrnehmen konnten. Auch die paar Rückkehrer, die Augenzeugen gewesen waren, Warnehar, Unulf oder Billo, hatten während der Tage des Awarenschreckens fast nur im Kerker gesessen. Zwar ließen viele grausige Funde keinen Zweifel über das, was geschehen war, doch kaum jemand hatte es beobachtet und konnte Einzelheiten des Ablaufs berichten. So wurde manches Wahre, aber auch manches Erfundene erzählt und von den Menschen, die zwischen den Trümmern umherirrten, mit Zusätzen oder Weglassungen, je nach Einbildungskraft oder Temperament, weiterverbreitet.

Die alte Pelagia zum Beispiel, die sich im Keller des Palastes in einer Kühlgrube unter Brettern versteckt hatte und dort tatsächlich nicht entdeckt worden war, sagte allen, sie habe den Herzogstöchtern noch vor der Ankunft der Feinde einen dringenden Rat gegeben. Damit sie sich die Awaren vom Leibe hielten und der Schändung entgingen, habe sie ihnen empfohlen, sich rohes Hühnerfleisch zwischen die Brüste zu legen. Infolge der Wärme rasch verwest, würde es einen solchen Gestank verbreiten, dass es jeden Angreifer abschrecken müsste. Die alte Dienerin konnte nun freilich nicht sagen, ob Appa und Gaila, die sie im Tumult aus den Augen verloren und nicht mehr wieder gesehen hatte, den Rat auch tatsächlich befolgt hatten. Nichtsdestoweniger wurde die Abschreckung durch Gestank sehr schnell zu einer unbezweifelbaren Tatsache. Überall rühmte man die Klugheit der Mädchen, und Pater Sebastianus pries die Keuschheit und Tapferkeit dieser vorbildlichen Heldenjungfrauen. Einige stellten zwar die zaghafte Frage, wie zarte Geschöpfe, ohne hundertmal in Ohnmacht zu sinken, tagelang einen derart betäubenden Brustschutz aushalten konnten, doch sie wurden belehrt: Seelenstärke, gepaart mit Frömmigkeit, gab ihnen die Kraft.

Auch Winipergas Geschichte wurde geglaubt und war augenblicklich in aller Munde.

Während der Besetzung der Stadt, so erzählte sie, sei sie ihrer Geburt und Stellung wegen vom Khagan und seinen Leuten mit großem Respekt behandelt und vor Gewalttätigkeiten bewahrt worden. Doch habe der Verrat der Romilda schließlich auch ihr die Gefangenschaft eingetragen. Einer der höchsten awarischen Würdenträger, Herr Sunikan, sei aber so von ihr beeindruckt gewesen, dass er sie heiraten und alle seine anderen Frauen entlassen wollte. Das habe sie sehr beunruhigt, denn sie sei ihrem Gatten Grasulf treu, obwohl der es durchaus nicht verdient habe. Endlich habe sie sich entschlossen zu fliehen. Ein paar Goldstücke, vorsorgend in ihr Gewand eingenäht, hätten dabei gute Dienste getan und ihr Hilfe verschafft. Zwar habe die beschwerliche Flucht ihre Gesundheit ruiniert und sie dem Tode nahe gebracht, doch die Erinnerung an ein Erlebnis, das sie noch bei den Awaren gehabt habe, halte sie aufrecht. Sie habe sich von Gottes Gerechtigkeit überzeugt, und es erfülle sie mit tiefer Genugtuung, dass kein Schuldiger auf dieser Welt seiner Strafe entgehe.

Romilda nämlich, die nur zwecks Befriedigung ihrer Wollust die Stadt verraten und ins Verderben gebracht habe, sei auf eine schauderhafte, aber verdiente Weise gerichtet worden.

»Zuerst tat der Khagan so«, berichtete Winiperga, »als ob er sie wirklich zu seiner Ehefrau machen wollte. Obwohl es ihn vor der lüsternen Verräterin ekelte, hielt er das Beilager mit ihr. Denn er wollte nun mal zu seinem Wort stehen! Danach aber war er von so viel Abscheu erfüllt, dass er sich auf der Stelle entschloss, sie der grausamsten Marter zu unterwerfen. Er rief seine Leibwächter und befahl, ihr die ganze Nacht Gewalt anzutun, einer nach dem anderen, sooft sie Lust hätten. Das geschah, und am nächsten Morgen war die Verfluchte halb tot. Aber der Khagan fand, dass ihr Verbrechen noch nicht gesühnt sei und sie eine viel schlimmere Strafe verdient habe. Hört, was er tat! Mitten auf einem freien Feld ließ er einen halb mannshohen Pfahl aufrichten. Dorthin schleppten sie das nackte, schreiende, sich windende Weib und spießten sie auf. Und in dem Augenblick, als es geschah und der Pfahl sich in ihren Leib bohrte, schrie der Khagan mit Donnerstimme: ›Das ist der Mann, den du verdienst!‹ Und ich schwöre euch, in diesem Augenblick hatte der heidnische König eine Gloriole und das Aussehen eines rächenden Engels. So war die Verräterin gerichtet, und tagelang hing sie noch am Pfahl – zur Mahnung und Abschreckung!«

Jedes Mal, wenn sie dies erzählte – und sie tat es, sooft man sie dazu aufforderte –, bekam Winiperga leuchtende Augen, ihr bleiches Gesicht belebte sich, die Schultern bebten, die Hände zitterten. Manchmal stieß sie dazu auch ein schrilles Lachen aus. Danach aber war es jedes Mal, als fiele sie plötzlich zusammen. Ihre Miene verdüsterte sich, sie seufzte nur noch und gab auf Fragen mürrische Antworten. Einige meinten, sie sei nicht mehr richtig im Kopf, aber die meisten hörten ihr aufmerksam zu und trugen weiter, was sie berichtet hatte.

Bald wusste jeder in der Stadt, wie die »Verräterin« gebüßt hatte. Warnehar, Unulf, Billo und einige andere bezichtigten zwar Frau Winiperga, nur ihren geheimsten Rachewunsch als Tatsache ausgegeben zu haben, doch konnten sie sie auch nicht widerlegen, weil sie zum angegebenen Zeitpunkt der fraglichen Hinrichtung schon aus dem Awarenlager entkommen waren. Wieder andere erinnerten an die beiden alten Sklavenier, die Winiperga gebracht, die Stadt aber längst wieder verlassen hatten. Die hatten Neugierigen gesagt, ihr Fürst Jaromar habe ihnen befohlen, die Frau, die seine Gefangene gewesen sei, die er aber ihrer Bosheit und Streitsucht wegen loswerden wollte, nach Forojuli zurückzuschaffen. Alle Zweifler an der Glaubwürdigkeit Frau Winipergas konnten jedoch nicht verhindern, dass die Erzählung vom grausigen Ende der Herzogin Gesprächsstoff blieb.

Die Erzählerin hingegen verstummte allmählich. Sie wurde schwächer und so hinfällig, dass sie bald kaum noch ihre Behausung verließ. Sechs Wochen nach ihrer Rückkehr erhob Winiperga sich eines Morgens nicht mehr von ihrem Lager, und schon am Mittag verstarb sie nach kurzem Todeskampf. Sie hatte noch den Wunsch geäußert, an der Seite ihres geliebten Bruders Subo im Garten des Palastes beerdigt zu werden. Doch dies geschah nicht. Wie vor der Belagerung wurden die Toten jetzt wieder außerhalb der Mauern der Stadt zur Ruhe gebettet.

War es Zufall oder hatte Grasulf, durch seine Vertrauten in der Stadt auf dem Laufenden gehalten, das Ende seiner Gemahlin erst abwarten wollen ... Wenige Tage nach ihrem Tode kehrte auch er in die Festung zurück. Gleich stellte er sich Agos Beauftragtem Usbad zur Verfügung, und da er geltend machte, er habe mit dem Verlassen des Kommandos und seiner Flucht während der Belagerung den Fall der königsfeindlichen Festung beschleunigen wollen, wurde er wieder auf seinen früheren Posten gehoben. Warnehar, der Grasulf offen als Feigling und Knecht der Byzantiner bezeichnete und gegen dessen Ernennung zum Comes Protest erhob, zog den Kürzeren, und Usbad schickte ihn auf das Krongut im Bergland zurück, das er vor dem Awarenkrieg verwaltet hatte.

Diese Vorgänge zeigten König Agos Absicht sehr deutlich. Um weiterhin jedem Verdacht entgegenzuwirken, er habe den Untergang Gisulfs herbeigeführt und sei ein Feind des alten, ruhmreichen Herrschergeschlechts, förderte er die Gausen, wobei er sie allerdings von nun an in Botmäßigkeit hielt. Nach Grasulf kehrten auch Taso, Kako und ihre jüngeren Brüder in den inzwischen wieder bewohnbar gemachten Palast zurück. Taso, dem am Hof in Pavia schonungslos klar gemacht worden war, was künftig von ihm erwartet würde, erklärte sich nun zum Bewunderer und getreuen Gefolgsmann des Königs, und auf dessen »Empfehlung« wurden er und sein Bruder Kako von der Versammlung der Langobarden gemeinsam zu Herzögen von Friaul erhoben. Unter den strengen Augen des königlichen Beauftragten, der sich eine Gastaldaga erbauen ließ, einen eigenen Palast neben dem ihren, durften sie ein paar Jahre herrschen. Dann fielen sie plötzlich einer Intrige zum Opfer. Der kaiserliche Statthalter Gregorius lockte sie unter Freundschaftsbekundungen in die von ihm beherrschte Stadt Oderzo und ließ dort beide ermorden. Die näheren Umstände dieser Untat blieben im Dunkeln. Nutznießer aber war einer, der es inzwischen verstanden hatte, sich Kaiser und König gegenüber gleichermaßen nützlich und angenehm zu machen.

Der neue Herzog hieß Grasulf, und er regierte dreißig Jahre lang.

Epilog

Nur ein einziger Geschichtsschreiber hat einen Bericht über die Belagerung der Stadt Forojuli (heute Cividale) im Jahre 610 und das Schicksal der Herzogin Romilda hinterlassen.

Sein Name ist Paulus Diakonus, sein Werk die »Historia Langobardorum«, eine aus wenigen schriftlichen, vor allem aber aus mündlichen Quellen geschöpfte Geschichte der Langobarden in sechs Büchern.

Der Autor, ein berühmter und vielseitiger Gelehrter, war kein Zeitgenosse der handelnden Personen, und als er die Ereignisse beschrieb, waren sie bereits ferne Vergangenheit. Etwa um 790 entstand die Langobardengeschichte, in deren viertem Buch das 37. Kapitel dem Awarenkrieg und der Belagerung Forojulis gewidmet ist.

In diesem Kapitel erklärt Paulus Diakonus auch sein besonderes Interesse an jenen Vorgängen. Seine Familie stammte aus Forojuli, und einer seiner Vorfahren war unter den Kindern, die seinerzeit von den Awaren verschleppt und versklavt wurden. Diesem Urgroßvater des Paulus gelang es nach vielen Jahren, der Knechtschaft zu entfliehen und in seine Heimatstadt zurückzukehren. Vor allem auf seinen Erzählungen, die in der Familie von Generation zu Generation weitergegeben wurden und so auf seinen Urenkel kamen, beruht der Bericht in der Langobardengeschichte.

Zum Vergleich: Wollte heute ein etwa siebzigjähriger Historiker einen Aufsatz über die Völkerschlacht bei Leipzig im Jahre 1813 schreiben und sich dabei ausschließlich oder fast ausschließlich auf Angaben seines schon lange verstorbenen

Vaters stützen, der sie vom Großvater hatte, welcher sie wiederum vom Urgroßvater bekam, der als Knabe zwar dem Ereignis nahe war, aber das Wichtigste auch wieder nur von anderen gehört hatte ... dann wäre er ungefähr in der Situation des ehrenwerten Paulus Diakonus, als er sich an seinem Schreibpult im Kloster Monte Cassino kühn an die Darstellung der Belagerung Forojulis machte.

Wir sind dem frommen Gelehrten trotzdem dankbar für seinen Bericht, denn sonst wäre auch dieses Ereignis wie so viele andere im schwarzen Schlund der ungeschriebenen Geschichte versunken.

Ob aber der Herzogin Romilda, die so zur historischen Figur wurde, damit Gerechtigkeit widerfahren ist?

Paulus Diakonus schildert zunächst die Niederlage des Herzogs Gisulf, beschreibt die bedrängte Lage der Herzogin und ihrer acht Kinder und führt dann fort:

»Die Awaren aber überzogen das ganze Land Friaul, verheerten alles mit Feuer und Schwert, belagerten die Stadt Forojuli und boten ihre ganze Macht auf, sie zu erobern. Als nun ihr König oder Khagan gewappnet und mit großem Gefolge um die Mauern herumritt, um auszukunden, an welcher Stelle er die Stadt am leichtesten nehmen könnte, erblickte Romilda ihn von der Mauer herab, und als sie sah, dass er im schönsten Mannesalter stand, da erwachten die Begierden des ruchlosen Weibes, und sie ließ ihm alsbald durch einen Boten sagen, sie wolle ihm, wenn er sie heirate, die ganze Stadt mit allen, die darinnen seien, übergeben. Als das der Barbarenkönig vernahm, versprach er mit hinterlistiger Bosheit, auf ihren Vorschlag einzugehen und sie zum Weibe zu nehmen. Sie öffnete nun unverweilt die Tore von Forojuli und ließ, zum Verderben sämtlicher Einwohner, den Feind in die Stadt. Die Awaren rückten mit ihrem König in Forojuli ein, plünderten alles, was sie fanden, übergaben die Stadt den Flammen und schleppten alle, die sie aufgriffen, in die Gefangenschaft fort ...«

Über das Schicksal der Herzogin Romilda berichtet uns dann der langobardische Geschichtsschreiber das, was man sich wohl noch lange schaudernd erzählt hatte: die Verräterin sei geschändet und schließlich gepfählt worden.

Ihre die Keuschheit liebenden Töchter dagegen, erfahren wir, hätten sich mittels stinkenden Hühnerfleischs vor der Schändung bewahrt und »hinterließen ein nützliches Beispiel für die Erhaltung der Keuschheit denjenigen Frauen, denen etwas Ähnliches widerfahren sollte«.

Paulus Diakonus fügte dann noch eine Geschichte von der Flucht der vier Herzogssöhne aus dem Awarenlager ein, die vielleicht nicht nur in seiner Familie, sondern sogar hochoffiziell tradiert wurde.

»Als aber die Awaren auf ihrem Heimzug nach dem so genannten heiligen Feld gekommen waren, beschlossen sie, alle volljährigen Langobarden mit dem Schwert umzubringen. Die Weiber und Kinder aber verteilten sie unter sich als Kriegsbeute.

Sobald indes Taso, Kako und Radoald, die Söhne Gisulfs und der Romilda, den bösen Anschlag der Awaren merkten, bestiegen sie ihre Pferde und machten sich auf die Flucht. Einer von ihnen glaubte, ihr jüngster Bruder Grimoald sei noch zu jung, um sich auf einem Ross im vollen Lauf halten zu können, und hielt es dafür für besser, ihn mit dem Schwert umzubringen, als im Joch der Knechtschaft zurückzulassen, und wollte ihn töten. Als er aber seinen Speer hob, um ihn zu durchbohren, weinte der Knabe und rief: ›Durchstoße mich nicht, denn ich kann mich auf einem Ross halten.‹ Da ergriff ihn sein Bruder am Arm und setzte ihn auf den glatten Rücken des Pferdes und ermahnte ihn, sich festzuhalten, wenn er könne. Der Knabe aber fasste mit der Hand die Zügel des Pferdes und ritt seinen fliehenden Brüdern nach. Bei dieser Nachricht bestiegen die Awaren alsbald ihre Pferde und verfolgten sie, und während die drei anderen in schleuniger Flucht entkamen, wurde der Knabe Grimoald von einem

Awaren, der schneller geritten kam, eingeholt; aber wegen seines zarten Alters mochte er den Knaben nicht töten, sondern bewahrte ihn lieber zu seinem Dienst auf. Er kehrte also, Grimoalds Ross am Zügel führend, nach dem Lager um und war hoch erfreut über seine edle Beute, denn der Knabe war von schöner Gestalt, glänzenden Augen und langem, hellem Lockenhaar. Grimoald aber, voller Schmerz, gefangen so dahingeschleppt zu werden, zog sein kurzes Schwert, wie er es in seinem Alter führen konnte, aus der Scheide und schlug den Awaren, der ihn mit sich führte, mit aller Macht auf den Kopf, und der Hieb ging bis auf das Gehirn, sodass der Feind alsbald vom Pferde sank. Der Knabe Grimoald aber wandte sein Ross um, floh fröhlich von dannen, bis er seine Brüder wieder eingeholt hatte, und erfreute diese höchlich durch seine Befreiung und obendrein durch die Erzählung vom Tod des Feindes.«

Der Knabe, der dieses tolle Stückchen vollbrachte, hatte später, im reifen Alter, Anspruch auf eine Heldenbiographie.

Romildas jüngster Sohn Grimoald wurde 662, in seinem siebten Lebensjahrzehnt, König der Langobarden.